KB021538

보이는 것과
보이지 않는 것

장경렬 비평집

보이는 것과 보이지 않는 것

펴 낸 날 2016년 4월 25일
지 은 이 장경렬
펴 낸 이 주일우
펴 낸 곳 ㈜문학과지성사
등록번호 제1993-000098호
주　　소 04034 서울 마포구 잔다리로7길 18(서교동 377-20)
전　　화 02) 338-7224
팩　　스 02) 323-4180(편집) 02) 338-7221(영업)
전자우편 moonji@moonji.com
홈페이지 www.moonji.com

ISBN 978-89-320-2861-3 03800

이 도서의 국립중앙도서관 출판예정도서목록(CIP)은 서지정보유통지원시스템 홈페이지(http://seoji.nl.go.kr)와
국가자료공동목록시스템(http://www.nl.go.kr/kolisnet)에서 이용하실 수 있습니다.
(CIP제어번호: CIP2016009436)

:: 장경렬 비평집

보이는 것과 보이지 않는 것

문학과지성사

보이는 것과 보이지 않는 것

올해 1월 29일 내가 몸담고 있는 대학교 인문대학의 교수진이 겨울비가 오락가락하던 전남 여수에서 '학사협의회'를 가졌다. 이는 한 해 한 번씩 교수들이 한자리에 모여 대학의 현안을 놓고 토의를 이어가고 또 정겨운 마음을 나누기 위해 마련된 자리다. 사실 이 같은 자리가 없다면 적지 않은 교수들이 한 대학 소속이면서도 서로 인사조차 나누지 못한 채 한 해를 보내기 십상이다. 학사 업무가 학과 단위로 이루어지기 때문이다.

이번에도 예년과 같이 오후 한나절 대학의 현안에 대한 학장단의 보고와 교수들의 토론이 이어졌다. 이어서 저녁 식사 자리로 옮겨 모두 함께 즐거운 시간을 보냈다. 식사에 이어 겨울비가 아직 자취를 감추지 않은 밤 9시 10여 분 전, 여수의 명물로 알려진 '해상 케이블카'를 즐길 기회를 가졌다. 몇몇 교수와 함께 탑승한 케이블카가 밤하늘을 가로지르기 시작하자, 교수 한 분이 휴대전화에 담긴 「여수 밤바다」라는 노래로 분위기를 돋우었다. 노래가 끝나고 담소를 나누며 밤바다와 항구의 야경에 눈길을 주는 동안, 언뜻 황동규 시인의 「아이오와 일기 2—아내에게」가 내 마음을 스쳤다.

함께 탑승한 젊은 교수들에게 시 한 편이 떠오르는데 이를 감히 읊어도 되겠냐 했더니, 모두가 너그럽게 허락함으로써 노교수의 기를 살려줬다. 기가 산 나는 황동규 시인이 미국 아이오와에 체류할 때 지은 이 시의 도입부인 "팬츠 바람으로 장갑을 끼고/밤비에 젖어가는 주차장을 내려다본다./잠이 오지 않는다"를 생략한 채, 시를 읊기 시작했다. "기다리리라 허락하리라/허락하리라 모든 것을/그대 살고 있는 괴로움이/다시 나를 울릴 때까지/슬퍼하는 기사를 태운 말처럼/내 그대 마을 건너편 언덕에/말없이 설 때까지."

내가 황동규 시인의 아이오와 시편과 처음 만난 것은 대학 1학년 시절이다. 당시 「아이오와 일기 2」의 이 부분을 읽고, 빠른 호흡의 운율을 내재한 시어와 여기에 담긴 시적 이미지가 일깨우는 시인의 내밀한 마음과 상상 속의 고졸(古拙)한 정경에 나는 깊이 매료되지 않을 수 없었다. 바로 이 부분을 몇 번이고 되뇐 뒤 이어지는 시구절을 한 소절 한 소절 차례로 음미하는 가운데, 나는 이 시가 나에게 '평생의 노래'가 될 것임을 예감했다. 잠시 호흡을 가다듬은 다음, 비에 젖은 여수의 밤바다와 항구의 야경에 눈길을 준 채 이어지는 구절을 낭송했다. "몇 개의 초가집이 솔가지를 태워/그 연기 날개처럼 솟아/그대 사는 하늘의 넓이를 재고.//그 하늘 아래 앉아/서로 이를 잡아주는 그대와 나."

달리는 말처럼 빠르게 시 읽기를 이어갈 것을 요청하던 시어가 이 부분에 이르러서 멈춰 선 말이 호흡을 고르듯 읽는 이에게 호흡을 고를 것을 요청한다. 속도를 늦춰 천천히 읽어보라. 달리던 말을 멈추고 건너편 언덕에 선 기사가 바라보는 평화롭고 고요한 마을의 정경이 한 폭의 그림처럼 환하게 떠오르지 않는가. 여기서 움직임을 감지케 하는 것이라고는 느릿느릿 "날개처럼" 솟아 "하늘의 넓이"를 재는 "연기"뿐이다. "연기"가 "하늘의 넓이"를 재다니? 하늘을 가로질러 솟아오르는 연기가 있기에 하늘은 그만큼 더 드넓어 보이는 것이리라.

드넓은 하늘 아래 몇 개의 초가집에서 연기가 피어오르는 정경이 아름답지 않은가! 하지만 이보다 더 아름다운 것은 초가집 어딘가에 앉아 "서로 이를 잡아주는 그대와 나"의 모습이다. 감출 것도 부끄러울 것도 없는 사이가 아니라면, 또는 그대가 나이고 내가 그대인 사이가 아니라면, 어찌 스스럼없이 상대의 몸에 기생하는 이를 잡아줄 수 있고 제 몸의 이를 잡는 일을 상대에게 맡길 수 있겠는가. 사랑의 경지가 어떤 것인지를 어찌 이보다 더 간결한 언어로 호소력 있게 전할 수 있겠는가.

다시 호흡을 가다듬고는 되뇌었다. "그 하늘 아래 앉아/서로 이를 잡아주는 그대와 나." 그리고 덧붙였다. "아름답지요?" 한 교수가 물었다. "이라니요?" 그러자 또 한 교수가 말했다. "아, 사람 머리 같은 곳에 붙어사는 기생충!" "네, 그래요. 내가 어렸을 땐 머리뿐만 아니라 옷 위로 이가 기어 다니는 아이들도 있었습니다. 그런 시절도 있었지요." 이 말과 함께 나의 열변이 이어졌다. "진실로 서로 사랑하는 사이라면, 어찌 상대의 더러움이나 불결함을 더러움이나 불결함으로 느끼겠습니까? 사랑하는 이의 몸을 기어 다니는 이를 서로 잡아주는 그대와 나에서 누추하고 가난하지만 그래도 사랑으로 행복한 이들의 모습이 떠오르지 않나요?"

이렇게 열변을 토하는 가운데 케이블카가 목적지에 도착했다. 그리하여 나는 이 시의 나머지 부분을 낭송하지 못한 채 케이블카에서 내려야 했다. 아울러, 비에 젖은 여수의 밤바다와 항구의 야경이 내려다보이는 케이블카에서 이 시가 갑작스럽게 떠올랐던 이유를 끝내 밝히지 못했다. 케이블카에서 내린 다음 여전히 저 멀리 보이는 항구의 야경과 밤바다를 바라보며 시의 나머지 부분을 혼자 읊조렸다. "보이지 않는다/다시 보인다/지워지지 않는다."

시인은 이국의 하늘 아래서 "잠이 오지 않는" 어느 날 밤 "밤비에 젖어가는 주차장을 내려다"보고 있다. 그런 그의 심안(心眼)에 비친 "서로 이를 잡아주는 그대와 나"는 두고 온 아내와 떠나와 있는 자신이리라. 밤비에 젖어가는 눈앞의 정경이 그러하듯, 시인의 심안에 비친 "그대와 나"의 모습도 보이다 보이지 않고 보이지 않다 다시 보인다. 하지만 그의 눈앞 정경이 물리적으로 실재하는 것이듯 마음속의 정경도 정신적으로 실재하는 것. 그러니 어찌 지워질 수 있으랴.

그날 케이블카에서 내려다본 비에 젖은 여수의 밤바다와 항구의 야경도 그러했다. 지워지지 않는 눈앞의 정경이 어둠 속에서 보일 듯 보이지 않고 보이지 않을 듯 다시 보이기를 되풀이했다. 마치 황동규 시인이 눈길을 주는 "밤비에 젖어가는 주차장"의 정경이 그러하듯. 그리고 그의 심안에 비친 "서로 이를 잡아주는 그대와 나"의 정경이 그러하듯. 또한 황동규 시인의 아이오와 시편이 내 마음에 남긴 심상(心象)이 지워지지 않은 채 기억의 저편 어딘가에 숨어 있다가 이처럼 문득 그 모습을 드러내 보이듯. 혹시 시인이 시에서 노래했듯 우리는 우리 마음 안에 지워지지 않은 채 숨어 있다가 예기치 않은 순간에 문득 되살아나는 갖가지 심상, 기억에 따른 것이든 상상에 의한 것이든 각자의 마음속에 실재하는 온갖 심상, 나름의 의미로 충만한 온갖 심상의 소유자가 아닐지? 또한 비에 젖어 어둠 속에 아른거리는 여수의 밤바다와 항구의 야경처럼 보일 듯 보이지 않고 보이지 않을 듯 다시 보이는 내면의 심상에 이끌려 때로 상념에 젖기도 하고 때로 삶의 의미를 되짚어보기도 하는 존재가 우리 아닐지?

따지고 보면, 온갖 사물과 자연 현상이 연출하는 정경이 우리의 물리적이고도 현실적인 삶을 풍요롭게 하듯, 우리의 정신적이고 영적인 삶을 풍요롭게 하는 것은 우리의 마음속 어딘가에 숨어 있다가 어느 한순간에 문득 되살아나는 이 같은 심상들이다. 한편, 이들 심상은 우리의 마음속에 내면화되어 있기에, 기억의 저편에 숨어 있을 수 있을지언정 지워질 수 없다. 밤비에 젖어 눈앞에 아른거리는 야경이 그러하듯 '실재하는 것'이기 때문이다. 그렇다고 해서, 심상이란 눈앞의 야경처럼 감각을 통해 확인할 수 있는 것은 아니다. 하지만 감각에 호소해서 확인할 수 없다 해서 이들의 실재를 부정하는 일은 우리가 시간이나 공간을 오감(五感)으로 확인할 수 없다 해서 이의 실재를 부정하는 일이나 다름없다. 말하자면, 시간이나 공간처럼 우리 마음속에 존재하는 심상은 선험적인 것일 수 있다.

그럼에도 불구하고, 심상을 마음 안에 내면화하는 일은 경험적 삶의 한가운데서 이루어진다. 물론 심상의 내면화는 상상이나 꿈을 통해서도 이루어지지만, 상상하는 일과 꿈을 꾸는 일마저도 경험적 삶의 일부가 아닌가. 이처럼 우리는 온갖 형태의 경험적 삶을 영위하는 가운데 다양한 심상을 내면화한다. 만일 그러하다면, 이 같은 내면화 과정에 무엇보다 중요한 역할을 하는 것은 무엇일까. 혹시 문학이 아닐까. 물론 음악과 미술을 비롯한 여타의 온갖 예술뿐만 아니라 철학이, 그리고 우리네 삶의 온갖 사소하고 일상적인 활동이 갖가지 심상을 내면화하는 데 중요한 역할을 수행하는 것도 사실이다. 그럼에도 불구하고, 황동규 시인의 아이오와 시편이 증명하듯, 문학만큼 생생하고 구체적으로 우리의 마음 안에 소중하고 의미 있는 심상을 내면화하는 데 적극적이고 능동적인 역할을 하는 것은 따로 없으리라. 문학이 소중함은 이 때문이다.

까마득히 솟아 있는 가파른 절벽 어딘가에 걸려 있는 독수리 둥지처럼 고층의 호텔 건물 한쪽 허리를 차지하고 있는 숙소로 돌아와 커튼을 젖히고 창밖을 내다본다. 한낮에 저 멀리 보이던 오동도가 이제는 어둠에 잠겨 보이지 않는다. 보이는 것이라고는 다만 깊은 어둠과 몇 개의 희미한 불빛뿐이다. 보이지 않는 것과 보이는 것. 보일 듯 보이지 않는 것과 보이지 않을 듯 보이는 것. 아니, 보이다 보이지 않는 것과 보이지 않다 보이는 것. 찾아도 찾을 수 없는 것과 지우려 해도 지워지지 않는 것.

문득 문학 작품에서 내가 읽고자 하는 '의미'로 불리는 것이 그런 것이 아닌가 하는 데 생각이 미쳤다. 환하게 드러나 있기에 보이는 의미와 교묘하게 가려져 있기에 보이지 않는 의미. 보일 듯 보이지 않는 의미와 보이지 않을 듯 보이는 의미. 아니, 보이지 않다 언뜻 모습을 드러내는 의미와 보이다 어느 순간에 홀연히 모습을 감추는 의미. 그리고 찾아 헤매나 찾을 수 없는 의미와 지우려 하나 지워지지 않는 의미. 이 모든 의미와 씨름하는 것이 문학 공부의 여정에서 내가 수행하는 일은 아닐지? 눈앞에서 사라진 섬과 지금 눈앞에 드리워진 어둠과 어둠 속의 불빛을 응시하는 일과 다름없는 것, 보일 듯 보이지 않는 섬과 보이지 않을 듯 보이는 어둠과 어둠 속의 불빛과 마주하는 일과 다름없는 것, 지우려 해도 지워지지 않는 어둠을 헤치고 어둠 속 희미한 불빛 너머 저 먼 곳의 섬을 때로 헛되이 찾으려 하는 일과 다름없는 것, 그리고 숨은 섬을 찾아서 또는 드러난 불빛에 이끌려 깊은 어둠 속으로 눈길을 주는 일과 다름없는 것, 그것이 나에게 주어진 문학 작품의 의미 읽기 작업은 아닐지?

하지만 온갖 노력에도 불구하고 언제나 미완의 것이 될 수밖에 없는 것이 나의 의미 읽기 작업은 아닌지? 따지고 보면, 어떤 문학 작품도 자신이 지닌 의미의 외연과 내연을 한자리에서 소진(消盡)하지는 않는다. 그러니 어찌 나의 의미 읽기가 완결된 것이 될 수 있으랴. 그리하여, 마치 내가 왜 갑작스럽게 황동규 시인의 아이오와 시편을 떠올렸는지 밝히지 못한 채 케이블카에서 내려야 했듯, 나의 의미 읽기란 언제나 그러했고 앞으로도 그러하겠지만 미완의 잠정적인 것일 수밖에 없다. 그럼에도 불구하고, 밤비에 젖은 눈앞의 정경이 일깨우는 감흥을 억제할 수 없었듯, 특정 문학 작품과 마주할 때 내면에서 샘솟는 의미 읽기를 향한 나의 열망을 잠재울 수는 없으리라. 그것이 비록 언제나 처음부터 다시 시작해야 할 시시포스적인 과제라 해도. 그럼에도 여전히 나는 문학 공부의 여정이 나에게 요청하는 의미 읽기의 작업을 멈추지 않을 것이다. 불을 향해 달려드는 나방의 어리석은 몸짓과도 같이 허망한 것이 나의 의미 읽기라 해도, 나는 의미 읽기라는 지난한 작업을 멈추지 않을 것이다. 조선시대의 학자 서경덕이 노래했듯, 어찌 마음이 어린 후니 하는 것이 다 어리지 않을 수 있겠는가.

깊은 밤 깊은 어둠 앞에 서서 이러저러한 생각에 잠기다 보니, 잠이 오지 않았다. 잠이 오지 않는 깊은 밤, 깊은 어둠에 잠긴 세상을 몸의 눈으로뿐만 아니라 마음의 눈으로 가늠하고 더듬으면서 다시금 되뇌었다. "보이지 않는다/다시 보인다/지워지지 않는다."

이제 시조론을 예외로 하면 다섯번째 비평집을 출간하게 되었다. 그동안 비평집을 낼 때마다 글을 다듬고 다시 또 다듬는 일을 거듭해왔다. 어떠한 의미 읽기도 미진하다는 느낌, 모호하다는 판단, 미완의 글이라는 내 나름의 평가에서 벗어날 수 없었기 때문이다. 하지만 다듬고 또 다듬었다 해서 나아진 것이 있었던가. 고통스럽지만 그 어떤 긍정의 답도 내놓기 어렵다. 온갖 노력에도 불구하고, 때를 빼고 광을 내는 것 이상의 작업에서 벗어나지 못했던 것은 아닌지? 그리하여 이번에는 다시 쓰다시피 한 글이 두 편 더해지긴 했지만 대체로 글을 선정하고 분류 및 정리하는 선에서 만족하기로 한다.

그렇게 해서, 때로 숨은 의미를 찾아 이리저리 헤매기도 하고 때로 드러난 의미가 이끄는 대로 따라가기도 했던 의미 읽기의 여정을 거의 걸어온 그대로 드러내고자 한다. 확신컨대, 나의 심안에는 또렷이 보이지만 타인의 심안에 보이지 않는 의미가 있을 것이고, 나의 심안에 보이지 않지만 타인의 심안에는 환하게 보이는 의미가 있을 것이다. 이에 대한 판단과 논의가 자유롭게 이어지기를!

이번 비평집의 체제 확립과 교정에 세심한 눈길과 손길을 아끼지 않으신 문학과지성사 편집부의 최지인 씨에게 깊은 감사의 마음을 전한다. 하지만 감사의 마음은 단순히 어느 한 분을 향한 것일 수만은 없거니와, 문학과지성사 창사 40주년 기념식 자리에서 김병익 선생께서 주신 말씀을 새삼 되새기지 않을 수 없기 때문이다. 선생께서는 문학과지성사가 출판을 통해 얻은 이익을 축적하고 성장을 거듭하는 일을 애써 외면해왔다는 농담 반 진담 반의 말씀을 하셨는데, 만일 이 같은 분위기가 조성되어 있지 않았다면 어찌 나의 이번 비평집과 같은 책의 출간이 가능할 수 있었겠는가! 팔리지 않을 애물단지임을 불 보듯 환하게 알면서도 출간에 힘써주신 문학과지성사의 모든 분께, 그리고 무엇보다 '오늘날의 문학과지성사다운 문학과지성사'가 있도록 몸과 마음을 다해 애써주신 김병익 선생을 비롯한 문학과지성사의 모든 어른께 마음 깊은 곳에서 우러나오는 감사의 인사를 올린다.

2016년 4월 초순

봄꽃으로 환한 관악산 기슭 연구실에서

장경렬

차례

일러두기

1. 외래어 표기는 원칙적으로 국립국어원 외래어 표기법을 따랐으나 일부 단어의 경우 실제 상용되는 발음에 준하여 표기하였다.
2. 같은 책이 반복 인용될 경우 저자명과 페이지만으로 표기하였다.
3. 인용된 도서 중 개정 작업으로 인해 제목 일부가 변경된 경우 원 인용서에 표기된 제목을 그대로 적었다.

제1부
문학 공부의 길, 그 여정에서

'문학이란 무엇인가'라는 물음 앞에서

— 개념 이해를 위한 하나의 시론

1. 어디에 눈길을 줄 것인가

문학이란 무엇인가. 이는 문학 공부에 입문한 사람이라면 누구라도 자신을 향해 던져야 할 물음일 것이다. 물론 예술 분야나 인문학 분야에 발을 들인 사람이라면 누구나 유사한 물음과 마주하게 되지만, 문학 공부에 발을 들인 문학도만큼 이 같은 물음에 오래 머뭇거릴 사람도 없을 것이다. 저마다 어려움이 있겠지만, 그 어떤 탐구 대상도 문학의 경우만큼 정체와 경계와 윤곽이 모호하지는 않기 때문이다. 정체와 경계와 윤곽이 모호하기에 물음에 대한 답을 어디서 찾아야 할지도 난감한 것이 '문학이란 무엇인가'라는 물음이다.

정체와 경계와 윤곽이 모호하다는 점에서 문학만큼 인간의 삶에 가까이 다가가 있는 것은 없으리라. 인간의 삶이란 그 모든 형이상학적 탐구와 형이하학적 탐구에도 불구하고 쉽게 정의할 수 없는 그 무엇, 정체와 경계와 윤곽이 지극히 모호한 그 무엇이 아닌

가. 하지만 대부분의 사람은 '인간의 삶이란 무엇인가'라는 물음에 집착하기보다 삶 자체에 충실하려 한다. 아니, 적어도 그렇게 보인다. 삶이란 좌고우면할 겨를을 허락하지 않는 당면 과제이기 때문이리라. 그런데 누군가가 삶을 살아가는 도중 불현듯 '삶이란 무엇인가'라는 물음을 자신에게 던지게 되었다 하자. 그리고 도저히 답을 찾을 수 없기에 주위 사람에게 조언을 청했다 하자. 아마도 그에게 주어질 법한 의미 있는 조언 가운데 하나는 '삶을 직접 살아보라, 그리하면 어느 순간 답이 그대를 찾으리라'일 것이다. 정녕코, '삶이란 무엇인가'라는 물음에 대한 답은 삶과 유리된 채 관념과 사변 속에서 찾을 수 있는 성질의 것이 아닌지도 모른다.

그렇다면, '문학이란 무엇인가'라는 물음에 대해서도 '문학을 직접 체험해보라, 그리하면 어느 순간 답이 그대를 찾으리라'가 의미 있는 조언이 될 수 있을까. 그럴 수도 있다. 정체와 경계와 윤곽이 모호한 삶을 살다 보면 어느 순간에 홀연히 그 의미가 드러나듯, 문학 역시 경험을 하다 보면 문득 현현(顯現)의 순간이 우리에게 다가올 수도 있기 때문이다. 하지만 문학의 경우 이 같은 조언은 의미 있는 것일 수 있어도 성실한 것이 될 수 없다. 인간의 삶만큼 정체와 경계와 윤곽이 모호하다 해도, 문학이란 선험적으로 인간에게 주어진 삶과 달리 인간이 오랜 세월에 걸쳐 정립해놓은 일종의 '문화적 제도cultural institution'이기 때문이다. 그런 이상, 삶이 개개인이 스스로 탐구해나갈 것이 요구되는 미지(未知)의 영역이라면, 문학은 공적으로 접근이 가능한 기지(旣知)의 영역이다. 따라서 '문학이란 무엇인가'에 대한 탐구를 무한정 연기할 수는 없다.

다시 묻건대, 문학이란 무엇인가. 어쩔 수 없이 이 물음에 맞서,

우리가 할 수 있는 일이란 무엇일까. 삶에 대한 개념적 이해가 어떤 형태로든 실질적인 의미를 지닌 것이 되기 위해서는 직접적인 체험의 영역 안에 존재하는 개개인의 삶에 근거해야 하듯, 문학이라는 포괄적인 개념과 씨름하기보다는 직접적인 체험의 대상인 문학 작품에 초점을 맞추는 것이 하나의 수용 가능한 방법이 될 수 있다. 하지만, 특정 작가의 특정 문학 작품에 초점을 맞추는 경우, 문학에 대한 이해는 일면적이거나 단편적인 것이 될 수도 있다. 따라서 '일반적인 의미에서의 문학 작품'에 눈길을 줌으로써 우리의 논의를 시작하고자 한다. (그렇다고 해서, 논의 과정에 특정 문학 작품에 대한 언급을 완전히 배제하겠다는 뜻은 아니다. '일반적인 의미에서의 문학 작품'에 논의의 초점을 맞추되, 필요에 따라 특정 작품에 눈길을 돌리는 방식으로 논의를 이어가고자 한다.)

문학 작품에 대한 논의 과정에서 무엇보다 문제 삼아야 할 것은 문학 작품 고유의 존재론적 특성일 것이다. 즉, '문학 작품이 문학 작품으로 존재하는 데 필수적인 역할을 하는 고유의 특성이 있다면 그것은 무엇인가'에 초점을 맞출 수 있다. 이어서, '문학 작품을 여타의 예술 작품과 구분케 하는 기본 요인은 무엇인가'를 문제 삼을 수 있다. 이 경우 문제되는 것은 언어로, 미술이 색채와 선의 예술이고 음악이 음의 예술이라면, 문학은 언어의 예술이기 때문이다. 하지만, 설사 문학이 언어의 예술이라 해도, 언어는 문학의 전유물이 아니기 때문에 '언어의 어떤 측면이 문학 작품을 여타의 언어적 실체linguistic entity와 구분케 하는 요인인가'의 물음이 제기될 수도 있다. 이에 따라, 우리는 눈길을 문학 작품에서 언어로 옮길 것이다. 한편, 세상사가 다 그러하듯, 특정 문학 작품의 의미나 가치에 대해 다수가 공감할 수도 있고 사람마다 다른 의견을 내놓을 수도 있다. 심지어 특정 문학 작품이 과연 문학 작품으로서 가치를 갖는가, 그렇다면 그 근거는 무엇인가가 논란의 대상이 되기도 한다. 경우에 따라 그러한 판단 및 판단의 근거가 시대의 변화에 따라 달라지기도 한다. 따라서 '문학 작품을 어떻게 읽을 것인가'의 문제—즉, 문학 비평의 문제—에 논의의 초점을 맞출 수도 있다. 이 때문에 언어를 향했던 우리의 눈길은 비평으로 향할 것이다.

2. 문학 작품을 보는 눈

따지고 보면, '문학이란 무엇인가'라는 물음만큼 답이 쉽지 않은 것이 '문학 작품이란 무엇인가'라는 물음일 것이다. 문학 작품에 대한 그 어떤 일반화도 항상 예기치 않은 '예외' 앞에서 무릎을 꿇지 않을 수 없기 때문이다. 그럼에도 불구하고, 일반화는 모든 개념적 이해의 필연적 과정이 아닌가. 아마도 이 필연 앞에서 겸손해지는 방법 가운데 하나가 논란의 여지가 없는 자명한 사실에 유의하는 것으로 논의를 시작하는 것이리라.

우리가 문학 작품이란 자연물과 달리 인간의 손에 의해 만들어진 인위적인 것이라는 논리에 유념하고자 하는 이유는 여기에 있다. 물론 문학 작품과 같은 예술 작품만 인위적인 것은 아니다. 예컨대, 우리가 사용하는 도구도 인위적인 것이다. 하지만 도구는 인위적인 것인 동시에 실용적 목적을 지닌 것이라는 점에서 문학 작품과 구분된다. 즉, 문학 작품은 실용성을 초월하여 존재하는 이른바 '미적 대상aesthetic object'이라 할 수 있다. 미적 대상이라니? 한 송이의 꽃이나 한 덩이의 바위와 같은 자연물도 미적 대상이 아닌가. 물론 그렇다. 다만 문학 작품은 꽃이나 바위와 달리 인위적인 미적 대상이다. 그렇다면, 문학 작품이 자연물과 다른 인위적인 미적 대상이라는 말이 뜻하는 바는 무엇인가. 소박하게 말하자면, 문학 작품이란 꽃이나 바위 등의 자연물과 달리 자기 자신에게든 남에게든 무언가의 '의미'를 드러내기 위해 인간이 의도적으로 만든 미적 대상이라 할 수 있다. 따라서 문학 작품에 관한 논의에서는 의도적 행위의 주체인 '작가' 또는 '시인'이 문제될 수 있으며, 작가 또는 시인이 문학 작품을 통해 드러내는 '의미'를 수용하거나 이해하는 '독자'가 또한 문제될 수 있다. 한편, 문학 작품의 창작에는 창작의 모형 또는 소재가 있을 수 있는데, 전통적으로 이는 '세계'—또는 '인간의 삶'이나 '자연'—의 개념으로 규정되어왔다. 이로 인해, 미국의 문학 이론가 에이브럼스M. H. Abrams가 제안한 바 있듯, 문학 작품의 가치와 성격을 설명하는 데는 '작품' 이외에 최소한 '작가'·'독자'·'세계'라는 세 요소가 문제될 수 있다.

여기서 잠깐 에이브럼스가 자신의 저서 『거울과 등불*The Mirror and the Lamp*』에서 전개한 논의에 눈을 돌리기로 하자. 그에 의하면, "예술 작품이 처한 총체적 상황"을 고려하는 경우 "예술 작품"을 중심으로 한 일종의 가상적인 "삼각형"을 그릴 수 있는데, '세계'·'예술가(작가)'·'청중(독자)'이 각각 그 삼각형의 꼭지 부분을 형성한다는 것이다.[1)]

---

1) M. H. Abrams, *The Mirror and the Lamp: Romantic Theory and the Critical*

이 같은 도형은 무엇을 위한 것인가. 에이브럼스는 "다루기 쉬울 정도로 충분히 간단한 동시에 가능한 한 많은 경향의 [예술과 관련된 진술들을] 해명할 수 있을 정도로 충분히 융통성이 있는 좌표계"를 발견하기 위한 것(*ML*, 5)임을 밝히면서, "예술 작품"을 각각의 세 요소 가운데 특히 어느 하나와 관련짓거나 또는 세 요소와 분리하여 독자성을 인정하는 경우 네 범주의 포괄적이면서도 전형적인 비평 태도가 상정될 수 있음을 주목한다. 이른바 모방론적mimetic,[2] 표현주의적expressive, 실용주의적pragmatic, 객관적

Tradition (London: Oxford UP, 1953), p. 6. 이 책에 대한 앞으로의 인용은 본문에서 "*ML*"로 밝히기로 함.

2) 모방론의 원조는 플라톤이다. 그에 의하면, '인간 현실을 포함한 현상(現象)에 대한 모방 행위가 문학'이다. 물론 문학뿐만 아니라 모든 예술 행위의 본질을 모방에서 찾을 수 있다. 하지만, 현상에 대한 모방을 통해 사람들을 미혹하는 자들을 '이상 국가'에서 추방하자는 플라톤의 제안이 시인에게 초점을 맞추고 있다는 점에서 보면, 모방론의 핵심에 놓이는 것은 문학이라 해도 무리는 아닐 것이다. 아무튼, 플라톤의 모방론은 문학에 대한 부정적 시각을 반영하고 있다는 점에서 대안을 찾지 않을 수 없거니와, 여기서 우리는 플라톤의 제자인 아리스토텔레스의 논의에서 유추할 수 있는 '창조론'을 뒤세울 수 있다. 아리스토텔레스의 『시학』을 검토하면, 문학은 '현상에 대한 피상적 모방'을 뛰어넘어 '현상의 본질을 드러내는 능동적 창조 행위'다. 이 같은 논리는 플라톤의 모방론에 근거한 것—엄밀하게 말해, '모방을 통한 창조 행위'—이라는 점에서 볼 때 '창조론'보다는 '재창조론'으로 규정하는 것이 마땅할 수도 있겠다.

objective 비평 태도(*ML*, 8~29)가 이에 해당하는데, 실제로 에이브럼스는 자신의 저서에서 플라톤 시대에서 현대에 이르기까지 역사적으로 중요한 서구의 비평문이나 예술론을 이상과 같은 범주에 의거하여 일목요연하게 정리하고 있다.

에이브럼스의 작업이 "다양성 속의 일관성"(*ML*, 7)을 확인하려는 목적 아래 시도된 '새로운 비평사'의 기술로 규정될 수 있는 이유는 아마도 여기에 놓일 것이다. 말할 것도 없이, 에이브럼스 자신의 말대로 그의 도형이 지니고 있는 융통성으로 인해 "다양한 미학 이론들"에도 불구하고 "예술사가의 과제"는 한결 더 쉬운 것이 되고 있다.[3] 하지만 바로 이 같은 융통성으로 인해 그의 이론은 또한 '역사적 상대주의'를 유도할 수 있으며, 그의 이론을 수용하는 경우 예술적 진실도 역사적 여건과 관점에 따라 변화할 수 있다는 논리를 인정하지 않을 수 없게 된다. 사실 '작품'·'세계'·'예술가'·'독자'라는 네 요소가 "상수가 아닌 변수"이기 때문에 "그것들이 다루어지는 이론에 따라 부여받는 의미가 달라짐"(*ML*, 7)을 에이브럼스 자신도 인정한다. 물론 그의 논의에서 일별되는 역사적 상대주의가 나름의 유용성을 지니고 있음을 부정할 수는 없다. 하지만 이를 근거로 하여 내린 문학 작품에 대한 개념 규정은 실증적이면서 역사적이고 역사적이면서 한시적인 것이 되기 쉽다. 우리가 에이

3) 이와 관련하여, "다양한 미학 이론들이 예술사가의 과제를 매우 어려운 것으로 만들었다"(*ML*, 5)는 에이브럼스의 진술에 유의하기 바란다. 그에 의하면, 예술사가의 과제가 쉽지 않은 이유는 "'예술이란 무엇인가'라든가 '시란 무엇인가'라는 질문에 대한 견해차가 존재하기 때문만은 아니다"(*ML*, 5). 보다 중요한 이유는 "이론들이 마주치고 충돌할 공통의 기반이 결여되어 있는 관계로 수많은 예술 이론들 사이의 손쉬운 비교가 도저히 불가능하다"(*ML*, 5)는 데 있다는 것이다.

브럼스의 논의에 관심을 가지면서도 이 역시 극복의 대상이 되어야 한다고 생각하는 이유는 여기에 있다. 우리가 추구하고자 하는 것은 상대적 가치 기준을 뛰어넘어 정립된 개념 규정—말하자면, '논리적 타당성'을 지닌 개념 규정—이기 때문이다.

이에 따라, 우리는 무엇보다 '작가'·'독자'·'세계'를 "상수가 아닌 변수"로 보는 시각에서 벗어나야 한다. 이를 위해서는 아마도 '작품'을 비롯한 모든 요소들이 '상수'로 기능할 수 있는 새로운 해석 모형을 제시하는 것이 하나의 방법일 수 있다. 에이브럼스의 삼각 도형에 대신할 수 있는 다음과 같은 또 하나의 도형을 상정하는 이유는 여기에 있다.

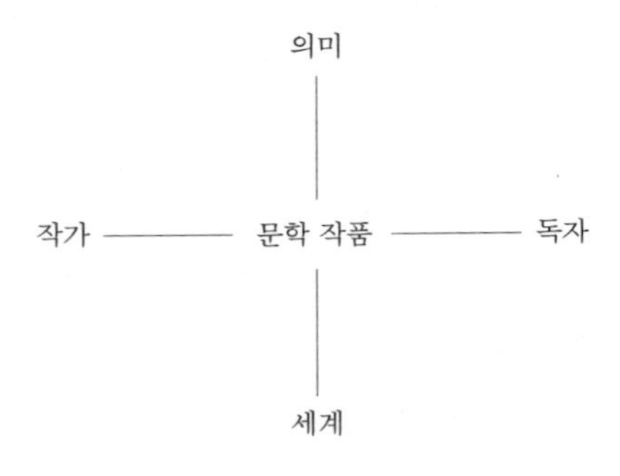

즉, '작품'을 중심부에 놓고 수평과 수직으로 두 개의 가상 축(軸)을 설정함으로써 우리는 또 하나의 새로운 해석 모형을 유도해내고자 한다. 이 해석 모형을 위해 우리는 먼저 '작품'의 좌우 양쪽에 '작가'와 '독자'를 위치시키고 이들 세 요소를 연결하는 수평축을 상정할 수 있다. 말하자면, '작가'와 '독자'를 상호 연결시키는 중간 매체로서의 '작품'의 역할을 가정해볼 수 있는 것이다. 이어

서 역시 '작품'을 중심부에 두고 '세계'라는 요소와 무언가 또 하나의 요소를 위아래 쪽으로 이어주는 수직축을 상정할 수 있다. 말하자면, '작품'이 '세계'를 소재 또는 모형으로 삼아 무언가를 표상하거나 형상화한다고 할 때 그러한 행위가 목표로 하는 '목적인final cause'이 있을 수 있다. 여기서 우리는 일단 이미 앞에서 거론했던 '의미'라는 개념을 끌어들일 수 있을 것이다. 요컨대, '작품'의 존재 이유가 '세계'를 표상하거나 형상화하는 가운데 무언가의 '의미'를 드러내는 데 있다는 가정 아래, '작품'은 '세계'와 '의미'를 연결하는 또 다른 의미에서의 중간 매체로 규정될 수 있다.[4]

그렇다면, 이때의 '의미'는 구체적으로 무엇을 나타내기 위한 개념인가. 바로 이 '의미'의 개념을 '세계'와 관련지어 논의하기 위해서는 무엇보다도 '세계'라는 개념을 새롭게 정립할 필요가 있다. 문학이 '세계'를 모방한다거나 이에 근거하여 무언가를 창조한다 할 때, 이때 말하는 '세계'는 무엇보다 '실제 세계actual world'를 가리킨다. 한편, '실제 세계'를 준거로 하여 문학 작품에 표상된 세계를 우리는 '가능 세계possible world' 또는 '상상 세계imaginary world'라 한다. 즉, 에이브럼스 자신도 지적하듯, 문학과 관련하여 우리

---

4) '작품'을 사이에 두고 '작가'와 '독자'가 '수평적'으로 연결될 수 있다는 가설은 에이브럼스의 삼각 도형이 그러하듯 문제를 단순화하기 위해 설정된 임의적인 것이다. 이는 다만 작품을 매개로 하여 이루어지는 '작가'와 '독자' 사이의 관계가 시공간적 제약에도 불구하고 양자가 공유하고 있는 (또는 공유하고 있다고 믿는) 동일한 언어 지평 위에서 이루어지고 있다는 가정 아래 상정된 것일 따름이다. 또한 '작품'을 사이에 두고 '세계'와 '의미'가 수직적으로 연결될 수 있다는 가설도 필연의 논리에 따라 제시된 것은 아니다. 이 역시 임의적인 단순화일 수 있는데, '작품'의 소재가 되는 '세계'를 뛰어넘어 존재하는 것이 '의미'이고, '의미'는 '세계'와 달리 초월적이고 형이상학적인 것일 수 있다는 가정 아래 상정된 것이다.

가 '세계'라 함은 "상식적 의미에서의" 현실계, "자연과학적인" 물질계, "상상적 직관에 의한" 가능 세계를 동시에 의미한다(*ML*, 7). 이런 관점에서 볼 때, 정도의 차이는 있을지언정 '세계'가 문제되지 않는 문학 작품이란 있을 수 없다.

얼핏 보면, 이처럼 '실제 세계'와 '가능 세계'를 동시에 고려한 '세계'의 개념은 아주 포괄적인 것처럼 보인다. 이는 물론 그렇게 정의하려는 의도에서 상정된 개념이기도 하다. 하지만 이런 개념은 여전히 '세계'의 어느 한 단면만을 부각시키고 있다는 점을 부정할 수 없다. 즉, 개념적으로 볼 때, 이상에서 논의한 세계란 현상적으로 지각되거나 상상에 의해 그리거나 상정할 수 있는 '세계'만을 암시할 뿐이기 때문이다. 그렇지만, 독일의 철학자 마르틴 하이데거Martin Heidegger가 「예술 작품의 기원Der Ursprung des Kunstwerkes」에서 지적한 바 있듯, "세계란 우리 앞에 현존하는 사물들—즉, 셀 수 있거나 셀 수 없는 사물들 또는 친숙하거나 낯선 사물들—의 단순한 집합체가 아니며," 아울러 "상상력이 꾸며낸 틀—즉, 표상 작업을 통해 주위 사물들의 합(合)에 덧붙여놓은 틀—도 아니다."[5]

요컨대, '실제 세계'나 '가능 세계'—즉, 지각 가능한 세계나 상상 속의 세계—에 대한 논의만으로는 '세계'라는 개념 안에 잠재하고 있는 함의를 남김없이 설명할 수 없다. 이로 인해 철학의 세계에서는 '실제 세계'나 '가능 세계'의 이면에 숨어 있거나 이를 초

5) Martin Heidegger, *Holzwege* (Frankfurt am Main: Vittorio Klostermann, 1957), p. 33.

월하여 존재하는 전혀 차원이 다른 세계를 상정한다. 마치 사람들이 현세에 대응하는 내세를 선험적으로 상정하듯. 여기서 우리는 일종의 이분법적 사유에 기댈 수 있거니와, '실제 세계'나 '가능 세계'를 '현상phenomenon'으로 규정하고 이에 대응되는 다른 차원의 세계를 '실체noumenon'—하이데거의 용어로는 '존재das Sein'—로 규정할 수 있다.[6] 한 걸음 더 나아가, '현상'을 겉으로 드러나 있는 '기표signifiant'로 규정하는 경우, '실체'는 안에 숨어 있는 '기의signifié'로 규정할 수 있다. 즉, '현상'과 '실체'의 관계는 '기의'를 감추고 있는 '기표'와 '기표'가 감추고 있는 '기의'의 관계로 환원할 수 있다.

이처럼 '현상'과 '본질'의 관계를 '기표'와 '기의'의 관계로 환원하는 경우, 앞서 제시한 도형의 '세계'와 '의미'의 관계도 명료해진다. '세계'를 '작품'이 겉으로 드러내 보이고 있는 '기표'에 해당하는 것이라면, '의미'는 '작품'이 숨기고 있거나 그 뒤편에 자리하고 있는 '기의'에 해당하는 것일 수 있다. 이처럼 정리하는 경우, 우리는 '세계'와 '작품,' '작품'과 '의미' 사이의 관계를 한층 더 명료하게 제시할 수 있을 것이다. 먼저, '세계'를 모방한다거나 이에 근거

6) 칸트의 '실체noumenon'라는 용어를 사용하는 경우 혼란이 뒤따를 수도 있지만, 동시에 다음과 같은 이점도 있다. 즉, 이 용어와 짝을 이루는 '현상phenomenon'이라는 용어는 인간의 오성(悟性)으로 지각될 수 있는 세계를 지칭하는 데 사용되고 있는데, 이 두 용어를 함께 사용함으로써 우리는 '현상 세계' 및 '현상 세계'보다 한 차원이 높은 또 하나의 세계를 적절하게 구분할 수 있을 것이다. 우리는 앞으로 '실체'라는 용어를 현상 세계 저편에 존재하는 것으로 상정될 수 있는 또 하나 새로운 차원의 세계를 가리키는 데 사용하고자 한다. 그렇다고 해서, 칸트가 말하는 바의 의미—즉, 인간의 지력으로는 접근이 불가능한 세계라는 의미—를 전적으로 배제하고자 하는 것은 아니다.

하여 무언가를 창조하는 가운데 모종의 '의미'를 드러내는 것이 예술 작품이라면, 이때 문제되는 것은 '현상'의 단순한 재현이 아니다. 오히려 '현상'이 숨기고 있는 '실체'—또는 '세계'가 일상이라는 장막 뒤에 숨기고 있는 '의미'—를 어떠한 전략을 통해 드러내는가가 문제될 것이다. 일찍이 하이데거가 "예술 작품은 나름의 방법으로 존재자의 존재를 개진한다"[7]고 했을 때, 그가 말하고자 했던 것은 예술 작품의 이러한 기능이었을 것이다. 사실 문학 작품이라는 이름에 값할 수 있는 작품치고 세계를 단순히 있는 그대로 재현하는 것만으로 그 역할을 다하는 것은 없다. 이들 작품은 '나름의 방법'에 의해 우리에게 너무나도 익숙해진, 그리하여 별다른 의미를 지니고 있지 않는 것처럼 보이는 '현상 세계'를 새롭게 재창조함으로써, 또는 나름의 방법을 통해 낯설게 함으로써, 우리에게 그 세계를 주목케 하고 나아가 '그 세계가 어떤 의미를 숨기고 있나'를 또는 '현상이 숨기고 있는 실체가 무엇인가'를 보여준다고 할 수 있다. 좁게는 문학 작품, 넓게는 예술 작품 일반의 궁극적인 존재 이유는 여기서 찾아야 할 것이다.

이 같은 '세계'와 '의미'의 관계를 구체적인 문학 작품을 통해 확인해본다면 어떤 논의가 가능할까. 명백히 '현상'이 소재가 되고 있지만 낯선 '현상'을 이야기하고 있기에 과연 시인이 작품을 통해 전하고자 하는 바가 무엇인지 쉽게 가늠이 되지 않는 작품을 예로 삼아 논의를 이어가기로 하자.

---

7) Heidegger, p. 28.

정발산 아래

아파트

아파트 속에 갇힌

나

내 속에는 정발산

정발산 속엔 또

해와 달과 별과 바람

나 이제 거리에서도 산에 살고

벽 너머 이웃에 살고

나 아닌

나를 살고

벗이여

다만 풀잎 하나

내 곁에 싱그럽게 푸르게

살아 있어만 준다면.

—김지하, 「정발산 아래」 전문

위의 시는 시인 김지하가 경기도 일산으로 이사한 이후 1994년 『창작과비평』에 발표한 작품 가운데 하나다. 일산에는 '정발산'으로 불리는 그리 높지 않은 산이 있고, 그 당시 일산은 신축 아파트가 밀집한 신도시 가운데 하나로 불렸다. 여기서 우리는 이 시의 배경 또는 소재가 되고 있는 현실 세계가 어떤 것인지를 가늠할 수 있다. 문제는 이 시의 첫째 연과 둘째 연을 이루는 시적 진술이 암시하는 세계의 모습을 상식적 차원에서 이해하기 쉽지 않다는 데 있다. 이를 어찌 수용해야 할까. 작품 읽기를 위해 우리는 일종의 전략을 동원하지 않을 수 없는데, 우리는 첫째 연에 일종의 기하학적 구도를 투사하고자 한다. 우리가 상정하고자 하는 것은 두 개의 원추가 마치 모래시계처럼 맞물려 있는 구도로, 이 두 원추의 꼭짓점이 서로 만나는 곳 또는 모래시계의 허리 부분에 해당하는 곳에 '내'가 놓인다. 이와 관련하여, 먼저 저만치 "정발산"이 보이는 원경(遠景)에서 "아파트"로, "아파트"에서 다시 '나'에게로 시야가 좁아지고 있음에 유의하기 바란다. 또한 '나'를 출발점으로 하여 시야가 다시 "정발산"으로, "정발산"에서 "해와 달과 별과 바람"을 향해 열리고 있음에도 유의하기 바란다. 요컨대, 첫째 연에서 '정발산←아파트←나→정발산→해와 달과 별과 바람'의 구도를 확인할 수 있다. 이 같은 구도는 '나'의 존재 방식에 대한 이원적 이해를 함축하고 있는데, 이는 각각 물리적 존재 양식과 정신적 존재 양식을 가리키는 것으로 볼 수 있다. 바꿔 말해, 물리적으로 본다면 '내'가 사는 "아파트"는 "정발산"이 보이는 공간의 구속을 받고, '나'는 "아파트"라는 공간의 구속을 받는다. '나'의 존재는 "아파트 속에 갇"혀 있는 것이다. 하지만 물리적 세계는 '나'를 축으로 하여 새로운 질서의 정신적 세계로 재정립된다. '나'는 "내 속"에 "정발산"을 품고, "내 속의 정발산"은 "해와 달과 별과 바람"을 그 안에 품고 있다. 비록 '나'는 물리적으로 현상 세계에 겹겹이 둘러싸여 있지만, 정신적으로 이 세계는 "내 속"에 있는 것이다. 이를 종합하자면, 작품을 통해 '실제 세계' 및 '상상 세계' 또는 '가능 세계'

를 동시에 제시하고 있는 시인과 만날 수 있다.

아무튼, 이처럼 세계가 '나'를 포옹하고 '내'가 다시 세계를 포옹하는 일이 동시에 가능하다면, 세계와 '나'를 구분하는 일 자체가 불필요한 것이 될 것이다. 양자는 곧 '하나'일 것이기 때문이다. 어떤 의미에서 보면, 이러한 일체화는 '나와 대상 사이의 거리가 완전히 없어져 내가 곧 세계이고 세계가 곧 나인 경지'—요컨대, 불교에서 말하는 무아(無我)의 경지—를 가리킨다. 또한 '나와 세계를 갈라놓는 벽이 없어져 세계가 나의 존재에 짐이 되지 않는 경지'—즉, 무위자연(無爲自然)의 경지—를 가리키기도 한다. 이는 곧 '세계와 나 사이에 완벽한 교감이 이루어지는 초월적 경지'다. 일단 이 같은 경지에 이르게 되면, '나'에게는 절대적인 자유가 허락될 것이다. 둘째 연에서 밝히고 있듯, "나 이제 거리에서도 산에 살고/벽 너머 이웃에 살고/나 아닌/나를 살" 수 있는 경지에 이르게 될 것이다. 아울러, 이처럼 '현상적인 나'라는 한계를 초월하여 온 세상에 편재(遍在)하게 됨으로써 '나'는 "나 아닌 나"로 존재하는 경우, 기독교에서 말하듯 '진리가 나를 자유롭게 하는 경지'에 도달할 것이다. 우리 식의 표현을 동원하지면, '현상'을 뛰어넘어 존재하는 초월적인 '실체'에 이르는 것이다.

이 같은 초월의 경지가 과연 가능한 것일까. 이는 다만 관념의 세계와 언어의 세계에서만 가능하지 않을까. 이 같은 의문과 함께 우리는 셋째 연을 주목하지 않을 수 없다. "다만"이나 "있어만 준다면"과 같은 표현은 무언가 아직 미진한 것이 있기에 그러한 상황에 변화가 있기를 바라는 현실적인 염원의 마음을 담은 것으로 읽힐 수도 있지만, 이는 동시에 첫째 연과 둘째 연의 정황이 현실에서 불가능함에 대한 자각을 담은 것으로 읽힐 수도 있다. 다시 말해, '실체'의 경지 또는 초월의 경지는 어느 순간에 엿보거나 상상할 수 있을 뿐, 결코 현실의 세계에서 이를 수 없음을 시인이 자각하는 동시에 인정하고 있음을 드러내는 것으로 볼 수 있다. 그런 의미에서 볼 때, "다만 풀잎 하나/내 곁에 싱그럽게 푸르게/살아 있어만 준다면"에서 "풀잎"은 '현상'의 세계를 뛰어넘어 '실체'에 이르는 데 필요한 일종의 선적 화두를 지시하는 것일 수 있다. 아울러, 의미 확장이 가능하다면, "풀잎"은 시인에게 '시' 또는 '시 정신'을 암시하는 것일 수도 있다. 선승(禪僧)이 득도(得道)의 경지에 이르기 위해 화두와 씨름해야 한다면, 초월적 인식에 이르고자 하는 시인에게 화두의 역할을 하는 것은 무엇보다 '시' 또는 '시 정신'이라는 점에서 그러하다. 나아가, 독자의 입장에서 보면, 비록 '실체'에 이를 수는 없어도 최소한 이를 엿보는 일을 가능케 한다는 점에서 "풀잎"은 「정발산 아래」와 같은 구체적인 시 작품을 지시하는 것일 수도 있다. 바로 이런 관점을 유지할 때, 시인이 독자에게 엿볼 것을 허락하는 '실체'—즉, 초월적 인식의 세계—는 이 시가 숨기는 동시에 드러내고 있고 드러내는 동시에 숨기고 있는 '의미'일 수 있으리라.

3. 문학의 언어를 보는 눈

만일 문학 작품을 포함한 예술 작품의 존재 이유가 세계의 '실체' 또는 '의미'를 드러내는 데 있다면, 이를 가능케 하는 예술 작품의 존재 조건과 관련하여 또 하나의 물음이 제기될 수 있다. 즉, 음악이 음악이고, 미술이 미술이며, 문학이 문학임은 예술 작품의 '질료인(質料因, material cause)'이 서로 다르기 때문이다. 다시 말해, 예술 작품의 '피와 살'의 역할을 하는 것이 서로 다르다. 말할 것도 없이, 음악의 경우 음이, 미술의 경우 색채와 선이 '피와 살'의 역할을 하듯, 문학의 경우 '피와 살'의 역할을 하는 것은 언어다. 문학을 '언어 예술'이라 함은 이 때문이다.

이처럼 문학이 '언어 예술'인 한, 문학 연구에서 언어만큼 중요한 탐구 과제는 있을 수 없다. 물론 이러한 주장에 대해 이견이 없는 것은 아니다. 즉, 문학에서 언어란 장식적 기능을 수행하는 이차적인 것에 불과하다는 입장이 있는데, 이 같은 논리의 출발점에 있는 사람이 아리스토텔레스다. 그는 비극을 "비극으로 만드는 여섯 가지의 필수 요소들" 가운데 하나로 "어법diction"을 꼽았지만, 그가 정작 중요한 것으로 생각했던 것은 "플롯plot"·"인물character"·"사상thought" 등이었지 언어가 문제되는 "어법"이 아니었다.[8] 그렇다면, 그의 주장대로 언어가 문학에서 차지하는 비중은 무시해도 좋을까. 이 물음에 답하기에 앞서 우리에게는 먼저 "우리가 샘물 쪽으로 가거나 숲 쪽으로 갈 때 우리는 항상 '샘물'이라는 말 또는 '숲'이라는 말을 통과하게 되며, 이는 우리가 이 말을 발설하지 않는 경우에도 또한 언어적인 것에 대해 생각하지 않는 경우에도 사실"[9]이라는 하이데거의 말을 음미해볼 필요가 있다. 사실 인간의

---

8) Aristotle, *The Poetics, On Poetry and Style*, tr. G. M. A. Grube (Indianapolis: Bobbs-Merrill, 1958), pp. 13~15.

9) Heidegger, p. 286.

삶 자체가 언어적 체험의 연속일 수 있으며, 문학의 경우든 비문학의 경우든 인간의 지각 행위와 사유 행위는 오로지 언어를 통해 이루어진다. 심지어 적절한 언어 표현이 존재하지 않는다면 인간의 의식 활동은 그만큼 단순화될 수 있다. 요컨대, 언어는 결코 정적이고 수동적인 장식물이 아니라 능동적으로 인간의 정신과 의식을 지배하는 '동력(動力, dynamic force)'이다. 이런 관점에서 보면, 문학에서 언어는 작가의 창작 과정을 주도하고 독자의 이해와 반응을 통제하는 능동적 주체로 볼 수 있다. "나의 언어의 한계는 나의 세계의 한계"[10]라는 독일의 언어 철학자 루드비히 비트겐슈타인 Ludwig Wittgenstein의 언명이 갖는 설득력은 문학의 경우에도 예외일 수 없기 때문이다.

문제는 문학의 언어와 비문학의 언어 사이에 따로 경계가 존재하지 않는다는 데 있다. 아무리 너그럽게 보아도, 언어란 문학 작품이 문학 작품으로 존재하기 위한 필요조건은 될 수 있을지언정 충분조건이 될 수 없음을 인정하지 않을 수 없다. 요컨대, 문학과 여타의 예술 형식 사이의 구분에 결정적 역할을 하는 것이 언어이긴 하지만, 언어는 문학의 전유물이 아니다.

물론 이러한 사정은 음악이나 미술의 경우에도 마찬가지다. 즉, 음악을 음악이게 하고 미술을 미술이게 하는 음이나 색채 또는 선 등도 해당 예술의 전유물이라고 할 수는 없다. 하지만 음악이나 미술의 경우 음이나 색채 또는 선이 예술적으로 사용되는 예와 그렇

---

10) Ludwig Wittgenstein, *Tractatus Logico-Philosophicus* (New York: Humanities, 1951), p. 148.

지 않은 예를 구분하는 일이 문학의 경우만큼 혼란스럽지 않다. 그 이유는 여러 가지로 설명될 수 있겠지만, 음악이나 미술이 음이나 색채 또는 선의 비일상화를 통해 성립되는 예술이라면, 문학은 그렇지 못하다는 점을 들 수 있다. 즉, 오음계나 칠음계와 같은 음의 '형식적 비일상화'나 특수 공간 설정과 같은 색채와 선의 '형식적 비일상화'에 대응할 만한 전략이 문학에는 존재하지 않는다. 문학의 경우 앞의 시에서 보듯 의도적으로 행을 나누는 등 언어의 공간적 배치를 낯설게 하거나 운율을 통제함으로써 언어의 '형식적 비일상화'를 꾀할 수도 있겠으나, 이것이 반드시 문학 작품이 문학 작품이기 위한 선행 조건일 수 없다는 점에 유의해야 할 것이다. 문학 작품이 아니더라도 행을 나누거나 운율을 담은 글이나 말이 있을 수 있기 때문이다.

그럼에도 불구하고, 언어의 '비일상화'를 문학의 존재 이유로 보는 입장이 20세기에 들어서서 특히 러시아의 형식주의자들 사이에 적극적으로 옹호되었던 것도 사실이다. 문학의 존재 이유는 이른바 언어의 '전경화(前景化, foregrounding)'에 있다는 것이 그들의 논리다. 하지만 '전경화'라니? 이와 관련하여, 누군가가 평소에 하지 않던 엉뚱한 짓을 하거나 그의 차림새가 생소한 것으로 바뀌면 그의 행동이나 차림새가 각별한 주목의 대상이 된다는 점에 유의하기 바란다. 말하자면, '배경'에 불과했던 것이 '전경'으로 바뀔 때 이에 눈길이 쏠리게 마련이다. 이처럼 말이나 글도 평소와 달리 낯선 것으로 바뀌면 그만큼 주목의 대상이 됨에 유의해야 할 것이다. 즉, 언어가 낯선 것으로 바뀌는 경우 언어 조직이 전달하는 의미에 아무런 거리낌이 없이 자동적으로 반응하던 의식에 제동이 걸리게 되고, 이제까지 당연한 것으로 여기던 언어 조직 자체에 관심이 쏠리게 마련이다. 다시 말해, "뜻풀이가 가능한 메시지 내용(무엇이 이야기되고 있는가)에서 메시지 자체(어떻게 이야기되고 있는가) 쪽"으로 관심이 전이(轉移)된다.[11] 문학의 언어는 의도적인 전경화의 과정을 통해 생소해진 언어라는 논리는 이 같은 심리적 반응을 유도하는 것이 문학 작품이라는 판단에서 나온 것으로, "시란 실제 세계나 삶에 관한 것이 아니라 시 자체에 관한 것"[12]이라는 주장은 이 같은 논리와 그 맥을 같이하는 것이다.

문제는 언어의 전경화는 모든 문학에 예외 없이 적용되는 논리가 아니라 '시'와 같은 특정 분야의 문학과 관련해서만 설득력을 갖는 것이라는 데 있다. 하지만 더 근본적인 문제는 전경화가 문학의 언어와 비문학의 언어를 구분하는 준거라는 논리 자체도 지나친 단순화일 수 있다는 점에 있다. 이와 관련하여, 이미 앞서 언급한 바와 같이, 문학의 영역 바깥에도 언어의 전경화가 흔하게 존재한다는 점에 유의해야 할 것이다. 예컨대, 재담이나 농담을 할 때 사람들은 의식적으로 비틀어 말하거나 돌려 말함으로써 말 자체에 타인의 주목을 유도하기도 한다. 또한 광고문이나 선전문도 비틀어놓거나 돌려 표현한 낯선 언어로 이루어진 경우가 적지 않은데, 이 경우에도 엉뚱하고 기발한 말 자체가 사람들의 주의를 환기시키는 요건이 된다. 하지만 누구도 이런 종류의 말장난 자체를 '문학적'인 것으로

---

11) Geoffrey N. Leech, "Foregrounding," *A Dictionary of Modern Critical Terms*, ed. Roger Fowler (London: Routledge&Kegan Paul, 1973), p. 75.

12) Linda R. Waugh, "The Poetic Function and the Nature of Langauge," *Roman Jakobson, Verbal Art, Verbal Sign, Verbal Time*, eds. Krystyna Pomorska · Stephen Rudy (Minneapolis: U of Minnesota P, 1985), p. 146.

받아들이지 않는다.

재담이나 광고문의 문학적 가능성을 부정하는 사람들 가운데 일부는 문학의 언어는 일정한 수준의 '품위와 무게'를 갖춘 것이어야 한다는 투의 주장을 펴기도 한다. 하지만 '품위와 무게'는 단순히 언어 차원의 문제가 아닐 뿐만 아니라, 문학의 언어라고 해서 '품위와 무게'를 갖추어야 한다는 투의 논리는 문학에 대한 그릇된 신비화(神秘化)에서 나온 것일 뿐이다. 더욱이, 어떤 수준이 되어야 언어가 문학의 언어인지를 판단하는 데 필요한 유력한 준거가 따로 존재하지도 않는다. 문학의 수준에 합당한 언어인지 아닌지를 가늠하는 준거가 존재한다 하더라도, 이는 개인의 취향이 개입된 자의적(恣意的)인 것이거나 시대의 가치관을 반영한 상대적인 것이기 쉽다. 이처럼 판단의 준거가 자의적이거나 상대적인 것일 수 있다면, 이는 마땅히 포기되어야 한다.

따라서 문학의 언어와 비문학의 언어를 구분하려는 시도를 포기하고, 일반적으로 문학 작품에서 구체적으로 확인될 수 있는 언어학적 특징이 무엇인가에 논의의 초점을 맞출 수도 있다. (이와 관련하여, '언어의 전경화'는 인간의 심리적 변화에 초점을 맞추어 세운 개념이지 언어의 구체적 특성에 근거를 두고 있는 것이 아니라는 점에 유의하기 바란다.) 그렇게 하는 경우, 무엇보다도 논의의 전면으로 부각되는 것이 바로 '수사(修辭, rhetoric)'다. 사실을 꾸밈없는 말이나 글로 전달하기보다 전달의 매체가 되는 말이나 글을 세련되게 다듬거나 극적인 것으로 바꾸는 일이 바로 수사의 본질이라 할 수 있는데, 문학의 가장 두드러진 특징 가운데 하나가 다름 아닌 언어의 수사적 용법이라는 논리는 어제오늘에 확립된 것이 아니다.

사실 '수사'는 소크라테스 시절부터 문제되었던 개념이다. 소크라테스가 제안하고 플라톤이 확립한 서양의 철학 전통에 따르면, 수사란 꾸밈과 장식을 본질로 하는 언어 장치로, 단순히 상대방을 설득하기 위한 방편에 지나지 않는다. 다시 말해, 수사는 비논리, 감성, 속임수의 영역에 속하는 것으로, 무책임한 궤변이나 말장난으로 상대방을 현혹시키려는 사람들의 언어 장치일 뿐이다. 자신이 구상하는 이상 국가 안에 시인을 용납할 수 없다는 논리를 플라톤이 폈던 것은 바로 이런 맥락에서다. 그가 이처럼 시인을 불신했던 것은 시인이 이데아의 모방에 지나지 않는 현상을 모방하는 과정에서 수사적 언어로 사람들을 미망(迷妄)에 빠뜨린다는 생각 때문이었다. 다시 말해, 플라톤은 시인이란 현상의 모방에 불과한 것을 수사적 언어로 미화함으로써 마치 현상 그 자체인 양 이해하도록 사람들을 현혹시킨다고 생각했던 것이다.

이 같은 판단에 근거하여, 전통적으로 서양의 철학은 '수사적 인간homo rhetoricus'과 '진지한 인간homo seriosus'을 나누기도 하고,[13] 수사적 언어와 철학적 언어—즉, 논리, 이성, 진리의 영역을 관장하는 언어—를 나누기도 한다. 이러한 이분법의 밑바닥에는 투명성을 본질로 하는 철학적 언어와 달리 진리에 대한 규명과 이의 전달을 불가능케 하는 것이 수사적 언어라는 논리가 존재한다.

문제는 이 같은 수사적 언어와 철학적 언어 사이의 구분이 과연 타당한 것인가에 있다. 이와 관련하여, 우리는 다음과 같은 의문을

---

13) Richard Lanham, *The Motives of Eloquence* (New Haven: Yale UP, 1976), p. 1, 4. Stanley Fish, "Rhetoric," *Critical Terms for Literary Study*, eds. Frank Lentricchia · Thomas McLaughlin (Chicago: U of Chicago P, 1990), p. 208에서 재인용.

제기할 수 있다. 즉, 수사적 언어와 철학적 언어를 구분하고 양자가 서로 다름을 논증하기 위해 플라톤이 동원한 언어는 어떤 종류의 언어인가. 그것이 이른바 철학적 언어일까. 하지만 수사적 언어에 대한 철학적 언어의 우월성을 주장하는 플라톤의 빼어난 담론을 읽어보라. 그의 담론도 상대방을 설득하기 위한 수사적 언어로 이루어져 있음을 누구도 부정할 수 없을 것이다. 이로 인해 우리는 다음과 같은 또 하나의 의문을 제기하지 않을 수 없다. 만일 플라톤이 그의 담론을 통해 보여주듯 소크라테스가 소피스트들의 잘못됨과 열등함을 지적하고 그리하여 우리들이 그렇게 믿도록 설득했다면, 소크라테스가 진리를 말했기 때문일까. 물론 진리의 편에 서 있었기 때문에 설득할 수 있었다는 주장이 있을 수도 있다. 하지만 진리에 의한 설득과 수사에 의한 설득이 이처럼 구분될 수 있다면, 그 근거는 무엇이며 경계는 어디인가. 널리 이야기되는 소크라테스의 이른바 문답법조차 상대를 설득하여 자신이 믿는 바를 믿도록 유도하기 위한 수사적 전략이 아닐까. 만일 이 같은 우리의 '수사적 물음'에 대해 누군가가 반론을 제기하고 우리를 설득하여 소크라테스가 '수사적 인간'이 아님을 믿도록 유도했다면, 그런 일이 가능케 한 것은 무엇일까.

따지고 보면, 상대방과 달리 자신은 진리의 편에 있다는 투의 주장 자체가 '믿음belief'에서 나온 것이며, 타인은 물론 자기 자신에게까지 수사에 의지하지 않고서는 이를 믿도록 유도하거나 설득하기란 불가능하다. 이런 맥락에서 볼 때, 프리드리히 니체Friedrich Nietzsche가 말한 바 있듯, 진리를 논하고 전하기 위한 투명한 언어라고 사람들이 믿었던 철학적 언어 역시 일군의 "은유, 환유, 의인화"일 뿐이며 "환상이라는 사실을 망각한 사람이 갖는 환상"인지도 모른다.[14] 이런 관점에서 보면, 철학이든, 과학이든, 문학이든, 영역 구분과 관계없이 인간의 모든 언어 행위는 그 자체가 본질적으로 수사적이라는 결론에 이르지 않을 수 없다. 결국 수사적인가 아닌가를 기준으로 하여 문학과 비문학을 나눌 수는 없다.

수사적인가 아닌가를 기준으로 하여 문학과 비문학을 나누려는 시도와 본질적으로 궤를 함께하는 또 하나의 논리를 주목할 것이 허락된다면, 우리는 영국의 문학 이론가 리처즈I. A. Richards의 "언어의 두 가지 용법"에 초점을 맞출 수 있을 것이다. 리처즈는 언어의 용법을 무언가를 지시(指示, refer)하기 위한 "과학적 용법"과 정서와 감정을 일깨우기 위한 "정서적 용법"으로 나눈다.[15] 이어서, 문학을 정서적으로 언어가 사용된 대표적인 예로 꼽으면서, 바로 이 때문에 문학에서는 언어가 무언가를 지시할 필요도 없을 뿐만 아니라 지시의 진위 여부도 문제되지 않는다는 주장을 편 바 있다. 이 같은 논리는 현실과 문학 사이에 존재하는 불연속선을 정당화하거나 문학의 허구성을 설명하는 데 도움이 될 수 있다. 그럼에도 불구하고, 문학이 근원적으로 문제 삼는 것이 인간의 삶과 세계라는 점을 부정할 수 없는 한, 문학의 언어가 갖는 지시 기능 자체를 부정하기란 어렵다. 인간의 삶과 세계 그 자체가 일종의 지시 대상이 되기 때문이다. 바로 이 때문에 진위 여부를 떠나 문

---

14) Friedrich Nietzsche, "On Truth and Falsity in their Ultramoral Sense" (1873). Derrida, "White Mythology," *New Literary History* 6.1 (1974), p. 15에서 재인용.

15) I. A. Richards, *Principles of Literary Criticism*, 2nd ed. (London: Routledge &Kegan Paul, 1924), p. 267.

학의 언어가 갖는 지시 기능은 여전히 문제되지 않을 수 없다. 더욱이, 문학 작품이 형상화하고 있는 것이 하나의 '가능 세계'라면, 이 세계와 관련하여 지시의 정확성과 엄밀성은 각별히 문제되지 않을 수 없다. 정확하지 못한 지시는 문학적 형상화 자체를 위태롭게 할 수도 있으며, 나아가 문학 작품의 '개연성plausibility'과 '일관성consistency'을 파괴할 수도 있기 때문이다. 하지만 무엇보다 심각한 문제는 리처즈식의 논리가 문학 자체를 왜소화할 수도 있다는 데 있다. 즉, 문학의 언어가 잠재적으로 지니고 있는 지시 기능을 부정하고 이를 단순히 정서나 감정을 유발하거나 일깨우는 자극 요인으로 보는 가운데, 문학에 대한 논의는 소박하고 문학 외적인 생물학적 논의로 빠져들 수도 있다.

결국 언어적 측면에서 문학과 비문학의 구분이 불가능함을 다시 한 번 확인한 셈이 되었다. 그럼에도 여전히 또 하나의 새로운 관점에서 문학의 언어에 대한 탐구를 시도한다면, 어떤 논의가 가능할까. 무엇보다 문학이란 상상력의 산물인 허구(虛構)라는 논리에 눈길을 돌릴 수 있는데, 이 같은 논리를 펴는 사람들은 문학 작품을 문학 작품으로 만드는 것은 사실의 언어에 대응하는 허구의 언어라고 주장한다. 하지만 이런 논리 역시 심리적으로 개연성을 지닌 것이긴 하나 논리적으로 검증이 불가능하다는 점에서 여전히 논란거리가 되지 않을 수 없다.

어떤 면에서 그러한지를 가늠해보기 위해 구체적인 예를 하나 들어보기로 하자. 편의상, 앞서 인용한 바 있는 김지하의 「정발산 아래」에 초점을 맞출 수 있을 것이다. 무엇보다 이 시의 시적 화자인 '나'는 누구일까. 시인 김지하 자신이 아닐까. 문학을 허구의 언어로 이루어진 것으로 보는 쪽에서는 이 시의 '나'를 시인 김지하와 동일인으로 볼 수 없다 말할 것이다. 이 시의 '나'는 시적 진술을 전하기 위해 시인이 내세운 가상의 시적 화자라는 이유에서다. 물론 그렇게 말할 수도 있다. 사람에 따라 「정발산 아래」에 등장하는 '나'의 초연함이 과연 인간 김지하의 것일 수 있겠는가라는 의문을 품는 이도 있을 수 있기 때문이다. 하지만 이 시의 '나'와 시인 김지하를 굳이 구분해야 할 특별한 이유가 있을까. 또한 구분한다 해서 시에 대한 이해에 달라지는 것이 있을까. 만일 달라지는 것이 없다면, 문학이란 허구의 언어로 이루어진 것이라는 논리에 과연 힘이 실릴 수 있을까.

이런 의문 때문에 어느 모로 보나 시적 화자 또는 시 속의 '나'와 시인이 또렷하게 나뉘는 예를 검토하지 않을 수 없다. 물론 시가 아닌 소설을 논의 대상으로 삼을 수도 있다. 하지만 소설의 경우 사실과 허구의 경계에 대한 논의는 화자의 차원을 넘어서서 작품 속의 인물이나 사건에 대한 검토를 요구하는 것이 될 수도 있고, 따라서 지극히 복잡한 것이 될 수 있다. 굳이 논의를 시적 화자의 문제에 초점을 맞추고자 함은 이 때문이다. 아무튼, 이런 논의에 적절한 작품 가운데 하나가 영국 낭만주의 시대의 시인 윌리엄 워즈워스William Wordsworth의 「옯은 잠이 내 영혼을 닫아놓아 A Slumber Did My Spirit Seal」라는 짤막한 시일 것이다.

옯은 잠이 내 영혼을 닫아놓아,
난 그 어떤 인간적 두려움도 느끼지 않았지.
이 세상 세월의 건드림을 느낄 수 없는,

그녀는 자연의 한 부분과도 같았지.

이제 그녀에겐 움직임도, 생명력도 없다네.
듣지도 보지도 못하는 그녀는
지구의 자전에 몸을 맡긴 채 돌기만 할 뿐,
바위와, 돌과, 나무와 함께.

—워즈워스, 「엷은 잠이 내 영혼을 닫아놓아」 전문[16]

이 시의 '그녀'는 누구일까. 일반적으로 이 작품은 워즈워스가 1798년에서 1801년 사이에 창작한 다섯 편의 '루시 시편Lucy Poems' 가운데 하나로 꼽히며, 구체적으로 이름이 언급되어 있지는 않지만 이 시의 '그녀'는 "루시"라는 여인을 지시하는 것으로 이해된다. 문제는 "루시"가 실제로 존재했던 여인이 아니라 워즈워스가 시를 창작하는 과정에 조성한 "일종의 문학적 합성물a literary amalgam"[17] 이라는 데 있다. 즉, '그녀'는 시인이 상상력의 도움을 받아 창조한 가상의 인물이다. 이처럼 '그녀'가 가상의 인물이라면, 이 시의 '나'는 누구일까. 한때 "엷은 잠"에 취해 '그녀'와 함께 몽롱한 세월을 보내는 바람에 '그녀'가 세월의 변화를 모르는 자연의 한 사물처럼

16) A slumber did my spirit seal;/I had no human fears:/She seemed a thing that could not feel/The touch of earthly years.//No motion has she now, no force;/She neither hears nor sees;/Rolled round in earth's diurnal course,/With rocks, and stones, and trees. (William Wordsworth, "A Slumber Did My Spirit Seal")

17) 이 문제와 관련해서는 전자 저널인 Romanticism On the Net 13 (February 1999)에 실린 H. J. Jackson의 "Lucy Revived"를 참조할 것. 〈http://www.erudit.org/revue/ron/1999/v/n13/005843ar.html〉

보였다 말하는 동시에 잠에서 깨어난 상태에서 이제 그녀가 죽어 "바위"와 "돌"과 "나무"와 다를 바 없는 자연의 한 사물이 되었음을 확인하는 '나' 역시 워즈워스가 작품 속에 설정한 가상의 인물로 보아야 하지 않을까. 가상의 인물이 존재하는 상황 자체가 가상적인 것이기에, 가상의 상황 속에 존재하는 '나' 또한 가상의 인물로 볼 수밖에 없기 때문이다. 요컨대, 문학은 허구의 언어로 이루어져 있기 때문에 이 작품 속의 '나'와 '그녀'를 가상의 인물로 보아야 한다는 일반론에 근거하여 이 시의 '나'와 '그녀'를 가상의 인물로 보자는 것이 아니다.

그렇다면, 실제 인물이 아닌 가상 인물이라는 관점에서 이 작품에 접근하는 경우와 그렇지 않은 경우 사이에 차이가 있을까. 이와 관련하여, 「엷은 잠이 내 영혼을 닫아놓아」의 '나'와 '그녀'를 가상 인물이 아닌 실제로 존재했던 인물—예컨대, 워즈워스 자신과 그가 한때 사랑했던 어떤 여인—로 가정해보자. 그렇게 한다 해서, 작품에 대한 이해가 가상 인물로 보았을 때와 달라질 수 있을까. 그렇지 않을 것임은 어차피 우리가 이 시에 담긴 진술을 개인의 전기나 역사의 관점에서 읽거나 이를 사실 확인용 자료로 이용하기에 앞서 '그냥 시 텍스트로 읽기' 때문이다. 그런 이상, 시 속의 인물이 가상 인물이 아닌 실제 인물이라 해도, 이 작품에 대한 우리의 읽기 및 이해는 달라지지 않을 것이다. 따라서 허구로 보아야 문학 작품을 문학 작품으로 받아들일 수 있다는 논리를 있는 그대로 수긍하기란 어렵다.

아울러, 비록 이 시에 등장하는 인물이 허구의 산물이라 해도, 어떤 근거에서 이 시가 허구의 언어로 이루어진 작품이라 말할 수 있는가라는 물음에 대해서도 답하기란 쉽지 않다. 여기서 우리는 "엷은 잠이 내 영혼을 닫아놓아"라는 구절을 문제 삼을 수 있는데, 시 창작이란 이른바 '영혼이 엷은 잠에 취할 때 가능한 것'이라는 논리도 있을 수 있다. 즉, 정신이 고양될 때 비로소 시 창작이 가능하다는 입장도 있을 수 있다. 따지고 보면, 문제의 구절이 암시하듯, 이 시에서 '나'와 '그녀'의 만남은 일상의 상황 또는 정상의 상황에서 이루어진 것이 아니다. 시에 담긴 정보에 따르면, '나'는 현실 감각을 결여한 상태에서 '그녀'와 만남을 이어갔고, 이제 "엷은 잠"에서 깨어나 과거와 현재의 '그녀'에 대해 생각에 잠긴다. 이처럼 "엷은 잠"에 취해 있는 상태—즉, 현실 감각이 유보되거나 결여된 상태—에 있었기에, 그 당시의 '나'에게 허락된 것이 사실에 근거하지 않은 비현실적인 허구의 언어일까. 설사 그렇더라도, 둘째 연—즉, "엷은 잠"에서 깨어나 현재의 정황을 놓고 생각에 잠긴 '내'가 등장하는 부분—이 암시하듯, 이 시의 진술 자체는 잠에서 깨어난 현재의 '내'가 하는 것이다. 요컨대, "엷은 잠"이 '나'에게 시적 진술의 동인이 되었다 해도, 이로 인해 이 시의 진술 자체가 비현실적인 허구의 언어로 이루어진 것이라 말할 수는 없다.

논의를 여기서 끝낼 수는 없다. 이 시의 둘째 연에 암시되어 있는 현재의 상황이 "엷은 잠"에서 깨어난 각성의 상태라 했을 때, 그렇게 판단하는 근거 자체가 자의적인 것일 수도 있기 때문이다. 사실, 프랑스의 철학자 르네 데카르트René Descartes가 지적한 바 있듯, "깨어 있는 상태와 수면의 상태를 명백하게 구분할 수 있는 특정한 경계는 존재하지 않는다."[18] 이 같은 견해를 따르면, 첫째 연과 둘째 연 사이의 상황 차이 또는 상황 변화를 논의하는 것 자체가 무의미한 것일 수 있다. 또는 상상(꿈)의 세계와 사실(현실)의 세계 사이의 구분 자체도 부질없는 것일 수 있다. 이 같은 구분 자체가 근거 없는 자의적인 것일 수 있기 때문이다. 좀더 폭넓은 관점에서 보면, 우리가 현실 세계라 믿는 것도 우리들이 머릿속에 그리고 있는 상상의 세계를 투영해놓은 것일 수 있으리라. 한 걸음 더 나아가면, 우리가 현실 또는 사실의 기록으로 믿는 역사도 허구 또는 상상의 언어로 이루어진 것이라 할 수 있다. 그렇지 않다면, 어느 한 역사적 사건이나 인물에 대한 기록 또는 평가가 역사를 서술하는 사람에 따라 어찌 그처럼 달라질 수 있겠는가. 결국 '역사'는 넓게 보아 '문학'에 포함될 수도 있으며 '문학'은 '이루어지지 않은 가상의 역사'일 수 있다.

이처럼 어떤 접근 방법을 취하더라도 언어 또는 언어적 특성에 의거하여 문학과 비문학을 나누려는 시도는 성공하기 어려워 보인다. 즉, 언어가 문학 작품의 필요조건임을 부정할 수 없음에도 불구하고, 그 어떤 언어적 특성도 문학 작품을 문학 작품으로 판단하는 데 결정적인 준거가 될 수 없다. 그렇다면, 무엇이 문학 작품이고 무엇이 문학 작품이 아닌가를 결정하는 준거는 어디서 찾아야 할까. 여기서 우리는 문학 외적인 요인에 눈을 돌리지 않을 수 없는데, 이와 관련하여 우리는 무엇이 문학 작품인가의 기준이 시

---

18) W. von Leyden, *Seventeenth-Century Metaphysics: An Examination of Some Main Concepts and Theories* (New York: Barnes, 1968), p. 98.

대에 따라 바뀌었다는 점을 주목하지 않을 수 없다. 하나의 대표적 예로, 에드워드 기번Edward Gibbon의 『로마제국 흥망사』는 역사 저작물로 읽히던 때도 있었지만, 지금은 많은 사람들이 이를 문학 작품으로 간주한다. 이처럼 기준이 바뀐 이유는 무엇일까. 역사든 철학이든 넓게 보아 문학적 언어—즉, 수사적 언어—로 이루어지지 않은 것은 없다는 '포괄의 논리'가 은연중에 작용한 것은 아닐까. 그렇게 보기는 어렵다. '포괄의 논리'가 논리적으로 타당한 것이라 해도, 문학과 철학과 역사 사이의 경계는 어느 때나 엄연한 현실로 존재했었기 때문이다. 따라서 한때의 역사서를 오늘날의 문학서로 받아들이도록 사람들을 이끌 만큼 힘을 지닌 무언가의 존재를 상정하지 않을 수 없다. 사실 문학 작품의 기준이 명시화되어 있지 않음에도 불구하고 사람들은 주변의 어떤 것이 문학 작품인가를 판단하는 데 망설이지 않는다. 또한 과거에 어떤 것이 문학 작품의 지위를 누렸든 누리지 못했든 그 여부에 신경을 쓰지 않는다. 무엇이 이처럼 사람들에게 스스럼없는 판단을 하도록 하는 것일까. 이를 가능케 하는 것은 범박하게 말해 '시대의 이데올로기'라 할 수 있다. 말하자면, 마치 우리가 숨 쉬는 공기와 같이, 있어도 의식하지 못하지만 없으면 살아갈 수 없는 '시대의 이데올로기'가 그 이면에 존재한다. 문제는 '시대의 이데올로기'를 만들 뿐만 아니라 이의 존재와 유지에 적극적인 역할을 하는 것이 다름 아닌 '담론으로서의 언어'라는 점이다. 결국 문학에 대한 논의를 시도하는 경우 우리가 아무리 애를 써도 빠져나올 수 없는 질곡이 언어이지만, 우리가 아무리 포착하려 해도 쉽게 포착할 수 없는 것이 언어이기도 하다.

4. 문학 비평을 보는 눈

문학 작품의 의미나 가치에 대한 모든 논의는 넓게 보아 비평의 범주에 속한다. 한편, 비평은 영국의 영문학자 앨런 로드웨이Allan Rodway가 정리했듯 이중의 의미를 지닌 개념이다. 그에 의하면, "'비평하다'는 어원적으로 '분석하다'의 뜻을 지니며, 후에 가서 '가치를 판단하다'의 뜻을 지니게 되었다."[19] 결국 비평이라는 용어에 '분석'과 '가치 판단'이라는 상반되는 두 개념이 공존하게 된 것이다. 상반되는 두 개념이라니? 이 물음과 관련하여, 우리는 분석이 객관성을 지향한다면 가치 판단은 주관성의 개입을 전제한다는 점에 유의해야 할 것이다. 아무튼, 비평가라면 누구나 자신의 비평이 누구에게나 설득력을 갖기를 원할 것이다. 즉, 자신의 비평이 객관적인 것이 되기를 바랄 것이다. 당연히 비평가는 분석이야말로 비평의 본령이자 미덕으로 여긴다. 아울러, 주관성이 개입되는 가치 판단에서 자유롭고자 한다. 그럼에도 불구하고, 가치 판단이 비평의 일부가 된 이유는 무엇일까.

이유는 간단하다. 무엇보다 비평의 객관성을 위해 가치 판단을 배제하겠다는 입장 자체가 가치 판단에 따른 것임에 유의해야 할 것이다. 심지어, 완벽하게 가치 판단을 배제한 객관적 분석도 가치 판단에서 자유로울 수 없거니와, 특정 작품을 분석 대상으로 삼는

19) Allan Rodway, "Criticism," *A Dictionary of Modern Critical Terms*, p. 42.

일 자체가 가치 판단을 이미 내재하기 때문이다. 요컨대, 비평가의 자아가 비평에 개입하는 일을 완벽하게 차단하기란 불가능하다. 사정이 그러하기에, 비평이란 어차피 가치 판단의 산물이라는 논리도 설득력을 잃지 않는다.

비평이란 문학 작품에 내재된 '의미'를 드러내는 작업이라기보다 작품을 '매개'로 하여 비평가가 자아를 투사하는 작업이라는 논리가 힘을 얻는 것은 이런 맥락에서다. 하지만 이런 종류의 주관주의는 문제를 해결하기보다 한층 더 복잡하게 만들 뿐인데, 이로 인해 문학 작품의 위상 자체가 위태로워질 수 있다는 점에서 그러하다. 어떤 이유에서 그러한가. 만일 문학 작품이 비평가가 자아를 투사하는 데 동원된 일종의 '매개물'이라면, 극단의 경우 문학 작품이란 '의미'를 유발하는 동인(動因, motive)에 불과한 것일 뿐, '의미'를 능동적으로 실체화(實體化, hypostatization)하는 주체는 비평가라는 논리를 막을 길이 없기 때문이다. 이 같은 논리를 따르는 경우, 문학 작품이란 한 송이의 꽃이나 한 덩이의 바위처럼 '의미화 이전'의 자연물 또는 여타의 사물과 본질적으로 다를 바 없는 것으로 받아들여야 한다. 미국의 시인 아치볼드 매클리시Archibald MacLeish가 자신의 시 「시작법Ars Poetica」에서 우리에게 조언하듯.

> 시란 감촉할 수 있어야 하고 침묵해야 하는 법
> 둥근 사과처럼
>
> 무언이어야 하는 법
> 엄지손가락에 집히는 오래된 메달처럼

고요해야 하는 법
이끼 낀 창턱의 소맷자락에 닳은 돌처럼

시란 말이 없어야 하는 법
새들의 비상처럼

[중략]

시란 상응하는 것이어야 하는 법
무언가에 충실하기보다

그 모든 슬픔의 역사에 대해서는
문에 이르는 텅 빈 길 하나와 단풍잎 하나

사랑에 대해서는
고개 숙인 풀잎들과 바다 위의 등댓불 둘—

시란 의미해선 안 되는 법
다만 존재해야 할 뿐.

—아치볼드 매클리시, 「시작법」 부분[20)]

20) A poem should be palpable and mute/As a globed fruit//Dumb/As old medallions to the thumb//Silent as the sleeve-worn stone/Of casement ledges where the moss has grown—//A poem should be wordless/As the flight of birds

비평가가 자아를 투사하는 가운데 부여하는 것이 '의미'라는 주관주의자의 입장에서 보면, 매클리시의 조언대로 "시란 말이 없어야 하"고 "의미해선 안" 된다. "다만 존재해야" 한다. 의미란 의미 부여의 주체인 비평가의 소관 사항이기에. 그리고 그런 논리를 따르는 경우 시를 읽는 일과 의미화 이전의 사물—예컨대, "둥근 사과"나 "오래된 메달" 또는 "돌"이나 "새" 또는 "단풍잎 하나"나 "고개 숙인 풀잎"과 "등댓불"—을 감상하는 일 사이에는 차이가 있을 수 없으리라. 따지고 보면, '의미를 찾아 읽는 일'이 시 감상에서는 중요한 일이 아닐 수도 있다. 의미를 해독하는 일보다 그냥 마음으로 느끼는 일이 더 중요할 수도 있기 때문이다.

그럼에도 불구하고, 시가 언어로 이루어진 '언어적 실체'인 이상, 아무리 의미하기를 거부해도 시는 무언가의 의미를 이끌지 않을 수 없다. 그것이 비록 무의미한 의미라 해도. 또는 시인이 의도하지 않은 엉뚱한 의미라 해도. 어찌 보면, "시란 의미해서는 안 되는 법"이라는 구절을 담고 있는 매클리시의 시 자체가 이 같은 논리를 뒷받침하는 하나의 예일 수 있다. 무엇보다 매클리시의 시가 한 편의 시인 이상 '시는 의미해서 안 된다'는 진술이 의미 있는 것이 되기 위해서는 이 시도 '의미해서는 안 된다.' 하지만 이 시가 '의미해서는 안 된다'면 '시란 의미해서는 안 된다'는 진술도 의미 없

//[……]//A poem should be equal to:/Not true//For all the history of grief/An empty doorway and a maple leaf//For love/The leaning grasses and two lights above the sea—//A poem should not mean/But be. (Archibald MacLeish, "Ars Poetica")

는 것이 된다. 따라서 우리는 이 시가 의미하지 말아야 함에도 불구하고 의미하고 있음을 주목하지 않을 수 없다. 심지어 '시란 의미해서는 안 됨에도 불구하고 의미하지 않을 수 없다'는 논리를 펴기 위한 것이 매클리시의 시로 읽히기까지 한다. 이런 이유 때문에, 거듭 말하지만, 대부분의 비평가는 '의미'란 문학 작품 또는 문학 텍스트[21]가 애초에 내재하고 있는 고유의 특성으로 여긴다. 요컨대, 시란 의미를 유발하거나 전달하는 언어의 '잠재력'을 바탕으로 해서 무언가를 의미하도록 창작된 것인 이상, "한 편의 시는 무언가를 말하거나 의미하고, 또는 무언가를 의미해야 한다."[22] 이 때문에 시란 '의미화 이전'의 자연물이나 사물과 결코 같은 것일 수 없다.

요컨대, 문학은 무언가를 의미하거나 의미해야 한다는 입장을 포기할 수 없다. 동어반복을 감수하자면, 문학은 언어 예술이기 때문이다. 아니, 언어 예술이기에 의미는 거부하려야 거부할 수 없는

21) 여기서 우리는 이제까지 사용한 '문학 작품'이라는 표현 이외에 '문학 텍스트'라는 표현을 동원하였다. 사실 어느 쪽 표현을 써도 상관없는 경우도 있으나, 양자를 구분해서 써야 할 때도 있다. '문학 작품'이 작품을 만들어낸 작가 또는 시인의 존재를 암시하는 개념이라면, '문학 텍스트'는 작가 또는 시인의 존재를 고려하지 않은 채 하나의 작품을 다만 언어적 실체로 보려는 입장을 반영하는 개념일 수 있기 때문이다. 오늘날 문학 비평의 현장에서는 문학 작품보다는 문학 텍스트라는 표현을 더 선호하는 경향이 있는데, 이는 문학 작품이 일단 작가나 시인의 손을 떠나면 독자적으로 존재하는 것으로 보려는 입장과 비평이란 무엇보다도 먼저 언어로 조직화된 문학 작품 자체에 대한 논의에서 출발해야 한다는 입장을 반영한 것이라 할 수 있다. 이 점을 감안하여 이 글에서는 이 같은 입장이나 관점을 두드러지게 내세우는 비평가나 비평 경향을 문제 삼고자 할 때는 '문학 작품'이 아닌 '문학 텍스트'라는 표현을 사용하기로 한다.

22) W. K. Wimsatt, Jr., "What to Say about a Poem," *College English* 24.5 (1963), p. 377.

것, 이미 예정된 것이 아닐 수 없다. 따지고 보면, 여타의 예술보다 더 확고하게 의미화를 지향하는 것이 문학이다. 이처럼 비평가가 아닌 문학 작품 자체가 무언가를 의미하거나 의미해야 하는 주체라는 논리를 받아들이는 경우, 주관주의에서 벗어날 수 있을 뿐만 아니라 객관적 비평의 가능성에 대한 희망까지 새롭게 다질 수도 있다. 작가가 부여한 것이든, 텍스트의 언어가 자체적으로 형성하는 것이든, 텍스트 자체의 의미가 객관성의 준거 역할을 할 것이기 때문이다.

그렇다고 해서, 문제가 다 해결되는 것은 아니다. 텍스트 본래의 객관적 의미가 존재한다 해도 과연 이에 대한 접근이 가능한가의 문제가 여전히 남아 있기 때문이다. 이와 관련하여, 언어란 작가와 독자가 사회적으로 '공유'하는 것인 이상, 의미 전달과 이해가 가능하다는 식의 주장이 있을 수 있다. 하지만, 수많은 비평문이 증명하듯, 현실적으로는 누구도 '보편성'을 지닌 불변의 의미에 이르기란 쉽지 않으며, 그런 의미가 존재한다 해도 이에 접근할 방도를 찾기도 쉽지 않다. 그렇지 않다면, 한 사람이 이해한 의미와 다른 사람이 이해한 의미가 일치하지 않거나, 심지어 같은 사람의 이해에도 과거의 것과 현재의 것이 일치하지 않는 경우가 허다한 이유는 무엇이겠는가.

여기서 텍스트의 의미란 '다원적 형태plural form'로 존재하는 것이라는 입장을 앞세울 수도 있다. 말하자면, 텍스트는 누가 읽는가에 따라 또한 어느 때 읽는가에 따라 텍스트에 내재된 의미의 어느 한 단면만을 보여준다는 논리를 펼 수도 있다. 아울러, 이처럼 읽는 이와 시간에 따라 텍스트가 의미의 한 단면만을 보여주기 때문에, 이를 종합하는 경우 텍스트의 총체적인 의미에 이를 수 있다는 논리도 뒤따를 수 있다. 하지만 문제는 여전히 남는다. 동일한 하나의 텍스트에 대한 다양한 이해는 상호보완적인 것일 수도 있지만, 상충하기 때문에 하나로 조합하기가 불가능한 경우도 있기 때문이다. 이처럼 하나의 텍스트에서 상충하는 의미와 만나는 일을 피할 수 없다면, 그 이유는 무엇일까. 하나의 의미가 '다원적 형태'로 존재하기 때문일까. 아니면, 상충하는 별개의 의미들이 동시에 존재하기 때문일까. 어느 쪽이든, '모호성ambiguity'이 문학적 언어의 특성임을 주장하면서 어떤 형태로든 상충하는 여러 의미의 동시 존재 가능성을 정당화할 수도 있다. 하지만 문학 비평에서 '모호성'은 의미의 풍요화(豊饒化)를 겨냥한 개념이지 의미의 혼란을 합리화하기 위한 개념은 아니다.

요컨대, 의미 읽기의 필연성 및 객관적 의미의 존재 가능성을 인정하더라도 의미에 접근할 성공적인 방도를 찾지 못한다면, 객관적 비평이란 불가능한 것이 될 수도 있다. 따지고 보면, 객관적 비평을 보장하는 방법만 찾기 어려운 것이 아니다. 설상가상으로, 문학뿐만 아니라 비평의 도구이기도 한 언어 자체가 객관적 의미의 개진을 어렵게 하는 장본인일 수도 있다. 이와 관련하여, 우리는 먼저 영국의 철학자 존 로크John Locke의 지적을 주목해야 할 것이다. 그에 의하면, "사람들은 [말을] 자기네 '생각'을 표현하기 위한 '기호'로 사용하게 되었는데, 이는 그 어떤 자연스러운 관련지음에 의한 것이 아니라 [……] 임의적인 의미 부여 과정에 의한 것으로서, 이 같은 의미 부여 과정을 통해 말은 '생각'을 표시하는 자의적인 수단이 된다."[23] 로크의 지적은 스위스의 언어학자 페르디낭 드 소쉬르Ferdinand de Saussure에 의해 "기표와 기의 사이의 관계는 임의적인 것"[24]이라는 새로운 논리로 바뀐다. 물론 소쉬르는 기표(또는 기호)와 기의(또는 의미)[25] 사이에는 '안정된 결합'의 관계가 유지될 수 있는 것으로 봄으로써 '계약'으로서의 언어관을 내세우는 로크와 마찬가지로 언어를 통한 오해 없는 의사소통의 가능성을 인정한다. 문제가 되는 것은 소쉬르의 언어관을 잇는 동시에 뛰어넘는 프랑스의 철학자 자크 데리다Jacques Derrida의 언어관인데, 언어를 통해 객관적이고 고정된 의미를 전달할 수 있다는 생각 자체가 환상이라는 논리가 그의 언어관을 이룬다. 즉, 기호와 의미 사이의 관계란 본질적으로 불안정한 것이기 때문에 그 어떤 객관적이고 고정된 의미에 도달할 수 없다는 것이다. 데리다가 말하는 언어의 불안정성을 이해하기 위해 간단한 예를 하나 들자면, 사전의 어휘와 의미풀이 사이의 관계를 주목할 수 있다. 어떤 어휘의 의미를 확인하기 위해 사전을 찾는 경우, 의미풀이를 통해 우리가 접하는 것은 일련의 새로운 어휘들이다. 이 어휘들은 새로운 의미풀이를 유도하고, 새로운 의미풀이는 또다시 새로운 일련의 어휘들로 우리를 유도할 수 있다. 요컨대, 기호는 항상 의미로, 의미는 다시 기호로 바뀌는 가운데, 우리는 궁극적인 의미나 기호에 도달할 수

---

23) John Locke, *An Essay Concerning Human Understanding*, ed. John W. Yolton, 5th ed. (London: J. M. Dent & Sons, 1961), p. 12.

24) Ferdinand de Saussure, *Course in General Linguistics*, eds. Charles Bally & Albert Sechehaye, tr. Wade Baskin (New York: McGraw-Hill, 1966), p. 67.

25) 이해를 쉽게 하기 위해, 소쉬르의 용어인 '기표'와 '기의'를 이제부터 각각 이에 대신할 수 있는 '기호'와 '의미'로 바꿔 쓰기로 한다.

없다. 이처럼 끊임없이 이어지는 새로운 '의미화signification'의 과정으로 인해 언어는 불안정한 것일 수밖에 없다는 것이 데리다의 논리다.

이런 입장에 서는 경우, 우리는 문학을 통해서든 비평을 통해서든 사람들 사이의 투명한 의미 교환이 아예 불가능한 상황을 마음속에 떠올릴 수도 있다. 하지만 사람들은 여전히 '무언가'의 의미를 다른 사람들과 주고받으려는 의도에서 문학 작품을 쓰기도 하고 또 읽고 비평하기도 한다. 사실 이러한 시도는 나름의 의미를 갖는 것일 수 있는데, 누군가가 쓴 작품을 읽는 행위에 초점을 맞추는 경우 이 점은 특히 명백해진다. 무엇보다도 작품을 읽는 행위는 단순히 텍스트가 제공하는 의미를 수동적으로 받아들이는 일방적인 것만은 아니라는 점에 유의해야 할 것이다. 즉, 우리는 우리 자신의 언어 감각을 읽는 과정에 동원한다. 말하자면, 우리의 언어 감각을 활성화할 때 비로소 텍스트를 읽는 일에 일정한 방향이 잡힐 것이다. 이런 관점에서 볼 때, 읽기 또는 비평은 텍스트와 우리 자신 사이의 상호 작용을 바탕으로 하여 이루어지는 것이라 할 수 있다.

바로 이 같은 상호 작용으로 인해, 우리가 이해한 특정한 의미는 단순히 텍스트가 잠재적으로 지니고 있는 의미의 구체화만으로 볼 수 없다. 이는 텍스트에 무언가 의미를 부여하려는 우리의 의지가 작용함으로써 얻어진 것이기도 하다. 따라서 주관적 의미의 개입을 읽기 또는 비평의 과정에서 완전히 배제할 수 없다. 아울러, 어차피 우리 나름의 감식안을 통해 텍스트를 읽거나 비평할 권리가 우리에게 주어져 있는 한, 그 과정에 필연적으로 개입하기 마련인 의미의 주관성은 결코 심각한 논란거리가 될 수 없다. 오히려 문학 텍스트에 대한 우리의 이해가 한 덩이의 바위나 한 송이의 꽃과 같은 대상에 대한 이해와 어떤 의미에서 같은 것일 수 없는가를 문제 삼아야 할 것이다. 문학 텍스트와 같이 선행적으로 의미를 부여받은 대상을 이해하는 일과 자연물이나 사물과 같이 애초에 의미를 결여하고 있는 대상에 의미를 부여하는 일은 전혀 별개의 것일 수 있기 때문이다.

이 같은 상황이 비평의 현실임에도 불구하고 적지 않은 비평가들이 비평의 객관성을 옹호하면서 가치 판단을 폄하하는 이유는 무엇일까. 비평가들이 가치 판단에 보이는 불신감은 무엇보다도 "많은 학문 분야가 20세기에 들어서서 당대에 유행하던 과학의 태도와 절차를 갈망"[26)]했다는 점과 무관하지 않다. 바꿔 말해, 비평가들은 "경험 과학이 차지하고 있는 것과 동일한 정도의 높은 지적 위상을 '비평'에도 확립시키려는" 목적에서 "가치 부여라는 악습에 가능한 한 물들지 않은 채 엄밀성과 객관성을 획득"하기 위해 노력해왔던 것이다.[27)] 요컨대, 비평 이론의 전개 과정에서도 현대의 총아인 과학의 세계 이해 방식이 영향력을 행사하고 있음이 확인된다.

하지만 모든 비평가에게 과학적 세계 이해 방식—즉, 실증주의와 경험주의—이 환영을 받았던 것은 아니다. 그 이유는 경험주의나 실증주의로는 인문학의 형이상학적 논리를 규명하는 데 한계가 있기 때문이다. 예컨대, 물리학의 법칙을 자연 현상 하나하나에 대한 관찰을 통해 증명하듯 문학의 논리를 문학 작품 하나하나

26) Peter Mercer, "Evaluation," *A Dictionary of Modern Critical Terms*, p. 61.

27) Barbara Herrnstein Smith, "Contingencies of Value," *Critical Inquiry* 10.1 (1983), pp. 3~4.

에 대한 관찰을 통해 증명할 수는 없다. 문학의 논리를 그런 식으로 증명하려 했다가는 하나도 남아나는 것이 없을 것이다. 그렇다고 해서, 경험주의나 실증주의에 대비되는 직관주의—즉, 경험이 아닌 직관에 의지하여 대상에 접근하는 인식 방법—가 궁극적 해결책이 되는 것도 아니다. 무엇보다 직관에 의해 파악한 것의 타당성은 '직관적 방법'으로 입증이 불가능하기 때문이다. 직관적 인식이란 입증이 불가능한 선험의 영역에 속한 것이기 때문이다. 아무튼, 직관주의에 바탕을 둔 비평 방법이 나름의 한계를 노출하고 있지만, 따라서 가치 판단을 배제한 객관적 비평을 향한 노력이 무망한 것일 수도 있지만, 직관주의에 의지하되 자연과학의 지식에 비해 손색이 없는 '지식'으로서의 비평을 꿈꾸었던 방법론이 한때 대두되었던 것도 사실이다. 이를 대표하는 것이 '신비평the New Criticism'으로 불리는 20세기 중엽 미국의 비평 경향인데, 이 경향의 비평가들은 일체의 경험적 자료를 배제한 채 오로지 문학 텍스트에 대한 직관적 이해에만 집중하고자 했다. 예컨대, 워즈워스의 「옅은 잠이 내 영혼을 닫아놓아」를 비평할 때, 워즈워스에 관한 전기적 자료나 이 시와 관련된 역사적·사회적·문화적 자료는 작품 이해에 방해가 된다는 이유로 이를 거부하고 오직 텍스트만을 치밀하게 읽고 분석하고자 했던 것이다. 이 같은 비평 태도는 지나치게 단순하고 소박한 것이라 하지 않을 수 없다. 따라서 그들의 꿈은 깨어질 수밖에 없었다. 사실 20세기 중엽 이후 현재까지 전개되어온 모든 비평 이론은 이 같은 방법론에 대한 비판과 대안으로 보아도 무리는 아니다. 문제는 그 어떤 비판과 대안도 모두를 만족시킬 만한 것이 되지 못한다는 데 있다. 하기야 어떻게 모두가 만족할 수 있는 궁극의 대안이 도출될 수 있겠는가. 그런 대안이 나올 수 있었다면, 애초 비평에 대한 우리의 논의가 이처럼 장황하게 이어지지는 않았을 것이다.

5. 눈길을 거두며

이제까지 우리는 문학 작품, 언어, 문학 비평에 두루 눈길을 주어왔다. 우리의 눈길을 따라 여기까지 온 사람들 가운데 만족스러움을 느끼는 이는 아무도 없을 것이다. 아니, 문제가 되지 않는 것을 문제화하고, 자명한 것을 난감하고 복잡한 것으로 만들었다는 이유로 불만을 토로할 이도 적지 않을 것이다. 하기야, 문학 작품, 문학의 언어, 문학 비평을 문제 삼는 과정의 어디서도 명쾌한 답변을 제시하지 못한 것은 사실이다.

우선 '문학 작품이란 무엇인가'의 물음과 관련하여 우리는 문학 작품이란 '작가' 또는 '시인'과 '독자'를 연결해주는 고리이자 '세계'와 '의미'를 연결해주는 고리라고 규정한 바 있다. 나아가, 문학 작품이 어떤 방식으로 '세계'와 '의미'의 연결고리가 되는가에 대해 실례를 들어 설명하기도 했다. 그럼에도 불구하고, 우리는 여전히 문학 작품이 어떤 방식으로 '의미'를 드러내며, '의미'라는 것이 무엇인지를 일반화하여 보여주지는 못했다.

또한 '언어'야말로 문학 작품을 문학 작품으로 존재하게 하는 결정적 요인임을 힘주어 말하면서도, 언어의 어떤 측면이 문학 작품 고유의 것인가에 대해 답을 시도하지 않았다. 오히려 문학의 언어와 비문학의 언어를 구분하려는 그 어떤 시도도 성공을 거두지 못했음을 확인했을 뿐이다. 말하자면, 문학의 언어는 '전경화'를 본질로 한다는 논리도, 문학의 언어는 본질적으로 '수사적'인 것이라는 논리도, 또한 문학의 언어는 '허구'의 개념에 의거하여 규정할 수 있다는 논리도 모두 문제를 안고 있음을 따져보았을 뿐이다. 요컨대, 문학 고유의 언어는 따로 없다는 다소 싱거운 결론에 이르렀다.

끝으로 우리는 '문학 작품을 어떻게 읽을 것인가'라는 비평의 문제로 눈길을 돌렸으나, 이와 관련해서도 우리는 그 어떤 만족스러운 답변을 제시하지 못했다. 다만 비평이란 '분석'과 '가치 판단'을 아우르는 개념이며, 비평의 객관성을 위해 가치 판단을 배제하고 분석으로서의 비평을 확립하려는 입장과 비평가 자신의 비평적 안목을 존중하여 가치 판단으로서의 비평을 옹호하는 입장이 모두 가능함을 논의했을 뿐이다. 아울러, 비평이 사적이고 자의적인 것이 되지 않기 위해 분석으로서의 비평을 옹호하는 쪽이 설득력과 힘을 얻게 되었음을, 그럼에도 불구하고 여전히 그들의 방법론이 얼마나 위태롭고 허약한 것인가를 밝혔을 따름이다. 결국 모두가 만족할 만한 비평 방법이란 있을 수 없다는 결론 아닌 결론으로 논의를 마감했다.

이처럼 우리는 문학 작품, 문학의 언어, 문학 비평이란 무엇인가에 대해 명쾌한 답변을 제시하는 쪽으로 진행했던 것이 아니라 무언가가 무엇 때문에 문제가 되고 문제가 되는 것을 아무리 해결하려 해도 해결이 어렵다는 사실을 밝히고 드러내는 쪽으로 논의를 진행해왔다. 우리가 그렇게 할 수밖에 없었던 것은 문학과 관련하여 제기되는 물음 가운데 어떤 것도 손쉬운 답변을 용납하지 않기 때문이다. 아니, 문학의 본질을 명쾌하게 밝히거나 규정할 수 없다는 데 문학의 본질이 놓이기 때문인지도 모른다.

그렇다면, 문학이 도대체 무엇이기에 그처럼 일반화를 허락하지 않은 채 논쟁만 불러일으키고 우리를 혼란에 빠뜨리는 것일까. 이 물음에 대한 답을 위해 우리는 문학, 철학, 자연과학 등 인간의 다양한 정신 활동 사이의 차이에 유념하지 않을 수 없다. 극도의 단순화를 시도하는 경우, 인간의 삶에 대한 관념화를 지향하는 것이 철학이고 일반화를 지향하는 자연과학이라면, 문학은 인간의 삶에 대한 구체적인 이해를 추구하는 정신 활동이다. 다시 말해, 인간의 삶 자체에 항상 예민한 촉각을 세우고 있는 것이 문학으로, 문학은 인간의 삶에 대한 온갖 물음—예컨대, 인간의 삶이 갖는 의미는 무엇이며, 인간의 삶 가운데 어떤 측면이 인간의 삶을 인간의 삶답게 만드는 것이고, 또 인간의 삶을 어떤 식으로 이해하고 받아들여야 할까 등등—을 구체적인 맥락에서 던지고 이에 대한 구체적인 이해와 답을 추구한다. 관념화나 일반화에 호소하지 않은 채 구체적인 맥락에서 구체적인 이해를 추구할 때 이 같은 물음에 대한 어떤 답도 명쾌한 것일 수 없듯, 그 어떤 인간의 정신 활동보다 더 가까이 인간의 구체적인 삶에 다가가 있는 문학에 관한 어떤 물음에 대해서도 명쾌한 답이란 있을 수 없다. 하지만 문학에 발을 들여놓은 사람이라면 누구도 문학을 향해 물음을 던지고 답을 찾는 일을 멈추지 말아야 할 것이다. 삶이 기약하는 것이 상처뿐인 영광이라 해도 우리가 삶과 삶을 향한 물음을 포기할 수 없듯, 상처뿐인 영광밖에 기대할 것이 없더라도 어찌 문학도가 문학과 문학을 향한 물음을 포기할 수 있겠는가. "살려고 애써야 한다il faut tenter de vivre"(「해변의 묘지」)고 프랑스의 시인 폴 발레리Paul Valéry가 외쳤듯, 문학도라면 누구나 문학을 향해 물음을 던지고 답을 찾는 일에 여일하게 '애써야' 할 것이다.

제2부

시 읽기, 또는 숨은 의미를 찾아

두 편의 시 텍스트 앞에서
—초정 김상옥의 「봉선화」 다시 읽기

1. 초정 시비를 기억에 떠올리며

벌써 9년여의 세월이 흘렀다. 지난 2007년 3월 29일 통영 남망산 기슭에서 초정 김상옥(草汀 金相沃, 1920~2004) 선생의 시비 제막식이 있었고, 이를 참관하기 위해 버스에 몸을 실었던 것이 엊그제 같은데 벌써 그처럼 세월이 흐른 것이다. 당시 제막식장을 향해 걸음을 옮기면서 시조와 관련하여 상의의 말을 건네던 김연동 선생의 어조가, 제막식장에서 간명하면서도 정연한 축사로 자리를 빛내던 김남조 선생과 이어령 선생의 모습이, 제막식이 끝나자 산에서 내려와 찾아간 강구항의 어느 한 횟집에서 초정 관련 일화를 재미있게 전하던 이우걸 선생의 푸근한 표정이 아직 편편(片片)이 기억 속에 남아 있다. 그리고 무엇보다 옆으로 뉘어놓은 소리굽쇠 모양의 화강암 조형물을 육면체의 오석(烏石)에 올려놓은 형태로 제작된 독특한 모습의 초정 시비 본체가, 또한 그 주변에 적당한 간격을 두고 배치해놓은 육면체의 오석들이 나의 기억에 남아 있다. 시비 본체에는 초정의 대표작 가운데 하나로 꼽히는 「봉선화」가, 본체 주변의 오석들에는 초정의 또 다른 대표작들이 새겨져 있었던 것도 기억난다. 하지만 시비 제막식이 있던 날에는 인파에 밀려 시비 본체와 주변의 오석에 새겨진 초정의 시 작품들을 꼼꼼히 읽어보거나 그림과 전각 작품들을 제대로 감상할 수 없었다. 다음에 다시 찾을 기약을 하고 발걸음을 돌릴 수밖에 없었던 것도 기억의 한 구석에 남아 있다.

이번에 초정의 작품 세계에 대해 다시 한 번 논의할 기회를 얻은 나는 문득 그때의 기억을 떠올리고 아쉬움에 젖지 않을 수 없었다. 다시 찾을 기약을 하고 발걸음을 돌린 지 9년여의 세월이 흘렀지만, 아직 그럴 기회를 갖지 못했기 때문이다. 당장 모든 것을 떨치고 통영으로 떠날까 하는 생각을 해보기도 했지만, 잡다한 세상사가 나의 마음을 무겁게 내리눌렀다. 아쉬워하는 마음을 잠재운 다음 『김상옥 시전집』(창비, 2005)을 들춰보는 도중 갑자기 묘안이 떠올랐다. 인터넷 사이트를 열고 초정 시비와 관련된 정보를 검색해보자. 틀림없이 다양한 영상 자료가 올라와 있을 것이다. 생각이 여기에 미치자, 펼쳐든 책을 내려놓고 컴퓨터 화면 앞에 앉아 정보 검색을 해보았다. 그 결과, 초정의 시 세계를 사랑하는 사람들이 정성을 담아 올려놓은 다양한 사진 영상 덕분에, 기억 속에 남아 있는 초정 시비의 모습을 세세하게 살펴볼 수 있었다.

시비 본체의 오석 전면과 후면에 새겨져 있는 내용 하나하나를, 그리고 본체 주변의 오석에 새겨진 초정의 시는 물론 그림과 전각 작품까지 빠짐없이 살펴볼 수 있었다. 물론 현장에 가서 직접 보는 것과 비교조차 할 수 없는 것임을 어찌 모르랴. 아닌 게 아니라, 오석에 새겨진 시편들을 읽기 위해 조금이라도 해상도가 나은 사진 영상을 찾느라 적지 않은 시간을 보냈다. 또한 시비 본체와 주변 오석들의 세세한 모습을 살펴보고, 이들의 배치도와 주변 지형을 가늠해보는 데 따로 시간을 보내기도 했다. 내친김에 이우걸 선생과 함께 찾았던 강구항의 횟집 위치까지 확인해보기도 했다. 초정 시비의 현장을 당장 찾지 못해 느끼는 아쉬움을 이런 식으로 달래다가, 이번 논의는 초정 시비 본체에 새겨진 작품을 대상으로 하는 것이 어떨까 하는 데 생각이 미쳤다. 여러 작품 가운데 특히 내가 주목하고자 하는 것은 「봉선화」로, 무엇보다 이 작품은 초정의 시 세계뿐만 아니라 현대 시조의 백미(白眉)에 해당하는 대표작이기 때문이다. 아울러, 시비 본체의 전면뿐만 아니라 후면에까지 새겨져 있는 「봉선화」는 문학 텍스트에 관한 논의를 일깨울 수 있는 시사적(示唆的)인 예이기 때문이다.

2. 텍스트의 문제

앞서 말한 바와 같이, 초정 시비의 본체 전면을 장식하고 있는 시조 작품은 글씨 자체가 예술혼을 담고 있는 초정의 친필로 이루어진 「봉선화」다. 시비 전면의 사진 영상을 확대하여 세세하게 살펴보니, 봉선화의 '화'가 '花'가 '華'인 것이 우선 눈에 띈다. 물론 '華'도 '꽃'을 뜻하는 한자어인 이상 이를 따로 문제 삼을 것이 없지만, 여기서 우리는 초정의 개성을 읽을 수도 있으리라. 우리가 문제 삼아야 할 것이 있다면, 이는 시비 전면에 새겨진 텍스트가 우리가 일반적으로 알고 있는 「봉선화」의 텍스트와 차이가 있다는 점이다. 구체적으로 말하자면, 이는 우리에게 널리 알려진 「봉선화」에서 셋째 수를 빼고 첫째 수와 둘째 수만을 옮겨놓은 것이다. 마치 이 점을 의식하기라도 한 듯, 시비 후면에는 우리 모두에게 친숙한 「봉선화」의 텍스트가 초정의 백자 그림과 함께 새겨져 있거니와, 이는 『김상옥 시전집』에 수록된 작품 텍스트와 완벽하게 일치한다. 아무튼, 시비 전면의 텍스트에서 셋째 수가 빠진 이유는 도대체 무엇일까. 조형미를 고려한 조각가의 배려에 따른 것일까. 말하자면, 전문을 넣기에 공간이 협소하다 판단했던 것 아닐까. 또는 첫째 수와 둘째 수만으로도 시의 정취를 충분히 살릴 수 있다는 누군가의 판단에 따른 것일까. 만일 조각가든 누구든 조형미를 고려해서, 또는 첫째 수와 둘째 수만으로도 시의 기본 정조가 훼손되지 않으리라 판단해서 셋째 수를 빼고 나머지를 시비 전면에 제시했다면, 이는 그 자체로서 심각한 논란거리가 되지 않을 수 없다. 하지만 첫째 수와 둘째 수만으로 이루어진 「봉선화」가 초정 자신의 기획에 따른 것이라면? 다시 말해, 초정 자신이 살아생전 직접 이 시의 첫째 수와 둘째 수만을 취해 "봉선화"라는 제목 아래 친필로 원고를 남겼고, 이렇게 해서 남아 있게 된 친필 원고로 시비의 전면을 꾸몄다면? 그렇다면, 초정은 "봉선화"라는 제목 아래 두 편의 작품을 남긴 셈이 되고, 이에 따라 우리에게는 바로 이 두 편의 시를 별개의 작품으로 읽을 것이 요구된다. 또는 최소한 두 작품이 궁극적으로 의미하는 바가 다를 것으로 가정해야 한다.

이처럼 시비 앞면의 「봉선화」와 시비 후면의 「봉선화」 사이의 차이에 예민하게 반응하는 이유는 무엇인가. 그 이유는 초정의 또 다른 대표작으로 꼽히는 「백자부」와 관련하여 나에게는 나름의 이야깃거리가 하나 있기 때문이다. 이를 밝히기 전에 시비 본체 주변의 오석에 새겨진 「백자부」를 함께 읽기로 하자. 인터넷 사이트에서 사진 영상을 찾은 다음, 이를 확대하여 글자 하나하나를 새겨가며 읽어본 결과는 다음과 같다.

찬 서리 눈보라에 절개 외려 푸르르고
바람이 절로 이는 소나무 굽은 가지
이제 막 백학 한쌍이 앉아 깃을 접는다.

드높은 부연 끝에 풍경소리 들리던 날
몹사리 기다리던 그린 임이 오셨을 제
꽃 아래 빚은 그 술을 여기 담아 오도다.

갸우숙 바위틈에 불노초 돋아나고
채운 비껴 날고 시냇물도 흐르는데
아직도 사슴 한마리 숲을 뛰어드노다.

불 속에 구워내도 얼음같이 하얀 살결!
티 하나 내려와도 그대로 흠이 지다
흙 속에 잃은 그날은 이리 순박하도다.

아쉽게도 오석에 새겨진 시 텍스트는 초정 자신의 예술혼을 감지케 하는 친필로 이루어져 있지 않았다. 하지만 반듯한 활자체로 새겨진 텍스트는 『김상옥 시전집』에 수록된 작품 텍스트와 모든 면에서 일치한다. 아무튼, 이처럼 「봉선화」에서 엉뚱하게 「백자부」로 시선을 돌린 이유는 무엇인가. 오석에 새겨진 「백자부」는 일찍이 내가 고등학교 1학년 시절에 처음 만난 텍스트와는 다른 것이었기 때문이다. 이미 2007년에 출간된 『불과 얼음의 詩魂—초정 김상옥의 문학 세계』의 머리말에서 밝힌 바 있듯, 나는 고등학교 학생 시절 국정 국어 교과서 세 권을 모두 아직까지 보유하고 있다. 바로 이 교과서에 수록되어 있는 「백자부」의 텍스트와 위에 인용한 「백자부」의 텍스트와 비교해보면, 교과서에는 이 작품의 둘째 수가 빠져 있음을 확인할 수 있다. 이를 처음 확인했을 때 나는 이러저러한 의문에 잠기지 않을 수 없었다. 둘째 수가 생략되어 있는 이유는 무엇일까. 혹시 교과서 편찬자(또는 편찬자들)가 지면을 고려한 끝에 뺀 것일까. 이는 물론 가당치 않은 의혹이다. 지면 관계 때문이라면 이 작품의 아래쪽을 장식하고 있는 삽화를 없애면 필요한 지면을 확보할 수 있기 때문이다. (교과서의 해당 지면을 살펴보면, 「백자부」 아래에는 여러 점의 자기를 좌우 양쪽 조금씩 겹쳐진 모습으로 그려놓은 삽화가 있거니와, 이 삽화는 둘째 수를 넣기에 충분한 지면을 차지하고 있다.) 지면 관계가 아니라면 무슨 이유 때문일까. 도대체 작품의 일부를 생략하고 이를 교과서에 수록하겠다는 식의 발상은 어디에서 온 것일까. 혹시 "술"이 언급되는 대목이 미성년자들인 고등학교 학생들에게 적합하지 않다는 이유로 그랬던 것은 아닐까. 설마 그럴 리야! 하지만 혹시 그런 이유 때문이었다면? 당시 사회 기강이 얼마나 엄했는지 몰라도, 이는 시에 대한 폭력을 행사한 것이나 다름없는 짓이다! 아무리 너그럽게 봐주어도, 무지(無知)의 소치에다가 촌스러움의 발로라고 말하지 않을 수 없다. 생각이 여기에 이르렀을 때, 문득 이런 의문을 가져보기도 했다. 혹시 초정 자신의 뜻이 반영된 것은 아닐까. 하지만 만일 초정의 뜻을 반영한 것이었다면 초정이 이처럼 일부가 생략된 이본(異本) 「백자부」를 우리에게 따로 작품으로 남기지 않은 이유는 무엇일까. 아무리 따져보아도 "술"이 문제되었던 것이 아닌가 하는 데 나의 추측이 모아졌다.

「백자부」의 둘째 수에 등장하는 "술"은 "꽃 아래 빚은" 술이다. "꽃 아래 빚은" 술이라는 말에는 귀하디귀한 술이라는 의미가 담겨 있다 할 수 있다. 시인은 이 술을 "몹사리 기다리던 그린 임이 오셨을 제" 그에게 권하기 위한 것, 그것도 지금 시인이 매혹된 눈으로 바라보고 있는 "백자"에 담아 권하기 위한 것이었다고 상상한다. "불 속에 구워"냈지만 "얼음같이 하얀 살결"을 지닌 순결하면서도 "순박"한 "백자"에 담아! 이제 "꽃 아래 빚은 그 술"도 사라지고, "몹사리 기다리던 그린 임"에게 술을 백자에 담아 권하던 사람도 사라졌다. 오로지 시인 앞에 남아 있는 것은 순결하고도 순박한 백자뿐이다! 저 유명한 존 키츠John Keats의 「희랍 항아리에 부치는 송시*Ode on a Grecian Urn*」에 비견할 만큼 시인의 상상력으로 빛나는 빼어난 시 「백자부」에서 우리가 읽어야 할 것은 단지 백자 표면을 장식하고 있는 문양이나 그림에 대한 시인의 묘사만이 아니다. 이 시의 첫째 수에서 시인은 백자의 "하얀 살결"에 그려진 "소나무 굽은 가지"와 한 쌍의 "백학"에 눈길을 주다가, 둘째 수에 이르러 상상의 날개를 펴 눈앞의 백자를 사용했을 법한 이의 모습을 떠올린다. 다시 셋째 수에서 백자의 "하얀 살결"을 수놓고 있는 "불노초"와 "채운"과 "시냇물"과 한 마리의 "사슴"에 눈길을 준다. 마침내 넷째 수에 이르러 백자의 "하얀 살결" 그 자체를 향해 시인은 경탄의 마음을 가다듬는다. 결국 둘째 수에 빼는 것은 시에서 시인의 상상 속의 비전을 제거하는 것이나 다름없다. 그렇게 하는 경우, 이 시는 지극히 평면적인 관찰과 묘사의 시로 남을 수밖에 없다. 시인의 상상 속의 세계에 존재하는 이들의 마음과 사랑과 삶을 감지케 하는 이 둘째 수를 빼다니!

그리던 사람을 만나 술을 권한다는 내용이 청소년에게 음주를 조장한다는 식의 그야말로 유치한 발상에서 이를 뺀 것이라고는 절대로 믿고 싶지 않았다. 하지만 이 같은 의문과 추측에 잠기고 나서 한참 후에 어쩌다 초정의 말씀을 기록으로 남긴 글을 읽을 기회를 가졌다. 그리고 이를 통해 당시의 국정 교과서 편수관들이 "술"에 대한 언급이 있다는 식의 무지하고도 촌스러운 이유로 인해 둘째 수를 뺐다는 사실을 확인하게 되었다. 요컨대, 둘째 수를 뺀 것은 초정 자신의 뜻이 아니었다. 우리가 「백자부」에서 어느 한 수라도 뺄 수 없음을 주장하는 것 자체가 초정의 뜻을 따르는 것이리라. 정녕코 시는 자체로서 살아 있는 유기적 생명체와도 같은 존재다. 따라서 우리 마음대로 몸통의 일부를 쳐내거나 팔다리를 자르는 일은 삼가야 할 것이다.

이런 기억이 나에게 있는데, 어찌 「봉선화」에서 셋째 수를 뺀 채 이를 시비에 올리는 것 때문에 예민하게 반응하지 않을 수 있겠는가. 하지만, 앞서 말했듯, 이번의 경우에는 만에 하나 초정 자신의 뜻을 반영한 것이라면? 이 같은 의문에 직면하여 초정의 사위인 김성익 선생에게 전화로 물었다. 선생은 곧 이렇게 답변을 주었다. 노년에 이르러 어른께서는 자신의 작품에 대한 수많은 필사본을 남기셨는데, 시비 전면의 「봉선화」는 그 가운데 하나라고. 다시 말해, 초정은 우리에게 "봉선화"라는 제목의 작품을 두 편 남긴 셈이다. 따라서 우리는 시비 전면의 「봉선화」와 시비 후면의 「봉선화」에 대해 각각 별도의 작품 읽기를 시도하지 않을 수 없다.

3. 시비 앞면의 「봉선화」 읽기

우선 우리가 통영 남망산을 올라가 초정 시비가 있는 곳에 도착했다 가정하자. 그리고 시비 본체 앞으로 다가섰다 하자. 우리의 눈에 들어오는 것은 물론 두 수로 이루어진 「봉선화」다.

鳳仙華

비오자 장독대에 봉선화
반만 벌어
해마다 피는 꽃을
나만 두고 볼것인가
세세한 사연을 적어
누님께로 보내자
누님이 편지보며 하마 울까
웃으실까

눈앞에 삼삼이는 고향 집을

그리시고

손톱에

꽃물 들이던 그날 생각

하시리.

艸丁

이 작품을 읽고 우리가 감지하는 바의 시적 의미나 정취는 과연 어떤 것일까. 『김상옥 시전집』에 수록된 연보에 따르면, 초정은 1남 6녀 가운데 막내였다 한다. 말하자면, 누님이 여섯 분이나 되었다. 이 시에 등장하는 "누님"이 몇 째 누님인지는 알 수 없지만, 아마 시집을 가 고향을 떠나 먼 곳에서 사는 누님 가운데 한 분이리라. 아무튼, 그런 누님에게 시인은 "고향 집"의 "세세한 사연"을 적어 보내자 마음먹는다. 따지고 보면, 고향의 떠나 먼 곳에 있는 형제자매에게 고향 이야기를 세세하게 적어 보내는 일이야 특별할 것도 없고 새삼스러울 것도 없다. (물론 이메일이나 인터넷 전화와 같은 문명의 이기가 일반화된 요즘에야 특별하고 새삼스러운 일이 되겠지만!) 이처럼 특별할 것도 없고 새삼스러울 것도 없는 인간사의 한 단면을 보이는 이 시가 특별하고도 새삼스럽게 우리의 마음을 끈다면 그 이유는 무엇인가. 이 시를 읽은 사람이라면 누구든 이 시가 일깨우는 시적 정취에 마음 깊은 곳 내면의 울림을 경험하지 않은 이가 없으리라. 이처럼 우리의 마음속 깊은 울림을 가능케 한 동인(動因)이 시 안에 존재한다면 그것은 과연 무엇일까. 아니, 이 시가 특별하고도 새삼스럽다면 그 이유는 무엇인가.

여기서 우리는 무엇보다 시인이 우리에게 일깨운 시적 이미지가 손끝에 짚일 듯 구체적이고 생생한 것이라는 점에 유념해야 할 것이다. 어찌 보면, 어린 시절 장독대와 아무리 작고 보잘것없는 것이라 해도 화단이 있는 집에서 살아본 경험이 있는 사람이라면, 그리고 화단에 핀 봉선화의 꽃잎으로 누님이나 여동생이 손톱에 물을 들이는 것을 보았던 사람이라면, "비오자 장독간"의 "반만 벌어"진 봉선화만큼 누님이나 여동생과 함께 보낸 옛 시절을 따뜻하게 떠올리게 하는 것은 아마도 많지 않으리라. 아무튼, 그동안 무심한 마음으로 삶을 살던 시인은 문득 "장독대"의 "봉선화"가 "반만 벌어"진 것에 눈길을 주었던 것이고, 그 순간 누님의 부재(不在)에 대한 아쉬움의 마음이 새삼스러워졌던 것이리라. 그리하여 시인은 이렇게 자문(自問)했던 것이리라. "해마다 피는 꽃을/나만 두고 볼것인가." 말하자면, 평소에는 무심하게 여겼지만 옛 추억을 세세하고 생생하게 일깨울 수 있을 법한 구체적인 대상이 불현듯 시인의 마음을 움직여, 이 시에서 읽을 수 있듯 시인을 상념에 잠기게 했던 것이리라.

하지만 이 시가 동원한 시적 이미지—즉, 손끝에 짚일 듯 구체적이고 생생한 시적 이미지—가 일깨우는 시적 정취는 시인만의 것일 수 없다. 「봉선화」는 이 시를 읽는 다른 모든 이에게 깊은 공감과 호소력을 갖는 빼어난 작품 아닌가. 아마도 이 작품의 빼어남에 대해 이의를 제기할 사람은 없을 것이다. 그렇다면, 그 이유는 무엇일까. 다시 말해, 이 작품이 읽는 이들 모두의 마음에 깊은 울림을 전한다면, 이는 무엇 때문일까.

여기서 우리는 물리학이나 화학에서 말하는 '과포화 용액'이라는 개념을 끌어들일 수 있다. 과포화 용액이란 어떤 물질이 용해될 수 있는 한도 이상으로 용매에 녹아 있는 상태의 용액을 말한다. 말하자면, 정상적인 상태에서는 물질이 결정 상태로 바뀌어야 하는데 그러지 않은 채 여전히 용매에 녹아 있는 상태의 용액을 말한다. 이 같은 상태는 일반적으로 어떤 물질을 용매에 녹인 다음 온도를 낮추거나 용매를 증발시켰을 때 생성된다. 한편, 이 같은 과포화 용액에 단 하나의 먼지 입자를 넣거나 미세한 충격을 가하기만 해도 녹아 있던 물질은 급격하게 응고한다. 마치 울고 싶어도 억지로 울음을 참고 있는 어린아이에게 던진 단 한마디의 섭섭한 말이 폭포 같은 울음을 이끌 듯. 어찌 보면, "반만 벌어"진 봉선화를 누님에게 말함은 바로 이 같은 하나의 먼지 입자 또는 미세한 충격에 해당하는 것일 수도 있다. 고향을 떠나 사는 누님에게 어찌 고향 집에 대한 그리움이 새삼스러운 것이랴. 항상 "눈앞에 삼삼이는 고향 집"에 대한 그리움에 젖어 있을 법한 누님에게 시인이 전하는 봉선화에 대한 사연은 과포화 용액에 넣는 하나의 먼지 입자일 수도, 그런 용액에 가한 미세한 충격일 수도 있지 않겠는가. 이로 인해 누님은 울 수도 있고 웃을 수도 있으리라. 운다면 이제는 되돌릴 수 없는 옛 시절에 대한 아쉬움 때문일 것이고, 웃는다면 옛 시절에 대한 즐거운 회상 때문이리라.

하지만 무엇보다 중요한 것은 시인이 바로 이 시를 통해 과포화 용액과도 같은 독자들의 마음을 움직이고 있다는 사실이다. "장독대"의 "반만 벌어"진 봉선화에 눈길을 주다가 "손톱에 꽃물 들이던" 누님의 모습을 새삼 떠올리고 그 누님에 대한 그리움을 더할 수 없이 생생하게 전하는 「봉선화」 자체가 하나의 먼지 입자 또는 미세한 충격이 아니겠는가. 정녕코, 과포화 용액과도 같은 마음으로 시를 읽고자 하는 우리네 독자들—그러니까 어린 시절 형제자매와 공유한 따뜻한 추억이 무엇이든 이를 떠올리면서 시적 감흥에 젖어들 만반의 준비가 되어 있는 우리네 독자들—에게 이 시는 마음을 움직이는 하나의 소중한 동인인 셈이다. 그렇다면, 그와 같은 마음의 준비가 되어 있지 않은 독자들은? 그런 이들에게 어떤 시든 시를 읽고 감동하라는 투의 주문을 할 수야 없지 않겠는가! 아무튼, 시비 전면의 「봉선화」에서 우리가 읽을 수 있는 것은 봉선화를 동인으로 하여 과거를 회상하는 시인의 모습이다.

4. 시비 후면의 「봉선화」 읽기

이윽고 우리가 마음속 깊은 울림을 다독이며 발걸음을 옮겨 시비의 후면으로 향했다 가정하자. 그리고 시비의 후면을 마주하는 순간 놀랍게도 세 수로 이루어진 또 한 편의 시조 작품 「봉선화」와 마주하게 되었다 하자. 사실 "장독대"가 "장독간"으로 바뀐 것과 띄어쓰기에 약간의 차이가 있고 시어의 공간 배치가 달라졌을 뿐, 새로 접한 「봉선화」의 첫째 수와 둘째 수는 시비 전면의 「봉선화」와 일치한다.

> 비오자 장독간에 봉선화 반만 벌어
> 해마다 피는 꽃을 나만 두고 볼 것인가
> 세세한 사연을 적어 누님께로 보내자.

누님이 편지 보며 하마 울까 웃으실까
눈앞에 삼삼이는 고향집을 그리시고
손톱에 꽃물 들이던 그날 생각하시리.

양지에 마주 앉아 실로 찬찬 매어주던
하얀 손 가락 가락이 연붉은 그 손톱을
지금은 꿈속에 본 듯 힘줄만이 서누나.

이에 따라 우리는 시비 전면을 읽었을 때의 감흥을 기본적으로 그대로 유지하되, 셋째 수로 인해 새로운 작품 읽기를 시도하지 않을 수 없게 된다. 물론 시어의 공간 배치가 달라짐에 따라 시가 독자에게 전하는 감흥도 달라질 수 있으리라. 시비 전면의 「봉선화」는 시행을 구성하는 음절 수가 일정치 않아 시조로 읽히기보다는 자유시로 읽힌다. 또한 시행의 길이도 길지 않아 느린 호흡으로 차분하게 천천히 읽는 쪽이 한결 더 자연스러운 '사색의 시'로 읽히기도 한다. 반면에 시비 후면의 「봉선화」는 전형적인 시조 형식의 시어 배치로 인해 율격에 맞춰 정연하고 규칙적으로 읽도록 독자를 유도한다. 그리하여 시인이 자신의 마음을 절제 있게 드러낸 '고백의 시'로 읽힌다. 물론 이 같은 판단은 지극히 자의적(恣意的)인 것으로, 별다른 의미를 둘 성질의 것이 아닐지도 모른다. 하지만 이렇게 볼 수도 있지 않을까. 즉, 시비 후면의 「봉선화」가 청년 시절 초정의 마음을 담고 있는 것이라면, 시비 전면의 「봉선화」는 노년 시절 초정의 마음을 엿보게 하는 것일 수도 있으리라. 이 같은 해석을 이끌 수도 있다는 점에서 우리의 판단은 사소하지만 나름대로 의미를 지닐 수도 있다.

아무튼, 첫째 수와 둘째 수를 거쳐 셋째 수에 이르러 초장과 중장을 읽어나가며 우리는 이제까지의 시 읽기에 수정이 필요함을 깨닫게 된다. 즉, 셋째 수의 초장이 일깨워주듯, 시인이 회상하고 있는 것은 "손톱에 꽃물 들이던" 누님의 모습이 아니라 시인 자신의 모습이다. 그러니까 누님이 시인의 손톱에 봉선화 꽃물을 들여주었던 것이다. 사내아이의 손톱에 봉선화 꽃물을 들이다니! 추측건대, 누님들에게 둘러싸여 살던 시인에게 이는 우리가 생각하는 것만큼 부자연스럽게 느껴지는 일이 아니었으리라. 사실 이보다 더 우리의 눈길을 끄는 것은 중장으로, 중장의 내용은 두 방향으로 읽히기 때문이다. 우선 어린 시절 시인의 손가락 끝을 "실로 찬찬 매어주던" 누님의 "하얀 손 가락 가락"을 떠올리는 것으로 읽을 수 있다. 이 경우 "연붉은 그 손톱"은 봉선화 꽃물을 들인 누님의 손톱일 수 있다. 여기서 우리는 자신의 손톱에 이미 꽃물을 들린 누님이 이제 시인의 손톱에 꽃물을 들여주는 정경을 떠올릴 수 있으리라. 하지만 이는 또한 어린 시절 시인 자신의 손톱을 지시하는 것으로 읽을 수도 있다. 즉, 어린 시절 누님이 "실로 찬찬 매어주던" 시인의 "하얀 손 가락 가락"과 꽃물을 들인 끝에 "연붉은" 빛을 띠게 된 시인의 "손톱"으로 읽을 수도 있다. 아니, 이렇게 읽을 수도 있으리라. 어린 시절 시인의 "하얀 손 가락 가락"과 누님의 "하얀 손 가락 가락"이 따로 구분되지 않은 상태로 '하나'의 이미지로 남아, 지금 시인의 기억 속에 떠오르는 것일 수도 있다. 또는 서로의 손가락을 구분할 필요가 없을 만큼 자신과 누님이 마음으로 '하나'이던 바로 그때를 시인이 지금 이 순간 기억 속에 떠올리고 있는 것으로 볼 수도 있다.

아무튼, 셋째 수의 중장이 지니는 시적 의미는 실로 가능하기 어려울 정도로 대단한 것일 수도 있는데, 우선 시인이 "하얀" 손가락과 "연붉은" 손톱 사이의 색채의 대비를 통해 시적 이미지를 더할 수 없이 선명한 것으로 만들고 있음에 유의하기 바란다. 이어서, 시인의 내면 시선은 지금 기억 저편 어린 시절의 손가락—그것이 자신의 것이든 누님의 것이든 기억에 남아 있는 손가락—에 집중하고 있거니와, 이 점이 갖는 시적 의미 역시 결코 사소한 것일 수 없다. 어떤 점에서 그러한가. 시인의 내면 시선이 몸의 일부분인 손가락에 집중하고 있음을 암시함으로써 기억의 세세함과 선명함을 더할 수 없이 생생하게 감지하도록 독자를 유도한다는 점에서 그러하다. 기억의 세세함과 선명함을 더할 수 없이 생생하게 감지하도록 독자를 유도하다니? 이 무슨 말인가. 이와 관련하여, 셋째 수의 중장에 이르러 시인이 어릴 적 자신의 모습이든 누님의 모습이든 그 모습에 대한 일종의 '환유화(換喩化, metonymization)'를 시도하고 있음에 유의하기 바란다. 수사법적으로 볼 때, 환유화는 '은유화(隱喩化, metaphorization)'와 대비되는데, 사랑하는 사람을 별이나 태양에 비유하듯 전혀 별개의 사물을 동원하여 문제의 대상을 묘사하는 수사 전략이 은유라면, 과거의 자신이나 누님의 모습을 몸의 일부—그것도 기억과 관련하여 초점이 맞춰져 있는 몸의 일부—인 손가락을 매개로 하여 대상의 두드러진 특징이나 그 일부에 주의를 환기하여 문제의 대상을 묘사하는 수사 전략이 환유다. 일반적으로 은유는 대상을 낭만적이고 막연한 분위기에 휩싸이게 할 때 동원되지만, 환유는 대상을 사실적이고 선명한 것으로 드러낼 때 동원되는 수사적 전략이다. 요컨대, 시인은 손가락에 시선을 집중함으로써 기억의 세세함과 생생함 속으로 독자의 주의를 환기하고 있는 것이다. 바로 이 점은 과거에 대한 시인의 기억을 더할 수 없이 세세하고도 구체적이며 생생한 것으로 만들고 있거니와, 이 같은 수사 전략은 물론 시인 자신의 의식적인 노력에 따른 것이 아닐 수도 있다. 어찌 보면, 과거의 기억을 세세하고도 구체적이며 생생하게 일깨우고자 하는 시인의 무의식이 여기에 작용하는 것일 수도 있으리라.

이제 남은 문제가 있다면, 셋째 수의 종장을 이루는 "지금은 꿈속에 본 듯 힘줄만이 서누나"라는 구절을 어떻게 이해할 것인가이다. 무엇보다 셋째 수의 초장과 중장에서 일깨운 과거의 기억이 '마치 꿈속에서 본 듯' 생생함을 암시하기 위한 것이 "지금은 꿈속에 본 듯"이라는 표현일 수 있다. 이와 관련하여, 시인이 여기서 시각적 직접성을 암시하는 '보다'라는 동사를 사용하고 있음을 주목하기 바란다. 아무튼, "꿈속에 본 듯"은 또한 무언가가 생생하지만 여전히 현실감을 결여하고 있음을 암시하는 말일 수도 있거니와, 누님과 손톱에 봉선화 꽃물을 들이던 것은 이미 지나간 과거의 일이 아닌가. 어찌 생생하다 해서 그것이 현실일 수 있겠는가. 아무튼, "힘줄만이 서누나"라니? 이 말이 의미하는 바는 무엇인가. 이는 이제 어른이 되어 스스로 자신을 바라보는 나이 든 시인 자신의 모습을 지시하는 말이리라. 또는 떨어져 있기에 볼 수는 없지만 그럼에도 불구하고 꿈속에서 보듯 선연하게 감지되는 나이 든 누님의 모습을 지시하는 말이리라. 그것도 계속 손가락에 시선을 집중한 채. 힘줄이 섰다면 이는 어른이 되어 거칠어진 어른의 손가락(또는 손)을 지시하는 말일 수 있다는 점에서 그러하다.

결국 셋째 수가 첨가됨으로써 「봉선화」는 단순히 과거를 회상하는 시에서 한 걸음 더 나아가 현재를 돌아보는 시인의 눈길이 담긴 시로 발전하고 있다. 또한 과거와 현재의 대비를 선명하게 드러내는 시가 되고 있다. 바로 이 점만을 감안하더라도, 시비 전면의 「봉선화」와 시비 후면의 「봉선화」를 어찌 같은 작품이라 할 수 있겠는가.

'존재'의 시를 향하여

— 김형영의 『나무 안에서』가 전하는 생명의 노래

1. 시대의 깊은 어둠을 헤치고

아주 작은 라일락꽃에서 큼직한 호박꽃까지 눈에 띄는 꽃이라면 어떤 것이든 한 송이 따서 면도칼로 절개한 다음 돋보기의 도움을 받아 꽃의 단면도를 그리고 각 부분의 명칭을 기록하던 시절이 있었다. 공책 한 권이 그림과 명칭으로 꽉 찰 때까지 그런 작업을 했던 것은 초등학교 3학년 시절이었다. 이른바 '자연 관찰'에 몰두하던 그 당시, 나의 관찰 대상은 꽃에만 머물지 않았다. 눈에 띄는 것이라면 무엇이든, 심지어 수족관을 옆으로 비껴 섰을 때 언뜻 보이던 무지개의 모양과 그 무지개의 색채 하나하나를 표시하고 기록하기도 했다. 사실 학교 현관 한가운데 있던 수족관에서 무지개를 보고 나는 뭔가 대단한 것을 발견한 양 온통 요란을 떨었다. 담임 선생님께 달려가 수족관에서 무지개를 보았다고 자랑을 하고는, 내가 관찰한 내용을 선생님께 보여드리기도 했다. 라일락꽃처럼 아주 작은 꽃에도 암술이며 수술이며 씨방이며 없는 것이 없다는 사실이 신기했던 것처럼, 수족관 저편에도 하늘에 떠 있는 것과 같은 무지개가 있다는 사실이 너무도 신기했던 것이다.

그렇게 해서 세계를 조금씩 알아갔지만, 세계를 아는 방법이 그것이 전부는 아님을 어느 날 나는 알게 되었다. 그 무렵 담임 선생님께서는 우리들에게 동시를 한 편씩 써 오라는 숙제를 내신 적이 있었다. 그런데 나에게는 '자연 관찰'과 달리 '동시 짓기'가 너무도 어렵고 불편한 숙제였다. 어찌해야 동시를 쓸 수 있는가 고민하고 있는데, 밖에서 놀던 동생이 비가 오자 집으로 뛰어들어왔다. 그런 동생의 까만 머리에 '은구슬'이 한 움큼 맺혀 있는 것이 아닌가. 은구슬처럼 영롱해 보이던 빗방울에 대한 이 같은 관찰 기록을 나는 '동시'라는 이름으로 제출했었는데, 선생님께서 환하게 웃으시며 무척 칭찬해주셨던 것이 아직도 기억에 생생하다. 사실 무지개 관찰 기록을 선생님께 보여드렸을 때 선생님은 빗방울 관찰 기록을 보셨을 때만큼 환하게 웃지는 않으셨다. 나의 판단으로는 무지개 관찰이 빗방울 관찰보다 더욱 놀랍고 자랑스러운 것이었는데도 말이다.

나이가 들어 영국의 시인이자 비평가인 새뮤얼 테일러 코울리지 Samuel Taylor Coleridge의 상상력 이론을 공부하며 나는 어린 시절 선생님의 환한 웃음을 어렴풋이 이해할 수 있게 되었다. 코울리지는 상상력에 대한 탐구 과정에 고대 로마의 철학자인 플로티노스 Plotinus의 다음과 같은 충고를 인용한 적이 있는데, 여기에서 우리는 무엇보다 세계 이해의 두 방법 가운데 플로티노스가 옹호한 것이 어떤 것인지를 알 수 있다.

누군가가 자연에게 어떻게 움직이는가를 물었을 때, 자비롭게도 자연이 이 물음에 대답해 온다면 그 답변은 다음과 같을 것이다. 질문으로 나를 괴롭히지 말지어다. 심지어 내 자신이 침묵 속에 있으면서 말없이 움직이고 있듯 다만 침묵 속에서 이해할지어다. [……] 마치 물리적 장소와 움직임에 얽매여 있는 하나의 사물인 양 자연이 어디에서 온 것인가 묻는 것은 타당치 않다. 자연이란 이곳으로 다가오는 것도 아니며, 또한 여기에서 다른 어떤 곳으로 멀어져가는 것도 아니다. 다만 자연은 우리에게 보이거나 또는 보이지 않을 따름이다. 따라서 자연의 비밀스러운 근원을 탐지할 목적으로 자연을 뒤쫓아가서는 안 된다. 다만 자연이 갑자기 우리에게 그 빛을 환하게 비춰줄 때까지 조용히 기다릴지어다. 우리의 시선이 떠오르는 태양을 참을성 있게 기다리는 동안, 마치 우리가 축복된 광경을 맞이하기 위해 마음의 준비를 하듯.

—『문학 전기』 제1권 제12장

플로티노스에 의하면, "자연"은 우리에게 다가오는 것도 아니고 멀어져가는 것도 아니기 때문에, "자연의 비밀스러운 근원을 탐지할 목적으로 자연을 뒤쫓아가"는 것은 바람직한 세계 이해의 방법이 아니다. '탐구 대상'으로서의 자연과 '탐구자'로서의 인간 사이의 거리를 전제로 하는 이른바 '과학적' 세계 이해 방법에 대한 대안(代案)으로 플로티노스가 제시하는 것은 무엇인가. 그것은 "자연이 갑자기 우리에게 그 빛을 환하게 비춰줄 때까지 조용히 기다" 리는 것이다. 이때의 기다림은 "자연"과 "우리" 사이의 거리가 무화(無化)되는 극적인 순간에 대한 기다림으로 이해될 수 있거니와,

이 극적인 순간에 이를 때 우리는 비로소 "축복된 광경"을 맞이할 수 있다는 것이다. 이것이 플로티노스에 기대어 코울리지가 제시하고자 했던 상상력을 통한 세계 이해의 차원이다.

부디 오해하지 말기 바라는데, 이처럼 거창한 이름들과 이론을 들먹이는 것은 나의 빗방울 관찰이 상상력의 산물이라는 투의 황당한 주장을 하기 위함이 아니다. 그럼에도 불구하고, 이 자리에서 나의 어린 시절을 이야기함은 세상에 대한 우리의 이해는 "물리적 장소와 움직임에 얽매여 있는 하나의 사물"로 여김으로써 얻어지는 이른바 '과학적인 것'도 있지만, 그렇지 않은 방식으로 얻어지는 것도 있음을 말하기 위함일 뿐이다. 그리고 과학과 관계없는 세계 이해의 방법이 과학적 세계 이해의 방법보다 더 소중한 것일 수 있음을 어린 시절 교육받았음을 말하기 위함이다.

사실 내가 초등학교 3학년 시절에 만났던 담임 선생님과 같은 분은 요즈음 세상에 흔치 않은 예외적 존재다. 우리는 초등학교 시절부터 세계를 구성하는 온갖 것을 "물리적 장소와 움직임에 얽매여 있는 하나의 사물"로 관찰하도록 훈련을 받아왔고, 또 그런 관찰을 통해 얻는 세계 이해가 유일하고도 올바른 것이라는 식의 세뇌 교육을 받아왔다. 그리하여 어느 사이에 우리는 세상을 둘로 나눠 보는 데 익숙해져 있다. 즉, 관찰을 하는 주체로서의 '나'와 관찰을 당하는 객체로서의 '대상'을 갈라놓는 세계 이해 방식에 익숙해져 있다. 그리고 이 같은 갈라놓기가 너무도 절대적인 힘을 발휘하다 보니, 그 사이의 계곡은 이제 건널 수 없을 만큼 깊어지고 말았다. 무엇보다 '과학'과 '기술 공학'이라는 이름 아래 이 같은 갈라놓기가 진행되고 있으며, 이로 인해 "자연"과 "우리"가 '하나'가 되는 극적 순간—즉, 비과학적이지만 마찬가지로 소중한 이해의 순간—은 이제 낯선 것이 되고 말았다.

어찌 보면, 이러한 사정은 유감스럽게도 상상력의 향연이 이루어져야 할 곳인 시 세계에도 마찬가지다. 너무도 많은 시인들이 관찰자로서의 자신과 관찰 대상으로서의 세계를 갈라놓고, 세계에 대한 자신의 관찰을 시로 남긴다. 그들의 시를 보면 그들의 시에 등장하는 세계는 오로지 관찰의 대상인 타자일 뿐 자기 자신의 일부가 아니다. 또는 자기 자신은 관찰자일 뿐 세계의 일부가 아니다. 그들은 마음 놓고 세계를 관찰하고 비난하고 매도한다. 마치 자신은 세계의 일부가 아닌 초월자라도 되는 양. 그 때문인지 몰라도 그들의 시에서는 사랑과 고뇌와 아픔이 느껴지지 않는다. 다만 세계를 저 위에서 내려다보고 있을 법한 신들의 여유와 한가로움만이 느껴질 뿐이다. 이 같은 시는 결코 진정한 의미에서의 인간을 위한 인간에 의한 인간의 예술일 수 없다.

물론 예외는 있다. 그리고 예외가 존재하기 때문에 우리는 여전히 시를 읽고 시의 세계를 탐구한다. 예외라니? 세계와 자아가 '하나'이어야 함을 아직 믿는 시인들이 존재한다는 뜻에서 하는 말이다. 그들은 세계와 자아가 '하나'이어야 함을 역설하기도 하고, 현대의 '과학'과 '기술 공학'이 벌려놓은 세계와 자아 사이의 거리 때문에 괴로워하거나 그 거리를 좁히려 애쓰기도 한다. 또는 적어도 그들의 시 세계를 통해 이 같은 '하나 됨'의 경지가 어떤 것인지를 생생하게 보여주기도 한다. 나의 판단으로는 그들 가운데 한 사람이 바로 우리가 이 자리에서 만나고자 하는 시인 김형영이다. 그의 『나무 안에서』(문학과지성사, 2009)를 통해 우리는 특별하고도 소중한 시 세계를 펼쳐 보이는 시인—말하자면, 세계와 자아 사이의 거리를 무화하는 것이 아직 가능함을 보여주는 시인 또는 세계와 자아 사이의 거리를 무화함으로써 얻은 시적 예지가 무엇인지를 보여주는 시인—과 만날 수 있다.

정녕코 우리의 시대는 이미 깊은 어둠에 휩싸여 있다. 우리는 이제 건너기 쉽지 않은 깊은 계곡 속에, 빛이 닿기에는 너무도 깊이 팬 계곡 속에 파묻혀 있기 때문이다. 이 어둠을 헤치고 계곡 위로 올라가 심연의 양안을 연결하는 다리를 놓기 위해 우리에게는 빛이 필요하다. 그런 우리에게 시인 김형영의 『나무 안에서』에서 흘러나오는 빛은 더할 수 없이 소중한 것일 수 있다.

2. 자아와 자연 사이의 경계를 넘어

모두 46편의 작품 가운데 우리가 무엇보다 먼저 주목하고자 하는 것은 이번 시집에 제목을 제공한 시이기도 한 「나무 안에서」다. 이 시를 통해 우리는 시적 자아로서의 '나'와 시적 대상으로서의 '나무'가 만나 하나가 되는 순간을 확인할 수 있는데, 어떤 관점에서 보면 이 시는 대상을 "물리적 장소와 움직임에 얽매여 있는 하나의 사물"로 파악하는 우리의 습관적인 세계 이해 방법 너머에 존재하는 또 하나의 세계 이해 방법을 선명하게 암시하는 작품이라 할 수 있다.

산에 오르다

오르다 숨이 차거든
나무에 기대어 쉬었다 가자.
하늘에 매단 구름
바람 불어 흔들리거든
나무에 안겨 쉬었다 가자.

벚나무를 안으면
마음속은 어느새 벚꽃동산,
참나무를 안으면
몸속엔 주렁주렁 도토리가 열리고,
소나무를 안으면
관솔들이 우우우 일어나
제 몸 태워 캄캄한 길 밝히니

정녕 나무는 내가 안은 게 아니라
나무가 나를 제 몸같이 안아주나니,
산에 오르다 숨이 차거든
나무에 기대어
나무와 함께
나무 안에서
나무와 하나 되어 쉬었다 가자.

—「나무 안에서」 전문

이 시에서 우리는 산에 오르는 시적 자아—또는 시인 자신—

인 '나'와 만난다. 산에 오르는 사람이라면 으레 그러하듯 숨이 차게 마련이고, 숨이 차면 쉬었다 가게 마련이다. 쉬는 자세야 사람마다 다르겠지만, '나'는 "나무에 기대어 쉬었다" 간다. 아니, "나무에 기대어 쉬었다 가자"고 우리에게 제안한다. 바로 이 제안을 통해 이 시는 진술의 차원을 뛰어넘어 권유의 차원에 이른다. 권유라니? 아마도 이는 어떤 종교에서 마음의 평화를 찾은 사람이 이 마음의 평화를 자신만이 아닌 모든 사람이 함께 누리기를 바라는 마음에 비유할 수 있을 것이다. 일반적으로, 그와 같은 권유가 광적이고 편협한 믿음에서 나온 것이 아닐 때, 우리는 권유하는 사람의 선하고 따뜻한 마음을 이해할 만큼의 아량을 보이게 마련이다. 선하고 따뜻한 마음에서 우러나온 김형영의 소박하지만 아름다운 권유에 누가 저항할 수 있겠는가! 이 시에서 감지할 수 있는 권유가 소박하지만 아름답게 느껴지는 것은 권유 자체가 부담이 될 만큼 크고 무거운 것이 아니기 때문일 수 있다. 마치 목마른 사람에게 던지는 '여기 와서 이 시원한 샘물을 마셔보라'는 권유의 말과도 같이, 시인의 권유는 작고 부담이 가지 않는 것이기에 그만큼 소박하고, 소박한 만큼 아름답다.

말할 것도 없이, 우리 가운데 누구라도 목마른 사람에게 샘물을 권하거나 산에 오르다 숨이 찬 사람에게 나무에 기대어 쉬었다 갈 것을 권할 수 있다. 하지만 그렇다고 해서 그와 같은 우리의 권유가 시인 김형영의 권유와 같은 호소력을 지닐 수는 없다. 김형영의 권유가 각별한 호소력을 지닌다면, 그 이유는 무엇일까. 무엇보다 그의 권유는 시적 형상화라는 인고(忍苦)의 작업을 거친 것이기 때문이다. 물론 시의 형상화 그 자체가 호소력을 보장하는 것은 아니다. 시의 형상화를 거치되 성공적인 시적 형상화를 거쳤을 때, 시인의 권유는 비로소 호소력을 확보하는 법이다. 하지만 성공적인 시적 형상화라니? 이 지점에 이르러, 우리에게 요구되는 것은 「나무 안에서」가 구체적으로 무엇 때문에 성공적인 시적 형상화를 거친 시라고 할 수 있는가에 대한 대답이다.

스쳐 지나가듯 「나무 안에서」에 눈길을 주는 경우, 이 시는 어떠한 시적 형상화도 의식하지 않은 채 쉽게 씌어진 시로 읽힐 수 있다. '산에 오르다 숨이 차면 나무에 기대어 쉬었다 가자'라는 내용의 권유 이외의 것이 쉽게 잡히지 않을 수도 있기 때문이다. 하지만 이 시는 결코 단순한 권유의 시가 아니다. 이와 관련하여, 각 연마다 쉬었다 가는 사람 또는 '나'와 나무 사이의 관계가 새롭게 정립되고 있음에 유의하기 바란다.

먼저 첫째 연의 '나'와 나무는 좁히거나 넓힐 수 있는 물리적 거리를 사이에 둔 개별적 '실체substance'다. 어찌 보면, '기댐'이나 '안음'이라는 행위 자체는 양자가 서로 떨어져 있는 개별적 실체이기 때문에 가능한 것일 수 있다. 이윽고 둘째 연에 이르러 물리적 거리가 무의미한 것이 되고 있는데, '안는' 행위를 통해 '나'와 나무 사이의 교감이 이루어지기 시작하기 때문이다. 어떤 의미에서 보면, 둘째 연 자체는 교감의 과정을 거쳐 물리적 거리가 무화되고 어느 순간 나무가 '나'의 마음 안으로 들어와 있는 정경을 묘사한 것이라 할 수 있다. 아니, '내'가 곧 나무가 되어 있는 정경을 묘사한 것일 수 있다. 시인은 이 같은 교감의 정경을 "벚나무"와 "참나무"와 "소나무"를 예로 들어 보이고 있다. 하지만 만일 이 시가 여기에서 끝났다면 '나'와 나무 사이의 하나 됨은 완전한 것일 수 없다. '내 마음 안에 대상이 들어와 나는 대상이 존재하듯 존재한다'는 식의 세계 이해는 결코 진정한 의미에서의 주체와 객체의 합일이라 할 수 없기 때문이다. 다시 말해, '내'가 나무를 수용함으로써 가능케 된 교감은 '나'의 입장에서 일방적으로 주도한 것이기 때문에 이것만으로는 진정한 의미에서의 하나 됨이라고 할 수 없다. 어떤 의미에서 보면, 이 같은 일방적인 세계 이해의 저변에 깔려 있는 것은 아무리 지우려 해도 지워지지 않는 '자아'일 것이다. 요컨대, 견고한 '자기중심주의'가 문제된다.

따지고 보면, 교감의 순간을 이야기하지만 그와 같은 교감이 자기를 중심에 내세운 일방적인 것임을 확인케 하는 예는 우리 주변의 시에서 얼마든지 확인할 수 있다. 하지만 「나무 안에서」는 그런 종류의 시가 아니다. 이 시가 예외인 것은 교감의 쌍방향성을 의식하는 시인의 마음이 담긴 셋째 연이 있기 때문이다. "정녕 나무는 내가 안은 게 아니라/나무가 나를 제 몸같이 안아주"고 있다는 깨달음은 실로 예사로운 것이 아니다. 정녕코, '내'가 나무를 안고 있는 것이 아니라 나무가 '나'를 안고 있음을 깨닫는 마음은 견고한 자기중심주의를 뛰어넘은 사람에게만 가능한 것이다. 이제 나무가 나의 마음 안에 들어와서 '내'가 곧 나무가 되었다는 일방적인 깨달음에서 시인은 벗어난다. 그리고 마침내 '내'가 나무의 마음 안에 들어가서 나무가 곧 '내'가 된다는 깨달음에 이른다. 바로 이 순간에 진정한 의미에서의 주체와 객체의 합일이 이루어지는 것이리라. 이 같은 깨달음이 있기에 시인은 이렇게 말할 수 있는 것이 아니겠는가. "나무에 기대어/나무와 함께/나무 안에서/나무와 하나 되어 쉬었다 가자"고.

나무가 '내' 안에 존재하는 동시에 '내'가 나무 안에 존재함에 대한 깨달음의 순간은 코울리지가 말하는 "최상의 고귀한 직관적 인식"(『문학 전기』 제1권 제12장)의 순간이라 할 수 있다. 코울리지는 상상력이란 주체와 객체의 완전한 합일을 가능케 하는 능력이라고 말하기도 했는데, 바로 이 같은 상상력의 활동을 우리는 「나무 안에서」라는 시에서 확인할 수 있다. 플로티노스의 표현을 빌리자면, "우리의 시선이 떠오르는 태양을 참을성 있게 기다리는" 가운데 맞이하게 된 "축복된 광경"을 우리는 이 시에서 확인할 수 있는 것이다. 어떤 의미에서 보면, '우리'와 '태양'이 하나가 되는 극적 순간에 대한 추구는 불교의 선(禪)이 목표하는 바이기도 하다. 무엇보다 선이란 자아의 모든 것을 버리고 심지어 선을 통해 무언가를 깨닫고자 하는 의지마저 버리는 가운데 획득되는 무아의 경지—즉, 주체와 객체가 따로 존재하지 않은 경지—에 이르기 위한 것임에 유의해야 할 것이다. 어떤 의미에서 보면, 나무가 '내' 안에 있고 '내'가 나무 안에 있음에 대한 시인의 깨달음은 바로 이 무아의 경지에 시인이 도달해 있음을 암시하는 것일 수 있다.

실로 이 시의 어디에서도 우리는 욕망의 주체로서의 시인을 찾아볼 수 없다. 『오르페우스에의 소네트*Die Sonette an Orpheus*』에서 라이너 마리아 릴케Rainer Maria Rilke가 사용한 표현을 빌려 말하자면, 이런 의미에서 이 시는 "욕망"의 시가 아니라 "존재"의 시다. 「나무 안에서」가 쉽게 읽히는 시인 동시에 쉽게 이해가 되고 또 쉽게 공감이 가는 까닭은 이 시에는 '내'가 존재하는 동시에 존재하지 않기 때문일 것이다. 아니, '내'가 쉽게 나무가 되고 나무가 쉽게 '내'가 되고 있음을 직관적으로 깨닫고 있는 시인의 마음이 있기 때문에, 이 시가 더할 수 없이 강한 호소력을 지닌 존재의 시가 되고 있는 것 아닐까. 릴케는 욕망이란 곧 소진(消盡)되는 것임을 말하면서 욕망의 시를 잊을 것을 충고하기도 했는데, 이처럼 욕망을 뛰어넘는 존재의 시이기에 우리는 이 시의 호소력이 결코 소진되지 않으리라고 믿는다.

한편, 시각을 넓혀 보면, '산을 오르다가 숨이 차면 나무에 기대어, 나무가 되어, 나무 안에서 쉬었다 가자'는 메시지는 의미의 표층만을 드러내 보이는 것일 수 있다. 이 같은 판단이 가능함은 우리의 삶 자체가 어떤 의미에서 보면 '산 오르기'에 비유될 수 있기 때문이다. 살다 보면 산다는 것 자체가 너무도 어려워 숨이 찰 때가 있지 않은가. 우리는 누군가와 싸워 마음이 상하기도 하고, 하는 일이 뜻대로 되지 않아 괴로워하기도 하며, 사랑하는 사람이 이 세상을 떠남에 비탄에 잠기기도 하고, 육신이나 마음에 병이 들어 아파하기도 한다. 바로 그런 순간 기대어 쉴 수 있는 나무가 우리에게 있다면 얼마나 좋겠는가. 그런데 무엇이 그와 같은 나무의 역할을 해줄 것인가. 어떤 이들에게는 신 또는 절대자가 기대어 쉴 수 있는 나무이기도 하고, 또 어떤 이들에게는 주변의 사랑하는 사람들이 기대어 쉴 수 있는 나무이기도 하리라. 그리고 시인에게는 다름 아닌 시 자체가 기대어 쉴 수 있는 나무일 것이다. 아마도 독실한 천주교 신자인 김형영에게 기대어 쉴 수 있는 나무는 시뿐만 아니라 하느님일 수도 있다. 어디 그뿐이랴. 소박하지만 아름다운 시를 쓸 수 있는 선한 마음의 이 시인에게는 그가 사랑하고 또 그를 사랑하는 지인들 역시 기대어 쉴 수 있는 나무들일 수 있다. 하지만 기대어 쉴 수 있는 나무를 어느 하나로 지목하지 않는 것—

아마도 그것이 바로 시인 김형영이 자신에게 그리고 우리 모두에게 원하는 바일지도 모르겠다.

자아와 대상이 물리적 경계를 뛰어넘어 하나가 되는 경지—「마음이 흔들릴 때」에 나오는 시인의 표현을 빌리자면, "네가 내 안에 머물고/내가 네 안에 머무"는 경지—에 이르는 경우, '나'는 나무가 될 수 있고 나무는 '내'가 될 수도 있을 뿐만 아니라, '나'는 세상의 모든 것이 될 수 있고 세상의 모든 것은 '내'가 될 수 있다. 아마도 「꽃을 찾아서」라는 시에서 "나비도 꽃"이고, "별들도 꽃"일 뿐만 아니라, "산들바람도 꽃"이고, "나도 꽃"이 됨을 노래할 때 시인이 보여주고자 하는 것은 바로 이 같은 경지 아닐까. 아무튼, 자아와 대상의 하나 됨 또는 자아와 대상 사이의 초월적 교감을 시적 주제로 삼고 있는 김형영의 작품 가운데 「나무 안에서」와는 성격이 다르지만 여전히 동일한 종류의 깨달음을 노래한 또 한 편의 아름다운 시를 주목하고자 한다면, 아마도 「시골 사람들은」이 그 예가 될 수 있을 것이다.

시골 사람들은
고개를 들어 자주 하늘을 봅니다.
일을 하다가도
길을 가다가도
술을 마시다가도

비를 품은 구름이 어떤 구름인지
아지랑이는 왜 춤을 추는지

바람은 어디서 불어와서
또 어디로 가는지
시골 사람들은 압니다.

어느새 어둠이 골목을 빠져나가
하늘에다 포장을 치면
별들은 신이 나서 깜박입니다.
그 깜박이는 것을 보고
'내일은 날이 좋겠다'
'모래는 서풍이 불겠다'
점도 칩니다.

하늘과 별과
풀과 나무와 새,
물고기와 시냇물은
한몸의 지체같이 서로 사랑하기에
만물이 숨 쉬는 것을
시골 사람들은 다 압니다.

개나 소도 그걸 압니다.

—「시골 사람들은」 전문

"시골 사람들"의 삶에 대한 관찰 기록에 해당하는 이 시에서 시적 자아는 다만 관찰자로서 존재한다. 다시 말해, 「나무 안에서」의 경우와 달리 이 시에서 시적 자아는 자아와 대상의 하나 됨 또는 자아와 대상 사이의 교감을 경험하는 당사자가 아니다. 다만 주변의 "만물"과 교감하는 가운데 삶을 살아가는 "시골 사람들"에 관한 이야기를 전하는 전달자일 뿐이다. 하지만 여기서 우리가 유의해야 할 점은 시인이 전하는 바의 시골 사람들 특유의 삶의 모습이 누구의 눈에나 다 의식되거나 보이지는 않는다는 사실이다. 어찌 보면, '내'가 나무가 되고 나무가 '내'가 되는 초월의 경지를 체험하지 않은 사람에게는 결코 시적 형상화의 가치가 있는 것으로 보이지 않을 그 무엇을 김형영은 보고 느끼고 포착하고 있는 것이다.

이 시는 모두 다섯 연으로 이루어져 있는데, 첫째 연에서 넷째 연까지 각각의 연은 이 시의 제목인 "시골 사람들은"이라는 주어에 대한 술어의 역할을 한다. 즉, 각각의 연은 '시골 사람들은 봅니다' '시골 사람들은 압니다' '시골 사람들은 점도 칩니다' '시골 사람들은 다 압니다'로 요약될 수 있는데, 그 내용은 하나같이 자연과 교감을 하며 삶을 살아가는 시골 사람들에 대한 이야기를 담고 있다. 먼저 첫째 연은 "봅니다"라는 동사를 통해 항상 자연의 있음을 의식하는 그들을, 둘째 연은 "압니다"라는 동사를 통해 자연의 말을 이해하는 그들을, 셋째 연은 "점도 칩니다"라는 동사구를 통해 자연의 뜻을 예견하는 그들을 보여준다. 한편, 첫째, 둘째, 셋째 연이 시골 사람들의 삶의 모습을 구체적으로 보여주고 있다면, 넷째 연은 일종의 종합적 이해에 해당하는 것으로, 여기에서 시인은 첫 세 연에서 보인 시골 사람들의 삶을 가능케 하는 것이 무엇인지를 가늠해보고 있다. 시인의 이해에 따르면, "만물"—그러니까 "하늘과 별과/풀과 나무와 새,/물고기와 시냇물"—은 서로 유기적으로 연결되어 있다. 즉, "한몸의 지체"와도 같고, 그렇기 때문에 "서로 사랑"하지 않을 수 없다. "서로 사랑"하는 유기체라는 말은 자연의 만물이 하나 되어 "숨 쉬는" 생명체로 존재함을 뜻한다. 이처럼 살아 숨 쉬는 생명체이기에, 시골 사람들은 자연의 어느 한 부분을 보고 자연이라는 하나의 거대한 생명체의 말을 알아들을 수 있고 또 그의 뜻을 예견할 수 있는 것이다.

문제는 자연과 시골 사람들의 관계란 어떤 것인가에 있다. 보고 알고 점도 친다는 것은 자연이 시골 사람들이라는 주체에 대해 항상 객체로 존재한다는 암시로 읽힐 수 있기 때문이다. 바로 이 때문에 우리는 다섯째 연에 주목하지 않을 수 없다. "개나 소도 그걸 다 압니다"라는 말이 뜻하는 바는 무엇인가. 먼저 우리는 이 다섯째 연을 '도시 사람들에게야 그렇지 않을지 몰라도 시골 사람들이라면 누구나 너무도 환하게 다 알고 있다'라는 강한 강조의 의미를 담고 있는 것으로 읽을 수 있다. 이는 또한 시골 사람들은 "개나 소"와 삶의 영역을 공유하고 있음을 뜻하는 말로 읽을 수도 있음에 유의해야 할 것이다. 즉, 인간과 짐승이 삶을 공유한 채 함께 살아가고 있음을 암시하는 것으로 읽을 수 있다. 만일 누군가가 이 같은 암시에 기대어 "시골 사람들"을 "개나 소"와 다를 바 없는 열등한 존재로 이해하고자 한다면, 그는 지극히 편협한 인간중심주의 또는 인간우월주의의 시각을 벗어나지 못한 사람이라고 해야 할 것이다. "인간은 수백만의 아름답고도 끔찍하며 매혹적인 동시에 의미 있는 형상들 가운데 단지 하나일 뿐"(「자연과 침묵Nature and Silence」)이라는 크리스토퍼 메인즈Christopher Manes의 생태학적 관점에서 보면, "시골 사람들"과 "개나 소" 사이의 경계를 무너뜨

럼은 인간중심주의 또는 인간우월주의를 뛰어넘는 새롭고도 겸손한 시각—그러니까 주체로서의 인간과 객체로서의 자연을 나눠놓는 과학적 세계관을 옹호하는 사람들이라면 도저히 용인할 수 없는 시각—에서 비롯된 것일 수 있다. 이처럼 인간중심주의 또는 인간우월주의를 뛰어넘어, 인간이란 개나 소와 마찬가지로 "수백만의 아름답고도 끔찍하며 매혹적인 동시에 의미 있는 형상들 가운데 단지 하나일 뿐"이라는 시각에서 볼 때, 어찌 인간을 "하늘과 별과/풀과 나무와 새,/물고기와 시냇물"과 분리되어 따로 존재하는 별개의 것으로 볼 수 있겠는가.

요컨대, 시인의 눈으로 보면, 시골 사람들은 개나 소와 어우러져 겸손한 삶을 살아가는 존재들이다. 그리고 개나 소와 자신들과의 경계를 두지 않는데 어떻게 "하늘과 별과/풀과 나무와 새,/물고기와 시냇물"과 따로 경계를 두고 삶을 살 수 있겠는가. 다섯째 연의 압력으로 인해 우리에게는 인간이 개나 소를 포함한 만물과 교감하며 함께 어우러져 삶을 살아가는 곳이 바로 시골이라는 시 읽기가 가능해진다. 문제는 시인의 눈을 떠나 시골 사람들 자신의 눈에 자기네들의 삶이 어떻게 비치는가에 있다. 사실 이에 대해 시인은 별도의 언급을 하고 있지 않고, 할 수도 없다. 시골 사람들은 자기네들의 삶이 어떤 것인지를 의식조차 하고 있지 않을 것이기 때문이다. 따지고 보면, 그들 스스로 만물과 교감하는 가운데 삶을 살아가고 있음을 의식한다면, 그들은 이미 교감의 삶을 사는 존재가 아닐 것이다. '나는 만물과 교감하며 만물의 하나로 살아간다'라고 의식하는 순간, 그는 이미 자신의 삶을 객체화함으로써 교감의 삶 자체에서 벗어나 '객관적 지식'—과학이 그처럼 목말라하는 '객관적 지식'—을 획득한 존재가 될 것이기 때문이다. 진정, 깨달음을 깨달음이라고 의식하는 순간 그것은 객체화되어 이미 깨달음이 아닌 '객관적 지식'이 된다. 진정한 깨달음은 깨달음으로 의식하지 않는 마음 한가운데 존재하는 것이다. 어찌 보면, 우리가 김형영의 「시골 사람들은」에서 확인하는 것은 그처럼 깨달음을 의식하지 않은 채 깨달음의 삶을 살아가는 사람들의 모습이다. 앞서 살펴본 「나무 안에서」가 소중한 깨달음의 시인 것은 시인이 깨달음을 전혀 의식하지 않은 채 깨달음의 순간을 시를 통해 보여주기 때문일 것이다.

주체와 객체를 나누는 이분법적 시각을 지배하는 것은 말할 것도 없이 주체의 우월성에 대한 확고한 믿음이다. 바로 이 같은 믿음이 주체는 객체를 마음대로 재단하거나 착취하고 필요에 따라 살리거나 죽일 수 있다는 논리를 합법화해왔고 또 이를 실천해왔다. 어찌 보면, 서양의 제국주의에서 시작하여 오늘날의 기술 문명에 이르기까지, 현대 역사의 구석구석을 채우고 있는 것이 객체를 향한 주체의 이 같은 횡포다. 이제 시대가 바뀌어 주체의 횡포에 대한 자각과 반성은 오늘날 다양한 학문 및 문화 영역의 중요한 과제가 되고 있는 것도 사실이다. 특히 생태학 영역의 경우, 앞서 인용한 메인즈의 진술에서 확인할 수 있듯, 인간은 이른바 '자연의 주인'이라는 오랜 믿음에 대한 반성이 활발하게 이루어지고 있다. 정녕코 "인간은 수백만의 아름답고도 끔찍하며 매혹적인 동시에 의미 있는 형상들 가운데 단지 하나일 뿐"이라면, 세상의 모든 것들이 인간만큼이나 소중한 것임을 인간은 깨달아야 한다. 마치 이 같은 깨달음으로 우리를 유도하기라도 하듯, 김형영은 이 세상에 존재하는 작디작은 '형상들'에 따뜻한 눈길을 준다. 그는 한 장의 꽃잎(「생명의 노래」)

에게, 한 그루의 나무(「늘푸른 소나무」, 「우리는 떠돌아도」)나 나무들(「나무들」)에게, 한 마리의 나비(「나비」)나 여치(「여치」)에게, 한 송이의 꽃(「나팔꽃」, 「누가 뿌렸나」, 「양귀비꽃」)에게 따뜻한 눈길을 주는 동시에 말을 건네기도 하고 보듬어 안기도 한다. 이처럼 작디작은 형상들에게 보내는 시인의 따뜻하고 선한 마음이 특히 생생하게 느껴지는 시가 있다면 「나무들」일 것이다.

> 바위틈에 비집고 서 있는 나무
> 가시밭에 웅크린 나무
> 기름진 땅에 우뚝 솟은 나무
> 길가에 버티고 선 나무는
> 제 뜻대로 자란 건 아니지만
> 땅속에 뿌리박고 속삭일 때면
> 그 속삭이는 소리에 취해
> 나무들을 하나씩 껴안아본다.
> 쓰다듬고 다독여준다.
> 올해도 안녕하자고,
> 너도, 너도, 너도, 모두 다 건강하자고.
>
> —「나무들」 부분

나무들이 저마다 "땅속에 뿌리박고 속삭일 때면/그 속삭이는 소리에 취해/나무들을 하나씩 껴안아"보기도 하고 "쓰다듬고 다독여"주기도 하는 시인의 모습이, 또한 "올해도 안녕하자고,/너도, 너도, 너도, 모두 다 건강하자고" 말을 건네는 시인의 모습이, 마치

"바위틈에 비집고 서 있는 나무/가시밭에 웅크린 나무/기름진 땅에 우뚝 솟은 나무/길가에 버티고 선 나무"가 그러하듯, 생생하게 우리 마음에 그려지지 않는가! 이 시를 따라 읽다 보면, 아마도 적잖은 사람들이 그들 마음의 눈에 따뜻하고 선한 마음으로 세상의 작디작은 형상들과 마주하는 시인의 모습이 환하게 그려짐을 느끼지 않을 수 없을 것이다.

이런 종류의 시 가운데 또 한 편 각별히 주목해야 할 작품이 있다면, 이는 아마도 「누가 뿌렸나」일 것이다. 이 시에서는 대상이 수동적으로 존재하는 것이 아니라 능동적으로 자신의 의미를 내세우는 존재로 묘사되고 있거니와, 무엇보다 "지나가던 사람 한 번 더 돌아보게 하고/무정한 사람 그 눈길도 붙잡으니"라는 구절에서 이를 확인할 수 있다. 이는 주체에 대하여 객체는 항상 수동적인 것으로 보는 기존의 이분법적 세계 이해의 시각을 정면으로 뒤집는 것으로, 바로 이 때문에 이 시에서 확인되는 꽃에 대한 시인의 시각은 결코 예사로운 것이 아니다. 우선 이 시를 함께 읽기로 하자.

누가 뿌렸나
여기 후미진 길모퉁이에
꽃 한 송이,
저 혼자 방긋만 해도
무슨 말을 하는지
벌 나비 알아듣고
꽃 소문 퍼뜨리느라 종일 바쁘네.

꽃은 세상에 제일가는 알부자,
바람도 제 것
향기도 제 것
벌도 제 것
저를 바라보는 나도 제 것

저는 물론 제 것이지만
지나가던 사람 한 번 더 돌아보게 하고
무정한 사람 그 눈길도 붙잡으니
꽃아, 어디 한번 물어보자.
여기 이 후미진 길모퉁이에
너를 뿌린 이 누구이신가.

—「누가 뿌렸나」 전문

"후미진 길모퉁이"의 "꽃 한 송이"가 "저 혼자 방긋만 해도/무슨 말을 하는지/벌 나비 알아듣고/꽃 소문 퍼뜨리느라 종일 바쁘"다니! 아마도 어린아이의 순결한 마음을 소유하지 않은 사람이라면, 그가 아무리 시인이라 해도 이처럼 아름답고 생생한 언어적 그림을 그릴 수는 없을 것이다. 둘째 연에도 역시 사람들의 마음을 사로잡는 매력적인 시적 진술이 담겨 있거니와, "저를 바라보는 나도 제 것"이 바로 그것이다. 정녕코 '꽃을 바라보는 나도 꽃의 것'이라는 시적 진술에 담긴 너그럽고도 따뜻한 마음은 시인이라고 해서 누구에게나 허락되는 것은 아니다. 하기야 '바람도 향기도 벌도 꽃의 것'이라는 시적 진술은 어느 시인에게나 가능할 수 있다. 하지만

'나도 꽃의 것'이라는 진술은 "정녕 나무는 내가 안은 게 아니라/나무가 나를 제 몸같이 안아주나니"와 같은 시적 진술을 가능케 하는 시적 상상력을 지닌 시인에게만 가능한 것이리라.

셋째 연에서 시인은 꽃에게 묻는다. "너를 뿌린 이 누구이신가"라고. 이 물음은 첫째 연의 "누가 뿌렸나"라는 물음과 구별할 필요가 있는데, 첫째 연의 물음이 일종의 자문(自問)일 수 있다면, 셋째 연의 물음은 꽃을 향한 것이라는 점에서 그러하다. 과연 이 같은 변화가 의미하는 바는 무엇일까. 어떤 의미에서 보면, 첫째 연의 물음은 '아니, 어떻게 이런 곳에 꽃이 피어 있을까'라는 놀라움의 표시일 수 있다. 말하자면, 길을 가다가 문득 꽃 한 송이를 보고는 놀라움에 그 꽃에게 찬찬한 눈길을 주고 있는 시인의 모습을 담고 있는 것이다. 즉, 첫째 연에서 꽃은 '나'의 관찰 대상이 되고 있다. 하지만 둘째 연에서 꽃은 '나'의 관찰과 관계없이 모든 것을 소유한 채 자족적self-sufficient인 실체로 존재하는 것으로 바뀐다. 다시 말해, 무게중심은 꽃을 바라보는 '나'에게서 꽃으로 옮겨가 있음을 둘째 연은 보여준다. "저를 바라보는 나도 제 것"이라는 구절은 꽃이 중심이 되고 꽃을 바라보는 '내'가 주변이 되었음을 암시하는 것일 수 있다는 점에서 그러하다. 아니, 이렇게 말할 수도 있다. 즉, 꽃을 바라보는 '나'는 이제 주체에서 객체로 바뀌었다 할 수 있다. 또는 꽃을 바라보는 '나'는 "바람"과 "향기"와 "벌"과 함께 꽃을 중심으로 하여 형성된 세계의 일부가 되었다 할 수도 있다. 이 같은 미묘한 주객의 반전은 '나무를 안는 순간 나무에게 안김'을 깨닫는 시인의 상상력이 있기에 가능한 것일 수 있다. 아무튼, 이처럼 꽃과 '나'의 주객 관계가 역전된 가운데, 또는 꽃이 중심을 차지하고 '내'가 변두리에 놓이게 된 가운데, 앞서 말한 것처럼 꽃은 수동적 존재가 아닌 능동적으로 자신의 의미를 내세우는 존재로 바뀐다. 바로 이런 상황에서 '주변의 나'는 '중심의 꽃'에게 묻는다. "너를 뿌린 이 누구이신가"라고. 말하자면, 첫째 연의 '자문'과도 같은 물음이 셋째 연의 꽃을 향한 물음으로 바뀐 것이다. 물론 첫째 연의 물음과 셋째 연의 물음은 모두 궁극적으로 자연에 대한 경외감의 표시일 수 있지만, 이처럼 물음의 방향이 미묘하게 바뀜으로써 시인의 물음은 단순한 놀라움의 표시에서 더욱더 진지하고 깊은 경외감의 표출로 바뀌고 있다 할 수 있다.

"너를 뿌린 이 누구이신가"라는 물음은 윌리엄 블레이크William Blake가 「호랑이The Tyger」라는 시에서 던진 "그 어떤 불멸의 손길이 또는 눈길이/그대의 무서운 균형을 대담하게도 빚어낸 것인가"라는 질문을 연상케 하기도 한다. "호랑이"의 "무서운 균형"은 누구의 창조물인가를 묻는 이 물음에 대해 블레이크는 물론 답을 하지 않았지만, 우리는 그 답이 절대자 또는 신임을 안다. 김형영의 물음에 대해서도 우리는 어렵지 않게 답할 수 있다. 즉, 그가 독실한 천주교 신자임을 감안할 때, 그 답은 당연히 '하느님'일 것이다. 김형영은 이 시집 뒤표지의 산문에서 "정녕 모든 생물과 무생물에는 하느님의 영이 깃들어 있다는 생각을 떨쳐버릴 수가 없다"고 말한 바 있는데, 이에 비춰보더라도 물음에 답이 '하느님'임을 쉽게 알 수 있다. 여기에서 우리는 김형영의 이번 시집에는 앞서 말한 작디작은 생명의 형상들을 소재로 한 작품들뿐만 아니라, 바람이나 이슬 또는 소나기, 석탑이나 석상 등을 시적 소재로 삼고 있는 작품들 또한 적지 않음을 주목할 수 있다. 바로 이런 작품들은 "하느님의 영이 깃들어" 있는 모든 "생물"뿐만 아니라 모든 "무생물"에 대해 시인이 보이는 진지한 관심을 반영하는 것이라 할 수 있다. 물론 그러한 관심의 저변에 놓인 것은 "하느님의 영이 깃들어" 있는 "모든 생물과 무생물"에 대한 경외감일 것이다. 이 같은 경외감이야말로 자아와 대상 사이의 벽을 허물게 하고, 나아가 자아가 곧 대상이 되고 대상이 곧 자아가 되는 깨달음의 순간으로 시인 김형영을 유도한 동인(動因)일 것이다. "너를 뿌린 이 누구이신가"라는 물음이 김형영의 시 세계에서 무엇보다 중요한 '물음'—기독교의 용어로 표현하자면, 캐터키즘catechism—이자 공안(公案)일 수 있음은 바로 이 때문이다.

3. 그리고 아픔과 고통을 뛰어넘어

『나무 안에서』를 읽다 보면, 이 시집에서는 무엇보다 맑고 깨끗한 시심이 느껴진다. 아울러, 소박하지만 아름다운 시어와 시적 이미지가 풍요롭게 확인되기도 한다. 어디 그뿐이랴. 자아를 버리고 대상에 다가가는 시인에게만 허락되는 깊이 있는 시적 상상력이 이 시집에서 감지되기도 한다. 그리고 특히 소중한 것이 있다면, 릴케가 말하는 '존재'의 시에 대해 깊이 생각게 하는 계기를 이 시집에서 만날 수 있다는 점일 것이다. 그렇다면, 이 모든 것을 아우르는 시 세계를 시인 김형영에게 가능케 한 요인이 있다면 그것은 무엇일까. 그것은 아마도 시인으로서의 오랜 연륜일 수도 있고, 오랜 세월 쌓은 삶 자체의 무게일 수도 있다. 그리고 어쩌면 시인이 소유하고 있는 천성적인 선한 마음일 수도 있고, 그의 돈독한 신앙심일 수도 있다. 하지만 이것이 전부일까. 아마도 그렇지 않을 것이다. 우리가 이렇게 말함은 다음과 같은 시가 있기 때문이다.

> 수술 전날 밤 꿈에
> 나는 내 무덤에 가서
> 거기 나붙은 내 명패와 사진을 보고
> 한생을 한꺼번에 울고 또
> 울었다.
>
> 얼마나 울었는지
> 흘린 눈물을 담아보니
> 내 육신 자루에 가득했다.
> 살아서는 한 방울도 맺히지 않던
> 그 눈물.
>
> 그랬구나
> 그랬구나
> 이것이 나였구나.
> 좀더 일찍
> 죽기 전에 죽었으면 좋았을걸.
>
> —「나」 전문

이 시에 담긴 시인의 슬픔과 안타까움, 시인의 부끄러움과 솔직함을 문제 삼아 긴 설명을 늘어놓지 말기로 하자. 어떤 설명도 사족이 될 것이기 때문이다. 솔직하고 생생하게 인간의 아픔을 드러내는 이 시와 관련하여, 우리는 다만 "훌륭한 예술 작품은 고통의 삶이 주는 압박 아래서만 나올 수 있다"(『토니오 크뢰거*Tonio Kröger*』)는 토마스 만Thomas Mann의 말을 유념하는 것으로 대신하기로 하자. 그렇다, "훌륭한 예술"을 가능케 하는 것은 바로 "고통의 삶이 주는 압박"이다. 시인 김형영의 이번 시집에 담긴 시 세계가 소박하지만 아름답고, 아름다운 동시에 더할 수 없이 깊은 호소력을 갖는 이유는, 그가 "고통의 삶이 주는 압박"을 체험하고 이를 뛰어넘을 수 있었기 때문이리라. 말하자면, "꿈"에서 "한생을 한꺼번에 울고 또/울" 만큼의 아픔이 있었기에, 그리고 이를 뛰어넘을 수 있었기에 『나무 안에서』가 담고 있는 소중한 시 세계가 가능했던 것이리라.

"알려지지 않은 사실"을 찾아서
— 김종철의 일본군 위안부 시편과 시인의 의무

1. "알려지지 않은 사실"과 시인의 의무

세계적 만화 축제인 "앙굴렘 국제 만화 페스티벌"은 매년 1월 앙굴렘이라는 프랑스의 작은 도시에서 열린다. 만화계에 종사하는 사람이나 만화를 지극히 사랑하는 사람이 아니라면 관심을 갖기 어려운 이 만화 페스티벌이 어느 사이에 한국인 모두의 관심사가 되었다. 그렇게 된 것은 2014년 1월 말에 벌어진 일련의 사건 때문이었다. 언론 매체의 보도 내용에 따르면, 우리나라의 참가자들이 일본군 위안부의 참상을 담은 특별 기획전을 준비하자, 일본의 극우파는 이에 반대했을 뿐만 아니라 "위안부는 매춘부였다"라는 내용의 만화 전시회를 준비했다 한다. 그런데 행사 조직위가 예정대로 진행되도록 한 한국 측의 특별 기획전과는 달리 행사 개막 직전에 일본의 전시 준비물을 철거했다는 것이다. 이런 조처와 관련하여 행사 조직위의 아시아 업무를 총괄하는 니콜라스 피네Nicolas Finet가

내놓은 해명은 특히 우리의 눈길을 끈다. "한국 측 전시회는 알려지지 않은 사실을 알려 정치적이지 않지만, 일본 측 전시회는 알려진 사실을 왜곡하는 것이어서 정치적이다."

일본 측이 한국 측의 특별 전시회에 반대한 이유는 프랑스 주재 일본 대사인 스즈키 요이치(鈴木庸一)의 발언에서 확인되는데, "문화 교류와 상호 이해"를 위한 자리가 "특정한 정치적 주장을 알리는 데 사용되는 것은 유감"(『교도통신』 2014년 1월 30일자)이라는 것이 그의 발언 요지였다. 하지만 스즈키의 논리 자체가 그 자신이 경계한 "특정한 정치적 주장"을 알리기 위한 정치적인 것이었음은 부정할 수 없다. 첫째, 그가 말하는 "문화 교류와 상호 이해"는 독일의 예에서 보듯 일본이 자신의 과오를 솔직하게 인정하는 데서 시작될 수 있다는 사실을 고의로 외면하고 있다는 점에서 정치적이다. 둘째, 일본군의 위안부 강제 동원이 사실임을 밝혀주는 증언 및 역사적 자료가 여기저기서 확인되고 있음에도 불구하고 이를 정치적 주장에 불과한 것이라 강변하고 있다는 점에서도 정치적이다. 이처럼 스즈키를 비롯한 일본 극우파의 심각한 정치성을 꼬집고 있는 피네의 발언만큼이나 정곡을 찌르는 날카로운 것이 어디 있을 수 있겠는가. 아니, 일본의 극우파가 그처럼 외면하고자 하는 진실이 진실임을 밝히는 언사 가운데 피네의 발언보다 더 웅변적인 것이 어디 있을 수 있겠는가!

하지만 진실로 날카롭고 진실로 웅변적인 것이 어찌 이 같은 피네의 발언뿐이겠는가. 모름지기 일본군 위안부의 참상과 관련하여 "알려지지 않은 사실"을 알리려는 사람들이 진지하고 순수한 마음으로 전하는 메시지 어느 하나도 진실로 날카롭고 진실로 웅변적이지 않은 것은 없을 것이다. 확신컨대, 피네에게 그와 같은 결단의 발언을 할 수 있게 했던 것은 무엇보다도 일본군 위안부의 참상을 알리려는 한국 측의 만화 작품들이 더할 수 없이 날카롭고 웅변적인 것이었기 때문이리라.

말할 것도 없이, 일본군 위안부의 참상과 관련하여 "알려지지 않은 사실"을 알리려는 이 같은 시도는 결코 새삼스러운 것이 아니다. 그동안 각계각층에서 다양한 시도가 있었고, 이 같은 정황은 우리나라 시단의 경우에도 예외가 아니다. 하지만 시단은 현실과 역사와 세계를 향해 누구보다 더 예민한 감수성의 촉수를 드리우고 있는 시인들의 세계라는 점에서 단순히 '예외가 아니어서는' 안 된다. 단순히 예외가 아닌 선을 넘어서, 시단은 모든 이에 앞장서 누구보다 더 결연하고 누구보다 더 열정적 목소리로 "알려지지 않은 사실"을 소리 높여 알리는 동시에 무디어진 사람들의 의식을 일깨우는 선구자들의 모임이 되어야 한다. 요컨대, 시인은 퍼시 비시 셸리Percy Bysshe Shelley가 「서풍부Ode to the West Wind」에서 노래했듯 "거친 서풍"이 되어야 하고 "예언의 나팔"이 되어야 한다. 일본군 위안부의 참상과 관련하여 우리의 이러한 요구에 부응하는 진실로 날카롭고 진실로 웅변적인 목소리 가운데 하나를 우리는 시인 김종철의 「못을 바라보는 여섯 개의 통시적 시선」 연작(『시인수첩』 2014년 봄호, 이하 「통시적 시선」)에서 확인할 수 있다. 이제 나의 무딘 마음을 일깨워 시인의 그러한 목소리에 귀 기울이고자 한다.

2. 「못을 바라보는 여섯 개의 통시적 시선」에 담긴 '못 박음'과 '못 박힘'의 역사

"못을 바라보는 통시적 시선"이라는 제목 아래 묶인 김종철의 시 여섯 편과 관련하여 우선 우리의 눈길을 끄는 것은 시의 제목이다. '못의 사제'라는 호칭에 걸맞게 그는 여섯 편의 작품을 전체적으로 묶는 제목뿐만 아니라 각각의 작품 제목에도 예외 없이 '못'이라는 표현을 동원하고 있다. 일찍이 나는 시인 김종철을 '못의 사제'라 할 수 있음은 "인간 개개인이 바로 못과 같은 존재임을, 또한 못 자국과도 같은 무수한 상처와 흔적을 보듬어 안은 채 삶을 살아야 하는 존재임을" "진지하게 꿰뚫어 보고 있기 때문"(「세상의 모든 못과 '못의 사제'」, 『문학수첩』 2009년 여름호)이라 진단한 바 있다. 이번 작품들에 대해서도 이 같은 진단을 그대로 적용될 수 있거니와, 무엇보다 일본군 위안부는 우리들의 무딘 의식을 일깨우는 못과 같은 존재인 동시에 못 자국과도 같은 무수한 상처와 흔적을 보듬어 안은 채 삶을 살아가야 했던 존재이기 때문이다. 뿐만 아니라, 비록 함의하는 바는 다르지만, 타인에게 무수한 상처를 입히고도 자기 정당화에 몰두했던 일본의 제국주의자들을 포함하여 이 같은 부끄러운 역사를 애써 외면하는 일본의 제국주의자들과 오늘날의 극우파 일본인들까지도 어떤 의미에서 보면 못—그것도 남에게 상처를 주는 못된 못—과 같은 존재이기 때문이다. 어디 그뿐이랴. 일본의 극우파 사람들이 애써 외면하는 역사적 진실을 우리에게 생생한 목소리로 알려 우리를 각성케 하는 김종철과 같은 시인 역시 못과 같은 존재가 아닐 수 없다. 진실로 인간의 삶 자체의 단면 하나하나가, 심지어 그의 말과 생각과 마음 움직임 어느 하나도 그가 말하는 못 박힘과 못 박음의 논리에서 벗어날 수 없다. "못을 바라보는 통시적 시선"이라는 제목 아래 묶인 여섯 편 작품의 제목을 구성하는 각국의 속담들이 암시하듯, 시인의 깊고 예민한 시선은 이 같은 못 박힘과 못 박음의 논리에서 결코 벗어날 수 없는 인간의 존재 양식에 드리워지고 있다.

「통시적 시선」의 제목과 관련하여 또 하나 우리의 눈길을 끄는 것은 "통시적"이라는 표현이다. 원래 '통시적diachronic'은 '공시적synchronic'과 한 쌍을 이루는 언어학의 용어로, 역사적 맥락과 시간의 변화를 고려하여 언어 현상을 연구하고 기술하는 것을 '통시적 방법'이라 하고, 역사적 맥락을 제거한 채 주어진 시점—주로 현재의 시점—에서 언어 현상을 연구하고 기술하는 것을 '공시적 방법'이라 한다. 한편, 스위스의 언어학자 페르디낭 드 소쉬르의 구조주의 언어학을 가능케 한 것이 공시적 방법인 반면, 전통적인 역사주의적 언어학의 저변을 이루고 있는 것이 통시적 방법이다. 하지만 김종철이 시의 제목에 '통시적'이라는 표현을 동원한 이유는 이 같은 언어학의 계보를 염두에 두었던 것은 아니리라. 추측건대, '현재를 즐기라'라는 '카르페 디엠carpe diem'의 정신이 지배하는 오늘날의 세태를 향해 행하는 일종의 '못질'에 해당하는 것이 시인의 이 같은 용어 사용일 수 있으리라. 아니, 이렇게 생각해볼 수도 있겠다. 시간을 초월하여 존재하는 영원한 상징이 요즈음 시인들이 일반적으로 시 세계를 통해 추구하는 이상(理想)일 수 있거니와, 시간의 흐름 또는 역사 속에 존재하는 세계 및 인간으로서의 자신에 대한 자각이 시인에게 이 용어를 동원케 한 것일 수도 있다.

제목에 대한 이 같은 논의에 비춰볼 때, 여섯 편의 시가 전하는 메시지는 무엇보다 '시간의 흐름과 역사 속에 존재하는 못으로서의 인간 존재의 의미를 잊지 말라'로 요약될 수 있다. 그리고 그가 이번에 소재로 선택한 것은 일본군 위안부들을 강제 동원했던 일본의 제국주의자들이 써놓은 역사의 현장이다. 첫번째 시인 「망치가 가벼우면 못이 솟는다」의 부제가 "몸의 전사(戰史)"임은 바로 이 점을 암시한다.

아흔한 살 구일본 노병 마츠모토 마사요시
눈 내리는 중국 북서부
가타메 병단 7대대 본부 위생병인
스물한 살 마츠모토 마사요시를
무릎 꿇리고 참회시켰다

야간 배식 기다리듯
한 줄로 길게 늘어섰던 부대원들
한 병사가 문 열고 나오기 무섭게
허리춤 쥐고 연이어 들락거렸던 밤
서너 명의 조선 여인들은
밤새워 눈물로 복무했다
부대가 전쟁 치룬 날에는
한꺼번에 생사 확인하듯 더 바빠졌다
살아 있는 몸뚱이만 몸이 아니었다

돌아오지 못한 사내들의
피로 물든 만주 벌판까지
밤새 빨래하는 것도 그녀들 몫이었다

삼백 명 주둔한 산간 부대 위생일지에
가득 채워진 성병 검사와 606호 주사들
'삿쿠'끼고 생의 낮은 포복을 한
스물한 살이었던 노병 마츠모토의 고해
"그들은 성노예였습니다."
위안부 몸의 역사는
못 박힌 일본 제국의 전사편찬사다

—「망치가 가벼우면 못이 솟는다—몸의 전사」 전문

「망치가 가벼우면 못이 솟는다」는 2013년 5월 세상을 떠들썩하게 했던 일본제국의 병사였던 "아흔한 살"의 "마츠모토 마사요시(松本榮好)"의 증언 내용을 시화한 작품이다. 스물한 살 나이의 마츠모토는 정의로운 전쟁에 참가한다는 확신 아래 1943년 "가타메 병단 7대대 본부 위생병"으로 군복무를 시작한다. 하지만 그가 전쟁의 와중에 목격한 것은 결코 정의가 아니었다. 시인은 아흔한 살의 나이가 되어 이를 증언하는 마츠모토의 모습을 "스물한 살 마츠모토 마사요시를/무릎 꿇리고 참회시켰다"로 묘사하고 있으며, 이 시의 둘째 연에서 "참회"의 내용을 시화한다. 여기서 시인은 "성노예"로 전락한 일본군 위안부의 처참한 생활을 특유의 속도감 있는 언어로 정리한다. 하지만 이 시에서 무엇보다 우리의 눈길을 끄는 것은 셋째 연의 "위안부 몸의 역사는/못 박힌 일본제국의 전사"라는 진술, 그 가운데서도 특히 "못 박힌 일본제국"이라는 표현이다. "일본제국의 전사"에 대한 강한 야유와 비판이 담겨 있는 이 진술에서 못이 의미하는 바는 무엇일까. 시의 본문을 전체적으로 살펴보면 쉽게 알 수 있듯 못은 여기서 단 한 번 언급되고 있거니와, 이 때문에 "못 박힌 일본제국"이라는 표현은 시의 제목을 이루고 있는 "망치가 가벼우면 못이 솟는다"라는 속담을 이해하는 데 결정적 단서가 된다. 추측건대, 일본제국에 박힌 못은 심판과 단죄의 못이 아닐까. 이런 의미에서 보면, 일본제국에 대한 이제까지의 심판과 단죄의 가벼움을 비판하는 것이 곧 이 시의 제목으로 이해될 수 있다.

두번째 시인 「튀어나온 못이 가장 먼저 망치질당한다」는 경성에서 끌려가 중국에서 일본군 위안부 생활을 했던 김의경 할머니의 증언을 토대로 하여 창작된 것으로, 시의 부제인 "위안부라는 이름의 검은 기차"가 암시하듯 시인은 김의경 할머니의 삶을 "검은 벌판"을 달리는 "검은 기차"에 비유하고 있다.

> 그해, 두 명의 일본군에게 영문도 모른 채 끌려갔다. 경성의 어두운 기차역 화물칸. 전라도, 경상도, 팔도 사투리도 들렸다. 기차는 막무가내 달렸다. 얼마쯤 갔을까 갑자기 멈췄다. 한 떼 일본군이 우르르 몰려와 문을 열어젖혔다. 화물칸마다 비명소리가 들렸고, 끌려나온 여자들은 모두 들판에서 윤간을 당했다. 죽어라 반항해도 칼로 위협하고 총대로 내려쳤다. 피투성이로 몇몇은 도망치다 총 맞아 죽기도 했다. 첫날은 열 명 이상이 그녀의 몸을 지나갔다.

'오도리돌돌 굼브라가는 검은 기차는 산을 넘고 물을 건너 잘 돌아가는구나

만주 땅 시베리아는 넓기도 하지만 총칼 차고 말 탄 사람 제일 좋더라'

달리기만 멈추면 또 다른 일본군들이 바지를 내리고 검은 기차의 목을 조였다. 서너 차례 지나쳤던 검은 벌판의 울음, 남경 강북 어느 쪽엔가 기차는 기진맥진 정차했다. 사지가 마비된 것은 선로뿐만이 아니었다. 위안부라는 이름의 일생의 검은 기차는, 오도리돌돌 잘도 굼브라가는 그 검은 기차는,

—「튀어나온 못이 가장 먼저 망치질 당한다—위안부라는 이름의 검은 기차」 전문

무엇보다 제목에 등장하는 "튀어나온 못"이 지시하는 바는 무엇일까. 이 시의 본문에서는 못에 대한 언급이 없기 때문에, 이 시의 제목에 대한 이해는 앞서의 경우와 달리 간단치 않다. (이 같은 사정은 "녹슨 못"이 등장하는 마지막 시를 제외한 나머지 세 편의 시와 관련해서도 예외가 아니다) 아무튼, "튀어나온 못이 가장 먼저 망치질 당한다"라는 일본의 속담은 일반적으로 남들과 다르게 생각하거나 행동하는 사람 또는 예외적인 사람이 누구보다 먼저 외부로부터의 공격이나 비난을 받게 마련이라는 점을 암시하고자 할 때 동원된다. 이처럼 시의 내용과 짐짓 관련이 없어 보이는 속담을 시인이 제목으로 택한 이유는 과연 무엇일까. 아마도 이 같은 의문에 대한 답을 제공하는 것은 다음 구절일 것이다. "죽어라 반항해도 칼로 위협하고 총대로 내려쳤다. 피투성이로 몇몇은 도망치다 총

맞아 죽기도 했다." 다시 말해, 강요된 성노예로서의 역할에 대한 "반항"은 일본군 위안부들에게 위협과 구타 그리고 죽음을 의미했던 바, 망치질은 먼저 당하는 "튀어나온 못"이란 일본군에게 반항하다 처절한 죽음에 이를 수밖에 없던 여인들을 지시하는 것일 수도 있다.

하지만 우리의 논의는 여기서 끝날 수 없는데, "위안부라는 이름의 검은 기차"가 피할 수 없었던 인생 유전에 대한 진술로서의 시적 내용과는 관계없어 보이는 다음 구절이 이 시에 담겨 있기 때문이다. "오도리돌돌 굼브라가는 검은 기차는 산을 넘고 물을 건너 잘 돌아가는구나/만주 땅 시베리아는 넓기도 하지만 총칼 차고 말 탄 사람 제일 좋더라." 앞뒤의 시적 진술에 비춰볼 때 다소 엉뚱해 보이는 이 구절은 모르긴 해도 어린아이들이 뜻도 모른 채 하는 노랫말과 같은 것 아닐까. 소설가 이동하가 「천수 아재를 추억함」(『매운 눈꽃』, 현대문학, 2012)이라는 단편소설에서 소설 속 화자가 어린 시절을 돌아보며 떠올리던 노래—"무슨 신명나는 놀이판이 벌어지기만 하면 [……] 약속이나 한 듯 곧잘 입을 맞추어 [……] 불러대곤 했"던 "노래"—의 "노랫말"과 같은 것이 이 구절이리라. 이동하의 표현대로 "그게 무슨 소리인지, 노랫말에는 도통 관심이 없"으면서도 불러대던 노래, "일견 수수께끼 같기도 한" 노래의 노랫말과 같은 것이 이 구절이라면, 그리하여 영문도 모른 채 내뱉던 노랫말과 같은 것이 바로 이 구절이라면, 이를 시인이 이 시에 넣은 이유는 무엇일까. 어찌 보면, 김의경 할머니와 같은 처지의 사람들이 영문도 모른 채 당해야 했던 수난과 그들이 피할 수 없었던 인생 유전에 대한 자조(自嘲)를, 그리고 그들의 삶을 짓밟던 일본군들에 대한 반어적 야유를 동시에 담고 있는 것이 이 구절 아닐까. "잘 돌아가는구나"에 담긴 자조와 "제일 좋더라"에 담긴 반어적 야유 이외에 달리 자신의 심사를 표현할 수 없었던 일본군 위안부들의 마음을 시인은 이 구절을 통해 우리에게 전하고 있는 것인지도 모른다. 그리고 바로 이 구절로 인해 시의 제목을 이루는 속담은 새로운 의미를 얻게 되는데, "총칼 차고 말 탄 사람"인 일본군이야말로 "가장 먼저 망치질"을 당해야 했던 "튀어나온 못"—그것도 흉하게 "튀어나온 못"—이지만 이를 드러내놓고 말할 수 없었던 사람들, 그러니까 "사지가 마비된" 채 끌려다닐 수밖에 없었던 "여자들"의 절규 아닌 절규를 담고 있는 것이 문제의 구절일 수 있다.

세번째 시 「첫번째 못이 박히기 전에 두번째 못을 박지 말라」는 일본군 위안부로서 삶을 살아야 했던 또 한 분인 현병숙 할머니의 증언을 토대로 하여 창작된 작품이다.

위안소에서 나의 이름은 스즈코다
세상은 모두 왜놈들로 가득 차서
도망갈 곳도 없던 시절
우리는 정기적인 검사를 받고
어쩌다 병 걸리면 606호 주사를 맞았다

한 번에 2원씩 받는 사병 화대
그나마 떼어먹고 주지 않은 위안소
오히려 채금 진 것에 토해 내게 했다

군부대와 이동하면서 빨래를 빨고
피 묻은 옷은 방망이로 두드려 널고
밥이라도 배불리 먹고 싶었지만
진즉 배부른 위안부는
'삿쿠'끼지 않은 놈에게 재수없이 걸렸을 때다

어느 날 밤 산꼭대기 일본놈들과
국민당 병이 콩 볶듯 싸웠다
안방까지 톡톡 튀어 들어온 총알
밥 먹다 눈 부릅떠 죽은 자
앉았다 덜컥 쓰러진 자
그 밤, 스즈코와 나는 서로 꼬옥 안고
배꼽 떨어진 고향 쪽으로 엎드려 울었다

—「첫번째 못이 박히기 전에 두번째 못을 박지 말라
—현병숙이라 쓰고, 스즈코라 부른다」 전문

이 시의 제목인 독일 속담 "첫번째 못이 박히기 전에 두번째 못을 박지 말라"가 의미하는 바는 무엇일까. 이 속담은 앞선 과제가 제대로 마무리되기 전에 성급하게 다음 과제에 손을 대는 사람들을 향한 조언에 해당하는 것이다. 어찌 보면, 이 시의 부제인 "현병숙이라 쓰고, 스즈코라 부른다" 및 시의 내용이 암시하듯, "현병숙"으로서의 정체성이 "스즈코"라는 "이름"으로 인해 혼란스러울 수밖에 없었던 현병숙 할머니와 같은 사람들의 삶을 암시하는 것일 수 있다. 그런 의미에서 보면, "현병숙"이 "첫번째 못"이라면 "스즈코"는 "두번째 못"일 수 있거니와, 일본군 위안부란 이처럼 정체성의 혼란 속에 삶을 살아갈 수 없었던 사람들, 사회적으로 어떤 위치에 있고 어떤 의미를 지닌 존재인지조차 모른 채 혼란과 정체성의 위기에 있는 그대로 노출되어 있던 이른바 성노예였음을 시인은 말하고자 하는 것 아닐까.

이제까지 검토한 세 편의 시가 누군가의 증언을 바탕으로 하여 창작된 것이라면, 나머지 세 편의 시는 시인의 역사적 상상력 및 자료 또는 비판적 시선이 시인 특유의 언어적 감수성과 하나가 되어 빚어낸 작품들이라 할 수 있다. 이들 작품 가운데 먼저 「어두운데서 못 박으려다 생고생만 잔뜩 한다」에 눈길을 주기로 하자.

그날 밤
제국의 위안부는
일 끝내고 나가는 병사에게
"멋지게 죽어주세요"
알몸으로 누운 채
배웅했다
출격 앞둔 날
병사들은 만취되고
소리 내어 울었다

살아서 돌아오면
기모노 입고 에이프런 차림에
축하연 참석한다던 슬픈 누이들이여

"멋지게 죽어주세요."
천황폐하의 만수무강하심과
황실 번영하심을 봉축했던 그 밤들!

—「어두운 데서 못 박으려다 입만 다친다—제국의 위안부」 전문

이 시에는 "출격 앞둔 날" 밤 위안소를 찾아가 "일 끝내고 나가는 병사"와 "멋지게 죽어주세요"라는 말로 그를 배웅하는 "제국의 위안부"가 등장한다. 전쟁터에 나가기 전에 위안소를 찾은 병사, 그것도 "만취한 채 소리 내어 울"던 병사에게 누가 과연 "멋지게 죽어주세요"라 말할 수 있을까. 놀랍게도 당시의 일본 제국주의자들은 이런 말로 병사를 배웅하도록 위안부에게 지시했다는 것이다. 하기야 가미가제를 운용하던 일본의 제국주의니, 이 어찌 새삼스럽게 놀랄 일이겠는가. 하지만 그로테스크하지 않은가. 시인이 이처럼 그로테스크한 상황을 시에 담는 이유는 무엇일까. 무엇보다도 여기서 감지되는 것은 일본의 제국주의에 대한 시인의 야유와 냉소다. 어찌 보면, 이는 상황에 대한 비판적 희화화(戲畫化)를 겨냥한 것일 수도 있다. 여기서 한 걸음 더 나아가, 성노예로서 위안부들의 고통스러운 삶과 병사들의 '멋진' 죽음이 곧 "천황폐하의 만수무강하심과/황실 번영하심을 봉축"하기 위한 것임을 암시함으로써 시인은 야유와 냉소의 수위를 한층 더 높이기도 한다.

이처럼 냉소와 야유가 감지되는 이 시의 제목 역할을 하는 것은 "어두운 데서 못 박으려다 생고생만 잔뜩 한다"라는 미국의 흑인들 사이에 통용되는 속담으로, 이를 통해 시인이 전하고자 하는 메시지는 무엇일까. 이 속담은 누군가가 자신이 하는 일이 무언지 모르

면서 하거나 또는 그 일에 서투를 때 그 결과가 신통치 않음을 말하기 위한 것이다. 이에 비춰볼 때, "어두운 데서 못 박으려" 하는 이들은 "제국"의 "병사들"을 지시하는 것일 수 있다. 하지만 궁극적으로 이 속담이 겨냥하고 있는 것은 죽음의 공포 앞에 떨고 있는 병사들을 전쟁터로 내몰던 "천황폐하"와 그를 앞세운 옛 일본의 제국주의자들을 지시하는 것일 수도 있다. 이와 관련하여, 우리는 그들이 벌인 전쟁이 이길 수 없는 무모한 것임을 모른 채 벌인 전쟁이었다는 점에 유의해야 할 것이다. 그들의 무모한 전쟁 행위는 곧 어둠 속에서 못을 박으려는 행위나 다름없는 것 아니었던가.

또 한 편의 시 「못은 자루를 뚫고 나온다」의 시적 소재가 되고 있는 것은 "위안소"에서의 "조센삐"('조선 창녀'라는 일본의 비속어)들의 삶이다. 시에 등장하는 위안소의 "일정"은 1944년 8월 버마에서 미군이 붙잡은 20명의 조선인 위안부와 2명의 일본 민간인을 상대로 하여 작성된 미군 심리 작전 팀의 보고서에 근거한 것이며, 그 외 "줄 서서 순번 기다릴 때가/매번 부끄러워서 죽겠다"와 같은 일본군 병사들의 반응이나 그들이 "조센삐"들에게 위문품꾸러미를 갖다주기도 했다는 등의 이야기 역시 이 보고서에 근거한 것이다.

> 한 달 한 번씩 군인 받지 않는 날
> '황국신민서사' 외우고
> 일본 병사 무덤에
> 풀 뜯고 향 꽂고 합장해주었다.
>
> 전쟁터 나가면 환송하고

돌아오면 환영했던
천황폐하의 위안부
소방대 훈련과 가마니에
창 찌르기 연습 날에는
검은 모자 검은 몸빼를 입혔다.

쿄우에이 위안소 일정이 정해졌다.
일요일 사단 사령부 본부
월요일 기병부대
화요일 공병부대
수요일 휴업일, 성병 검진
목요일 위생부대
금요일 산포부대
토요일 수송부대
의무로서 죽음을 기다리는 병사들
줄 서서 순번 기다릴 때가
매번 부끄러워서 죽겠다던 그들
위문품꾸러미도 은근슬쩍 쥐어주는
최전선 조센삐 위안소는 만원사례다

—「못은 자루를 뚫고 나온다—조센삐」 전문

성노예로서의 "조센삐"들이 살아가야 했던 삶에 대한 이 시의 충실한 묘사만큼이나 우리에게 충격을 주는 것이 있다면, 이는 아마도 "의무로서 죽음을 기다리는 병사들"이 "조센삐"들에게 "위문품꾸러미도 은근슬쩍 쥐어"줬다는 진술일 것이다. 이러한 진술을 과연 어떻게 이해해야 할까. 성노예를 찾는 일본군 병사들에게도 최소한의 인간애가 있음을 암시하기 위한 것일까. 여기서 우리는 일본의 작가 고미가와 준페이(伍味川純平)의 소설 『인간의 조건』에 등장하는 주인공 가지를 떠올릴 수도 있겠다. 무자비하고 야만적이던 일본제국의 군대에도 가지와 같이 인간의 양심을 지닌 병사—아니, 가지의 고결한 인간성에 미치지는 못하더라도 최소한의 인간애를 지닌 병사—가 있었음을 말하고자 하는 것이 시인의 의도일까. 어찌 보면, 이 시의 제목인 "못은 자루를 뚫고 나온다"라는 항가리 속담이 의도하는 바는 바로 이 같은 메시지인지도 모른다. 몸이라는 동물적 본능의 '자루'를 뚫고 나오는 양심 또는 인간애가 이 시에서 못에 비유되고 있는 것은 아닐지?

하지만 이 시의 제목에 대한 이해는 여기서 멈출 수 없는데, 못은 곧 인간의 원초적 본능—직설적으로 표현하자면, 성욕—을 암시하는 것일 수도 있기 때문이다. 언제 닥칠지 모르는 죽음과 마주하고 있는 젊은 병사들의 경우, 의지만으로는 도저히 억누를 길이 없는 것이 이 같은 본능 또는 욕구인지도 모른다. 그런 의미에서 성욕이란 "자루를 뚫고" 나오는 "못"과도 같은 것이라 할 수 있다. 그리하여 "줄 서서 순번 기다릴 때가/매번 부끄러워서 죽겠다" 생각하면서도 그들이 찾았던 것이 위안소였으리라. 이 같은 젊은이들의 욕구 해소를 위해 성노예 제도를 운용해서라도 전쟁을 이어가고자 했던 일본의 제국주의에 대한 역사의 준엄한 심판은 필연적인 것이 되어야 한다. 하지만 이제까지의 심판이 과연 '준엄한'이라는 말에 걸맞은 것이었는지? 이 같은 의문을 이 시는 또한 제기하고 있는 것이리라.

「통시적 시선」을 구성하는 여섯 편의 시 가운데 마지막을 장식하는 「못을 박으려면 대가리를 내리쳐라」는 시인의 비판적 시선이 특히 두드러진 작품이다. 또한 이제까지 검토한 다섯 편의 시와 달리 현재의 시점에서 현재라는 역사적 상황에 초점이 맞춰진 작품이기도 하다. 아울러, 이는 역사적 '김종철'이 아닌 현재적 '김종철'의 목소리가 직접적으로 짚이는 작품이기도 하다. 말하자면, 그 어떤 작품보다 시인 특유의 시적 감수성과 언어적 감각이 또렷이 드러나 있는 작품이라 할 수 있다. 이를 감안하여 이제까지와 달리 이 여섯번째 작품에 대해서는 좀더 꼼꼼한 시 읽기를 시도하기로 한다. 우선 시를 함께 읽기로 하자.

아베, 아베 말이야
군국주의 혈통 자랑하느라
극우 정치 술수로 표심 자극하느라
천황폐하의 신민에게
위안부는 처음부터 존재하지 않았다고
늙은 일장기 아래서 생떼 부린
버림받은 빈 깡통 아베, 아베 말이야

녹슨 못 넣어 더욱 검게 한 콩조림 요리법처럼
등 굽은 녹슨 아베, 아베 말이야
일제 침략 역사를 더 검게 왜곡시킨 콩조림
A급 전범 복역자 외할비 기시 노부스케

독도를 제 땅이라 망언한 애비 아베 신타로

늙은 야스쿠니 까마귀가 또 우짖는다
입이 가벼우면 이빨도 솟는 법
도쿄 극우파에게 매춘부라 모독당한 위안부 할머니
'늦었다. 하지만,
너무 늦지는 않았다.'
나치 사냥꾼 포스터가 붙은 베를린 벽보에
말뚝 소녀상도 통곡한다
'아베는 늦었다. 하지만
야스쿠니 합사 분리는 늦지 않았다.'
아베 마리아!

—「못을 박으려면 대가리를 내리쳐라—아베 마리아」 전문

모두 세 개의 연으로 이루어진 이 시의 부제가 우선 우리의 눈길을 끈다. "아베 마리아"라니? 널리 알려져 있듯, "아베 마리아"의 원뜻은 "성모여, 어서 오소서"다. 천주교도들의 기도문 가운데 하나인 '성모송'의 시작 부분에 해당하는 이 말이 시의 부제가 된 이유는 무엇일까. 시인이 천주교 신자이기 때문일까. 물론 그 때문이 아니다. 이 시의 부제인 "아베 마리아"가 겨냥하는 것은 동음이의어를 수사적으로 활용한 일종의 언어유희—즉, '펀pun'이라는 수사적 장치—로, 이와 관련하여 일본의 극우파 정서를 대표하는 사람이 바로 현재의 수상 아베 신조(安倍晋三)임에 유의하기 바란다. 말하자면, "아베 마리아"는 이 시의 첫 행인 "아베, 아베 말이야"

에서 확인되듯 '아베, 그 친구 말이야'라는 말을 숨기는 동시에 드러내기 위한 것이다.

"아베, 아베 말이야." 성모송을 시작할 때 사용되는 표현을 이처럼 비틀어놓음으로써 시인이 노리는 바는 무엇일까. 무엇보다도 이 말에서는 야스쿠니 신사 참배라는 종교 의식에 참여했고 앞으로도 참여할 것을 공언한 아베에 대한 야유가 감지된다. 짐짓 경건하고 정의로운 척하지만 아베는 "극우 정치 술수로 표심 자극"하기 위해 성(聖)과 속(俗)의 경계를 혼란스럽게 한 장본인일 뿐이다. 아울러, "위안부는 처음부터 존재하지 않았다"라는 식의 "늙은 일장기 아래서"의 "생떼"가 증명하듯, 그는 성과 속의 경계뿐만 아니라 역사적 사실과 정치적 주장 사이에 존재하는 엄연한 경계까지 전략적으로 혼란스럽게 한 장본인이기도 하다. 이 같은 아베에 맞서 시인은 거듭해서 "아베 마리아"와 "아베 말이야" 사이의 경계를 무너뜨리고 있다. 일테면, 아베의 전략을 동원하여 아베에 맞서고 있는 것이다. 또는 적의 무기로 적을 공격하는 셈이다.

이 시의 첫째 연을 통해 시인이 의도하는 바는 아베를 향한 노골적인 싸움 걸기다. 그와 같은 싸움 걸기에 "아베, 아베 말이야"와 같은 도발적 표현만으로는 부족한 듯 시인은 "천황폐하의 신민"과 같은 표현까지 동원한다. 추측건대, 자신은 천황폐하의 신민이라는 말 자체에 대해 이의를 제기할 일본인은 많지 않을 것이다. 하지만 맥락을 제거한 채 단도직입적으로, 그것도 야유가 감지되는 맥락에서 이 같은 말을 동원하여 일본인의 정체성을 규정하려 할 때 편한 마음으로 이를 받아들일 일본인도 많지 않을 것이다. 그런 의미에서 볼 때, 이 같은 표현을 동원함은 싸움을 걸지 않는 척하면서 상대를 싸움으로 이끄는 싸움 걸기일 수 있다. 게다가, 행여 상대가 무덤덤해할 것을 우려한 듯, 시인은 온갖 자극적 언사—예건대, "극우 정치 술수"나 "늙은 일장기"나 "생떼"나 "버림받은 빈 깡통"과 같은 언사—로 아베를 비롯한 일본의 "극우파"를 자극한다. 가히 서쪽에서 동쪽으로 향해 몰아치는 "거친 서풍"과도 같은 싸움 걸기가 아닐 수 없다. 성모송을 비틀어 던지는 "아베, 아베 말이야"라는 언사는 실로 따가운 모래까지 담아 몰아치는 "거친 서풍"이다.

둘째 연에서 시인은 '빗대기'라는 또 하나의 수사적 장치를 동원하여 아베를 향한 싸움 걸기를 계속한다. 여기서 우리가 주목해야 할 것은 "녹슨 못 넣어 더욱 검게 한 콩조림 요리법"이라는 구절이다. 일본에서는 설날에 '오세치(御節)'라는 이름이 붙여진 갖가지 조림 요리를 먹는데, 이 조림 요리 가운데 하나가 우리말로 검은콩자반이라 부르는 '쿠로마메(黒豆)'다. 전통적 조리법에 의하면 이 쿠로마메를 조리하는 과정에 녹슨 못을 넣는다 한다. 짙고 윤기 나는 색깔에다가 쭈글쭈글하지 않은 예쁜 모양의 쿠로마메를 만들기 위한 이 같은 조리법을 과학적으로 설명하자면, 녹슨 못의 산화철과 콩의 탄닌 사이에 일어나는 화학 반응을 겨냥한 것이다. 아무튼, 시인은 이 같은 전통적 조리법에 의해 만들어진 쿠로마메에 빗댈 수 있는 것이 다름 아닌 아베의 역사관과 언행임을 지적한다. 다시 말해, 시인에 의하면, 아베의 정신과 의식을 지배하고 있는 것은 그것이 무엇이든 기껏해야 쿠로마메 조리 과정에 넣는 "녹슨 못"에 지나지 않는다는 것이다. 둘째 연의 마지막 부분에 이르러 시인은 이러한 "녹슨 못"의 정체가 무엇인지를 밝히고 있는데, 그것은 바로 "A급 전범 복역자 외할비 기시 노부스케"와 "독도를 제 땅이라 망언한 애비 아베 신타로"의 망령이다. 아베의 내면 한가운데를 차지하고 있는 이 망령들 또는 "녹슨 못"들이 아베의 정신 및 의식과 결합하여 화학 반응을 일으킨 결과가 다름 아닌 정치인 아베의 "일제 침략 역사"에 대한 "생떼"와 "왜곡"이라는 점, 이렇게 해서 위장된 거짓 역사는 적어도 일본의 극우파 사람들의 눈에 더없이 때깔 좋아 보이는 쿠로마메와 다를 바 없는 것이라는 점, 그것이 바로 시인이 둘째 연을 통해 전하는 시적 메시지의 요체(要諦)라 할 수 있다.

마지막 연에 이르러 시인의 역할은 "거친 서풍"에서 "예언의 나팔"로 바뀐다. "입이 가벼우면 이빨도 솟는 법"이라는 시인의 예언적 경고는 "늙은 야스쿠니 까마귀"인 아베를, 그리고 "위안부 할머니"에게 "매춘부라 모독"한 "도쿄 극우파"를 향한 것이다. 어찌 보면, "나치 사냥꾼"의 "포스터"에 담긴 "늦었다. 하지만,/너무 늦지는 않았다"라는 말 역시 아베와 일본의 극우파를 향해 시인이 던지는 또 하나의 예언적 경고일 수 있다. 하지만 좀더 크고 선명한 예언의 나팔 소리는 이 시의 끝 부분에 준비되어 있으니, "아베는 늦었다. 하지만/야스쿠니 합사 분리는 늦지 않았다"가 바로 그 예언의 나팔 소리다.

이제 마지막으로 이 시의 제목인 "못을 박으려면 대가리를 내리쳐라"라는 네덜란드 속담이 의미하는 바가 무엇인지를 검토할 때가 되었다. 원래 이 속담은 '정곡을 찌르라' 또는 '무슨 일을 시도하든 초점을 맞춰 제대로 정확하게 하라'의 뜻을 갖는 것이다. 그런 관점에서 볼 때, 이 속담은 공격 대상이 누구이고 쟁점이 무엇인지를 정확하게 하는 동시에 일격에 대상을 제압하겠다는 시인의 의지를 드러내기 위한 것이라 할 수 있다. 하지만 누구라도 자신이 문제의 정곡을 찌르고 있다는 식의 주장을 함부로 할 수는 없는 법이다. 아마도 시인 김종철 역시 이를 의식하고 있었을 것이다. 비록 이 여섯번째가 시가 정곡을 찌르는 것이라는 데 누구나 동의하더라도 시인은 이를 의식하여 끝까지 겸손의 태도를 누그러뜨리지 않을 것이다. 그렇다면, 이 속담이 겨냥하고 있는 것은 무엇일까. 여기서 우리는 이 속담이 "침략 역사"에 대한 "생떼"와 "왜곡"에서 벗어나 '문제의 올바른 핵심이 무엇인지 정확하게 감지하고 이를 노리라'라는 일본의 극우파에게 던지는 조언으로 이해할 수도 있다. 아니, 그것이 바로 이 속담이 노리는 바이리라.

3. 마무리: 분노와 절망과 고통을 넘어

김종철 시인은 치유가 쉽지 않은 암과 싸움을 하는 과정에 「통시적 시선」 연작을 창작했다. 「통시적 시선」은 이처럼 절망적인 투병의 상황에서 창작된 작품이다. 하지만 이 작품 어디서도 시인의 절망과 고통은 감지되지 않는다. 고통과 절망에 휩싸인 채 자신에게 침잠하는 대신, 타인들의 고통과 절망을 이해하는 동시에 이에 공명(共鳴)하고 있는 시인의 마음이 생생하게 짚일 따름이다. 어찌 놀랍지 않은가. 문득 시인과 만났을 때 그가 하던 말이 떠오른다. "처음에는 부인하고, 이어서 분노하다가, 마침내 절망하기에 이르렀지요. 그러다가 신과 운명과 타협하게 되었고, 마침내 주어진 운명을 있는 그대로 받아들이게 되었어요. 그러자 마음이 어린애 마음 같아지더군요." 무엇보다 "어린애 마음"이란 욕심과 아집에서 벗어난 '순수'의 경지를 말하는 것일 수 있다. 바로 이 같은 순수의 경지가 시인을 이끌어 고통과 절망 속의 타인들과 '하나'가 되게 했던 것이리라.

「통시적 시선」에서는 절망과 고통 속의 타인들과 하나가 되고 있는 시인의 마음뿐만 아니라 더욱 풍요로워진 참신한 시적 감수성이 감지되기도 한다. 무엇보다 시인은 우리 주변의 평범하다면 평범하다 할 수 있는 속담 속에서 섬세하고도 생생한 시적 메시지를, 그것도 살아 있는 생생한 언어를 동원하여 꿰뚫어 읽어내고 있지 않은가. 아니, 어찌 보면, 시인은 섬세하고도 생생한 시적 메시지를 지극히 일상적인 속담으로 요약하고 있다고 할 수도 있거니와, 어떤 관점에서 보더라도 시인의 참신한 발상은 놀랍고 값진 것이 아닐 수 없다. 과연 이 같은 참신한 발상을 시인에게 가능케 한 것은 무엇일까. 이 역시 "어린애 마음"에서 감지할 수 있는 순수의 마음 때문이 아닐까.

이 같은 물음에 어떤 답이 가능하든, 우리는 토마스 만의 발언을 떠올리지 않을 수 없다. 그는 1953년 5월 미국에서 발행되는 잡지 『애틀랜틱*The Atlantic*』에서 자신의 소설 『마의 산*Der Zauberberg*』(1924)과 관련하여 이렇게 말한 바 있다. "소설의 주인공 한스 카스토르프가 이해하게 된 바"는 "인간은 병과 죽음의 깊은 체험을 거쳐야만 비로소 높은 차원의 맑은 정신과 건강에 이를 수 있다는 것"이다. 이 같은 경지는 또한 중한 병고를 치른 끝에 기적적으로 건강을 회복했던 시인 김종철에게도 적용될 수 있는 것이리라.

시인 김종철은 기적적으로 건강을 회복하여 왕성하게 문단 활동을 이어갔었다. 하지만 그는 아쉽고 안타깝게도 얼마 전 세상과 작별하였다. 이 자리에서 다시 한 번 시인의 명복을 빈다.

구속 안에서의 자유를 위하여

—홍성란의 『춤』과 '역설'의 시학

1. 형식의 구속과 시 정신의 자유로움 사이에서

아주 오래전 홍성란의 첫 시집 『황진이 별곡』(삶과꿈, 1998)에 붙이는 작품론을 나는 다음과 같은 말로 시작했었다. "시조를 쓰되 시조를 쓰고 있다는 사실을 의식하지 않은 채 시조를 쓸 수 있었던 시대는 행복한 시대였다." 이어서 나는 "시조의 활달함과 자연스러움이 약속되었던 그 행복한 시대, 시조를 쓰되 시조를 쓰고 있다는 사실을 의식하지 않은 채 시조를 쓸 수 있었던 그 행복한 시대"를 마음속에 그리는 과정에 "어져 내 일이야"로 시작되는 황진이의 멋들어진 시조 한 편을 떠올리기도 했었다. 그리고 15년의 세월이 흐른 지금 이 순간 나는 그때 내가 했던 말들을, 그리고 그때 떠올렸던 황진이의 시조를 새삼스럽게 되뇌어본다. 그렇다, 틀림없이 황진이는 자신이 시조를 창작하고 있다는 사실을 의식하지 않은 채 시조를 창작했을 것이다. 만일 우리가 시조 형식이라 여기고 있는 형식 요건을 황진이가 의식하거나 이에 얽매여 시조를 창작했다면, 어찌 그처럼 멋들어지고 읽을수록 새롭게 느껴지는 시조를 우리에게 선사할 수 있었겠는가!

역설적인 말일지 모르지만, 시조의 형식 요건을 의식하거나 이에 얽매이지 않을 때 진정으로 시조다운 시조의 창작이 가능할 것이다. 또는 시인이 시조의 형식 요건을 의식한다 하더라도 이에 얽매이지 않을 때 비로소 시조다운 시조의 창작이 가능할 것이다. 어찌 보면, 형식 요건이라는 구속 안에서 시조를 쓰되 이를 제약으로 의식하지 않을 만큼 구속 안에서 자유를 누릴 때, 그리하여 형식으로 인해 고뇌하는 시인이 사라져 보이지 않게 될 때, 시조는 정녕코 시조다워질 수 있으리라. 사실 형식으로 인해서든 또는 그 무엇으로 인해서든 고뇌하는 시인이 사라지고 오로지 시인이 창작한 작품만이 남는 경지는 시조를 포함한 모든 예술이 추구하는 이상(理想)일 것이다. 제임스 조이스가 『젊은 예술가의 초상』에서 예술가란 "스스로를 정화하여 존재를 상실"해야 하고 "스스로 비개성적인 존재"가 되어야 한다 했을 때, 그가 마음속에 그리고 있었던 것은 바로 이 같은 예술의 경지다. 정녕코 진정한 의미에서의 예술가란 "창조주 하느님과 마찬가지로 자신의 작품 안에서 또는 그 뒤에서 또는 그 너머에서 또는 그 위에서, 모습을 드러내지 않은 채, 스스로 정화하여 존재를 상실한 채, 또한 초연한 자세로, 손톱이나 다듬고 있는 그런 존재"이어야 한다.

이처럼 시조 형식이라는 제약 안에서 시조를 창작하되 이 시조 형식이라는 제약 안에서 자유를 누리는 시적 경지, 그리하여 형식의 문제로 고뇌하는 시인의 모습이 마침내 보이지 않게 되는 시적 경지의 가능성을 나는 오래전 홍성란의 시집 『황진이 별곡』에서 엿볼 수 있었다. 다시 말해, 홍성란의 작품은 어느 모로 보나 시조 형식의 시임에도 불구하고, 이 시인의 작품을 읽다 보면 어느 사이에 시조 형식의 작품이라는 사실을 잊게 된다. 홍성란은 형식의 구속 안에 있으면서도 여전히 구속에서 자유로운 시인의 마음으로 시를 창작하기 때문이리라. 이처럼 구속 안에서 자유롭기에 형식 때문에 고뇌하는 시인의 모습이 좀처럼 보이지 않는 작품들을 나는 이번의 시집 『춤』(문학수첩, 2013)에서도 확인할 수 있었다. 다만 옛날의 작품과 지금의 작품 사이에 차이가 있다면, 이제 언어 운용의 면에서나 소재 선택의 면에서 한결 더 유연해졌다는 점, 그리고 무엇보다 작품을 통해 드러나 있는 시인의 시적 감수성이 한결 더 풍요로워지고 깊어졌다는 점이다. 한마디로 말해, 시 세계가 더욱 원숙해졌다는 점이 차이라면 차이일 것이다.

형식의 구속 안에 있으면서 이와 동시에 형식의 구속에서 자유롭다는 이 '역설'의 시학과 관련하여 홍성란의 작품을 조명하고자 하는 경우, 우리는 이 시인의 시집들 가운데 하나인 『바람 불어 그리운 날』(태학사, 2005)의 표제작 「바람 불어 그리운 날」을 우리의 논의에 앞세우지 않을 수 없다.

> 따끈한 찻잔 감싸 쥐고 지금은 비가 와서
> 부르르 온기에 떨며 그대 여기 없으니
> 백매화 저 꽃잎 지듯 바람 불고 날이 차다
>
> —「바람 불어 그리운 날」 전문

이 작품은 2005년도 제24회 중앙시조대상 수상작이기도 한데, 무엇보다 주목해야 할 것은 이 작품이 시조의 본류에 해당하는 단시조 형식으로 이루어져 있다는 점이다. 그것도 시조의 기본 양식으로 인정받는 3장 6구의 형태를 완벽하게 갖추고 있는 작품이라는 점이다. 그런 의미에서 이는 시조 가운데 가장 전형적이고 모범적인 이른바 '교과서적'인 시조라 할 수 있다. 말하자면, 이 작품은 '형식의 구속 안'에서 창작된 작품이다. 그런데 놀랍게도 지난 31년 동안 중앙시조대상 수상작을 살펴보면 이처럼 전형적이고 모범적인 단시조가 수상작으로 선정된 예는 별로 없다. 제1회 수상작인 김상옥 시인의 「삼련시 2수」나 제5회 수상작인 박재삼 시인의 「단수 3편」에다가 제21회 수상작인 이정환 시인의 「원에 관하여 5」를 꼽을 수 있는데, 이 가운데 이정환 시인의 작품은 다른 예에 비해 연작시의 성격이 강하다. 따라서 단시조 형식의 작품으로서 중앙시조대상 수상작으로 선정된 예는 넓게 보아 단 세 번뿐이다. 어찌 보면, 이 같은 사실은 단시조 형식으로 탁월한 작품을 창작하기란 쉽지 않음을 반증하는 것일 수도 있고, '전형'과 '모범'이라는 구속에 적극적으로 자신을 얽매거나 시조 형식이라는 제약을 적극적으로 받아들이는 시조 시인이 많지 않다는 증거일 수도 있다.

하지만 이처럼 전형적이고도 모범적인 시조 작품 「바람 불어 그리운 날」은 일반적인 시조에 대한 독자의 기대를 초장부터 깨뜨린다. 초장의 경우 "따끈한 찻잔 감싸 쥐고"와 "지금은 비가 와서"라는 두 개의 구(句)로 나뉠 수 있는데, 일반의 기대에 부응하는 '교과서적'인 것을 의도했다면 시인은 아마 이를 '지금은 비가 와서 따끈한 찻잔 감싸 쥐고'로 썼을지도 모른다. 어찌 보면, 이 같은 일

탈 혹은 자유로움은 이 작품을 시조로 읽되 단순히 시조만으로 읽지 말라는 신호일 수도 있다. 아무튼, 우리는 비 오는 날 실내에서 "따끈한 찻잔"을 감싸 쥔 채 앉아 있는 시적 화자의 모습을 떠올릴 수 있다. 이 시적 화자에게 찻잔의 따뜻함을 각별히 의식하게 하는 것이 있다면, 그것은 밖에 내리고 있는 비—차가운 느낌의 비—일 것이다. 이처럼 비와 대비되는 가운데 그 느낌이 생생하게 전해지고 있는 찻잔의 따뜻함은 중장에서 확인할 수 있듯 시적 화자를 "부르르" 떨게 한다. "온기"에 부르르 떨다니? 이 역설의 몸짓은 시적 화자가 "비"의 한기를 의식하기 때문일까. 그럴 수도 있겠지만, 이보다는 "그대 여기 없으니"에서 그 답을 찾아야 할 것이다. 말하자면, 그대가 없기 때문에 찻잔의 온기에도 불구하고 시적 화자는 몸을 떠는 것이리라. 그런데 이 같은 시적 메시지를 전하는 중장도 초장과 마찬가지로 앞부분과 뒷부분의 연결이 '교과서적'이지 않고 자유롭다. 요컨대, 이 시는 어느 모로 보나 시조이지만 시조에 대한 우리의 고정관념을 허문다.

이 시의 초장과 중장만으로도 하나의 정경이 완성되고 있는데, 우리는 비 오는 날 찻잔을 쥔 채 실내에 '혼자' 앉아 누군가의 부재에 마음을 쓰고 있는 시적 화자의 모습을 떠올릴 수 있다. 아무튼, 각각 기(起)와 승(承)의 역할을 수행하는 이 같은 내용의 초장과 중장에 이어 전(轉)과 결(結)의 역할을 수행하는 이 시의 종장도 시조의 형식 요건에 어긋남이 없다. 이와 동시에, 이 시의 종장은 도대체 시조와는 관계없어 보이는 에즈라 파운드의 이미지즘적인 시 「지하철 안에서」—즉, "군중 속의 얼굴들의 환영"과 "젖은 검은 가지 위의 꽃잎"을 병치시키고 있는 이 절묘한 시—가 환기시키고 있는 것과 유사한 색채와 관련된 시각적 이미지를 일깨우고 있다. 우선 종장을 통해 우리는 시적 화자의 눈길이 손에 쥔 찻잔에서 비 오는 바깥 풍경으로 옮겨감을 감지할 수 있는데, 그의 눈에 들어오는 것은 "지"고 있는 "백매화 저 꽃잎"이다. 이때 '지고 있는' 매화의 꽃잎 빛깔이 백색이라는 점은 파운드의 시에서 "가지"가 "검"다는 것만큼이나 의미심장하다. 필경 빗속의 세계는 잿빛이었으리라. 그 잿빛을 배경으로 하여 제시된 백색은 차가움을 느끼게 하는 색상이라는 점에서 따뜻한 찻잔에도 불구하고 시적 화자가 느낄 법한 한기를 더욱 강하게 암시하는 것일 수도 있다. 동시에 백색이란 그 어떤 색채도 부재한 상태—말하자면, 비어 있는 상태—를 암시할 수도 있거니와, 그리운 사람의 부재로 인해 시적 화자가 느낄 법한 공허함을 암시하는 것일 수도 있다. 이어지는 종장의 둘째 구인 "바람 불고 날이 차다"는 백색이 도드라져 보이는 잿빛의 바깥 풍경에 대한 묘사만을 담기 위한 것이 아니리라. 이는 시적 화자의 내면 풍경을 암시하는 것일 수도 있거니와, 누군가를 그리워하는 시적 화자의 젖은 마음을 효과적으로 전달하기 위한 것으로 읽을 수도 있다.

「바람 불어 그리운 날」은 절제된 언어와 간명한 시적 이미지로 이루어진 지극히 모범적인 단시조 형식의 작품이지만, 그럼에도 불구하고 여러 면에서 시조에 대한 고정관념으로부터 자유로운 시조다. 그것이 바로 "어져 내 일이야"로 시작되는 황진이의 시조에서 우리가 느낄 수 있는 묘미가 아니었던가. 도대체 누가 시조를 "어져"라는 영탄의 말로 직핍(直逼)할 수도 있다고 생각했을까! 우리가 홍성란의 작품에서 확인하는 구속 안에서의 자유로움은 황진이의 작품 하나하나에서 확인할 수 있는 이 같은 돌올함과 맥을 크게 달리하는 것이 아니리라.

이제까지 우리는 「바람 불어 그리운 날」을 하나의 예로 삼아 홍성란이 어떻게 형식 안에 머물면서 형식 안에서 자유로운가를 살펴보았다. 하지만 '형식 안에 머물면서 이와 동시에 형식 안에서 자유로움'이라는 역설의 시학은 앞에서 우리가 시도한 시구절에 대한 피상적인 논의나 분석만으로는 그 실체를 효과적으로 드러낼 수 없다. 우리가 문제 삼는 역설의 시학은 시적 언어나 이미지에 대한 분석과 논의를 통해 드러내기 어려운 미적 판단의 영역에 속하는 것이기 때문이다. 따라서 우리가 할 수 있는 일이란 시조 형식의 '시'이면서 이와 동시에 '시'로서 빼어난 것으로 판단되는 시조 작품들을 골라 '말 그대로' 읽는 것뿐이다. 그것도 이 자리에서 이루어질 우리의 시 읽기는 지극히 선별적인 것일 수밖에 없는데, 판단 기준에 따라 선별 작업은 얼마든지 새롭게 바뀔 수 있기 때문이다. 어찌 보면, 선별 기준을 세우기 어려울 만큼 탁월한 작품들이 홍성란의 시집 『춤』을 비할 바 없이 풍요롭게 하고 있기 때문이기도 하다.

2. 구속 안에서 누리는 자유의 궤적을 따라

홍성란의 이 시집에는 92편의 작품이 수록되어 있는데, 이 가운데 단시조 형식의 작품이 절반에 가깝다. 아마도 단시조의 비중이 이렇게 높은 경우는 요즈음 출간되는 시조 시인들의 시집 가운데 예외적인 것이라 하지 않을 수 없다. 그리고 단시조에 이처럼 높은 비중을 두고 있다는 사실은 앞서 암시한 바와 같이 그 어떤 시인보다 형식이라는 제약을 의식하고 있음을 반증하는 것일 수도 있다. 또는 정통적인 시조 형식 자체에 대한 적극적인 관심과 수용을 반증하는 것일 수도 있다. 함부로 이야기할 수는 없겠지만, 떠오른 시상을 시화할 때 이를 단시조 형식 안에 가두는 일이 힘든 경우가 적지 않을 것이다. 하지만 그렇다고 해서 연시조나 사설시조가 손쉬운 답이 될 수는 없다. 그 이유는 그렇게 창작된 시조 작품 가운데 시적 긴장감을 끝까지 유지하지 못하는 예가 적지 않기 때문이다. 따라서 시조 시인이라면 무엇보다 단시조 형식이라는 좁은 공간 안에 시상을 담으려는 노력을 끝까지 포기해서는 안 될 것이다. 바로 이런 관점에서 볼 때 홍성란이 우리에게 선사하는 단시조 형식의 작품들은 각별히 소중해 보인다.

홍성란의 빼어난 단시조 형식의 작품들 가운데 우선 우리의 눈길을 끄는 것은 이번 시집의 표제작이기도 한 「춤」이다.

얼마만한 축복이었을까
얼마만한 슬픔이었을까

그대 창문 앞
그대 텅 빈 뜨락에

세계를 뒤흔들어 놓고 사라지는
가랑잎

하나

—「춤」 전문

표면적인 의미에서 볼 때, 이 시에서 "춤"이 지시하는 것은 "가랑잎/하나"의 움직임이다. 이 "가랑잎/하나"가 춤을 추듯 움직이는 것을 보면서 시인은 "얼마만한 축복이었을까/얼마만한 슬픔이었을까"를 되뇐다. 물론 푸름을 구가하던 한여름은 나뭇잎에게 "축복"의 시간이었을 것이고, 이제 떨어져 굴러다니는 가랑잎이 된 나뭇잎에게 지금—필경 가을—은 "슬픔"의 시간일 수 있다. 하지만 나뭇잎이 떨어져 흙이 되지 않으면 이듬해 봄날 새로운 생명의 탄생은 불가능할 수도 있다. 그런 의미에서 본다면, 나뭇잎이 가랑잎으로 변하는 것은 크게 보아 그 자체가 새로운 생명을 약속하는 "축복"일 수도 있다. "가랑잎/하나"의 움직임이 "춤"일 수 있음은 바로 이 때문이다. 아무튼, 이처럼 시의 행간에서 대자연의 순환 또는 윤회를 읽는 순간, 이 시는 단순한 가랑잎에 대한 노래로 남지 않는다. "가랑잎/하나"는 바로 젊음이라는 "축복"의 시간을 살았지만 이제 늙음이라는 "슬픔"의 시간을 살아가는 우리 인간의 모습일 수도 있기 때문이다. 아니, 이렇게 볼 수도 있다. 삶 자체가 고뇌와 슬픔의 연속일 수 있다는 관점에서 보면 "슬픔"의 시간에서 놓여나 "축복"으로서의 소멸을 꿈꾸는 우리 인간의 모습일 수도 있다.

하지만 이 같은 일반론적 작품 읽기만으로 시에 대한 이해를 끝맺을 수는 없다. 그 이유는 이 시의 중장에 해당하는 "그대 창문 앞/그대 텅 빈 뜨락에"라는 구절을 소홀히 지나칠 수 없기 때문이다. 추측건대, 이때의 "그대"는 시인 자신을 지시하는 것일 수도 있고, 시인의 마음속에 있는 어떤 대상을 지시하는 것일 수도 있다. 먼저 "그대"가 시인 자신을 지시한다면, 「춤」은 일종의 자기 성찰의 시로 읽힐 수 있다. 말하자면, "가랑잎 하나"에서 자신의 모습을 보거나 자신의 삶을 되돌아보는 시로 읽힐 수도 있다. 하지만 "가랑잎/하나"가 "세계를 뒤흔들어 놓고 사라지"다니? 어찌 보면, 자신의 모습이나 삶을 "가랑잎/하나"에서 꿰뚫어 보는 깨달음의 순간은 적어도 깨달음의 당사자에게 평온한 의식 자체를 뒤흔들 만큼 놀라운 것일 수 있으리라. 하지만 자신이 얻은 깨달음의 순간을 "세계"의 뒤흔들림에 비유하는 것은 어딘가 과장되고 부자연스러워 보이기도 한다. 따라서 "그대"를 시인 자신이 아닌 다른 어떤 대상을 지시하는 것으로 볼 수도 있거니와, 이렇게 보는 경우 「춤」은 더할 수 없이 절절하고 아름다운 사랑의 시로 변한다. "그대 창문 앞/그대 텅 빈 뜨락에" 나타났다가 사라지는 "가랑잎/하나"는 온갖 "기쁨"과 "슬픔"을 간직한 채 '그대'의 곁을 지나가는 '나'일 수 있음을 호소하는 시로 읽힐 수 있기 때문이다. 비록 "가랑잎/하나"에 불과한 보잘것없는 존재일지 몰라도, "세계를 뒤흔들어 놓"을 만큼의 바람이 '나'의 마음에 일고 있음을, 그 바람에 이끌려 '나'는 '그대'에게 보이기 위한 "춤"을 추고 있음을 전하는 시로 읽을 수도 있으리라.

어떤 맥락에서 이 작품을 읽든, "가랑잎/하나"의 의미는 무한하게 확장될 수 있으니, 이는 넓게 보아 인간의 모습을 지시하는 것일 수도 있고 좁게 보아 '나 자신'의 모습을 지시할 수도 있지만, 이와 동시에 '그대'를 향한 '나'의 마음, '나'의 말, '나'의 삶을 지시하는 것일 수도 있기 때문이다. 이렇게 의미를 확장하다 보면,

"가랑잎/하나"는 시인의 겸손한 마음에 비친 시인 자신의 '시'를 의미하는 것이 될 수도 있다. 이 경우 "그대"는 다름 아닌 '독자'일 것이다. 비록 "가랑잎/하나"에 불과한 것일지도 모르지만 그 안에는 헤아릴 수 없을 만큼의 "축복"과 "슬픔"이 담겨 있고, 이를 "그대 창문 앞/그대 텅 빈 뜨락에" 보내는 시인의 마음은 '그대'를 향해 "세계를 뒤흔들어 놓"을 만큼의 간절한 바람으로 가득 차 있음을 암시하는 시로 읽힐 수도 있다. 혹시 시인이 이 작품을 표제작으로 삼은 것은 이 같은 마음 때문이 아니었을까.

단시조이면서 넓고 깊은 시적 의미를 지니는 뛰어난 작품들이 하나둘이 아니지만, 각별히 우리의 눈길을 끄는 작품이 「그 새」다.

갠 하늘 그는 가고
새파랗게 떠나버리고

깃 떨군 기슭에 입술 깨무는 산철쭉

아파도
아프다 해도
빈 둥지만 하겠니

—「그 새」 전문

시조의 초장에 해당하는 제1연과 중장에 해당하는 제2연에는 각각 "갠 하늘"과 "[새가] 깃[을] 떨군 기슭"이 배치되어 있다. 그리고 기슭에는 "산철쭉"이 있다. 말하자면, 제1연과 제2연은 아주 간명한 자연의 풍경을 보여준다. 이 간명한 자연의 풍경에서 시인은 상대가 떠난 뒤에 홀로 남아 "아파"하는 사람이 있는 인간사의 한 현장을 본다. 그런데 "새파랗게 떠나버리고"라니? 이 생소한 표현이 주는 시적 효과는 참으로 예사롭지 않다. 바로 이 표현을 통해 시인이 일깨우는 것은 "새"가 "갠 하늘" 속으로 날아가 하늘의 새파란 색조에 파묻혀 마침내 보이지 않게 된 정경, 그리고 다시 새파란 하늘만이 눈앞에 펼쳐져 있는 정경이리라. 어찌 보면, 뒤에 남은 사람이 "그"가 떠나자 떠나는 "그"의 모습이 보이지 않을 때까지 그를 향해 눈길을 고정하고 있는 모습을 암시하는 것이 제1연일 수 있다. 그렇게 눈길을 고정하고 있는 사람의 "아파"하는 마음을 드러내기 위한 것이 바로 "입술 깨무는 산철쭉"이라는 표현일 것이다. 산철쭉의 연분홍색 꽃에서 입술 깨무는 사람의 아픈 모습을 떠올리게 하는 이 시적 표현에서 우리는 단순히 아파할 뿐만 아니라 떠나는 사람에 대해 원망스러워하는 사람의 마음까지 읽을 수도 있다. 아무튼, 시조의 종장에 해당하는 제3연의 수사 의문문은 시인 자신의 것일 수도 있고, "새"처럼 떠난 사람 뒤에 남아 "입술 깨무는 산철쭉"과도 같은 사람의 것일 수도 있으리라.

어쩌면 "빈 둥지" 때문에 아파함은 떠남과 헤어짐이 너무나도 흔한 우리 주변의 인간사일 수 있다. 그냥 싫어서든, 또는 미워서든, 또는 죽음이나 그 밖에 사연 때문에 어쩔 수 없어서든, 누군가가 "둥지"를 떠나는 일은, 그리고 그 때문에 누군가가 아파하는 것은 현실을 살아가는 사람이라면 누구도 피할 수 없는 지극히 현세적인 일이다. 바로 이 현세적인 일을 자연의 풍경에 빗대어 묘사하되 선명한 색조의 대비를 통해 생생하게 드러내고 있는 시인의 시적 묘사력은 실로 절묘하다.

인간사의 면면을 자연의 풍경에 빗대어 말함으로의 그것이 일시적인 것이 아니라 자연 그 자체만큼이나 항시적인 것임을 드러내는 데 홍성란이 보여주는 탁월한 언어 능력을 또 하나 확인케 하는 작품이 바로 「소풍」이다.

여기서 저만치가 인생이다 저만치,

비탈 아래 가는 버스
멀리 환한
복사꽃

꽃 두고
아무렇지 않게 곁에 자는 봉분 하나

—「소풍」 전문

이 시의 제목을 이루는 "소풍"이라는 말도 앞서 검토한 「춤」의 "가랑잎"이나 「그 새」의 "새"나 "철쭉"처럼 중의적으로 읽힌다. 우선 시인이 "비탈 아래 가는 버스"와 "멀리 환한/복사꽃"이 보이고 "봉분 하나"가 있는 야외로 "소풍"을 나와 있음을 상상해볼 수 있을 것이다. 그러니까 「소풍」은 말 그대로 시인이 어딘가로 소풍을 나와 있음을 이야기하는 시일 수 있다. 하지만 시인의 이야기는 여기에서 그치지 않는다. 시조의 초장에 해당하는 이 시의 제1연이 암시하듯, 소풍을 나와 한적한 마음으로 주변을 둘러보던 시인의 마음에 문득 "인생"이란 이 세상으로 소풍을 나온 것일 수도 있다는 생각이 스친다. 바로 여기에서 어떤 이는 삶을 "아름다운 이 세상"으로 "소풍"을 나온 것에 비유했던 천상병 시인의 시구절을 떠올릴 수도 있겠다. 하지만 삶을 이 세상으로 와서 잠시 머물다 가는 여행에 비유한 예는 동서고금을 막론하고 무수히 많다. 따라서 삶이란 집을 떠나 소풍을 나온 것으로 보는 시각이 새삼스러운 것은 아니다. 아무튼, 소풍을 나와 있는 시인의 눈에 "멀리 환한/복사꽃"과 "봉분 하나"가 있는 눈앞의 정경이 곧 "인생"의 현장과 다름없는 것으로 비쳤던 것이리라. 어쨌거나, "여기서 저만치"가 "인생"의 현장이라면, "비탈 아래 가는 버스"는 무엇일까. 이는 필경 "소풍"을 나와 있는 시인을 죽음의 영역으로든 어디로든 원래 왔던 곳으로 데리고 가는 수단 아닐까. 하지만 삶의 영역에는 "환한/복사꽃"이라는 밝은 삶이 있기도 하나, 죽은 자의 안식처인 "봉분"도 있다. 말하자면, 죽음의 흔적은 삶의 영역 안에도 있다. 또는 죽은 이후 영혼이 "버스"를 타고 어디로 가든 육신은 삶의 영역 안에 남는다. 죽은 자의 육신이 "봉분"에 남아 있듯.

'죽은 자의 육신이 "봉분"에 남아 있듯'이라니? 이 말이 의미하는 바는 무엇일까. 이 물음과 관련하여 우리는 라틴어의 '메멘토 모리memento mori'라는 말을 상기할 필요가 있다. 이는 '죽음을 잊지 말라'라는 말로, 말의 연원은 고대 로마로 거슬러 올라간다. 로마 시대에 개선장군이 행진을 할 때 그 뒤를 노예가 따라오면서 개선장군에게 죽을 운명임을 잊지 말 것을, 또는 죽음이 바로 뒤따라오고 있음을 귀띔하는 역할을 했다 한다. 말하자면, 지금 이 순간은 승리를 구가하지만 내일 바로 몰락할 수도 있음을 충고하는 말이 바로 '메멘토 모리'이기도 하다. 그런 의미에서 볼 때, 이 '메멘토 모리'는 절정의 시대에 오만하지 말고 환난의 시대에 절망하지 말 것을 충언하는 『주역(周易)』의 논리와도 상통한다. 아무튼, 서양의 경우, 이 '메멘토 모리'의 전통은 중세와 빅토리아 시대를 거치면서 음악, 미술, 문학의 장르로 발전하기도 했는데, 어떤 경우에도 그 목적은 사람들에게 누구나 죽을 운명에 처해 있음을 일깨우는 데 있었다. 또한 묘지의 비석이나 지식인들의 서가를 장식하던 해골 역시 동일한 역할을 수행했던 것도 사실이다. 삶의 생명력을 암시하는 "꽃[을] 두고/아무렇지 않게 곁에 자는 봉분 하나"는 이런 의미에서 본다면 바로 '메멘토 모리'의 역할을 하는 것일 수 있다. 홍성란의 「소풍」이 단순히 현세적 삶의 아름다움을 노래할 뿐만 아니라 그 이면의 깊고 넓은 의미를 제시하는 시가 되고 있음은 바로 이 때문이다. 삶이란 단순히 천상병 시인의 말대로 "아름다운 이 세상"으로의 "소풍"만이 아니다. 이는 인간이라면 언제든 되돌아가야 할 세계인 죽음의 세계를 항상 잊지 말아야 할 자리로 나와 있는 "소풍"이기도 하다. 바로 이 근엄하고도 무거운 시적 메시지를 홍성란은 근엄함과 무거움을 제거한 채, 그럼에도 불구하고 의미의 깊이와 무게를 그대로 살려둔 채, "꽃 두고/아무렇지 않게 곁에 자는 봉분 하나"라는 재치 넘친 시구절을 통해 우리에게 전하고 있다. 바로 여기에 이 시의 매력이 있다. '메멘토 모리'라는 무거운 메시지 때문에 소풍의 분위기를 망칠 수야 없지 않겠는가!

위의 몇몇 예에서 확인할 수 있었듯, 시조란 무엇보다 현실을 살아가는 인간과 그의 삶에 관한 시다. 이처럼 현실을 살아가는 인간과 그의 삶을 다루되 비유를 통해 인간 존재의 의미와 그의 삶을 되짚어 보는 문학 장르가 다름 아닌 시조인 것이다. 그런 의미에서 볼 때, 홍성란의 작품들이 지니는 시조 문학으로서의 의의는 값진 것이 아닐 수 없다. 사실 단시조라는 형식의 제약 안에서 간결한 언어를 통해 삶의 면면을 다루되 이를 넓고 깊게 시적 형상화하는 시인의 능력을 엿보게 하는 작품들로 이번 시집은 말 그대로 풍요로운데, 이제까지 논의한 작품들만큼 또는 그 이상으로 각별히 주목해야 할 작품은 「나만」, 「공」, 「잔잔한 눈길」, 「철길에서」, 「포살식당」, 「이 선물」, 「병 속에」, 「불꽃놀이」, 「수컷」, 「인드라망」, 「물감」, 「어머니의 중두리」 등등 헤아릴 수 없이 많다. 하지만 지면을 고려해 이들 작품에 대한 분석과 논의는 다른 평자들의 몫으로 남겨두기로 하자.

홍성란의 이 시집에는 단시조 형식의 시조뿐만 아니라 사설시조 역시 적지 않다. 대체로 30여 편에 가까운 사설시조를 통해 시인은 단시조에는 도저히 담을 수 없는 '분수'와도 같이 넘쳐흐르는 시심을 담고 있다. 사실 사설시조 형식의 시조 창작은 지극히 쉬운 일일 수 있는 동시에 지극히 어려운 일일 수 있다. 쉬운 일일 수 있음은 형식을 깨뜨린 시조 형식의 시이기 때문이다. 3장 6구라는 구속에서 벗어나 자유롭게 말의 성찬(盛饌)을 이어갈 수 있기 때문이다. 하지만 바로 그 점 때문에 사설시조 창작은 결코 쉬운 일이 아니다. 각별한 언어 감각을 소유하고 있기 전에는 말의 성찬이란 누구에게도 쉬운 것이 아니기 때문이다. 어디 그뿐이랴. 단순한 말의 성찬이 아니라 절묘한 해학과 풍자, 재치와 반어로 무장해야 하는 것이 사설시조이기 때문이기도 하다. 바로 이런 점에서 홍성란의 역량은 오래전부터 주목받을 만한 것이었다. 이번 시집을 보면,

특히 「애인 있어요」, 「목발과 어머니」, 「가느단 마음」, 「그대가 아는 바와 같이」, 「남원잡가」, 「홈쇼핑」, 「저 기차 좀 봐」, 「뮤즈의 노래」, 「비눗방울—다비장에서」, 「어둠꽃」, 「마지막 편지」 등등의 작품에서 확인할 수 있듯, 홍성란은 이 분야에서도 자신의 역량을 유감없이 발휘하고 있다. 이 모든 탁월한 문제작들 가운데 우리가 이 자리에서 각별히 주목하고자 하는 작품은 「홈쇼핑」이다.

일자리 떨어지고 마누라 떨어진 빈털터리가 군에 간 아들 하나 두고 산막에 들어가 라디오랑 달랑 빈집에 산다는데, 일용직 노처녀 누님이 삼 년 만에 유선방송을 거저 보게 해줬다는데 나는 테레비 필요없어, 라디오 하나만 있어도 세상 돌아가는 거 다 알어 했다는데

그 홀아비 한 달 만에 누나, 누나 내가 어제 화장품 세트 보냈는데 받었어? 탈렌트 한예술이가 나와 선전하는데 바르면 주름살 싹없어지고 얼굴도 하얘진대 이뻐져야 시집가지 열심히 발러 알었지? 하고는 보름 만에 다급하게 누나, 누나 세탁기 있어? 가수 박진양이가 나와 선전하는데 빨래가 그렇게 잘 된대 전기밥솥도 끼워준대 누나, 세탁기 있어? 하고는 일주일 만에 누나, 누나 등산복 있어? 영화배우 안성지가 나와 선전하는데 땀나도 안 젖고 입으면 펄펄 날아다닌대 누나, 일만 허지 말고 산에도 좀 다니고 그래 등산복 있어? 몇 장 안 남었대 하고는 또 누나, 누나…… 한다는데

나는 왜, 저런 동생 하나 키우지 못했나

—「홈쇼핑」 전문

상품 판매 방식 가운데 전자 매체를 통한 거래 방식이 처음 시작된 것은 1977년 미국에서 라디오를 통해서였다. 당시 버드 팩슨Bud Paxson이라는 한 소규모 라디오 방송국 소유주가 광고 대금으로 받은 112벌의 전동식 깡통 따개를 방송에 판매용으로 내놓았는데, 한 시간도 되지 않아 모두 팔렸다 한다. 이에 고무된 팩슨이 1982년 설립한 케이블 TV홈쇼핑 채널이 오늘날 우리에게 알려진 이른바 '홈쇼핑'의 시조다. 한국에서는 1995년 몇 개의 홈쇼핑 회사가 설립되면서 이 같은 상품 판매 방식이 소개되어, 오늘날 상품 거래 방식의 주류 가운데 일부를 이루게 되었다. 아마도 이 같은 상품 구매 방식은 오늘날의 세태를 보여주는 하나의 대표적인 문화 현상이라 할 수 있을 것이다. 홍성란의 「홈쇼핑」은 이 같은 문화 현상을 다각도에서 깊이 되짚어볼 기회를 제공한다.

먼저 이 사설시조의 초장에 해당하는 제1연에서 우리는 이 시에 등장하는 사람이 어떤 처지인지를 확인할 수 있다. 그는 삶의 낙오자가 되어 고립된 생활을 하는 "홀아비"다. 그런데 "라디오"만 "달랑" 가지고 고립 생활을 하는 그에게 "일용직 노처녀 누님"이 "유선방송을 거저 보게 해"준다. 이런 유형의 사람은 오늘날의 우리 사회를 놓고 볼 때 특수하고 예외적인 존재가 아니다. 사회적 관계를 끊고 두더지처럼 자기 세계에 갇혀 고립 생활을 하는 사람이 헤아릴 수 없이 많은 것이 오늘날의 세태이기 때문이다. 비록 밖으로 나와 돌아다니기도 하고 심지어 직장 생활을 하더라도 사회적 연결 고리를 끊은 채 이른바 '두더지 생활'을 하는 사람도 적지 않다. 그리고 그런 생활을 가능케 하는 것이 무엇보다 인터넷 또는 홈쇼핑 채널과 같이 고립된 상태에서도 외부와의 '연결'을 가능케 하는 지극히 현대적인 도구들일 것이다. 외부와의 관계를 일체 끊은 채 인터넷에만 의지하여 살 때 얼마 동안 생활이 가능한가와 같은 실험이 이루어질 정도로 이 같은 도구들의 영향력은 절대적이다.

이른바 '두더지 생활'을 하는 "홀아비"가 한때 "세상 돌아가는 거"를 알기 위해 "라디오"에 의존했듯, "유선방송을 거저 보게" 된 뒤 "테레비"는 아마 그에게 "세상을 돌아가는 거"를 아는 데 놀라울 정도로 편리한 수단이 되었을 것이다. 아울러, "테레비"의 "홈쇼핑" 채널은 바깥세상과 '어쨌거나 연결되어 있다'는 느낌을 주는 유일한 통로가 되었을 것이다. 오늘날 '두더지 생활'을 하는 수많은 사람들이 그러하듯, 그는 이 통로에 갈수록 집착하게 되었을 것이다. 시 속의 "홀아비"가 "한 달 만에" 홈쇼핑 중독자가 되었듯 말이다. 홈쇼핑에 중독된 이 "홀아비"의 상품 구매 행태는 몇 가지 점에서 특징을 보인다. 우선 그에게 상품 구매의 동기를 제공하는 것은 항상 유명 연예인이다. 예컨대, "탈렌트 한예술"과 "가수 박진양"과 "영화배우 안성지"가 등장하여 상품을 "선전"한다. 그리고 "홀아비"의 구매 이유는 항상 '-대'로 끝나는 일종의 전언(傳言)에 따른 것이다. 말하자면, 자신의 적극적이고 능동적인 구매 의지에 의해서가 아니라 주체적 의지를 상실한 채 상품 구매를 이어나가고 있는 것이다. 이런 모습에서 현대인의 '좀비화'를 감지한다면, 이는 지나친 판단일까. 아무튼, 또 하나의 특징은 "홀아비"의 상품 구매는 "누나"를 위한 것이라는 점이다. 물론 시가 제공하고 있는 정보로 보아, "누나"를 위해 상품 구매를 하듯 자신을 위해서도 상품 구매를 하는지는 알 수 없지만, 적어도 자신에게 필요하지 않은 상품을 되풀이해서 구매하고, 이는 표면상 "누나"를 '위한' 것이라는 점만은 사실이다. 이것이 행여 "누나"를 위하고 사랑하기 때문일까. 하지만 그와 같은 병적인 구매 행위를 어찌 위함이나 사랑 때문이라 할 수 있겠는가. 혹시 '구매를 위한 구매'의 행위가 "누나"라는 일종의 배출구를 찾는 것은 아닐까. "홀아비"가 "누나"에게 "다급하게" 상품 구매 이유를 설명하는 것을 보면, 만일 이 배출구마저 사라진다면 그는 '나는 구매한다, 고로 존재한다'라는 존재 이유마저 상실할 것처럼 보이기도 한다. 바로 이 같은 "홀아비"의 모습에서 끊임없이 욕망을 부추기는 상업자본주의의 희생양을 본다면, 이는 또 한 번의 지나친 판단일까.

「홈쇼핑」은 우리 시대의 문화와 사회가 보이고 있는 이 같은 병적 현상에 대한 고발과 비판과 야유의 시로 읽힌다. 유명 연예인의 이름에 대한 변조가 암시하듯, "홈쇼핑"은 상품이라는 물신(物神)에 숭고미를 부여하는 '예술(藝術)'의 세계이자, 물신을 숭배하는 사람들이 찾는 '성지(聖地)'다. 또는 이 물신의 '진양(振揚)'을 꾀하는 장소—즉, 물신을 '떨쳐 일으켜 날게 하는' 장소—이기도 하다. 이 성지를 찾는 순례자인 "홀아비"는 물신에 대한 자신의 신앙을 전파하려는 듯 "누나"를 물신의 세계로 이끌려 애쓴다. 시인의 이 같은 '비틀기'를 더욱 극화하는 것은 "홀아비"에 관한 에피소드가 끝까지 '-다는데'라는 어미(語尾)를 통해 제시되고 있다는 점이다. 말하자면, 시인은 그에 관한 에피소드를 직접 화법을 통해 제시하고 있지 않다. 누군가에게서 또는 어딘가에서 들은 이야기를 전하는 입장임을 암시함으로써, 시인은 우리가 풍문과 허문(虛聞)이 지배하는 세계 속에 살고 있음을 일깨운다. 또한 모든 것을 남김없이 깡그리 발가벗기고 드러내는 이른바 '대중 미디어'의 세계에 우리가 살고 있지만, 사람들은 소문의 벽에 갇혀 지낼 뿐 누구에게도 실체를 드러내지 않는 것이 이 시대의 사회상임을 시인은 우리에게 일깨우고 있는 것이다. 바로 이 점 때문에 주목하지 않을 수 없는 것이 "홀아비"는 "빈털터리"라는 점이다. 도대체 "빈털터리"에게 무슨 여력이 있어 그처럼 다양한 상품을 "누나"에게 사줄 수 있단 말인가. 시인은 이에 대해 아무 말이 없다. 따지고 보면, 이에 관심을 보이는 순간 시인은 풍문과 허문의 실체를 밝히려는 신문기자나 이에 준하는 사람으로 자신의 존재 이유를 바꾸게 될 것이기 때문이다. '-다는데'라는 어미가 갖는 말의 뉘앙스를 끝까지 훼손하지 않은 시인의 시인 정신은 놀라운 것이 아닐 수 없다.

아무튼, 시인의 비틀기와 야유는 여기에서 끝나지 않는다. 시조의 종장에 해당하는 제3연에서 시인은 혼자 중얼거리듯 이렇게 묻는다. "왜, 저런 동생 하나 키우지 못했나." 이 물음은 반어적으로 읽히기도 하지만 문법적으로 읽히기도 한다. 만일 누군가가 이 물음을 문법적으로 받아들여 이렇게 읽었다 하자. '나는 저런 착한 동생을 하나 갖지 못한 것이 아쉽다.' 또는 '나에게도 저런 자상한 동생이 있다면 얼마나 좋을까.' 만일 누군가가 제3연을 이런 내용으로 읽었다면, 이는 바로 그 '누군가'가 시인이 이 시에서 묘사한 "홀아비"의 세계 안에 갇혀 멍청한 삶을 살고 있는 사람임을 의미한다. 하지만 시인이 이 시의 독자로 의도한 것은 그런 종류의 사람이 아니다. 시인은 이 제3연을 반어로 읽도록 독자를 유도하고 있거니와, 이를 감지케 하는 것이 '키우지'라는 말이다. '키우다'는 '크다'의 사역동사인데, 요즈음 우리 주변에서 이 말은 종종 빈정

거림을 담거나 불쾌감을 드러내기 위한 표현으로 사용되기도 한다. 예컨대, '난 그따위 환상은 키우지 않거든'과 같은 말에서 보듯, '키우다'는 상대의 말이나 어떤 정황이 마음에 들지 않을 때 사용하는 표현이다. 바로 이런 맥락에서 제3연은 반어로 읽히게 되는 것이다. 말하자면, 이를 통해 시인은 세태에 대한 야유와 비판을 감출 듯 드러내는 동시에 드러낼 듯 감추고 있는 것이다. 이처럼 무언가를 감출 듯 드러내고 드러낼 듯 감추는 언어 능력, 이는 오늘날의 시조 시단에서 결코 예사로운 것이 아니다.

홍성란의 이 시집에 나오는 수많은 사설시조들은 각각 독립된 한 편의 평문을 요구할 만큼 시적 깊이와 넓이가 만만치 않은 작품들이다. 하지만 그런 작업 역시 여타의 평자들에게 맡기기로 하고, 이제 시집 『춤』에 대한 전체적인 논의의 자리에서 결코 지나칠 수 없는 두 편의 작품에 초점을 맞추기로 하자.

이 두 편은 모두 연시조 형식의 작품인데, 홍성란의 이번 시집에 연시조 형식의 작품은 20편이 채 되지 않는다. 편수가 적긴 하지만 이 가운데서도 우리의 눈길을 끄는 작품이 적지 않으니, 「다시 사랑이」, 「그 집」, 「가을벌레」, 「착한 무릎」, 「십일월」, 「허물」, 「유리창 닦이」, 「중음(中陰)」 등의 작품 역시 각각 독립된 논의를 필요로 할 만한 수작이다. 하지만, 바로 앞서 말했듯, 이 가운데 시집 전체에 대한 논의의 자리에서 결코 지나칠 수 없는 작품으로 판단되는 두 편의 작품만을 문제 삼기로 하자. 그 가운데 하나가 「가을벌레」다.

풀섶 어디 숨은 벌레 처녀시편 짓고 있다

밤마당에 꼬부려 앉아
보이지 않는 울음 듣는

어쩌면 나도 한 마리
내가 보면 가을벌레

한 이야기 또 하고 한 이야기 또 하고

우두커니 마당가
달빛 보는 어머니

지르르 피 닳는 울음 지르르
거저 듣는 줄 알았네

—「가을벌레」 전문

이 작품의 시적 배경도 우리의 일상적인 삶 한가운데다. 도심 한가운데의 아파트에 사는 사람이라도, 가을날 집을 나서면 "풀섶 어디 숨은 벌레"의 울음소리를 들을 수 있을 것이다. 그리고 아마도 "달빛"이 보이는 한적한 집—필경 시골집—의 "마당가"에서라면 "가을벌레"의 울음소리는 더할 수 없이 절절하게 들릴 것이다. 필경 시인은 어머니와 함께 "밤마당에 꼬부려 앉아" 그러한 "가을벌레"의 "보이지 않는 울음"에 귀 기울이고 있는 것이리라. 그리고 시인이 열어놓은 마음의 귀에 그러한 "숨은 벌레"의 울음소리는 벌레가 "처녀시편"을 "짓고" 있는 것으로 들린다. 아마 어쩌다 들리는 벌레 울음소리에 귀 기울였던 사람은 비단 시인만이 아닐 것이다. 하지만 대개의 사람은 벌레 울음소리가 어디에서 나는지, 또는 어떤 벌레의 울음소리인지에 더 관심을 가질 것이다. 그러니까 그 울음소리에서 "처녀시편"을 떠올리는 사람은 흔치 않을 것이다. 시인이 아닌 사람과 시인의 차이는 바로 여기에 있는 것 아닐까. 아무튼, "풀섶 어디 숨은 벌레"의 울음소리에서 "처녀시편"을 들을 수 있는 열린 마음으로 인해, 시인은 "가을벌레"에서 자신의 모습까지 볼 수 있었던 것이리라. "어쩌면 나도 한 마리/내가 보면 가을벌레"라는 시인의 시적 진술은 자신의 노래—또는 시—란 "어쩌면" "가을벌레"의 "울음"과 같은 것일 수 있음을 깨닫고 있음을 암시하는 것일 수 있다. 이처럼 깨달음 또는 자기 성찰을 담은 시가 「가을벌레」다.

"풀섶"에서 우는 "가을벌레"와 시인으로서 자신을 동일시하는 것은 일단 자신의 시 창작 행위의 보잘것없음에 대한 자기 성찰일 수 있다. "한 이야기 또 하고 한 이야기 또 하고"라는 시적 진술이 이를 뒷받침한다. 하지만 자기 성찰이란 소극적인 자기 부정과는 본질적으로 다른 적극적인 정신 활동으로, 이는 시인에게 보다 나은 시 세계로 나아가게 하는 필수 불가결의 동인(動因)이 될 것이다. 하지만 그보다 더 중요한 것은 벌레와 자신을 동일시하는 마음이다. 어찌 보면, 이는 불가(佛家)에서 말하는 세계관과 상통하는 것일 수 있다. 사람을 포함하여 생명이 있는 모든 것과 심지어 생명이 없는 것조차 모두 불심(佛心)을 지니고 있음을 설파한 부처의 가르침을 따른다면, 어찌 '나'와 벌레 사이에 차이가 있을 수 있겠는가. 그리고 어찌 '나'의 노래와 벌레의 울음소리에 차이가 있을 수 있겠는가. 바로 이 같은 깨달음이 시인에게 가능했음을 보여주는 시가 「가을벌레」이기도 하다. 또한 바로 이 같은 깨달음에 이르는 순간, 시인에게 시인의 노래는 단순히 시인 자신만의 노래가 아니라 벌레의 울음소리와 더불어 우주의 합창이 될 수 있음에 대한 깨달음도 가능했을지 모른다. 아니, 그런 깨달음은 시인 자신의 몫이 아닐 수 있다. 이는 자신의 노래를 벌레 울음소리로 낮추는 시인의 마음을 읽는 순간 독자인 우리가 시를 읽는 과정에 이를 수 있는 깨달음이리라. 즉, 그러한 깨달음은 독자의 몫일 수 있다.

하지만 이 시에 대한 작품 읽기는 여기에서 멈출 수 없다. 무엇보다 연시조의 제2수에 해당하는 부분에 대한 이해가 아직 이루어지지 않았기 때문이다. 어찌 보면, "한 이야기 또 하고 한 이야기 또 하고"는 시인이 자신을 "가을벌레"와 다름없는 존재로 보는 것을 암시하는 구절일 수도 있지만, "우두커니 마당가/달빛 보는 어머니"의 말씀일 수도 있기 때문이다. 또는 "우두커니 마당가/달빛 보는 어머니"가 듣고 있는 "가을벌레"의 울음소리일 수도 있기 때문이다. 만일 어머니가 딸아이에게 무언가를 이야기하고 있다면 그 이야기는 어떤 것일까. 그 내용을 알 수는 없지만, 제2수의 종장에 해당하는 마지막 두 행—"지르르 피 닳는 울음 지르르/거저 듣는 줄 알았네"—은 많은 것을 암시한다. 우선 "지르르 피 닳는 울음 지르르"가 암시하듯 이는 아마도 어머니가 살아온 신산한 삶의 이야기이리라. 아니, 어찌 보면, 신산한 삶을 살아온 어머니는 "지르르 피 닳는 울음 지르르" 우는 "가을벌레"의 소리에서 자신의 삶의 이야기를 듣고 있는지도 모른다. 또는 딸아이의 귀에 어머니의 이야기는 "지르르 피 닳는 울음 지르르" 우는 "가을벌레"의 소리처럼 들리는지도 모르고, "지르르 피 닳는 울음 지르르" 우는 "가을 벌레"의 소리가 어머니의 이야기로 들리는지도 모른다. 한 걸음 더 나아가, 딸아이는 벌레의 울음소리에서 자신의 노래를 듣듯 어머니의 이야기에서 벌레의 울음소리를 듣고 벌레의 울음소리에서 어머니의 이야기를 듣고 있는지도 모른다. 요컨대, 벌레의 울음소리와 시인의 노래와 어머니의 이야기가 '하나'가 되고 있다. 이렇게 해서 어머니와 딸아이와 자연의 생명이 '하나'로 통하고 있다. 이 어찌 거대하고 장엄한 우주의 합창이 아니겠는가!

우리는 여기에서 이영도 시인의 「단란」을 떠올리지 않을 수 없는데, "아이는 글을 읽고 나는 수를 놓고/심지 돋우고 이마를 맞대이면/어둠도 고운 애정에 삼간 듯 둘렀다"(이영도, 「단란」 전문)에서 느낄 수 있는 시적 분위기가 「가을벌레」에서도 그대로 살아나고 있기 때문이다. 어머니와 딸아이를 "풀섶 어디 숨은 벌레"의 "보이지 않는 울음"이 "삼간 듯" 둘러싸고 있음이, 또한 어머니와 딸아이를 "삼간 듯" 둘러싸고 있는 벌레의 울음소리를 다시 "달빛"이 "삼간 듯" 둘러싸고 있음이, 그리고 그 "달빛"을 "밤"의 어둠이 "삼간 듯" 둘러싸고 있음이 「가을벌레」에서 감지되고 있지 않은가! 실로 이 같은 시적 분위기는 "거저" 주어지는 것이 아니다. 벌레의 울음소리도, 어머니의 이야기도 "거저 듣는 줄 알았"지만 그렇지 않다는 것을 깨닫는 일이 시인에게 주어진 몫이라면, 시인의 「가을벌레」라는 노래를 "거저 듣는 줄 알았"지만 그렇지 않다는 것을 깨닫는 일은 우리 모든 독자의 몫이어야 한다. 거기에는 생명에 대한, 삶에 대한, 노래에 대한 자연의 벌레와 어머니와 시인의 아픔과 고통이 담겨 있다. 그 모든 울음소리와 이야기와 노래는 결코 "거저" 들게 된 것이 아니다.

어머니가 등장하는 시 「가을벌레」 이외에도 홍성란의 시집 『춤』은 어머니와 아버지에 관한 많은 작품을 담고 있다. 그리고 어느 하나 신산한 삶과 곡진한 사랑과 깊은 아픔과 뜨거운 눈물이 감지되지 않는 작품이 없다. 하지만 이에 대한 논의 역시 다른 평자들의 몫으로 남겨두기로 하자. 그리고 홍성란의 시집 『춤』 전체에 대한 논의의 자리에서 결코 지나칠 수 없는 작품으로 판단되는 또 한 편의 작품에 대한 논의로 넘어가기로 하자. 우리가 문제 삼고자 하는 것은 「유리창닦이」다.

신수(神秀)는 제 몸이 바로 보리수라면서
먼지 앉지 않도록 힘써 닦아야 한다고
작지만 썩 사귀고 싶게 말한 것이 남았지

혜능(慧能)은 보리(菩提)란 본래 나무가 아니라고
아무것도 없다고, 맑은 거울엔 틀이 없다고
갠 하늘 어디 먼지가 모이겠냐 소리쳤지

깨달음 크신 당신, 큰소리만큼 먼 당신

매달려 일당 받는 유리창닦이면 어때

신수랑 살림 차리면 혜능은 울 거야

—「유리창닦이」 전문

이 작품에 대한 접근을 위해서는 우선 중국 당나라 시대의 선승인 신수(神秀)와 혜능(慧能)이 주고받은 게송(偈頌)에 대한 이해가 있어야 할 것이다. 전하는 이야기에 의하면, 신수의 게송인 "몸은 보리수요/마음은 틀을 갖춘 맑은 거울과도 같나니/항상 부지런히 털고 닦아/먼지가 앉지 않게 해야 하나니(身是菩提樹/心如明鏡臺/時時勤拂拭/勿使惹塵埃)"에 대해 혜능은 "보리는 본래 나무가 아니요/맑은 거울 역시 틀을 갖춘 거울이 아니나니/본래 아무것도 없는데/어디에 먼지가 앉겠는가(菩提本無樹/明鏡亦非臺/本來無一物/何處惹塵埃)"라는 게송으로 답했다 한다. 이 두 게송은 깨달음에 이르기 위한 선 수행의 방법으로 각각 점오점수(漸悟漸修)와 돈오돈수(頓悟頓修)의 입장을 대변하는 것이라 할 수 있다. 속세의 말로 양자를 비교하자면, 전자가 느림의 미학 또는 달팽이의 미학 쪽이라면 후자는 순간의 미학 또는 번개의 미학 쪽이라 할 수 있겠다. 아니, 한결 더 세속적인 말로 표현하자면, 전자는 아무것도 내세울 것이 없는 평범한 사람들이 세상 이치를 깨닫는 방법이라면 후자는 시인이나 예언자와 같은 비범한 사람들이 세상 이치를 깨닫는 방법이라 할 수 있다.

그런데 홍성란은 연시조의 첫 수에 해당하는 제1연에서 신수의 게송을 "작지만 썩 사귀고 싶게 [한] 말"이라 진단한다. 반면 혜능의 게송을 '소리친 것'으로 표현하고 있다. 일반적으로 신수와 혜능이 주고받은 게송과 관련하여 사람들은 신수가 혜능에게 한 방 먹은 것으로 이해한다. 하기야 어찌 달팽이의 미학이 번개의 미학을 당해낼 수 있겠고, 평범한 사람들의 깨달음이 비범한 사람들의 깨달음을 이길 수 있겠는가. 바로 이 같은 상식을 뒤집기라도 하듯, 시인은 신수의 게송을 "작지만 썩 사귀고 싶게 [한] 말"로, 혜능의 게송을 혼자 잘난 척 떠들지만 "말"이 아니라 "소리"에 불과한 것으로 평하고 있다. 시인의 이 같은 평가 그 자체가 "작지만 썩 사귀고 싶게 말한 것"이라 느껴지지 않는가!

아마도 시인이 이 두 선승을 기억에 떠올리는 계기가 되었던 것은 "매달려 일당 받는 유리창닦이"의 모습이었을 것이다. 하기야 이 세상에 쉬운 일이 어디 있겠냐만, 목숨 내걸고 하는 것 같은 일이 적지 않은데 그 가운데 하나가 고층 건물의 유리창을 닦는 일일 것이다. 아스라한 높이에서 밧줄에 "매달려" 일을 하는 그들을 보면 때로 경외감까지 들지 않는가! 삶의 엄연한 현실이 느껴지지 않는가! 바로 그런 "유리창닦이"의 모습에서 시인은 혜능—즉, "큰 소리만큼 먼 당신"—에 대비되는 신수의 모습—즉, "깨달음 크신 당신"—의 모습을 읽는다. 그렇다, 우리가 살아가는 이 현실 세계란 닦아야 할 유리창이 있고 그 유리창에 내려앉는 먼지가 있는 세계다. 유리창도 없고 먼지도 없는 초월의 세계는 결코 우리 현실의 세계일 수 없다. 이러니 신수의 깨달음이 "작지만" 동시에 '큰' 것이 아니겠는가. 이 같은 대비는 현실 세계를 탐구 대상으로 여기는 시와 초월 세계를 탐구 대상으로 여기는 시 사이의 대비를 떠올리게도 하는데, 시조가 추구하는 것은 서양의 서정시와 '상당히' 달리, 그리고 일본의 하이쿠와는 '완전히' 달리, 현실 세계의 의미이지 초월 세계의 의미가 아니다. 이런 관점에서 볼 때, 마치 바보 온달에게 시집보낸다는 말에 더할 수 없이 야무진 평강 공주가 똑 부러지게 말하듯, "매달려 일당 받는 유리창닦이면 어때"라 하거나

“신수랑 살림 차리면 혜능은 울 거야”라 말하는 시적 화자의 모습에서 스스로 시조 시인이기를 선택했음을 암시하는 시조 시인 홍성란의 마음을 읽는다면 지나친 것일까.

오늘날 우리의 시조 시단이 풍요롭다면 아마도 이처럼 “큰소리만큼 먼 당신”을 제치고 “깨달음 크신 당신”과 “살림을 차리”는 쪽을 택한 “작지만 썩 사귀고 싶게 말”할 줄 아는 시조 시인들이 적지 않기 때문일 것이다.

3. 전통을 받아들이는 일과 뛰어넘는 일 사이에서

이 글을 시작하며 나는 ‘형식 요건이라는 구속 안에서 시조를 쓰되 이를 제약으로 의식하지 않을 만큼 구속 안에서 자유를 누릴 때, 그리하여 형식으로 인해 고뇌하는 시인이 사라져 보이지 않게 될 때, 시조는 정녕코 시조다워질 수 있으리라’고 말했다. 그리고 이처럼 ‘구속 안에서 자유’를 누리는 시인이 펼쳐 보이는 시 세계의 가능성을 홍성란의 작품에서 찾을 수 있다 했다.

정녕코 홍성란만큼 ‘구속 안에서 자유를 누리는 시조 시인’은 흔치 않아 보인다. 하지만 ‘구속 안에서 자유를 누린다’는 우리의 판단은 잘못된 것일 수 있다. 어떤 면에서 그런가 하면, 구속 안에서 자유를 누리기 위한 시인의 몸부림이 너무도 격렬한 것이지만 그것이 우리 눈에 보이지 않을 따름인지도 모르기 때문이다. 바꿔 말해, 홍성란이 ‘구속에도 불구하고 자유로워 보이는’ 까닭은 구속 안에서 자유를 누리기 때문이 아니라 자유를 위한 몸부림이 여전함에도 불구하고 우리에게 보이지 않기 때문일 수도 있다. 다시 말해, 형식의 문제로 고뇌하는 시인을 효과적으로 감추고 있기 때문인지도 모른다. 사실 구속 안에서 자유를 누리는 경지는 오직 종교 체험에서나 가능한 것일 수 있다. 시를, 그 가운데서 특히 시조를 창작한다는 것은 인간의 세계 안에 머문 채 그 안에서 자신의 인간 조건에 부단히 저항하는 일일 수 있다. 문학이 종교와 다른 것은 바로 이 때문이다. 종교가 인간 조건 자체를 뛰어넘기 위한 초월적인 것이라면 문학은 인간 조건 안에 머물면서 이 인간 조건에 저항하기 위한 내재적인 것일 수 있다. 다시 말해, 시인은 구속 안에서 구속에 저항함으로써 자유를 쟁취하는 존재일 수 있다. 그런 의미에서 시인이란 또 한 편의 주목할 만한 시 「수컷」에 등장하는 수컷 쇠오리와 같은 존재인지도 모른다.

> 쇠오리 한 쌍 나란히 가는데
> 저만치
>
> 수컷 한 마리 딴청부리며 따라붙는데
>
> 물 아래
> 물갈퀴만 부산할까 팽팽한 저
> 거리(距離)
>
> —「수컷」 전문

자연 풍경의 한 장면이 시적 소재가 되고 있는 이 시에는 "나란히" 가고 있는 "쇠오리 한 쌍"과 "딴청부리며 따라붙는" 쇠오리 "수컷 한 마리"가 등장한다. 말할 것도 없이, 이 세 마리의 쇠오리가 등장하는 풍경은 인간사의 또 한 단면을 시적 형상화한 것이리라. 사실 남의 짝을 빼앗아서라도 자기 욕심을 채우려 하는 "수컷"이 어찌 동물의 세계에서만 확인되는 것일 수 있겠는가. 어쩌면, "딴청부리"지만 "물 아래/물갈퀴만 부산할" 뿐만 아니라 마음까지 부산하게 움직이면서 "팽팽한" "거리"를 좁히려 하는 "수컷"의 모습은 말 그대로 '인간 희극la comédie humaine'의 한 장면을 이루는 것이 아닐 수 없다.

하지만 만일 이 인간 희극의 한 장면을 전혀 다른 각도에서 보아 예술 작품 창작의 과정으로 보면 어떨까. 이런 시각은 황당하고 엉뚱한 것일지 모르지만, 한 쌍의 쇠오리 가운데 암컷을 예술로, 그리고 수컷을 그 예술을 자신만의 것으로 소유하려 하는 규범이든 형식이든 총체적인 예술 전통을 지시하는 것으로 볼 수는 없을까. 그리고 "딴청부리며 따라붙는" 쇠오리 "수컷 한 마리"를 "팽팽한" "거리"에서 예술을 갈망하는 예술가를 지시하는 것으로 본다면 어떨까. 만일 이 같은 시각이 나름의 개연성이라도 갖는 것이라면, 우리는 이를 다시 시조, 시조를 지배하는 그 모든 역사적이고 문화적인 전통, 그리고 그 전통에서 시조를 탈취하여 오늘날의 시대가 요구하는 시조로 재탄생케 하고자 각고의 노력을 하는 오늘날의 시조 시인으로 볼 수도 있지 않을까. 이런 구도에서 보는 경우, "딴청부리며 따라붙는" 쇠오리 "수컷 한 마리"는 전혀 다른 후광에 감싸이게 된다. 그리고 "물 아래"서 "부산"하게 움직이는 "물갈퀴" 또한 새로운 의미를 얻게 된다. "팽팽한" "거리"를 무화(無化)하기 위한 노력을 기울이고 전통과 싸움을 벌인 끝에 마침내 시조를 쟁취하여 오늘 이 순간을 살아가는 시조 시인의 시조로 만드는 일, 그것이 바로 오늘날의 시조 시인들에게 주어진 엄연하고도 준엄한 사명이 아닐까.

홍성란의 시가 갖는 의미는 여기에 있다. 홍성란은 전통에서 시조를 탈취하여 오늘날의 시조로 만들려는 눈물겨운 싸움을 하는 많지 않은 시조 시인이다. 전통에 빌붙어 또는 전통의 묵인 아래 시조를 한번 슬쩍 건드려보는 것으로 만족해하는 평범한 시조 시인이 아닌 것이다. 그렇다고 해서 시조를 탈취하여 전혀 예상치 못한 괴물로 만들려는 시조 시인도 아니다. '구속 안에서의 자유'를 추구하는 동시에 '구속'을 의식하는 이가 시인인 한, 그는 시조를 오늘날의 시조로 새롭게 하되 시조 자체의 정체성을 온전하게 보존한 채 시조를 오늘날의 시조로 새로이 거듭나게 할 시인일 것이기 때문이다. 정녕코 시조를 오늘날의 시조로 거듭나게 하는 일은 시인의 "부산"한 물갈퀴질—즉, 구속 안에서의 구속에 대한 저항과 싸움—이 있기 때문이다. 아무튼, 바로 이런 시조 시인이 있기에 우리의 시조 시단은 어둡지 않다. 시조 시집 『춤』은 시인의 그러한 노력의 결과를 생생하게 보여주는 살아 있는 증거다. 비록 겉으로는 보이지 않으나 "물 아래/물갈퀴"를 "부산"하게 움직일 뿐만 아니라 정신도 영혼도 부지런히 움직여, 과거 전통의 시조가 아닌 오늘날 우리의 시조로 만드는 일에 매진하는 홍성란과 같은 시조 시인이 있기에, 시조의 미래는 밝다.

살아 있는 시적 이미지들 한가운데서

— 이재무의 『오래된 농담』에서 짚이는 삶의 깊이

1. 삶의 현장에서

신문 문화면에 시와 소설 월평이 실리던 시절이 있었다. 그 당시 모 신문의 시 월평을 맡아 쓰고 있던 나는 그 과정에 시인 이재무와 만날 수 있었다. 아니, 정확히 말해, 이재무와 만난 것이 아니라 그의 시와 만났다. 그러니까 1994년 5월 어느 날 이 문예지 저 문예지를 뒤적이다 나는 그의 「신도림역」이라는 시를 주목하게 되었고, 그 달의 월평 대상으로 이 시를 선정하게 되었던 것이다. 그 후에도 그의 시를 읽을 기회가 종종 있었지만 정작 그와 사적으로 만나 자리를 함께한 것은 10수 년 후였다. 오랜 세월이 지난 후였지만 나는 그의 시를 월평에 다루었던 것을 기억하고 있었고, 놀랍게도 그 역시 이를 기억하고 있었다. 우리가 만나자마자 술자리에서 의기투합할 수 있었던 것은 이 때문이었으리라. 우리는 서로를 모르면서 동시에 알고 있었던 것이다. 그런 만남이 있었던 날, 나는 집에 가자마자 그 옛날에 썼던 월평을 다시 찾아 읽었다.

출퇴근 시간 지하철역의 인파에 휩쓸려 본 사람이라면, 도시에서의 삶이 얼마나 고단한 것인가를 실감할 수 있을 것이다. [……] 밀고 밀리는 가운데 이 몸 하나 보전하여 어디로든 시간을 맞춰 가야 한다는 것 이외에 무엇을 따로 생각할 수 있겠는가. 아무것도 생각할 수 없기 때문에 지하철 체험은 항상 추상으로 남는다. 아니, 추상으로 남기 때문에 우리는 대단한 인파에 휩쓸리면서도 비명 한 마디 없이 하루 하루를 잘 살아갈 수 있는지 모른다.

그러나 시인은 다르다. 그는 인파에 휩쓸리면서도 그 인파의 바깥쪽에 서서 인간들이 모여 이룬 비인간적인 살풍경을 꿰뚫어 본다. 말하자면, 시인으로 말미암아 우리의 추상적인 지하철 체험은 구체적인 의미를 얻게 된다. 이재무의 「신도림역」(『현대시』 1994년 5월호)을 주목하는 이유는 여기에 있다.

우리는 우선 시인의 시선이 "신도림역"의 인파가 아닌 "살찐 쥐 한 마리"를 향하고 있음을 주목할 수 있다. "검고 칙칙한 지하선로"를 배경으로 한 "살찐 쥐 한 마리"가 연상시키는 것은 물론 도시의 지하에 거미줄처럼 깔려 있는 하수도다. 하수도에서 "태평하게" 자기 삶을 사는 쥐와 마찬가지로, 지하철의 "쥐"는 "누군가 검붉은 침을,/아직 불이 살아 있는 담배꽁초를/그의 목덜미께로 뱉고 던"지거나 "전방 500m 화물열차가/씩씩거리며 달려"와도 "동요하지 않는다." "동요하지 않"은 채 "선로를 가로질러 태평하게 저 갈 곳을 가는" 쥐가 시인의 눈엔 "나보다도 서울을/잘 살고 있"는 것으로 비쳐진다.

사실 이 정도의 관찰은 누구에게나 가능할지 모른다. 그러나 시인의 예리한 시선은 마지막 한 행을 가능케 하고, 이로 인해 우리의 "태평"한 시 이해에는 충격이 가해진다. "한 무리의 쥐들이 열차에 오른다"라는 이 구절로 인해, 사람들과 쥐 사이의 구분이 무화(無化)되고 있지 않은가. "태평하게 저 갈 곳을 가"면서 "서울을/잘 살고 있"는 것은 다름 아닌 인간들인 것이다. 이 마지막 행으로 인해 지하철 인파의 추상적 모습이 섬뜩한 느낌으로 구체화되고 있는 것이다.

(『한국일보』 1994년 5월 26일자)

도시의 한 단면을 묘사할 때 제격의 것 가운데 하나가 아마도 겁도 없이 돌아다니는 쥐에 대한 생생한 묘사일 것이다. 그 당시 이재무의 시에서 내가 무엇보다 주목하고자 했던 것은 쥐에 대한 생생한 묘사를 통해 드러나는 선명한 시적 이미지였다. 아무튼, "신도림역"의 승객들이 그러하듯, 도시에서 삶을 사는 사람들은 스산하고 메마른 도시 정경의 단면들과 매일같이 수도 없이 마주치게 마련이다. 하지만 무심한 눈길을 던질 뿐 누구도 이에 마음을 쓰지 않는다. 그렇기 때문에 그들은 "태평하게" 삶을 살아갈 수 있는 것이리라. 하지만 시인은 그들의 무심한 눈길과는 다른 눈길을, 예민하게 살아 있는 눈길을 도시 정경의 한 단면 한 단면에 던지고 이를 시화(詩化)한다. 「신도림역」은 그 예 가운데 하나였다. 하지만 이 시는 단순한 관찰의 시가 아니었다. 관찰에 뒤이어 '극적 반전'으로 읽는 이들을 이끄는 시였다. 말하자면, 사람들이 그처럼 혐오하는 쥐와 다를 것이 없는 존재가 바로 그들 자신일 수 있음을 일깨우는 시가 바로 「신도림역」이었던 것이다.

컴퓨터에 파일로 남아 있는 시평을 읽으며 그 옛날에 읽었던 시를 떠올려보기도 하나 당연히 시의 전모가 가물가물하기만 하다. 시를 찾아 다시 한 번 읽어보고 싶지만 찾을 길이 막연하다. 이 같은 나의 마음을 읽기라도 한 듯, 며칠 후 이재무 시인은 시집 『오래된 농담』(북인, 2008)을 보내주었다. 시인이 시집의 자서(自序)에서 밝히고 있는 것처럼 이 시집은 "최근 시집 『저녁 6시』를 제외한 8권의 시집들에서 선한 시편들을 순차적으로 배열 구성한 것"으로, 여기서 나는 「신도림역」과 다시 만날 수 있었다.

검고 칙칙한 지하선로
살찐 쥐 한 마리 걸어간다
누군가 검붉은 침을
아직 불이 살아 있는 담배꽁초를
그의 목덜미께로 뱉고 던진다
쥐는 동요하지 않는다
전방 500m 화물열차가
씩씩거리며 달려오고 있다
그는 동요하지 않는다
선로를 가로질러 태평하게 저 갈 곳을 가는
그는 나보다도 서울을
잘 살고 있다

한 무리의 쥐들이 열차에 오른다

—「신도림역」 전문

다시 시를 읽으면서 정확하지 못한 부분이 월평에 있었음을 새삼스럽게 깨닫는다. 엄밀하게 말해, 이 시의 '마지막 한 행'은 단순한 의미에서의 '마지막 한 행'이 아니다. 이는 하나의 독립된 '연'이기도 하다. 다시 말해, 이 시의 첫째 연과 달리 둘째 연은 단 한 줄의 구절로 이루어져 있다. 이처럼 너무도 단출하기 때문에, 굳이 이 '마지막 한 행'을 '연'으로 처리할 필요가 있겠냐고 묻는 사람도 있을 수 있다. 한 걸음 더 나아가, 단출한 이 둘째 연이 아예 없었다 해도 이 시의 완성도에는 손상이 가지 않았을 것이라는 투의 평을 하는 사람도 있을 수 있다. 말하자면, 한 줄로 된 둘째 연이 없더라도 도시 정경의 한 단면에 대한 세밀하고도 사실적인 관찰을 담고 있는 하나의 완결된 작품으로 평가할 수 있으리라는 입장도 있을 수 있다.

과연 그럴까. 만일 이 둘째 연이 없었다면 「신도림역」은 한 번 눈길을 주고는 "태평"한 마음으로 그냥 지나칠 법한 전시회의 그림이나 사진과 같은 작품이 되지 않았을까. 그처럼 그냥 지나치려는 사람들의 발걸음을 가로막는 역할을 하는 것이 바로 이 둘째 연이리라. 하지만, 이 둘째 연이 보여주듯, 그냥 지나치려는 사람들의 발걸음을 막기 위해 시인은 요란하고 과장된 어투의 말을 동원하지 않는다. 시인은 마음의 눈으로 꿰뚫어본 삶의 진실—말하자면, 사람들이 보지 않으려 하거나 보지 못하는 우리네 삶의 진실—을 지극히 담담한 어조로 서술하고 있을 뿐이다. 바로 이 담담한 어조의 서술에 의미의 무게를 더하기 위해 시인은 굳이 마지막 한 행을 하나의 연으로 처리했던 것 아닐까. 어찌 보면, 첫째 연과 둘째 연 사이의 여백은 시인의 입에서 터져 나오려고 하는 요란하고 과장된 어투의 말들을 잠재우는 데 필요했던 시간의 여백일 수 있다. 또는 마음의 눈으로 파악한 놀랍고도 섬뜩한 삶의 진실 앞에서 한 차례 호흡을 늦추고 생각을 정리하고자 하는 시인에게 필요했던 사유의 공간일 수도 있다.

오랜 시간이 지난 후 다시 읽는 「신도림역」은 이처럼 새로운 생각에 잠기게도 하고 또 새로운 감흥을 일깨우기도 한다. 어디 그뿐이랴. 바로 얼마 전 저녁 무렵 우연히 신도림역에서 인천행 전철을 기다리던 때의 정경을 떠오르게도 한다. 나를 포함하여 밀리고 밀치면서 계단을 오르내리고 또 전철에 오르내리던 사람, 사람들. 그렇다, 오래전에 발표된 이재무의 「신도림역」에 담긴 시적 메시지는 아직도 낡지 않았다. 사람들은 여전히 "동요하지 않"은 채 "선로를 가로질러 태평하게 저 갈 곳을 가는" "살찐 쥐"와도 같이 "태평하게 저 갈 곳"을 가면서 "서울을/잘 살고 있"지 않은가. 이처럼 "살찐 쥐"의 삶과 겹쳐지는 삶을 사는 사람들에게 자신을 되돌아보게 하는 시인의 시적 메시지는 여전히 유효하다. 에두른 것이지만 예리한 관찰이 담긴 것이기에, 또한 절제되어 있고 담담한 것이지만 통렬한 비판이 담긴 것이기에, 이재무의 시적 메시지는 여전히 유효할 뿐만 아니라 이에 담긴 호소력도 여전하다.

시란 이처럼 낮지만 호소력 있는 어조로, 상처를 남기지는 않지만 아프게, 사람들의 잠들어 있는 의식과 정서를 일깨우는 자명종과 같은 것이어야 하리라.

2. "서툰 글씨"에서 '깊은 울림을 주는 시'로

「신도림역」에서 눈길을 거둔 다음 시집의 맨 앞자리를 장식하고 있는 「겨울밤」이라는 시에 눈길을 준다. 이 시에서 우리가 만나는 것은 "아부지"의 귀가를 기다리는 소년 이재무다. 소년 이재무는 밤늦도록 아버지를 기다리지만 "여태 아부지는 오지 않"는다. 따로 떼어놓고 보면, 이 말 자체는 지극히 평범하고 진부하다. 물론 어린 시절 누군가를 기다려본 경험이 있는 사람이라면 '여태 오지 않는다'라는 말의 무게는 대단한 것일 수 있다. 그럼에도 불구하고, '여태 오지 않는다'라는 말은 '여태 기다린다'라는 말과 마찬가지로 그 자체만으로는 시가 될 수 없음을 우리 모두는 알고 있다. 그렇기 때문에 우리는 이 말 자체만을 놓고 보면 너무도 평범하고 진부하다 말하지 않을 없는 것이다. 하지만 오지 않는 아버지를 기다리는 아이에 대해 이야기하는 이재무의 시어들은 예사롭지 않다. 예사롭지 않다니? 이 물음에 대한 답에 앞서 먼저 이재무의 「겨울밤」을 읽기로 하자.

싸락눈이 내리고 날은 저물어
길은 보이지 않고
목쉰 개 울음만 빙판에 자꾸
엎어지는데 식전에 나간 아부지
여태 돌아오시지 않는다
세 번 데운 황새기 장국은 쫄고
벽시계가 열한 시를 친다

무거워 오는 졸음을 쫓고
문꼬리를 흔드는 기침 소리에
놀래 문 열면
싸대기를 때리는 바람
이불 속에 묻어 둔 밥,
다독거리다 밤은 깊어
살강 뒤지는 새앙쥐 소리
서울행 기적 소리 들리고 오리 밖
상여집 지나 숱한 설움 짊어지고
된바람 헤쳐오는 가뿐 숨소리
들린다 여태 아부지는 오지 않고

—「겨울밤」 전문

이 시에 대한 구체적인 논의에 앞서 「신도림역」이라는 시가 갖는 호소력의 근원에 대해 다시 한 번 생각해보아야 할 것이다. 「신도림역」이라는 시의 호소력은 시의 마지막 부분에 준비한 극적 반전에서 비롯된 것이기도 하지만, 이 극적 반전을 더할 수 없이 생생한 의미와 무게로 충만케 하는 시적 이미지—그러니까 더할 수 없이 선명하며 구체적인 시적 이미지—에서 비롯된 것이기도 하다. 기다림의 마음을 담고 있는 「겨울밤」이라는 시의 호소력도 바로 이처럼 더할 수 없이 선명하며 구체적인 시적 이미지에서 비롯된다는 것이 우리의 판단이다. 그리고 이 같은 시적 이미지가 시인 이재무의 기다림을 예사롭지 않은 것으로 만들고 있다는 것이 우리의 판단이기도 하다. 무엇보다 이 시에는 마냥 기다린다거나, 기다림에 지쳤다거나, 오지 않아 초조하다거나 걱정이 된다는 투의 설명조의 말이 한마디도 없다. 기다림의 마음은 다만 구체적이고도 생생한 이미지의 조합을 통해 간접적으로, 하지만 그로 인해 더욱더 강렬하고 호소력 있게, 암시되고 있을 뿐이다. 무엇보다 먼저 시에는 "싸락눈"이 덮인 "보이지 않"는 길과 "빙판에 자꾸/엎어지는" "목쉰 개 울음"이라는 이미지가 제시되고 있는데, 이것만으로도 "아부지"를 기다리고 있는 소년 이재무의 초조한 마음을 전하기에는 충분한 것일 수 있다. 하지만 소년의 마음을 읽도록 하는 것은 그것뿐만이 아니다. "쫄고" 있는 "세 번 데운 황새기 장국," "열한 시를" 치는 "벽시계," "무거워 오는 졸음," "졸음을 쫓고/문꼬리를 흔드는 기침 소리에/놀래" 여는 "문," 문을 열자 "싸대기를 때리는 바람," "이불 속에 묻어 둔 밥,/다독거리다" 깊어가는 "밤," "살강 뒤지는 새앙쥐 소리," "서울행 기적 소리," "오리 밖/상여집 지나 숱한 설움 젊어지고/된바람 헤쳐오는 가쁜 숨소리"—이 모든 것들이 기다리는 소년 이재무의 마음을 '간접적'으로 읽게 한다. 물론 기다림의 마음을 '간접적'으로 읽게 하는 이들 묘사 하나하나는 눈에 보일 듯 귀에 들릴 듯 손에 잡힐 듯 생생하다. 일찍이 에즈라 파운드는 "설명을 부과하지 않은 채" "자신들의 문제를 눈앞에 제시하는 것으로 만족해왔던" 중국의 시인을 찬양하면서 "생생한 묘사력"이야말로 한시의 강점으로 평가한 바 있거니와, 이 같은 평가는 시인 이재무에게도 해당하는 것이리라. 기다림을 설명조의 말로 늘어놓는 대신 기다림의 상황을 암시하는 생생하고 구체적인 이미지의 제시를 통해 기다림의 곡진함을 더욱 생생하게 살릴 수 있음을 본능적으로 깨닫고 있는 사람, 그는 시인 이재무일까, 아니면 소년 이재

무일까, 아니면 소년 이재무를 기억하고 있는 어른 이재무일까.

졸음을 쫓아가며 "아부지"를 기다리던 소년 이재무가 어른이 되었음을 보여주는 작품 가운데 하나가 『오래된 농담』의 앞부분을 장식하는 또 한 편의 시 「할머니 무덤」이다. 어른이 된 시인은 어느 날 "시오리 황토길 걸어/응달 숲 사이 눈 덮인 [할머니의] 무덤"을 찾는다. "백 리를 돌아 지쳐온 나에게/어릴 적 종아리 매만져 주시며/세상 어느 바닥도 모질게 걸어야 혀"라고 격려의 말씀을 해주시던 할머니, 이제는 돌아가신 그 할머니의 무덤 앞에 시인은 "무릎을 꿇고 안부를 묻"기도 하고 담배에 불을 "붙여" 올리기도 한다. 어찌 보면, 무덤 앞에서 예를 갖추는 일이나 담배에 불을 붙여 올리는 일 자체가 돌아가신 분을 기억하거나 떠올리면서 살아 있는 사람들 대하듯 하는 몸짓일 것이다. 따라서 무덤 앞에서 이 같은 몸짓 자체는 지극히 자연스러운 것이다. 하지만 이 시에서 돌아가신 할머니는 단순한 '떠올림'이나 '기억'의 대상 이상의 그 어떤 존재가 되고 있거니와, 이로 인해 이 시는 여느 시인의 시에서 찾아보기 어려운 분위기를 띤다. 말하자면, 단순히 '떠올린다'나 '기억한다'라는 표현만으로는 다 설명할 수 없는 독특한 정취가 이 시를 지배하고 있다. 그것이 무엇인가.

시오리 황토길 걸어
응달 숲 사이 눈 덮인 무덤에
무릎을 꿇고 안부를 묻는다
풍년초 말아피시며 칠십 생애
논밭의 검불 긁으시던 갈퀴손에다

솔 담배 붙여드리니
수련대는 나무들 너머
할머니의 잔기침이 몰려와
벌판 위 쓰러지는 눈발이 온통 눈물 넘치는구나
백 리를 돌아 지쳐온 나에게
어릴 적 종아리 매만져 주시며
세상 어느 바닥도 모질게 걸어야 혀
하시던 말씀
바람으로 등을 떠밀고

—「할머니 무덤」 전문

우리는 무엇보다 "풍년초 말아피시며 칠십 생애/논밭의 검불 긁으시던 갈퀴손에다/솔 담배 붙여드리니"라는 구절을 주목해야 할 것이다. 먼저 "풍년초"와 "솔 담배" 사이의 차이에 대해 살펴보자. 지금은 판매되고 있지 않는 풍년초는 담배 가운데 가장 값싼 것이었으며, 종이로 말아 피워야 하는 담배였다. 모름지기 시인이 할머니의 영전에 올리는 솔은 당시 가장 값비싼 담배였을 것이다. 시인이 굳이 담배의 이름을 구체적으로 밝히고 있는 것은 살아생전 값싼 담배밖에 피울 수 없었던 할머니에 대한 안쓰러움, 그런 할머니에게 값비싼 담배를 권해드리지 못했던 것에 대한 안타까움과 죄스러움 등등의 마음이 담겨 있는 것 아닐까. 이어서 우리는 담배에 불을 붙여 할머니의 영전에 올리는 시인의 눈에 어른거리는 것이 할머니의 "손"임을 주목할 수 있다. 물론 담배에 불을 붙여 건네주면 이를 받는 사람은 손을 내밀 것이고, 이런 이유 때문에 시인은 자연스럽게 할머니의 손을 떠올렸을 법하다. 하지만 시인의 눈앞에 어른거리는 할머니의 손은 막연하고 추상적인 손이 아니라 "칠십 생애/논밭의 검불 긁으시던 갈퀴손"이다. 바로 이 점을 우리는 또한 주목하지 않을 수 없는데, 아마도 돌아가신 할머니와 관련하여 무엇보다 심하게 시인의 눈에 밟히는 것이 바로 할머니의 "갈퀴손"이었기 때문이리라. "갈퀴손"은 할머니의 삶 전체를 요약하는 이미지라 할 수 있거니와, 할머니의 고단하고 힘든 삶을 가감 없이 읽도록 하는 데는 바로 이 이미지 하나만으로도 충분할 수도 있다. 간결한 이미지 하나만으로 한 사람의 전 생애를 생생하게 펼쳐 보이는 이 같은 능력은 아무에게나 주어지는 것이 아니다.

위에 제시한 구절과 관련하여 우리가 또 하나 주목해야 할 것은 시인이 '할머니의 영전에다 담배 붙여 올리니'라는 표현 대신 '할머니의 손에다 담배 붙여드리니'라는 표현을 취하고 있다는 점이다. 물론 불을 붙인 담배를 건넬 때 상대방이 손을 내민다는 점에서 시인은 자연스럽게 할머니의 손을 떠올렸을 수도 있다. 하지만 손을 떠올리는 것에서 한 걸음 나아가 불을 붙인 담배를 '손에다' 건네드리는 것으로 표현하고 있음에 우리는 유의하지 않을 수 없다. 적어도 이 순간부터 시인이 찾아와 만나고 있는 대상은 '돌아가신 할머니'가 아니라 '살아 있을 때의 바로 그 할머니'다. 할머니의 "갈퀴손에다/솔 담배 붙여드"린 시인은 이윽고 "할머니의 잔기침" 소리까지 듣는다. 어디 그뿐이랴. 시인은 할머니가 "하시던" 격려의 "말씀"을 듣기도 한다. 물론 그 말씀은 과거형의 것, 따라서 기억 속에서 떠올리는 "말씀"이긴 하다. 하지만 "말씀/바람으로 등을 떠밀고"라는 구절이 암시하듯 시인은 지금 이 순간 그 "말씀"

을 몸으로 느끼고 있다. 다시 말해, 할머니가 "종아리 매만져 주시며" 하시던 그 "말씀"은 "어릴 적"의 나를 위한 것뿐만이 아니다. 어떤 의미에서 보면, "벌판 위 쓰러지는 눈발"은 시의 정경을 구성하는 이미지일 뿐만 아니라 지금 시인이 살아가는 스산한 삶의 정경을 암시하는 것일 수도 있다. 그러한 삶을 살아가는 시인을 지금 이 순간 어루만지고 격려하는 것이 "등을 떠"미는 "바람"으로 되살아난 할머니의 "말씀"이리라. 어찌 보면, 시인은 이 세상으로 되돌아와 그의 곁에 있는 할머니, 그의 곁에서 위로하고 격려하는 할머니와 만나고 있는 것이리라.

살아 있는 할머니의 곁에 시인이 와 있는 것과도 같은 느낌—바로 이 같은 느낌을 시인뿐만 아니라 이 시를 읽는 이들까지 공유하도록 하는 데 단초가 되고 있는 것은 바로 "갈퀴손"이라는 환유적 이미지다. 작지만 소중한 이 시적 이미지로 인해 시를 읽는 사람들의 마음에 시인과 만나고 있는 그의 할머니 모습이 생생하게 그려질 수 있는 것이리라. 할머니를 향한 시인의 애틋한 마음이 삶과 죽음의 경계를 넘고 기억과 현실의 경계를 넘어 할머니와의 만남을 가능케 했음은 물론이지만, 이 같은 시인의 만남을 읽는 사람들에게 느끼도록 하는 것은 시인 이재무 특유의 생생한 시적 이미지일 것이다.

「할머니 무덤」을 포함하여 앞서 거론한 몇몇 작품에서 확인할 수 있듯, 이재무의 시 세계에서 우리는 대상—그것이 현재적인 것이든 또는 기억 속의 것이든—에 대한 예민하고 섬세한 관찰을 위해 마음의 눈과 귀를 활짝 열어놓고 있는 시인과 만날 수 있다. 아울러, 마음의 열린 눈과 귀를 통해 작지만 의미로 충만해 있는 이미지들을 포착하여 이를 효과적으로 시화(詩化)하는 시인과도 만날 수 있다. 시집 『오래된 농담』 어디에서도 그러한 시인과 만날 수 있지만, 수많은 작품들 가운데 우리가 특히 주목하고자 하는 것은 「부지깽이—서툰 것이 아름답다」이다. 이는 어머니에 대한 기억을 시화한 작품으로, 아버지와 할머니에 관한 시에서도 그러하지만 어머니에 관한 이 시에서도 우리는 시간의 저편에 숨어 있지만 여전히 생생한 기억의 단편, 그와 같은 기억의 단편이 가능케 한 작지만 소중한 시적 이미지와 만날 수 있다.

일곱 살 때였던가
뒤곁 울 안 가마솥 옆
부지깽이 하나로
엄닌 내게 쓰기를 가르치셨다
다리엔 몇 번이고 쥐가 올랐다
뒷산 밟아온 어둠이
갈참나무 밑둥을 돌며
망설이다 지쳐
모자(母子)의 앉은키
훌쩍, 뛰어넘을 때까지
그친 적이 없었다 우리들의 즐거운 놀이

몇 해를 두고
화단 채송화꽃 피었다 지고……

내 문득 그날의 서툰 글씨 그리워
그곳으로 내달려가면
내 앉은키와 나란했던
그 시절의 나무들
팔 벌려야 안을 수 있게 되었고
그 자리
반듯하게 그을수록 더욱 삐뚤어지던
그날의 글자들이
얼굴 환한 꽃으로 피어
웃고 있었다

—「부지깽이—서툰 것이 아름답다」 전문

시인이 어렸을 적 "뒤곁 울 안 가마솥 옆" 땅바닥에 썼을 법한 "반듯하게 그을수록 더욱 삐뚤어지던" 글자들, "그날의 서툰 글씨"가 마치 눈에 보이듯 선하게 우리 마음의 눈으로 다가오는 이유는 무엇일까. 아마도 어머니와의 "즐거운 놀이"를 그치고자 하지 않던 아이의 모습이 시를 통해 되살아나기 때문이리라. 쭈그리고 앉은 채 "부지깽이 하나로" 쓰기를 가르치고 있는 어머니의 모습과 "다리엔 몇 번이고 쥐가 올"라도 참을성 있게 어머니의 가르침에 주의를 집중하고 있는 어린아이의 모습이, 그리고 "뒷산 밟아온 어둠이/갈참나무 밑둥을 돌며/망설이다 지쳐/모자(母子)의 앉은키/훌쩍, 뛰어"넘는 정경이 선하게 우리 마음의 눈에 그려지기 때문이리라. 어디 그뿐만이랴. 그때의 "서툰 글씨"가 지금의 "얼굴 환한 꽃"과 겹쳐지기 때문이기도 하리라. 그리고 "그날의 서툰 글씨"가

"얼굴 환한 꽃"만큼이나 아름다운 것임을 꿰뚫어 보는 시적 상상력이 시인을 이 시의 창작으로 이끌었기 때문이기도 하리라.

이 시는 "그날의 서툰 글씨"만큼이나 "아름답다." 아니, 이 시뿐만 아니라 이 시에 등장하는 사람들과 사물들도 모두 아름답다. 아름다울 뿐만 아니라 착하다. "어둠"까지도 아름답고 착하다. "어둠"은 "몇 번이고 쥐가 올"라도 참고 있는 아이의 "즐거운 놀이"에 방해가 될까 봐 "갈참나무 밑둥을 돌며/망설"이지 않는가. "망설이다 지쳐/모자의 앉은키/훌쩍, 뛰어"넘지만, 참을 만큼 참는 "어둠"도 착하고 아름답다. 이처럼 우리는 의인화된 "어둠"에서조차 착함과 아름다움을 느끼지 않을 수 없다. 정녕코 이처럼 산뜻한 의인화 때문에도 이 시는 아름다운 시다. 하지만 이 시의 아름다움이 어디 산뜻한 의인화 때문뿐이랴. 무엇보다 세월의 흐름을 단순한 숫자만으로 표시하지 않고자 하는 시인의 마음 때문에도 이 시는 아름답다. 이 시에서 세월의 흐름을 재는 단위는 꽃과 나무들의 변화—그러니까 "피었다 지"는 "화단 채송화꽃"이나 "내 앉은키와 나란했"지만 이제 "팔 벌려야 안을 수 있게" 된 "그 시절의 나무들"—임에 유의하기 바란다.

요컨대, 시적 표현의 산뜻함과 정교함 때문에도 이 시는 아름답다. 아니, 그렇게 말하는 것은 옳지 않다. 이 시가 아름다운 것은 이 시의 시적 표현이 산뜻하고 정교하지만 인위적이지 않고 자연스럽기 때문이라고 해야 할 것이다. 다시 말해, "그날의 서툰 글씨"만큼이나 자연스럽기 때문에 이 시는 그만큼 깊은 마음의 울림을 준다. 깊은 마음의 울림을 주는 시이기에 이 시는 자연스럽지만 '서툰 시'가 아니다. 그렇다면, 어린아이가 쓴 "서툰 글씨"와 그 아이가 어른이 되어 쓴 '서툴지 않은 시' 또는 '깊은 울림을 주는 시' 사이의 간격을 메워주는 것은 무엇일까. 그것은 바로 피고 지기를 되풀이하던 "채송화꽃"과 "팔 벌려야 안을 수 있게" 된 "나무들"로 측량되는 세월의 흐름일 것이다. 아니, 서툴기에 자연스럽고 아름답던 글씨에서 자연스럽고 아름답지만 서툴지 않은 시가 싹터 꽃필 수 있게 된 것은 "부지깽이 하나로" 쓰기를 가르치셨던 "엄니"의 사랑이 있었기 때문이고, 그러한 가르침을 놀이처럼 즐겨하던 아이의 마음이 있었기 때문이리라. 뿐만 아니라, "망설이다 지쳐/모자의 앉은키/훌쩍, 뛰어"넘던 푸근한 "어둠"이, 세월의 흐름을 재게 하던 환한 꽃과 나무들이 시인에게 있었기 때문이리라. 아니, 무엇보다 "엄니"와 꽃과 나무들을 소중하게 기억하는 시인의 다감한 마음이 오랜 세월 숙성의 과정을 거쳤기 때문이리라.

3. 다시, 삶의 현장에서

시인 이재무의 시 세계를 논하는 이 자리에서 우리가 다룬 작품들은 공교롭게도 모두 가족에 관한 것들이다. 사실『오래된 농담』에는 가족에 관한 시가 적지 않고, 그 어느 하나도 일정한 수준의 시적 완성도를 갖추지 않은 것이 없어 보인다. 그 때문인지 몰라도 이재무의 시 세계를 그의 시 세계답게 만들어주는 원동력은 그가 어릴 적 시골에서 함께 살던 가족 구성원들, 나아가 시골이라는 환경과 그곳 사람들이라는 느낌을 지울 수 없다. 어찌 보면, "밤새워 불 질러도 끓을 듯 끓을 듯" "끓지를 않"는 "아부지의 노동 엄니의 일생,/또 마을 사람들의 눈물"(「시」)이 바로 "끓을 듯 끓을 듯" "끓지를 않"은 채 이어지는 그의 시 세계를 가능케 했고 또 가능케 하는 동인(動因)처럼 느껴지기도 한다. 이때 우리가 '끓을 듯 끓을 듯 끓지를 않는다' 함은 이재무의 시 세계가 결코 감정이 끓는 선까지, 또는 들끓는 선까지 나아가지는 않는다는 뜻에서 하는 말이다. 그의 시 세계에서는 미움의 감정이든, 사랑의 감정이든, 분노의 감정이든, 비애와 슬픔의 감정이든 끓거나 들끓지 않는다. 모르긴 해도 시인 이재무도 "밤새워 불"지르듯 자신의 시 세계를 열정으로 끓거나 들끓게 하기 위해 갖은 애를 썼을지도 모른다. 하지만 다행스럽게도 끓거나 들끓는 감정 과잉의 시가 그의 시 세계에서는 보이지 않는다. 이를 감지케 하는 시 가운데 또 한 편이 시인의 동생에 관한 시 「재식이」일 것이다.

선웃음 잃지 않던 뚝심의 동생이
쉬은 새로 무너지며 터뜨린 눈물로
텃밭 푸성귀들을 자지러지게 흔들던 날
예순의 머슴 아비도
죽은 엄니 초상화 꺼내 들고
아끼던 눈물 한 방울
방바닥으로 굴리셨다
팔려버려 지금은 남의 논이 된
그 논에 모를 꽂고 온 동생의 하루가
내 살아온 부끄러운 나날에
비수되어 꽂히던 달도 없던 그날 밤

건너 집 흑백 TV 브라운관 뛰쳐나온
프로야구의 들끓는 함성이
허름한 담벼락
마구 흔들어대고 있었다

—「재식이」 마지막 부분

"팔려버려 지금은 남의 논이 된/그 논에 모를 꽂고 온 동생"의 "눈물"과 "죽은 엄니 초상화 꺼내 들고" 흘리는 "예순의 머슴 아비"의 "아끼던 눈물 한 방울"은 억누를 수 없는 슬픔과 비애의 감정을 암시하기 위한 것일 수 있다. 하지만 이 시에서도 그와 같은 감정은 결코 끓거나 들끓지 않는다. 끓거나 들끓는 것을 경계하기라도 하듯 시인은 "허름한 담벼락/마구 흔들어대고 있"는 "건너 집 흑백 TV 브라운관 뛰쳐나온/프로야구의 들끓는 함성"으로 이 시를 마감하고 있지 않은가. 어떤 의미에서 보면, 시인은 동생과 아버지의 "눈물" 그리고 그 눈물을 지켜볼 수밖에 없는 자신의 '들끓는 감정' 또는 부끄러움을 바로 이 "프로야구의 들끓는 함성"이 묻고 있는지도 모른다. 또는 "프로야구의 들끓는 함성"에 가려져 눈물도 부끄러움도, 슬픔과 비애의 감정도 더 이상 들끓을 힘을 잃어버린 정황을 암시하고자 했는지도 모른다. 물론 "프로야구의 들끓는 함성"이 암시하는 바는 전혀 다른 것일 수도 있거니와, 이는 전혀 이질적인 두 세계가 아이러니컬하게도 함께 존재함을 보이기 위한 것일 수도 있다. 다시 말해, 깊고 무거운 슬픔과 비애의 세계 바로 곁에 전혀 다른 또 하나의 세계—경박하게 들떠 있는 세계—가 존재함을, 다른 세계의 눈물과 부끄러움, 슬픔과 비애에 대해 전혀 아랑곳하지 않은 채 무심하게 돌아가는 또 하나의 세계가 존재함을 암시하기 위한 것일 수도 있다. 하지만 "프로야구의 들끓는 함성"이 들끓는 시인의 감정과 균형을 이루는 가운데 「재식이」라는 이 시는 단순한 슬픔과 비애의 감정을 노출하는 감상의 시에서 한 단계 승화한 다른 차원의 시가 되고 있음도 사실이리라.

이제 우리의 논의를 마감할 때가 되었다. 논의를 마감하는 자리에서 우리는 시인의 어린 시절을 엿보게 하는 시 「민물새우는 된장을 좋아한다」를 읽고자 한다. 비교적 후기에 쓰여진 이 시의 분위기는 아주 밝다. 여기에서 우리는 "아부지의 노동 엄니의 일생,/또 마을 사람들의 눈물"을 의식하지 않은 채 삶을 즐겁게 살아가던 어린 시절의 이재무와 만날 수 있다. 하지만 그런 이유 때문에 우리가 이 시를 주목하는 것은 아니다. 이 시 역시 살아 숨 쉬는 생생한 시적 이미지와 만나는 즐거움을 흠뻑 선사하기 때문에 우리는 이 시를 주목하는 것이다. 하지만 그것만이 이유의 전부는 아니다. 이 시에는 모종의 수수께끼가 숨어 있는데, 그 해답이 쉽게 떠오르지 않기 때문이기도 하다.

> 된장주머니 둘레에 새까맣게 민물새우떼 매달려 있다 그걸 담은 주전자가 제법 묵직하다 집으로 돌아오다 남의 집 담장 위 더운 땀 흘리는 앳된 애호박 푸른 웃음 꼭지 비틀어 딴 후 사립에 들어선다 막 밭일 마치고 돌아와 뜰방에서 몸에 묻은 흙먼지 맨수건으로 터는 엄니는, 한 손에 든 주전자와 또 한 손에 든 애호박 담긴 소쿠리 번갈아 바라보다가 지청구 한마디 빼지 않는다 "저런 호로자식을 봤나, 싹수 노란 것이 애시당초 큰일 하긴 글렀다, 간뎅이 부어도 유만

부동이지 남의 농사 집어오면 워찍한다냐 워찍하길" 그런데도 얼굴 표정 켜놓은 박 속 같다 아들은 눈치가 빠르다 다음날, 또 다음날도 서리는 계속 된다

—「민물새우는 된장을 좋아한다」 부분

소년 이재무는 강에 나가 "민물새우"를 잡고 "남의 집 담장 위 더운 땀 흘리는 앳된 애호박"을 "서리"해서 집으로 가져온다. "남의 집 농사 집어" 온 것을 보고 어머니는 아들에게 "지청구 한마디 빼지 않는다." 하지만 "지청구"를 하는 어머니의 "얼굴 표정"이 "켜놓은 박 속 같다." 야단치는 어머니의 얼굴 표정이 "켜놓은 박 속"같이 환하다니? 그 이유는 무엇일까. "저런 호로자식을 봤나, 싹수 노란 것이 애시당초 큰일 하긴 글렀다, 간뎅이 부어도 유만부동이지 남의 농사 집어오면 워찍한다냐 워찍하길"—이처럼 "지청구"를 하는 어머니의 얼굴 표정이 심난하거나 근엄하지 않은 이유는 무엇일까. "눈치가 빠"른 소년 이재무가 어머니의 "얼굴 표정"에서 읽었던 메시지는 과연 무엇일까. 어쩌면 내 것과 남의 것을 엄격하게 구분해야 한다는 윤리적 원칙을 한 편으로 의식하면서도 다른 한 편으로는 내 것과 네 것이 따로 없는 시골 마을의 공동체 생활의 관행을 의식했기 때문 아닐까. 말하자면, 원칙과 관행 사이에 균형을 잡고자 하는 가운데 어머니는 "지청구"에도 불구하고 "박 속 같"은 "얼굴 표정"을 지었던 것 아닐까. 모르겠다. 삶이라는 것 그 자체가 수수께끼 아니던가. 그리고 수수께끼를 끊임없이 던지는 것이 또한 시 아니던가.

제3부
소설 읽기, 또는 드러난 의미를 따라

알레고리 소설 미학의 진수를 향하여

—이청준의 『숨은 손가락』과 인간 탐구의 진경

1. 이청준 문학에 대한 규범적 일반화에 반대하여

일반적으로 이청준의 소설은 '관념소설'로 규정되는 경향이 있다. '관념소설'이란 무엇인가. 사실 이는 구체적으로 지시하는 바가 확실치 않은 막연한 개념이다. 따라서 '관념소설'이란 개념을 동원해보았자 이청준의 소설 세계가 갖는 의미를 밝히는 데 별다른 도움이 되지 못한다. 하지만 보다 더 심각하게 문제가 되는 것이 있다면, 이 같은 개념 규정의 연장선상에서 "이청준의 소설은 인물의 성격이나 개성을 구체적으로 형상화하는 점에 있어서는 실패하고 있다"는 식의 비판이 나올 수 있다는 데 있다. 이런 의견을 제시하면서 한 비평가는 이청준의 소설에 등장하는 "인물들이 자유롭게 생동하면서 스스로 삶의 공간을 채워나간다기보다는 작가의 생각을 치밀하게 대변하는 꼭두각시에 불과하다는 생각"이 든다 말한 바 있거니와, 이러한 지적은 타당한 것이기도 하지만 이와 동시에 타당하지 않은 것이기도 하다. 무엇보다 이청준의 소설을 이른바 교과서적 소설 규범 안에 가두는 경우 그의 지적은 타당한 것일 수 있다. 또는 리얼리즘의 논리에 그의 소설을 얽매는 경우에도 그의 지적은 타당한 것처럼 보일 수도 있다.

여기서 우리는 모든 문학 작품은 규범을 만드는 동시에 규범을 깨게 마련이라는 르네 웰렉René Wellek의 지적에 주목할 필요가 있다. 특히 위대한 문학 작품의 경우에는 더욱 그러하다. 오스틴 워런Austin Warren과 함께 내놓은 『문학의 이론*Theory of Literature*』에서 웰렉이 암시한 바와 같이, 이 같은 이유 때문에 문학 작품에 대한 규범적 일반화는 항상 벽에 부딪히게 마련이다. 따라서 문학 작품에 대한 일반화에 앞서 우리가 해야 할 일은 주어진 문학 작품의 특성을 '그 자체로서*per se*' 확인하는 일이다. 예컨대, 이청준의 소설이 작중 인물을 구체적으로 형상화하고 있지 않아 보인다면, 이를 폄하하기에 앞서 그 이유를 작품의 특성과 관련하여 확인하려는 시도가 있어야 할 것이다. 말이 나온 김에 하는 이야기이지만, "인물들이 자유롭게 생동하면서 스스로 삶의 공간을 채워나"가지 않는 예야 카프카나 까뮈의 뛰어난 작품 가운데에서도 확인된다. 그렇다고 해서 누가 감히 그들의 작품이 갖는 문학적 가치를 폄하하겠는가. 또한 이른바 자유롭게 생동하는 인물을 제시하지 못했다고 해서 누가 그것을 결함이라고 쉽게 말할 수 있겠는가. 따지고 보면, 그들의 작품 가운데 인물의 형상화가 구체적이지 못한 경우가 있는 것은 작품의 복잡 미묘한 의미 구조 자체가 그것을 요구하기 때문일 수 있다. 물론 이 같은 논리는 이청준의 소설에도 적용된다. 즉, 적지 않은 이청준의 소설은 내적 필연성의 논리에 따라 인물의 구체적 형상화를 거부하거니와, 그 자체가 결함이 될 수는 없다.

우리 역시 규범적 일반화를 시도하고 있다는 비판을 무릅쓰고 또 하나의 일반화를 시도하자면, 이청준의 소설들이 인물의 구체적 형상화를 거부함은 카프카나 까뮈의 몇몇 대표작과 마찬가지로 알레고리allegory 또는 우의(寓意)를 지향하기 때문이다. 문학에서 알레고리란 하나의 이야기가 심층의 의미를 갖도록 서술하는 방식을 지칭한다. 다시 말해, 표면적 의미 층위의 저변에 또 하나의 의미 층위—잠재적으로 여러 의미 층위—를 숨기는 문학 형식이 알레고리다. 아울러, 알레고리는 아이러니 또는 반어(反語)의 한 형태로서, 표면적으로 드러나 있는 이야기보다 그 이야기의 저변에 놓인 의미가 더 큰 무게중심을 두는 문학 형식이다. 사실 겉으로 드러내는 이야기만을 놓고 보면 생동감과 현장감이 잘 느껴지지 않는 경우가 이청준의 소설에서는 적지 않은데, 이와 관련하여 알레고리를 지향하는 소설에서는 이야기에 등장하는 인물뿐만 아니라 이야기 자체도 사실적으로 보이지 않도록 작품을 구성하는 경우가 허다하다는 점에 유의해야 할 것이다. 이런 관점에서 볼 때, 이청준 소설에서 확인되는 인물과 사건의 추상화 또는 관념화는 의도적인 것일 수 있다. 말하자면, 저변에 놓인 의미에 더 큰 무게중심을 두기 위한 전략, 또는 추상화와 관념화 이면에 숨은 의미의 세계로 독자를 유도하기 위한 고도의 전략일 수 있다. 따라서 겉으로 드러나는 이야기와 의미에만 초점을 맞춰 그의 소설을 읽는다면 그의 소설에 대한 읽기를 포기하는 것이나 다름없다. 동일한 논리에서, 그의 소설이 겉으로 제시하고 있는 인물의 형상화가 구체적이지 못하다는 점을 들어 그의 소설을 비판함은 그의 소설에 대한 진지한 평가를 포기하는 것이나 다름없다. 한마디로 말해, 이청준의 소설이 인물의 구체적 형상화에 실패하고 있다는 판단은 타당한 것이 아니다.

2. 이청준의 알레고리적 인간 탐구 1:「숨은 손가락」

문학에서 알레고리는 상징(象徵, symbol)과 대비되는 개념으로 이해되기도 하는데, 상징이 영원히 변치 않는 초월적 아이디어나 심상을 드러내기 위한 언어 표현과 관계되는 개념이라면, 알레고리는 인간사를 이해하는 데 요구되는 관념적 아이디어를 전달하기 위한 하나의 완결된 이야기를 지칭하는 개념이다. 또한 알레고리와 상징은 전자가 시간성을 갖는 것이라면 후자는 시간성을 초월하는 것이라는 점에서 구분되기도 하는데, 바로 이 때문에 알레고리는 초월적인 상징과 달리 우리가 처한 현실적 삶과 밀접한 관련을 맺기도 한다. 이런 경향을 보여주는 작품을 이청준의 중단편집『숨은 손가락』(열림원, 2001)에서 찾는다면 무엇보다 동일 제목의 중편소설「숨은 손가락」을 꼽을 수 있을 것이다. "청색군"과 "흑색군"의 전쟁으로 인해 한 마을의 사람들이 겪게 되는 갈등과 고통을 다룬 이 소설은 우선 한국전쟁 무렵 우리 사회를 어지럽혔던 이념적 갈등의 본질을 드러내는 작품으로 읽을 수도 있다. 한편 알레고리란 하나의 이야기—그것도 심층의 의미를 지닌 이야기—를 통해 설명이 쉽지 않은 어떤 특정한 인간사를 보편의 언어로 서술하는 방식을 말하기도 하는데, 이로 인해 알레고리는 잠재적으로 특정 시대나 사회를 뛰어넘어 인간의 삶 자체에 보편적으로 적용될 수 있는 이야기가 되기도 한다. 「숨은 손가락」은 이런 점에서도 주목할 만한 작품인데, 인간의 내면에 숨어 있는 욕망과 욕망의 좌절에 따른 증오의 감정을 더할 수 없이 섬뜩하게 드러내고 있다는 점에서 그러하다.

「숨은 손가락」의 이야기는 "청색군" 소속의 나동준이 "흑색군" 편에 가담했던 옛 친구 백현우를 응징하되 그가 당했던 것과 똑같은 방법으로 응징하고자 자신이 얼마 전까지 살던 마을을 찾아가는 이야기를 뼈대로 삼고 있다. 여기에서 우리는 무엇보다 작가가 왜 청색군이라든가 흑색군과 같은 표현을 사용했는가의 문제를 제기할 수 있거니와, 이 같은 표현 자체가 소설의 알레고리화를 위한 작가의 배려로 추정할 수 있다. 즉, 우리 사회를 어지럽혔던 이념적 갈등의 본질을 드러내 보이되, 이를 손쉽게 공산주의와 자유주의 사이의 갈등으로 단순화하지 않도록 독자를 유도하기 위한 작가의 배려로 볼 수도 있을 것이다. 나아가, 공산주의와 자유주의 사이의 갈등을 전면에 내세울 때 자칫 가리어지기 쉬운 무언가 근원적인 인간 사회의 문제 쪽으로도 독자의 눈길을 유도하기 위해 작가는 이 같은 표현을 사용한 것인지도 모른다.

따지고 보면, "사심 없는 공의와 천부의 이데올로기스트"가 아니라 "그저 자기 개인의 숨은 이해에서 출발하여 거창한 이념의 의상을 마련해 입고 다니는 경우"가 바로 자신의 경우라는 현우의 고백에서 확인할 수 있듯, 이 소설을 지배하는 갈등과 증오의 감정은 이념에서 비롯된 것은 아니다. 심지어 동준조차 청색당 쪽의 "청년당에 들어가게 된 것은 그의 자의에서보다 식민 통치 시대부터의 교직 때문"이다. 동준의 이 말에서 확인할 수 있듯, 이념의 차이 그 자체가 현재의 파국을 몰고 온 것은 아니다. 말하자면, 이념에 선행하는 근원적인 인간 감정의 문제—이념의 베일에 가려져 잘 드러나지 않을 수도 있고 이해하기 어려울 수도 있는 인간의 근원적 욕망과 갈등의 문제—에 이야기의 초점이 맞추어지고 있거니와, 청색군이라든가 흑색군과 같은 우회적 표현은 이념의 문제가 전경화(前景化)되는 것을 미리 차단하기 위한 일종의 전략적 장치일 수도 있다.

그렇다면, 이 소설이 다루고 있는 갈등과 증오의 감정은 그 뿌리를 어디에 두고 있는 것일까. 소설의 진행 과정에 밝혀지듯, 그것은 어처구니없게도 김씨 처녀 하나를 두고 백씨 청년과 나씨 청년이 벌인 "삼각 연애극"이다. 삼각 연애극 끝에 김씨 처녀는 "백씨 청년과의 혼인식"을 올리지만, "1년쯤 되고 나서 이번에는 다시 나씨 집안 청년 하나를 꾀어 데리고 어디론지 종적을 감"춘다. 이 사건은 "전부터도 서로 간에 감정이 그리 매끄럽지가 못해 오던 두 성씨 간에" "엉뚱스런 대립의 계기가 되어 버리고" 만다. 동준의 생각으로는 이 사건이 나씨인 자신과 백씨인 현우 사이에 "서로 다투고 시기하며 앙숙으로 지내야 할 이유"가 될 수 없다. 하지만 이런 생각이 "머리가 단순한 동준"의 "오만"에서 나온 것임을 깨닫는 순간이 동준에게 찾아온다. 현우의 고백이 그 계기인데, 이를 계기로 동준은 "우정의 그늘 속에 어른들의 감정이 [현우에게는] 은밀히 유전되고 있었는지 모른다" 생각하게 되고, 상대의 "불운은 염두에 두어보질 않았"지만 현우에게 "불운이 너무 자주 겹치고 있는 것"을, 그래서 그가 동준의 "행운을 얼마나 부러워해 오고 있었던가"를 알아차리게 된다.

여기서 우리는 과연 동준이 머리가 단순했기 때문에 현우가 갖는 감정을 알아차리지 못했던 것일까라는 물음을 던질 수 있다. 또한 동준이 상대의 "불운은 염두에 두어보질 않았"던 근본적인 이유가 무엇일까라는 물음도 던질 수도 있을 것이다. 아니, 보다 더 근본적인 물음을 던진다면, "어른들의 감정이 은밀히 유전되고 있었는지도 모른다"는 진술이 의미하는 바는 무엇인가.

이 같은 일련의 물음에 대한 답을 위해 우리는 르네 지라르René Girard의 '욕망의 삼각형'을 논의에 끌어들일 수도 있으리라. 지라르에 의하면, 주체가 어떤 대상에 대해 욕망을 품는 경우 이는 결코 자의에 의한 것이 아니다. 즉, 누군가 매개자가 있어서 욕망을 부추기기 때문에 대상에 대한 욕망이 싹트게 된다는 것이다. 지라르를 따라 돈키호테를 예로 드는 경우, 그에게 욕망의 대상은 이상적인 기사도이고 그 매개자는 아마디스다. 이때 돈키호테와 기사도 사이에 하나의 형이상학적 선이 그려질 수 있고, 그 선의 위쪽 어딘가에 그가 이상적인 기사로 추앙했던 아마디스가 존재한다. 이렇게 성립된 삼각형에서 돈키호테와 아마디스 사이의 관계는 경쟁의 대상이 아니라 일방적인 모방 대상과 모방 주체의 관계다. 한편 욕망의 삼각형을 보여주는 또 하나의 예로 지라르는 스탕달의 『적과 흑』의 끝 부분에 나오는 이야기를 든다. 예로 든 그것은 쥘리앵이 자신에 대한 마틸드의 욕망을 불러일으킬 목적으로 페르바크 부인이 그녀 앞에서 자신에 대한 욕망을 드러내도록 술수를 쓰는 이야기다. 이 이야기에서 쥘리앵이 욕망의 대상이라면 욕망의 주체인 마틸드에게 중개자의 역할을 하는 것은 페르바크 부인이다. 다시 말해, 페르바크에 대한 모방의 충동이 마틸드에게 쥘리앵에 대한 욕망을 일깨우는 것이다. 이때의 주체와 매개자 사이의 관계는 일종의 '라이벌 관계'로, 서로에 대한 라이벌 의식이 서로에 대한 모방을 더욱더 부추길 수 있다. 말하자면, 욕망은 더할 수 없이 병적인 것으로 전락할 수 있다. 지라르는 전자의 경우를 '외적 매개'로 명명하고 후자의 경우를 '내적 매개'로 명명한 바 있는데, 어느 쪽이든 중개자의 영향 아래 주체는 현실 감각을 상실하게 되고 판단력의 마비 상태에 빠지게 된다는 것이 지라르의 논리다.

이 논리에 따르면, 김씨 처녀를 두고 백씨 청년과 나씨 청년이 벌인 삼각 연애극조차 욕망의 삼각형이라는 구도 안에서 설명할 수 있거니와, 김씨 처녀가 욕망의 대상이라면 나씨 청년과 백씨 청년은 라이벌 관계에 있으면서도 (비록 다른 상황에서이기는 하지만) 서로를 모방하는 욕망의 주체이자 상대의 모방 심리를 자극하는 매개자다. 이 병적 욕망의 싸움이 어느 쪽의 승리로 끝나든 패배자가 갖는 증오와 분노의 감정은 이루 말할 수 없이 심각한 것이 되게 마련이다. 사실 라이벌 관계란 서로가 모든 면에서 대등한 위치에 있다고 생각하면서도 동시에 서로에 대한 두려움과 열등감을 느끼는 사이를 말한다. 한편 욕망의 대상에게 다가갈 수 없도록 방해자의 역할을 하는 것이 다름 아닌 욕망을 불러일으키는 매개자이거니와, 매개자에 대해 욕망의 주체는 두려움과 열등감뿐만 아니라 더할 수 없는 악의와 증오심을 품게 마련이다. 소설 속의 사랑 싸움은 결국 김씨 여자가 "나씨 집안 청년 하나를 꾀어 데리고 어디론가 종적을 감"춤으로써 모든 원한의 감정은 개인의 차원을 넘어서서 집단의 감정으로 바뀌게 된다. 헬레네를 잃은 메넬라우스의 치욕이 그리스와 트로이 사이의 전쟁에 불씨가 되었듯, 이제 한 여인의 도피 행각은 나씨 집안과 백씨 집안 사이의 갈등과 불화로 발전하게 된 것이다.

여기에서 동준이 이 갈등과 불화 바깥쪽으로 벗어나 있는 이유가 과연 그의 머리가 단순해서일까라는 물음을 다시 던질 수도 있다. 작가는 '단순하다'라는 표현 이외에 '오만하다'라는 표현을 함께 사용하고 있거니와, 어떤 의미에서 보면 '오만하다' 함은 상대방을 라이벌로 의식조차하지 않음을 암시하는 말일 수 있고 따라서 '단순하다'함은 욕망의 삼각형 바깥쪽에 존재하고 있음을 암시하는 말일 수 있다. 반면 어느 모로 보나 자신과 다를 바가 없다고 생각하지만 모든 불운은 자신의 몫이고 모든 행운은 상대의 몫이라고 생각하는 현우의 눈에 비친 동준의 모습은 더할 수 없이 오만한 라이벌이자 불가항력적으로 현우 자신을 내적 매개의 논리에 끌어들이는 매개자다. "난 참 자네한테 비하면 불운한 데가 너무 많았"다든가 "자네는 늘 그걸 당연한 일처럼 여기고 있었으니까 기억에도 없"을 것이라는 현우의 말은 그가 얼마만큼 병적으로 내적 매개의 논리에 사로잡혀 있는가를 확인케 하는 증거 자료가 될 수 있을 것이다. 어쨌든, 이때 주체가 꿈꾸는 욕망의 대상은 물론 동준이 누리는 "행운"이리라. 물론 그 행운에 대한 욕망이 강력해지면 강력해질수록 욕망의 매개자인 동준에 대해 느끼는 현우의 증오도 더욱 더 강력해질 수밖에 없다.

문제는 내적 매개의 논리가 여기서 끝날 수 없다는 데 있다. 이 내적 매개의 논리는 당사자 가운데 어느 한쪽이 완전한 파멸에 이르기까지 그 음울한 모습을 감추지 않는다. 사실 동준이나 현우가 모두 "교원에의 길"을 꿈꾸었다 하는 것도 이 내적 매개의 논리에서 설명될 수 있겠지만, 더할 수 없이 기괴한 모습의 내적 매개는 소설의 결말을 위해 따로 준비되어 있다. 즉, 동준은 현우에게 "진 빚을 가장 정확하고 공평하게 되갚아"주겠다 다짐하고 있는데, 여기서 우리는 구도가 달라진 또 하나의 욕망의 삼각형을 확인하게 된다. "묶을 자와 묶일 자의 처지가 정반대로 바뀌어 정해져 있"다거나 동준이 "복수의 일념에 몸과 마음을 맡겨오고 있었다"는 서술자의 말이 암시하듯, 이제 매개자였던 동준은 욕망의 주체가 되어 있고 욕망의 주체였던 현우는 매개자가 되어 있다. 그리고 욕망의 대상은 놀랍게도 심판 또는 복수다. 욕망의 대상이 심판 또는 복수라니? 이 점이 욕망의 삼각형을 기괴하고도 끔찍한 것으로 만들고 있는 것 아닐까. 물론 이처럼 기괴하고도 끔찍한 내적 매개의 논리는 극단적인 지점에 이르기까지 욕망의 주체에게 현실 감각과 판단력을 상실케 한다.

물론 욕망의 성취에 앞서 동준은 더할 수 없는 불안감에 휩싸여 있다. 무엇 때문인지 몰라도 동준에게는 현우가 "남아 있어 준 것이 잘 되었다 싶기보다 뜻밖에 낭패스러운 기분이 들"었다든가 "현우가 사전에 몸을 피해 달아남으로써 자신을 심판해 주었기를 바라왔던 것 같았다"라는 서술자의 설명에서 확인할 수 있듯, 동준에게는 마음에 걸리는 그 무언가가 있고 이를 통해 우리는 그가 완전히 현실 감각과 판단력을 상실하지 않았다는 추론을 해볼 수도 있다. 물론 동준의 불안은 "저주스런 '손가락질'"과 관련된 것이고, 이 때문이든 아니든 동준은 욕망의 삼각형에서 벗어나고자 하는 마음을 끝내 간직하고 있다. 동준에게는 "대결이고 보복이고 심판이고 처단이고" "차라리 모든 것이 부질없고 허망스럽게 느껴지기까지 하"는데, 여기서 우리는 이 같은 동준의 심경을 읽을 수 있지 않을까. 나아가, 동준이 끝까지 악의와 증오에 눈이 멀어 있는 현우와는 본질적으로 다른 인간임을 읽을 수도 있지 않을까. 사실 소설의 결말에 가서 확인되는 동준의 자살은 『적과 흑』의 쥘리앵 소렐이 자신의 죽음을 초연하게 받아들이는 모습에서 확인할 수 있는 인간의 초월 가능성을 암시하는 것으로 읽힐 수도 있거니와, 이 점에서 동준의 자살은 현우와 대비되는 또 하나의 인간상을 제시하기 위한 것으로 읽히기도 한다. 그럼에도 불구하고, 동준은 마지막 순간에 이르기까지 "이장을 비롯한 마을 사람들"이 "방관자처럼 그저 끔찍스런 일에서 얼굴을 돌리고 싶어 하는 식의 반응"을 보이는가의 이유를 정확하게 파악하지 못한다. 그는 자신도 모르는 사이에 현우를 모방하는 욕망의 주체가 되어 있다는 사실을 꿰뚫어 볼 수 없을 만큼 욕망의 노예가 되어 있는 것 아닐까. "현우의 숨은 손가락을 보지 못한 사람들의 무서운 집단 위증의 두려운 징후"를 느끼는 그 순간에도, "이 친군 어차피 손가락이 없으니까 거기 익숙한 손가락을 가진 나 동지가 그 일을 해 줘야지 않겠소"라 강 대장이 말할 때에도 그는 자신의 욕망에 눈멀어 있었는지도 모른다. 아니, 눈멂의 상태는 "마지막 순간까지 마을과 자신의 양심을 외면한 밀고자의 오명 속에 죽어갈 수 있"는 상황에 처해서도 "이번만이라도 떳떳하고 분명하게 어김없는 사실을 가리켜 보아야" 한다 다짐하는 순간까지도, 나아가 "고발당해야 할 사람은 역시 이 백현웁니다"라 말하는 순간까지도 지속되고 있는지도 모른다.

바로 그런 눈멂의 상태에서 깨어남을 작가는 극단적인 자기 부정의 논리인 자살을 통해 암시하고자 한 것 아닐까. 이런 의미에서 동준의 이미지는 자신도 모르게 자신이 범한 과오를 깨닫고 그 대가로 자신의 눈을 찌르는 오이디푸스를 연상케도 한다. 물론 여기에서 욕망을 성취하지 못함에 따른 좌절감이, 또는 끝끝내 진실을 밝힐 수 없음에 따른 절망감이 동준을 자살로 몰아갔다는 설명이 가능할 수도 있다. 요컨대, 자살을 일종의 '시위'로 몰아가는 해석이 가능할 수도 있다. 하지만 이런 설명은 동준을 너무도 초라하게 만드는 것 아닐까. 소설의 곳곳에서 확인할 수 있듯, 동준은 내적 매개의 논리에 사로잡혀 있음에도 불구하고 그의 증오는 결코 근원적으로 악의에 차 있는 현우—스스로 자기 손가락을 자를 만큼 교활한 인간인 현우—가 갖고 있는 것과 마찬가지의 능동적인 것이 아니다. 따라서 그에게는 초월의 순간—자신이 자신도 모르는 사이에 악의와 증오의 화신인 기괴한 인간 백현우와 다를 바 없는 인간이 되어 있음에 대한 깨달음의 순간—이 가능할 수 있고, 이를 작가는 "동준의 진실은 끝끝내 동준 자신의 것일 수밖에 없"으며 "동준의 운명은 동준 자신의 것일 수밖에 없"다는 진술을 통해 암시하고 있는 것이 아닐까. 요컨대, "그 일을 스스로 마무리"짓고자 자살하는 동준의 모습에서 우리는 욕망의 삼각형에서 벗어나 모든 일에 대해 스스로 책임을 떠맡는 자율적인 인간의 모습을, 아니, 병적이고 타율적인 욕망의 굴레에서 벗어나 자신을 스스로 벌할 수 있는 초월적 인간의 모습을 확인할 수 있지 않을까. 근원적인 악의 존재 가능성과 함께 인간의 초월 가능성에 대한 이청준의 알레고리적 탐구는 이렇게 해서 마감된다.

3. 이청준의 알레고리적 인간 탐구 2: 「침몰선」

이청준의 소설집 『숨은 손가락』에 수록된 작품 가운데 표면에 드러나 있는 것보다 무언가 보다 더 근원적인 문제의식을 드러내고 있는 것으로 추정되는 또 하나의 주목할 만한 작품을 들자면, 그것은 아마도 「침몰선」일 것이다. 이 소설에서도 작가는 우리에게 현실의 상황을 구체적으로 적시하기보다는 다만 암시의 차원에서 제시하고 있을 뿐이다. 예컨대, "남쪽 바닷가까지 난리를 밀고 온 못된 사람들이 흐지부지 자취를 감추"었다든가 "제일 먼저 마을을 떠나갔던 청년이 씩씩한 옷차림으로 총을 메고 마을로 돌아"왔다는 식의 표현을 통해 이 소설이 필경 한국전쟁을 시대적 배경으로 하고 있음과 남해안의 한 마을을 지리적 배경으로 하고 있음을 추론할 수 있을 뿐이다. 그러나 이 같은 시대적 배경이나 지리적 배경이 이 소설을 이해하는 데 결정적인 역할을 하지 않는다는 점에서 이 소설은 별개의 심층적 의미를 추적하도록 독자를 유혹한다.

물론 시대적 배경이나 지리적 배경 등등이 막연하게 묘사되어 있음은 이 소설 자체가 어린아이의 시각을 반영하고 있기 때문이기도 하다. 즉, 삶의 의미 자체에 아직 눈뜨기 이전의 어린아이의 눈에 비친 세계이기에 모든 것이 막연할 수밖에 없다는 논리도 충분한 설득력을 갖는다. 하지만 하필이면 작가가 어린아이의 시각을 통해 세계를 재현하고자 했던 이유는 무엇일까. 또 소설의 뒷부분에 가서 마을 사람들이 "이제까지의 '수진' 대신 '자네'라든가 '총각' 따위"로 "고쳐 부르기 시작"할 정도로 소설의 주인공 수진은 청년이 되어 있지만 그의 시선은 여전히 한국전쟁 또는 이와 함께 으레 논의 대상이 되는 동족상잔이나 이념 갈등 등등의 문제를 비껴가고 있는 이유는 무엇일까. 말하자면, 어릴 적에 멋모르고 겪었던 전쟁의 의미를 청년이 되어 또는 이제 어른이 되어 돌이켜보는 이야기도 아니다.

요컨대, 「침몰선」은 한국전쟁 당시를 배경으로 하고 있지만 단순히 어린아이의 눈을 통해 한국전쟁 당시의 시대상/사회상을 재현하려는 의도에서만 창작된 작품으로 보기도 어렵고, 그 전쟁의 역사적/정치적/이념적 함의를 세월이 흐른 후에 되짚어보려는 의도에서 창작된 작품으로 보기도 어렵다. 사실 이 소설이 이야기하고자 하는 바가 무엇인지는 언뜻 짚이지 않는다. 다만 어린아이의 눈에 비친 세계가 제시되고 있을 뿐이다. 이를 통해 작가가 이야기하고자 하는 바는 무엇일까. 당연히 독자는 이 이야기를 통해 작가가 숨길 듯 드러내고 드러낼 듯 숨기고 있는 의미가 무엇일까라는 데 관심을 갖지 않을 수 없다. 말하자면, 이 소설은 표면의 의미 층위를 벗어나 새로운 의미 층위로 시선을 돌리게 한다. 한편, 소설의 의미 파악을 더욱 어렵게 하는 것은 "바다"와 "침몰선"에 대한 주인공 소년 수진의 끊임없는 관심인데, 이로 인해 과연 바다와 침몰선이 암시하는 바의 의미가 무엇인지에 대한 독자의 호기심이 증폭되게 마련이다. 아니, 바다와 침몰선에 대한 주인공 소년의 관심은 이 소설의 진행을 가능케 하는 동인(動因)인 동시에, 독자에게 이 소설이 표면적 이야기 이면에 숨기고 있는 의미의 세계로 안내하는 비밀의 문일 수도 있다. 그러나 이 비밀의 문을 열기 위한 열쇠, 작가가 어딘가 숨겨두었음에 틀림없는 열쇠를 찾기란 소설의 끝에 이르기까지 요원하기만 하다.

결국 우리에게는 이야기 자체를 따라가는 것 이외에 달리 길이 없어 보인다. 언제부터인지 모르지만 마을 앞바다에는 침몰선이 있고, 그 배가 어느 날 수진이라는 소년의 눈길을 끈다. 곧이어 그는 "하루도 배를 생각하지 않은 날이 없"을 정도로 그 배에 대한 관심을 멈추지 않는다. 하지만 수진과 달리 "사람들은 그 배를 보고도 별로 신기해 할 줄을" 모른다. 심지어 "난리"를 피해 마을로 들어온 피난민들조차 반짝 관심을 보일 뿐 곧 흥미를 잃는다. 한편 수진은 그들 피난민들에게뿐만 아니라 전쟁에 참여하기 위해 마을을 떠났다 돌아온 청년들에게 배에 대한 이야기를 들을 기회를 갖기도 한다. 그리고 그들이 말하는 바에 따라 수진의 눈에 비친 배는 보잘것없어 보이기도 하고 대단해 보이기도 한다. 이후에도 마을을 찾는 사람들은 수진에게 배에 대해 이런저런 이야기를 하지만, 곧 "아무도 그 배에 대해 이야기를 하는 사람이 없"는 지경에까지 이른다. 심지어 마을의 "몹쓸 액운"이 바로 그 배 때문이라고 비난하는 사람까지 나온다. 하지만 마침내 "침몰선 때문에 마을에 횡액이 들었다고 화를 내는 사람"조차 없어진다. 이 무렵 수진은 마을을 떠나 도시에서 학교에 다니게 되고, 그 도시에서 한 소녀를 만난다. 수진은 소녀에게 바다와 배에 대한 이야기를 하고, 그 이야기를 듣는 소녀의 눈에서 바다를 보곤 한다. 그러나 수진이 "소녀에게 그 진짜 바다를 구경시켜주고 난 뒤부터" 소녀의 눈에서 "갑자기 그 바다의 그림자가 사라"진다. 마을로 함께 가서 본 "바닷물은 그의 이야기로 소녀의 머릿속에 심어주었던 것처럼 푸르지 못했고, 침몰선은 그렇게 먼 수평선 위의 꿈같은 모습이 아니"기 때문이라 수진은 생각한다. 그는 "비로소 그녀에게 수없이 많은 거짓말을 하고 있었던 자신을 깨"닫고, "자신에게까지도 그 거짓말을 수없이 되풀이하고 있었던 것 같"음을 느낀다. 이어서 고등학교를 마치고 마을로 돌아온 수진은 다시 "혼자서 곰곰 침몰선의 정체를 생각"한다. 생각이 이어지는 동안 수진은 배가 이제 "조금씩 비밀을 하나하나 벗어"감을 느낀다. 끝으로 마을을 떠났다가 "고철꾼"이 되어 돌아온 사람으로 인해 그는 "배에 관해서 듣고 생각하고 알아차리게" 될 마지막 기회를 갖는다. 그러한 기회를 갖고 난 다음 이제 "스무 살"이 된 수진은 마을을 떠났다가 1년쯤의 세월이 지난 뒤 돌아오지만, 더 이상 바다와 침몰선에 대해 "아무런 말이 없"다. 마치 "아직 거기에 있는 것조차 알아보지 못한 듯." 그리고 바다와 배가 보이는 "정자나무께엔 한 번도 모습을 나타내지 않"은 채 그는 다시 마을을 떠난다.

우선 짚고 넘어가야 할 점이 있다면, "마을 가운데의 우물처럼 또는 동구 밖의 정자나무처럼" "으레 거기 있는 것이려니" 소년이 여기고 있는 침몰선이 어느 날 갑자기 소년의 눈에 들어와 의식의 일부가 되었다는 점과 배에 대한 사람들의 말에 따라 소년의 눈에 배의 모습이 초라한 것으로 비치기도 하고 굉장한 것으로 비치기도 한다는 점이다. 이는 어느 날 우연히 세상에 눈을 뜨고, 나아가 사람들의 눈을 통해 세상을 배워가는 소년의 모습을 암시하는 것일 수 있다. 여기에서 또 하나 짚고 넘어가야 할 점이 있다면, 수진을 빼고 모든 사람들이 예외 없이 곧 배에 대한 흥미를 잃는다는 점이다. 마치 어린아이가 처음 만져보는 장난감에 빠져들다가 곧 흥미를 잃듯. 하지만 소년의 관심은 스무 살이 되어 마을을 떠나기 전까지 계속된다. 마치 일상화의 그늘 속에 빛을 잃은 세상사에 여전히 관심의 눈길을 떼지 않는 시인이나 작가와도 같이.

「침몰선」의 이야기와 관련하여 여전히 또 하나 짚고 넘어가야 할 사항이 있다면, 바다와 배를 본 소녀가 크게 실망한다는 점이다. 그녀가 실제로 본 배와 바다는 수진이 소녀 앞에서 묘사한 바의 배와 바다와 다르게 보였기 때문일까. 즉, 수진이 추측하듯, 그가 묘사한 만큼 바다와 배가 대단한 것이 아니었기 때문일까. 아니면, 수진의 눈에 보이는 것을 볼 수 있는 능력을 애석하게도 소녀는 지니지 못했기 때문일까. 사실 사람의 눈에 따라 보이는 것과 보이지 않는 것이 따로 있을 수 있다. 어떤 의미에서 보면, 남들이 보지 못하는 것을 보는 비범한 눈, 또는 낯익고 평범한 사물에서 낯설고 새로운 그 무엇을 보는 비범한 눈, 나아가 그 사물을 낯설고 새로운 것으로 재창조할 만큼 비범한 언어 능력을 지닌 사람이 시인이나 작가일 수 있는데, 수진은 자신의 눈을 통해 시인이나 작가처럼 보잘것없는 대상에서 새로운 것을 보고 또 자신의 언어를 통해 새롭게 세계를 창조했던 것인지도 모른다. 결국 소녀는 그와 같은 수진의 창조적 인식 능력을 수용하기에는 너무 평범한 사람이었는지도 모른다. 그럼에도 불구하고, 수진은 자책감에 빠져 자신이 소녀에게 했던 이야기를 거짓말로 치부한다. 어찌 보면, 여기에서 수진의 자기 돌아보기 또는 자기 성찰이 시작되고 있는지도 모르며, 또한 비현실적인 꿈의 세계에서 언뜻 깨어나는 계기를 얻고 있는지도 모른다.

마지막으로 하나 더 짚고 넘어가야 할 사항이 있다면, 소년이 스무 살이 되어 마을을 떠나기 전 침몰선은 "조금씩 비밀을 하나하나 벗어갔다" 했을 때 '비밀을 벗는다'가 암시하는 바가 무엇인가다. 물론 「침몰선」에 등장하는 바다와 배는 축자적(逐字的)인 의미에서의 바다와 배를 가리키는 것으로 읽을 수도 있다. 말하자면, 남해 바다의 어느 마을 앞에서 정말로 배가 좌초된 사건을 바탕으로 해서 이야기가 전개되는 것일 수도 있다. 하지만 이런 해석은 그 자체로서 타당한 것이라고 해도 여전히 만족스러운 것은 될 수 없다. 왜냐하면 작품이 잠재적으로 가질 수 있는 암시성 자체를 무화(無化)시킬 수도 있기 때문이다. 아울러, 아무리 실제로 존재했거나 존재하는 사물이라 하더라도 여전히 그 사물은 숨겨진 또 하나의 의미를 가질 수 있기 때문이다. 따라서 우리는 여전히 합리적인 선에서 이야기 속의 바다와 배가 지시하는 바의 숨겨진 의미를 추적할 수 있다. 만일 상식적인 유추가 허락된다면, 바다는 인간이 삶을 영위해나가는 삶의 바다를 암시하는 것일 수도 있고, 침몰선은 삶의 바다에서 좌초된 어느 인간—그의 좌초가 한국전쟁과 같은 "난리"에 의한 것이든 또는 "간척장의 둑"을 무너뜨리는 "바람과 파도"와 같은 돌연한 사건에 의한 것이든 좌초된 인간—을 암시하는 것으로 볼 수도 있지 않을까. 말하자면, 침몰선이 '비밀을 벗는다' 함은 삶과 인간의 비밀이 드러난다는 것으로 이해될 수도 있을 것이다.

이제까지의 논의가 타당한 것이라면, 앞서 말한 바와 같이 「침몰선」은 정녕코 단순히 한국전쟁 당시와 그 이후의 우리 사회의 한 모습을 어린아이의 눈을 통해 보여주기 위해 창작된 작품 이상의 그 무엇이다. 여기서 우리는 이 소설을 우연히 한국전쟁 기간 동안 어린 시절을 보낸 한 소년의 성장기를 다룬 소설, 그것도 감수성이 지극히 예민한 한 소년의 성장기를 다룬 소설로 읽을 수도 있지 않을까. 아니, 작가 이청준의 자전적 성장소설로 읽을 수도 있다. 한편, 소년의 삶이 문학의 근본 문제들—대상에 대한 인식과 이해의 문제, 인식 내용에 대한 언어적 형상화의 문제, 삶에 대한 자세와 태도의 문제, 예술 창조자와 수용자 사이에 존재하는 간극의 문제 등등—과 씨름하는 시인이나 작가를 연상시킨다는 점에서, 이는 또한 예술가의 문제를 다룬 '예술가 소설'의 하나로 읽을 수도 있다.

하지만 감수성이 예민한 소년의 성장과 눈뜸을 다룬 소설로 읽힐 가능성이나 문학적 인식과 언어의 문제를 다룬 '예술가 소설'로 읽힐 가능성을 이 소설이 이야기 저변에 간직하고 있다는 식의 결론으로 「침몰선」에 대한 우리의 논의를 끝맺을 수는 없다. 무엇보다 이 소설이 묘사하고 있는 소년의 성장 과정 또는 삶이 묘하게도 현실에 대한 직접적 체험과는 동떨어져 있는 것처럼 보인다는 점을 주목하지 않을 수 없기 때문이다. 사실 한국전쟁조차 소년에게는 피난민을 보거나 전쟁터에 다녀온 사람들의 이야기를 듣는 식의 간접 체험이다. 또한 눈앞의 침몰선조차 다만 바라봄의 대상일 뿐이다. 즉, 그에 관한 이야기를 듣거나 이야기하기 위한 대상일 뿐 몸소 찾아보는 등의 직접적인 체험의 대상이 아니다. 요컨대, 이 소설에 묘사된 소년의 삶은 대체로 대상—바다와 침몰선—을 바라보면서 생각에 잠기거나 그것과 관련하여 누군가의 이야기를 듣는 일, 나아가 그에 대해 누군가에게 이야기하는 일로 이루어져 있거니와, 여기에서 우리는 작가가 한 소년의 삶을 그가 겪는 언어 체험으로 치환하고 있음을 감지할 수 있다. (생각하는 일조차 언어가 없이는 불가능하다는 점에 유의하기 바란다.) 사실 모든 것이 사상(捨象)된 채 다만 언어만이 기능을 하는 세계라는 점에서 「침몰선」은 장 폴 사르트르Jean Paul Sartre의 자전적 소설 『말*Les Mots*』을 연상케 한다. 사르트르는 자신의 어린 시절과 관련하여 "땅을 파본 일도 새집을 찾아다니며 뒤져본 일도 없"이 오로지 책들 사이에서 지냈음을 회상한다. 즉, 그에게는 "책이 나의 새이고 보금자리이며 가축이며 마굿간이며 나의 전원"이었던 것이다. 바로 이 사르트르의 모습을 우리는 수진에게서 찾아볼 수 있거니와, 차이가 있다면 '문자화된 말의 세계'가 전자의 세계라면 '문자화 이전의 말의 세계'가 후자의 세계라는 점이리라.

이처럼 성장과 눈뜸의 과정을 '문자화 이전의 말의 세계'에 대한 체험으로 치환하고 있다는 점에서 「침몰선」은 또 하나의 전혀 새로운 의미 읽기를 가능케 하는 작품이다. 무엇보다 소년의 입장에서 볼 때 "마을 앞 바다의 침몰선"은 '선험적*a priori*'인 의미를 결여한 상태로 존재하는 '순수 기표pure signifier'일 수 있음을 가정하는 가운데 우리는 새롭게 논의를 이끌어나갈 수 있을 것이다. 즉, 그 어떤 의미도 부여받지 않은 미지의 존재이면서 여전히 어떤 형태로든 의미 부여를 소년에게 요구하는 '순수 기표'가 다름 아닌 침몰선일 수 있다. 미지의 침몰선이 소년의 눈에 들어와 의식의 일부가 되는 바로 그 순간 소년과 이 '순수 기표' 사이의 관계 맺음이 시작되었다 할 수 있는데, 물론 이 같은 관계 맺음은 의미 부여가 완성될 때까지 지속될 수밖에 없다. 하지만 '순수 기표'란 아무리 물을 부어도 물이 고이지 않은 사막과도 같은 존재다. 아니, 의미 부여가 완성되었다고 생각하는 순간 '순수 기표'는 새로운 의미 부여를 요구한다. 따라서 침몰선에 대한 소년의 관심은 지속될 수밖에 없다. 물론 의미 부여를 요구하는 '순수 기표'의 외침이 귀에 들리지 않는 사람들의 경우 미지의 대상에 대한 관심은 일시적인 것일 수밖에 없고, 바로 이 점에서 소년은 그의 주변의 사람들과 구분된다. 그럼에도 불구하고, 소년 역시 어느 순간에는 '순수 기표'에 대한 자신의 관심을 정리해야 하는데, 그 이유는 언어 세계가 인간 세계 그 자체는 아니기 때문이다. 아니, '말'의 세계에서 갇혀 지냈던 사르트르가 행동 또는 참여engagement의 세계로 스스로 나아가고자 했듯, 우리에게는 언어의 세계에서 행동의 세계로 나아가는 것이 요구되기 때문이다. 이런 의미에서 보면, "배는 이제 그런 식으로 조금씩 비밀을 하나하나 벗어갔다"는 말은 축자적으로 읽히지 않는다. 이는 어찌 보면 언어의 세계에서 벗어나려는 인간의 의지가 그렇게 믿도록 만들고 있음을 보여주는 진술로 읽히기도 한다.

한편 '순수 기표'는 그 어떤 의미 부여의 규칙에서도 자유로울 수 있기 때문에 어떤 형태의 임의적(任意的)인 의미도 감당하게 마련이다. 소년이 듣기에 사람들의 말이 모두 그럴듯하게 느껴짐—또한 사람들의 말에 따라 소년의 눈에 비친 침몰선이 달라 보임—은 이 때문일 수 있다. 또한 '순수 기표'에 의미를 부여하는 행위는 임의적인 것일 뿐만 아니라 자의적(恣意的)인 것이기도 한데, 침몰선이 몹쓸 액운과 횡액의 원인으로 단정되는 데에서 그 예를 확인할 수 있을 것이다. '순수 기표'에 의미를 부여하는 행위가 갖는 임의성과 자의성은 소년의 묘사가 사실과 다름에 실망하는 소녀의 모습에서뿐만 아니라 "수없이 많은 거짓말을 하고 있었"다고 자책하는 소년의 모습에서도 확인된다. 어떤 의미에서 보면, 우리의 현실 세계를 구성하는 모든 요소—그것이 한국전쟁이든, 전쟁 전후의 삶과 사건이든, 또는 전쟁과 관계없이 이루어지는 인간사든—는 그와 같은 '순수 기표'일 수도 있다. 그 기표에 우리는 끊임없이 의미를 부여하고, 경우에 따라서는 그렇게 해서 부여한 의미가 절대적인 것인 양 믿도록 스스로 자기 최면을 걸기도 한다. 침몰선을 몹쓸 액운과 횡액의 원인으로 단정한 다음 이를 향해 화를 내는 사람들은 그런 부류의 사람들 가운데 하나이리라. 결국 어떤 형태의 의미 부여하기 작업이든 그것은 그 자체로서 허망한 것이고 거짓된 것일 수 있다. 하지만 그러한 작업에서 자유로울 수 없는 것이 우리 인간의 삶 자체인지도 모른다. 그리고 아무리 '순수 기표'가 메마른 사막의 땅이 물을 요구하듯 의미 부여를 요구한다 하더라도 그 작업은 어느 순간 멈춰야 한다. 왜냐 하면, 앞서 암시한 바와 같이, 언어의 세계에서 벗어나서 행동의 세계로 나아가야 하는 것이 또한 인간의 실존적 존재 이유이기 때문이다. "바다와 침몰선이 거기 아직도 그를 기다리고 있었"으나 청년이 된 수진이 그것들에 대해 "아무런 말이 없었다"면, 또한 "마을을 다시 떠날 때까지" 바다와 침몰선을 보기 위해 "정자나무께로 한 번도 모습을 나타내지 않았다"면, 이는 바로 이제까지 그가 머물러 있던 언어의 세계를 벗어나 행동의 세계로 나아갈 준비가 되어 있음을 의미하는 것일 수도 있다. 「침몰선」의 이야기는 여기에서 끝난다. 바다와 배로 요약되는 언어의 세계에서 벗어남과 함께 수진은 이제 어른이 된 것이다.

4. 이청준의 알레고리적 인간 탐구 3: 「줄뺨」

이청준의 중단편집 『숨은 손가락』에 수록된 작품들 가운데 「숨은 손가락」이나 「침몰선」만큼이나 이야기 저편에 숨어 있는 의미 찾기 작업으로 우리를 강력하게 유혹하는 작품이 있다면 이는 바로 「줄뺨」이다. 이 작품의 표면을 이루고 있는 이야기는 지극히 단순하다. "무슨 의견 같은 걸 보태기는커녕 좋고 싫은 얼굴빛조차 보이는 일이 없이 중대장의 명령에만 묵묵히 복종할 뿐"이기에 "지휘를 오히려 어렵고 힘들게 하"는 "대홍 중대"의 훈련을 위해, 기합 전문가인 김만석은 이 중대의 신임 중대장으로 부임한다. 그는 "그다운 흥미와 투지를 느끼"면서 "스스로 이 대홍 중대의 중대장직을 자청하고 나"섰던 것이다. 김만석이 동원할 수 있는 기합 방법에는 "최소한 네 종목 이상"이 있는데, 모두가 "이미 단계별 시험을 끝내 놓"은 것들이다. 중대에 도착한 그는 우선 제1단계에서 제4단계에 이르기까지 차례로 기합 방법을 동원한다. 그런데 놀랍게도 제4단계에 이르기까지 기합은 먹히지 않는다. 전례가 없는 이 현상에 초조함과 안타까움을 느끼면서 김만석은 마주 선 중대원들이 서로에게 "줄뺨"을 때리도록 유도하는 제5단계 기합 방법을 동원한다. 이 기합 방법이 먹혀드는 것을 직감하면서 "제풀에 흥이 오"른 김만석은 "자신의 구령에 열중해서 목구멍이 바싹바싹 말라 오는 것도 잊고 있을 지경"으로 구령을 계속하다 마침내 멈춘다. 하지만 "구령이 끝나고 나서도 한동안 중대원들 가운데선 그 김만석의 마지막 구령소리를 알아들은 것 같은 녀석이 한 놈도 안 보"인다. 여기서 이야기는 끝난다.

물론 제식 훈련에서 시작하여 구보 행진, 선착순 구보 훈련, 엎드려 팔굽혀펴기, 줄빳 때리기로 이어지는 김만석의 다섯 단계 기합 방법은 육체적으로나 정신적으로 고통의 강도가 더해진다는 점을 특징으로 들 수 있을 것이다. 하지만 이런 단순한 이유만으로 김만석이 기합의 단계를 정한 것은 아니다. 그는 고도의 계산을 하고 있는데, 제1단계 기합이 "모욕감"을 유발하기 위한 것이라면, 제2단계 기합은 모욕감에다가 "자생적 고통"까지 느끼게 하기 위한 것이라는 점, 제3단계 기합이 "경쟁 현상"을 유발하고 "이기심"을 환기시키기 위한 것이라면, 제4단계 기합은 "타자에 대한 원망과 저주감"을 자극하기 위한 것이라는 점, 제5단계 기합은 "불공평성"으로 인해 "치열한 보복극"을 감행케 하기 위한 것이라는 점에서 각각의 기합 종목을 선정한 것이다. 이 같은 계산된 기합 방법의 선정은 김만석에게 "개인이나 단체를 효과적으로 '지배'하고 '소유'"하기 위한 것이다. 여기에서 이야기의 서술자는 김만석이 "'통솔'이라는 말 대신 늘 이 '지배'라든가 '소유'라는 어휘를 즐겨 취했"음을 밝히고 있거니와, 어떤 의미에서 보면 '주인master'과 '노예slave'의 관계를 확립하기 위한 것이 그에게 이른바 기합이다. 김만석은 자신이 주인—그것도 관대한 주인—임을 과시하기라도 하듯 기합과 관련하여 "비폭력적 세련성"을 내세우고 "인간적 자존심까지 보호해 주"어야 한다는 신념까지 갖지만, 또한 기합이란 "인간이 인간을 다루는 떳떳한 지배 수단"이 되어야 하며, 이 때문에 기합을 "세련된 기술로서 순화·개발해 나가야" 한다 믿지만, 지배와 소유의 논리가 지배하는 한 그 모든 신념이나 믿음은 허위일 수밖에 없다.

이 기괴하고도 뒤틀린 신념의 소유자를 우리는 상하 관계가 형성된 어떤 조직 사회에서도 만날 수 있다. 아울러, 기꺼이 이 같은 사디스트들—교활하고 계산에 밝은 사디스트들—의 노예가 되고자 하는 마조히스트들도 얼마든지 우리 주변에서 확인할 수 있거니와, 규모가 크든 작든 우리가 몸담고 있는 사회는 알게 모르게 그와 같은 사디스트와 마조히스트의 관계 또는 주인과 노예의 관계에서 운영되고 있는지도 모른다. 바로 이 점을 작가는 더할 수 없이 단순한 조직 원리와 운영 논리에 의해 움직이는 것처럼 보이는 작은 군대 조직을 통해 생생하게 보여준다. 말하자면, 「줄뺨」의 세계는 우리 사회의 축소판, 그것도 더할 수 없이 음울한 모습의 축소판일 수 있다.

굳이 르네 지라르의 소설론을 여기에서 다시 한 번 들먹이지 않더라도, 우리는 인간의 욕망이라는 것이 어떤 방향으로 작용하는가를 잘 알고 있다. 즉, 인간의 욕망은 주인이 되어 상대를 노예화하기 이전까지 점증적으로 강화되지만, 일단 상대의 노예화가 확인되는 순간 갑자기 무화(無化)한다. 누군가의 사랑을 얻고자 애를 쓰는 과정에는 그렇게도 대단해 보이는 대상이 일단 사랑을 얻게 되면 갑자기 시시해 보이는 것이 인간 심리가 아니겠는가. 마찬가지로 김만석은 "새로운 중대를 소유하고 나면 그는 바로 그 소유가 이루어지는 순간에 다시 그 부대의 소유 가치를 잃어버리곤" 한다. 즉, 성공은 항상 좌절을 동반한다. 따라서 그는 항상 새롭게 욕망을 일깨워줄 대상을 찾지 않을 수 없다. "성공과 좌절을 동시에 경험하고 나면 그는 이내 그곳을 떠나 그에게 다시 새로운 의욕을 불

붙여 줄 다른 중대를 찾아 나"섬은 바로 이 때문이다. 이런 의미에서도 「줄뺨」은 또 하나의 알레고리다. 조지 오웰George Orwell의 『동물 농장*Animal Farm*』이 구소련과 같은 전체주의적 사회에 대한 알레고리라면, 「줄뺨」은 욕망의 노예가 되어 끊임없이 모든 것을 자신의 것으로 만들려는 사람들이 들끓고 있는 우리 사회에 대한 알레고리인 것이다. 우리는 우리 주변 어디에서고 "김만석"을 만나고 있지 않은가.

5. 여타 작품들에 대한 의미 읽기 작업을 위하여

이제까지 살펴본 바와 같이, 『숨은 손가락』의 많은 이야기들은 드러난 이야기와 숨겨진 의미 사이의 팽팽한 긴장 속에서 전개되고 있다. 물론 이 소설집에는 전하고자 하는 메시지가 표면의 이야기에서 그대로 읽히는 작품도 적지 않다. 한국전쟁 기간 동안 어처구니없이 희생의 제물이 된 사람들의 죽음을 "노랑이와 복술이"라는 "강아지"들의 죽음과 병치시켜놓음으로써 더할 수 없이 강렬한 긴장감을 독자에게 일깨우고 있는 「개백정」에서 시작하여, "친정 어머니"가 심어놓은 "철쭉나무"에서 몇십여 년 동안 소식이 끊긴 "황해도 안악 마을"의 "고향 식구"의 모습을 보는 "초로의 허름한 아주머니"와 그 아주머니를 걱정하는 "새댁"과 그의 남편의 이야기가 "흰철쭉꽃"처럼 아름다우면서도 어딘가 깊은 시름을 일깨우듯 이어지고 있는 「흰철쭉」, "여행을 떠나기 전 집에서부터 혼자 심한 변비증에 시달리고 있었"던 노인의 모습을 통해 분단의 아픔을 다시 한 번 우리에게 일깨워주는 「뚫어!」에 이르기까지, 모든 작품은 있는 그대로 분단의 아픔을 생생하게 우리에게 전달한다. 하지만 분단의 아픔을 어느 작품보다 더 생생하게 전하는 작품은 「가해자의 얼굴」이다. 어린 소년 시절 겪었던 한국전쟁이라는 "아수라 속"에서의 기억 때문에 스스로를 "가해자"로 단정하는 김사일 씨와 그의 "딸아이" 사이의 갈등—말하자면, "민족의 화합과 나라의 통일 문제"를 놓고 건널 수 없이 깊은 의견차를 보이고 있는 부녀 사이의 갈등—에서 우리는 남북 분단의 상황에서 아파하고 갈등에 시달리는 우리의 모습을 생생하게 볼 수 있거니와, 이 작품이 갖는 문학 내적 의미와 문학 외적 의의는 별도의 논의 지면을 요구할 만큼 깊고 넓은 것이다. 어떤 의미에서 보면, 한국전쟁 체험과 남북 분단의 아픔을 주된 소재로 삼고 있는 작품들은 모아놓은 『숨은 손가락』에서 「숨은 손가락」이 하나의 구심점을 이루는 작품이라면 「가해자의 얼굴」은 또 하나의 구심점을 이루는 작품이다. 그럼에도 불구하고 이 작품에 대한 논의는 독자의 몫으로 남겨두기로 한다. 전쟁 당시 소년이었던 김사일 씨가 겪었던 일, 그 일에 대한 김사일 씨의 회상, 그리고 그와 그의 딸 및 부인 사이에 오가는 대화가 이야기의 뼈대를 이루고 있는 이 작품에 담긴 문제의식은 너무도 선명하여 그 어떤 논의도 한낱 췌사(贅辭)로 만들 것이기 때문이다.

기표와 기의의 자리바꿈, 그 궤적을 따라

— 최수철의 「의자 이야기」 안의 인간 이야기

1. 「의자 이야기」, 한 편의 액자소설 또는 메타픽션

소설이 허구의 이야기로 구성되어 있다는 점을 부정할 사람은 없을 것이다. 설사 사실에 근거한 것이라 해도 소설이 소설인 것은 허구의 이야기로 구성되어 있기 때문이다. 하지만 그 어떤 작가도 자신의 이야기가 허구임을 공공연하게 드러내지 않는다. 오히려 자신의 이야기를 사실보다 더 사실답게 보이려고 공을 들인다. 따지고 보면, 누구도 사실성이 빈약한 이야기 또는 사실성이 빈약하여 짜임새가 엉성한 이야기나 작위적이고 부자연스러운 이야기로 구성된 소설을 소설답다고 여기지 않을 것이다. 이런 사정은 비현실적이거나 황당무계한 이야기를 다루는 소설이라 하더라도 예외가 아니다. 즉, 아무리 극단적인 공상을 바탕으로 해서 창작한 소설이라 해도 나름의 '개연성plausibility'을 확보하고 있어야만 의미 있는 소설로 인정받을 것이다. 따라서 작가라면 누구나 어떤 종류의 소설을 창작하든 자신의 이야기를 그럴듯한 것으로 만들려 한다. 그리하여 문제의 이야기를 얼마나 그럴듯한 것으로 만드는가에 따라 작가의 역량이 평가되기도 한다. 소설에서 이른바 '핍진감(逼眞感, verisimilitude)'이 문제되는 이유는 여기에 있다. 바로 이 핍진감을 위해 작가들은 사실 같은 허구를 창조하는 데 각고의 노력을 기울인다. 그 결과, 소설 쓰기란 언어를 동원하여 허구를 창조하되 창조한 허구의 허구성을 끊임없이 숨기는 작업이라고도 할 수 있다. 요컨대, 언어를 매개로 한 일종의 자기 신비화가 곧 소설 쓰기일 수 있다.

최수철의 「의자 이야기」(『대산문화』 2013년 겨울호, 이하 페이지만 표기)를 논의하기 위한 자리에서 이처럼 소설 문학과 관련하여 원론적인 이야기를 장황하게 이어나가는 이유는 무엇인가. 무엇보다 그의 작품에서 기존의 소설 문법에서 벗어나 있는 예외적인 면을 확인할 수 있거니와, 그 점이 소설 문법 자체에 대해 새삼스러운 검토를 유도하기 때문이다. 이와 관련하여, 「의자 이야기」의 시작 부분에 담긴 다음 진술을 주목하기 바란다.

> [에스파냐 바르셀로나의 사그라다 파밀리아 대성당에서 일어난 화재 사건 소식을 전하는] 신문을 접어 막 탁자 위에 내려놓는 순간 어쩌면 그 의자가 고해실의 의자가 아닐까 하는 생각이 뇌리를 스쳤다. 그러자 머릿속에서 이야기 하나가 천천히 떠오르기 시작했다. 우선 나는 그 의자를 고해실의 의자로 설정한 뒤, 며칠 동안 전체적인 틀을 짜는 데 골몰했다. 아직 최종적으로 완성이 되지는 않았지만, 생각을 가다듬는 의미에서 지금부터 그 이야기를 풀어보도록 하겠다. (102~03)

이러한 진술과 함께 "의자 이야기"가 시작된다. 말하자면, 소설의 끝부분까지 계속 이어지는 "의자 이야기"는 '나'의 "머릿속"에 떠오른 이야기, 그것도 "아직 최종적으로 완성이 되지는 않은" 이야기다. 이처럼 미완의 이야기를 "생각을 가다듬는 의미에서" 풀어 보겠다 말하는 '나'는 누구인가.

'나'에 대한 이해는 두 가지 각도에서 가능하다. 먼저 「의자 이야기」를 '액자소설'로 보는 경우 '나'는 작가 최수철이 상정한 또 하나의 작중인물로 볼 수 있다. '액자소설'이라니? 「의자 이야기」를 액자소설로 본다면, 액자의 안쪽을 차지하는 것은 문제의 "의자"가 존재하는 세계이고, 바깥쪽을 차지하는 것은 신문을 읽거나 이러저러한 이야기를 떠올리는 '내'가 존재하는 세계이겠다. 거듭 말하지만, 이렇게 보는 경우, '나'는 작가 최수철이 머릿속에 떠올리는 또 하나의 작중인물일 수도 있다. 하지만 액자소설의 바깥쪽에 존재하는 '내'가 하는 역할은 신문을 읽고 이야기를 떠올리는 일 이외에 다음과 같이 자신의 생각을 피력하는 데서 더 이상 나아가지 않는다.

> 여기서 잠시 여담을 하자면, 이 의자가 중세시대부터 여러 성당의 고해실을 지키던 의자로 설정하여, 시간적 배경을 더 오랜 세월로 확장하는 것도 흥미롭지 않을까 싶다. 그런 이야기 틀에서라면 아마도 기독교와 이슬람 사이의 갈등이나 악명을 떨치던 종교재판소와 관련된 드라마도 다룰 수 있을 것이다. 그러나 이번에는 대략 사반세기가량의 시간대에 만족하기로 하자. (104)

앞의 인용이 암시하듯, '나'의 역할은 애초에 이야기 하나를 머릿속에 떠올리게 되었음을 밝히는 일 이외에 머릿속에 떠올린 이야기조차 마음먹기에 따라서는 얼마든지 다른 방향으로 전개될 수 있음을 말하는 선에서 머물고 있다. 이런 관점에서 볼 때, '나'는 액자 소설의 작중인물이라 하더라도 별도의 소설적 의미 구현을 위한 작중인물로 보기는 어렵다. 다만 머릿속에 떠오른 이야기를 전하는 화자로 존재할 따름이다.

이 점이 또 하나의 각도에서 '나'에 대한 이해를 가능케 하는데, '나'는 곧 머릿속에 떠오른 "의자 이야기"를 전하는 작가 자신일 수 있다. 말하자면, 문학 작품 고유의 자기 신비화를 애초에 포기한 작가 최수철이 다름 아닌 '나'일 수 있다.

이런 식으로 문학 작품 고유의 자기 신비화를 포기하거나 부정하는 사례가 그동안 아주 없었던 것은 아니다. 말하자면, 「의자 이야기」가 보여주듯, 자신의 이야기가 허구임을 공공연하게 밝히는 작가, 또는 이야기가 다른 방향으로 전개될 수 있음을 놓고 생각에 잠기는 작가가 이야기 진행 도중 등장하는 소설 작품이 더러 있었다. 심지어, 작중 인물들이 작가의 뜻대로 움직여주지 않는다는 식의 불평을 늘어놓는 등 소설 쓰기의 어려움을 토로하는 작가가 이야기 중간에 끼어드는 경우도 있었다. 이처럼 기존의 소설 쓰기 방식을 낯설게 하는 전략에 의해 창작된 작품을 오늘날 우리는 '메타픽션metafiction'이라 부르는데, 이는 무엇보다 기존의 문학 형식과 관습 및 이를 바라보는 고착된 시각에 충격을 가함으로써 소설 문학의 새로운 전개 가능성을 모색하려는 시도의 산물이라 할 수 있다.

문제는 작가 최수철이 무슨 이유로 자신의 작품을 일종의 '메타픽션'으로 만드는가에 있다. 따지고 보면, 「의자 이야기」 안에 제시된 "의자 이야기"를 떠올리게 된 계기를 밝히는 소설의 시작 부분과 "이번에는 대략 사반세기가량의 시간대에 만족하기로 하자"라는 청유형의 말이 담긴 바로 위의 인용을 굳이 넣지 않더라도, 「의자 이야기」는 완성도가 높은 단편소설로 읽힌다. 다시 말해, 「의자 이야기」는 "의자 이야기"만으로도 깊은 의미가 감지되는 주목할 만한 작품이다. 이 같은 평가가 의심스럽다 느끼는 사람이라면 작가의 개입이 확연히 감지되는 문제의 두 부분을 건너뛰고 「의자 이야기」를 읽어보기 바란다. "겉으로 보기에 단순하고 평범해 보여도, 앉아 보면 균형감과 안정감이 뛰어나고 자세히 살펴보면 나무의 결과 무늬가 무척 아름다운 데다가 세부가 섬세하게 처리된 의자"가 만들어져 "다리 두 개만" 남기고 불에 타 없어질 때까지의 여정을, 그리고 그 의자와 관계를 맺은 사람들의 삶의 여정을 어찌 이보다 더 생생하고 인상적으로 그릴 수 있겠는가. 그럼에도 불구하고, 작가 최수철이 앞서 살펴보았듯 소설 속에 개입하고자 했던 이유는 무엇일까. 이 물음에 답을 하기 전에 필요한 것은 소설 속에 제시된 "의자 이야기"를 천착하는 일일 것이다.

2. 이야기 속 '의자'의 의미를 찾아

최수철의 "의자 이야기"는 사그라다 파밀리아 대성당의 고해실에 놓여 있는 의자에 초점을 맞추는 것으로 시작된다. 문제의 의자는 "오랫동안" 고해실에 있으면서 "인간들의 체취를 맡고 그들 몸에서 일어나는 경련을 느껴오던 중에, 언젠가부터 인간들의 마음과 감응하게" 된다. 그런데 "처음부터 그 의자가 고해실의 의자로 만들어진 건 아니었다." "바르셀로나의 유명한 목수가 중병을 앓으면서 혼신의 힘을 다해 제작한 마지막 작품"이었던 의자는 먼저 "부유한 가구 상인의 거실"에 있다가, "내전"이 일어나자 거리로 내던져져 "파시스트들에 대항하여 혁명을 완수하려는 공화주의자들의 의자"가 된다. 이어서 "노숙자의 소유"가 되었다가, "도둑이자 사기꾼인 한 남자"의 손을 거쳐 "어느 정치가"의 소유가 된다. "워낙 사악한 인물"인 그 정치가는 정적들을 고문하고 살해하는 데 의자를 동원한다. "정치가가 몰락하자" 의자는 다시 "사이비 심령학자"의 손에 넘어가고, 그런 다음 "그를 몰아내는 데 앞장섰던 한 젊은이"의 손에 들어간다. "민주주의적 이상을 품은 열렬한 자유주의자"였던 "그 젊은이"는 자신의 이상을 실현하는 것이 불가능해지자 자포자기 상태에서 방탕한 생활에 빠져든다. 방탕한 생활에 빠져든 그는 "여자들과 몸을 섞을 때" 의자를 사용하다가, "기발하면서도 위험한 생각" 끝에 문제의 의자를 성당의 고해실에 있던 의자와 "바꿔치기"한다. 이처럼 제작자의 손을 떠나 성당의 고해실에 이르기까지 "여러 사람의 손을 거치면서 가혹한 운명을 겪어야" 했던 것이 문제의 의자다.

"가혹한 운명을 겪어야" 했다든가 "언젠가부터 인간들의 마음과 감응하게" 되었다는 등의 서술에서 확인되듯, 작가는 의자를 단순한 물건이 아니라 나름의 의식과 혼을 지닌 인격체로 이해하도록 독자를 유도한다. 의자의 "가혹한 운명"에 대한 작가의 서술을 따라 읽다 보면, 의자는 산전수전을 다 겪으면서 파란만장한 삶을 살아왔거나 살아가고 있는 인간의 이미지와 겹쳐지기까지 한다. 아니, 의자와 인간 사이의 경계가 희미해진다. 그리하여 의자는 인간의 모습을 띠게 되고, 인간은 의자의 모습을 띠게 된다. 바꿔 말해, 「의자 이야기」에서 의자와 인간은 서로에 대해 기표signifiant와 기의signifié의 역할을 한다. 의자가 기표 역할을 하고 인간이 기의 역할을 하는 경우, 우리는 슬퍼하고 외로워하는 이들에게 안식처가 되는 따뜻한 사람과 같은 의자의 이미지를 떠올릴 수 있다. 한편, 인간이 기표 역할을 하고 의자가 기의 역할을 하는 경우, 삶에 지치거나 병든 이들이 찾는 편안한 의자와 같은 사람의 모습을 떠올릴 수 있을 것이다. 아니, 어찌 보면, 인간이란 누구든 본질적으로 누군가에게 의자 역할을 하는 존재 또는 의자 역할을 해야 하는 존재라는 것이 작가가 전하는 메시지인지도 모른다.

하지만 이처럼 단순하지 않은 것이 작가가 작품에서 시도하는 의자와 인간 사이의 경계 허물기 또는 의미 겹쳐 읽기다. 이와 관련하여, 우리는 소설 속의 의자가 고문과 살해 행위가 자행되거나 방탕한 행위가 벌어지는 자리인 적도 있음에 유의해야 할 것이다. 의자란 원래 누군가가 휴식을 취하거나 몸을 의지하기 위한 도구이지만 이처럼 전혀 다른 용도로 사용될 수도 있다. 인간 역시 자신도 모르게 또는 자신의 의지와는 관계없이 때로 잔인하거나 부도덕한 행위에 도구로 동원되기도 하고 때로 무력한 상태에서 그러한 행위를 감내하면서 삶을 살아가야 하는 존재일 수 있다. 의자를 매개로 하여 우리가 떠올릴 수 있는 인간의 이미지는 실로 다양하다. 예컨대, 방탕에 빠져든 젊은이가 의자 위에서 벌이는 난잡한 행위 때문에 "'단도가 꽂혀 있는 치명적인 의자'라는 별명"으로 불리기도 하는데, 이는 의자 역할을 하지만 부정적인 의미에서 의자 역할을 하는 인간의 이미지를 떠올리게 한다. 아울러, 젊은이가 "울며 항의"를 하는 자신의 약혼녀에게 "당신은 너무 푹신한 안락의자 같아서 졸음이 나올 지경이야"라 말하는 데서 확인할 수 있듯, 작가는 인간이란 누군가에게 의자와 같은 쉼터 역할을 하더라도 지루한 쉼터가 될 수 있음을 암시하기도 한다.

이상의 예들이 보여주듯, 작가는 의자가 인간의 삶과 관련하여 함의하는 바에 대해 다면적인 각도에서 깊은 생각에 잠기도록 독자를 유도한다. 하지만, 앞서 말한 바 있듯, 의자란 원래 휴식을 취하거나 몸을 의지하기 위해 만들어진 것이다. 따라서 인간의 삶과 관련하여 의자가 무엇보다 먼저 우리에게 일깨우는 것은 따뜻하고 편안한 안식처 역할을 하는 사람의 이미지다. 소설 속의 젊은이가 약혼녀를 버리고 떠나면서 그녀에게 남기는 다음과 같은 말에서 의자가 암시하는 바는 명백히 그와 같은 의미에서의 의자다. "남들처럼 더 나은 의자를 차지하기 위해 서로 경쟁하며 이 의자에서 저 의자 위로 곡예를 부리며 옮겨 다니고 싶지는 않아. 새로운 의자들을 만나야지. 그래서 언젠가는 나만의 의자를 찾아야지." 하지만 이 말을 통해 작가는 의자란 단순히 편안한 쉼터로서의 의미만을 지니는 것이 아님을 암시하기도 한다. 의자는 또한 소유와 욕망 또는 선망의 대상이기도 하다.

서로에게 기표와 기의 역할을 하는 의자와 인간에 대한 작가의 의미 탐구는 물론 이것으로 끝나지 않는다. 아니, "이야기는 이제부터 본격적으로 시작되는 셈"이라는 작가의 말이 암시하듯, 의자—그것도 고해실에 놓여 있는 의자—에 대한 궁극의 의미 탐구는 젊은이가 떠난 후의 이야기를 통해 비로소 본격화된다. 애인이 떠난 후 홀로 남은 그의 약혼녀는 어느 날 우연히 성당의 고해실을 찾았다가 그곳에 있는 의지가 "떠나 버린 옛 애인의 의자"임을 감지한다. 이를 감지하는 동시에 "그가 그녀 몰래 그 의자 위에서 어울리는 여자들의 모습"이 눈앞에 떠오르자 여인은 의자에서 벌떡 일어나려 한다. 하지만 "마치 사지가 돌덩어리로 변한 것처럼 무거워서 꼼짝도 할 수 없"다. 옛 애인이 "다시 한 번 고약한 장난을 치고 있다는 생각"이 들어 "환멸감에 몸을 떨"기도 하지만, "그녀의 몸은 여전히 의자에 들러붙어 떨어지지 않"는다. 이윽고 "시간이 지나면서 그녀의 마음속에 차츰 슬픔이 차"오르고, 마침내 여인은 "의자를 다시 만나 반갑다는 생각"에 이른다.

여인의 이 같은 반응이 의미하는 바는 무엇일까. 그리고 여인이 다시 만나는 의자가 함의하는 바는 무엇일까. 아마도 인간에 대한 이해를 시도하고자 할 때 만나는 커다란 어려움 가운데 하나는 반대 감정이 한 인간의 마음속에 병존한다는 사실일 것이다. 명백히 옛 애인의 행위에 대해 환멸감을 느끼고 있음에도 불구하고 여인은 옛 애인을 미워하고 있는 것처럼 보이지 않는다. 합리적인 설명이 불가능한 이 같은 사실—말하자면, 증오와 사랑의 감정이 한 인간의 마음속에 동시 존재한다는 사실—을 놓고, '죄를 미워해도 죄인은 미워하지 말라'와 같은 상투적인 해명을 끌어들여야 할까. 그럴 수도 있겠지만, 우리는 이 소설 속의 의자에서 확인할 수 있듯 의자는 누추한 인간이든 사악한 인간이든 부도덕한 인간이든 자신을 찾는 인간이라면 그 어떤 인간도 거부하지 않는다는 사실에 각별히 유념해야 할 것이다. 어찌 보면, 작품 속 여인은 본성적으로 바로 그러한 의자와 같은 존재일 수 있다. 이 같은 우리의 판단을 뒷받침하기라도 하듯, 작가는 이어지는 이야기에서 어느 순간 여인과 의자가 하나가 되었음을 말하기도 한다. 따지고 보면, 고통스러워하고 괴로워하면서도 주어진 환난을 묵묵히 받아들이는 선한 사람들이라면 그들이 바로 그러한 의자와도 같은 존재 아니겠는가.

여자가 단순히 본성적으로 선한 존재이기에 옛 애인의 의자와 다시 만나 반갑다는 생각을 하게 되었다 말하는 것은 지나친 단순화일 수 있다. 이 때문에 우리는 무언가 적극적인 이유를 찾지 않을 수 없는데, 고해실 안에서 여인이 다시 만나는 의자는"새로운 의자"를 찾아 "십여 년"의 세월을 객지에서 떠돌고 있는 그녀의 옛 애인이 뒤에 남겨둔 그의 마음을 은유적으로 드러내는 것일 수 있지 않을까. 어찌 보면, 고해실 안의 의자는 죄지음에 번민하는 동시에 고해실에서 죄를 고해하려는 그의 잠재의식을 암시하는 것일 수도 있으리라. 그가 후에 "고향에 [다시] 발을 들여놓자마자 가장 먼저" 찾은 곳이 의자를 두고 간 고해실이 있는 사그라다 파밀리아 성당임은 이 같은 의미 읽기가 전혀 엉뚱한 것이 아님을 말해주는 것일 수도 있다. 아무튼, 이런 맥락에서 보면, 여인이 "악마의 손바닥 위에 올라앉은 듯 잔뜩 긴장"했다가 문득 "반갑다는 생각"을 하게 된 것은 혹시 이처럼 번민하는 옛 애인의 마음을 감지했기 때문 아닐까. 이 물음에 어떤 답이 가능하든, 옛 애인의 소유였던 의자와 다시 만난 후 "거의 매일" 여인은 "그 의자에 앉기 위해" 고해실을 찾는다. 여인이 그렇게 하는 이유는 무엇일까. 옛 애인의 마음을 암시하는 의자와 다시 만났을 때 가졌던 "반갑다는 생각" 때문일까. 하지만 반갑다는 생각이 거의 매일 이어질 수는 없는 법이다. 고해실을 거의 매일 찾는 데는 무언가 다른 이유가 있어야 하리라. 이 같은 우리의 추정을 예상하기라도 한 듯 작가는 이렇게 말한다. "애인이 떠난 뒤로 그녀의 마음속에 빈 의자 하나가 놓였는데, 고해실의 그 의자에 앉으면 마치 마음속의 그 빈 의자에 앉는 듯한 느낌이었다." 애인이 떠난 뒤로 여인의 마음속에 놓이게 된 "빈 의자"는 의지할 대상으로서의 애인을 암시하는 것일 수 있거니와, 고해실 안의 의자에 앉음으로써 여인은 옛 애인에게 몸을 기대어 쉬고 있는 듯한 느낌에 젖을 수 있었던 것은 아닐까. 방탕한 생활 끝에 그녀를 떠났음에도 불구하고 남자가 여전히 옛 약혼녀의 마음속에 몸을 의지할 수 있는 의자와도 같은 존재로 남아 있을 수도 있다는 점에서 그러하다. 바로 이처럼 합리적인 설명이 불가능한 것이 곧 인간의 마음 아니겠는가.

하지만 고해실 안의 의자에게 부여 가능한 의미가 그처럼 간단한 것은 아니다. 여인의 마음속에 놓이게 된 "빈 의자"는 단순히 옛 약혼녀를 지시하는 것일 뿐만 아니라, 여인은 물론 옛 애인조차도 언젠가 찾아야 하는 "빈 의자"를 암시하는 것일 수도 있기 때문이다. 다시 말해, 고해실 안의 의자는 그녀의 옛 애인이 그 위에서 방탕한 짓을 벌이는 등 한때 함부로 다뤘지만 언젠가는 되돌아와서 찾을 수밖에 없는 궁극적인 마음의 위안처를 암시하는 것일 수도 있다. 여기서 우리는 성경의 누가복음에 등장하는 탕아의 귀환을 반기는 아버지의 모습을 떠올릴 수도 있다. 이처럼 죄지은 탕아가 돌아와 몸을 의탁하기를 기다리고 있는 것이 고해실 안의 인격화된 의자인지도 모른다. 따지고 보면, 작가는 이야기의 처음부터 문제의 의자를 단순한 의자가 아닌 인간의 모습을 떠오르게 하는 인격화된 존재로 묘사하고 있지 않은가. 이 같은 의미에서의 의자임을 재확인하듯, 작가는 고해실을 찾는 일이 계속되는 과정에 여인이 "낮 시간 동안에 앉았던 사람들의 미지근한 체온"을 통해 의자와 "하나로 연결"되었다 말한다. 그와 동시에, "의자가 겪고 있는 고통이 그녀에게 생생하게 감지"하게 되었다 말하기도 한다.

작가의 설명에 의하면, 의자가 겪는 고통과 번민은 "인간들이 자기 위에 앉아 끊임없이 되풀이하는 고해"에서 비롯된 것이며, 여인은 의자가 "그녀에게도 연민을 느끼고 있는 게 분명"함을 감지한다. 이윽고 그녀 역시 "의자에게 연민을" 느끼게 되고, 앞서 잠깐 언급한 것처럼 "그녀와 의자"는 마침내 "서로에게 느끼는 연민을 통해 하나가" 된다. 그리고 마침내 여인은 "애인의 체온과 체취도 되살려"낼 뿐만 아니라 "그가 한 초라한 골방에서 작은 골풀 의자 위에 앉아 시름에 잠겨 있는 환영"까지 떠올리기에 이른다.

이상의 이야기를 따라 읽다 보면, 우리는 이야기 속 의자의 모습에서 문득 이 세상 인간들의 모든 죄를 감내하고 이로 인해 고통받는 예수의 모습을, 그리고 그를 저버린 인간들을 다시 품어 안으려 했던 예수의 모습을 떠올릴 수도 있다. 아울러, 의지와 하나가 되는 여인의 모습에서 기독교의 종교적 이상—즉, 예수의 사랑과 고통을 이해하고 그런 예수를 닮기 원하는 기독교인들의 종교적 이상—을 실현하는 한 인간의 모습을 떠올릴 수도 있다. 의자의 모습에서뿐만 아니라 여인의 모습에서 원수까지도 사랑하는 성자의 모습이 읽히지 않는가. 바로 여기서 우리는 작가가 전하고자 하는 의자의 궁극적 의미 아닐까. 그리고 의자에 부여하는 이 모든 의미에도 불구하고 작가의 「의자 이야기」가 무리하게 느껴지지 않는 데서 우리는 작가의 역량을 확인할 수도 있다.

아무튼, 이야기가 여기까지 진행되었을 때 작가는 또 하나의 인물을 등장시키는데, 그는 바로 "나이가 일흔이 넘은 한 괴팍한 화가"다. 이 화가는 "성당 측의 특별 허가를 받아 시간에 구애받지 않고 자유롭게 드나들면서 성당 구석구석을 화폭에 옮기고" 있다. 그런 그가 "고해실에 들렀다가 단아하고 섬세하면서도 기품이 있는 의자를 우연히 발견"한다. 그리고 그 의자를 "처음 보는 순간" 화가는 "경건한 수도승이 무릎을 꿇고 두 손을 들어 올려 기도하는 모습"을 보는 듯한 착각에 빠져들기도 하고, "그 의자에서 자신의 영혼이 앉을 곳, 자기 영혼을 위한 의자를 보았다" 믿기까지 한다. 화가의 아내는 "오랜 투병 끝에 삼 년 전에 숨을 거두었는데, 임종을 맞이하기 전까지 거의 이 년 동안 내내 침대와 휠체어와 흔들의자를 전전하며 힘겨운 시간을 보내야 했다." 이로 인해 화가는 "의자가 아내를 감옥처럼 가두고 있다는 느낌"을 받기도 했고, 결국에는 "이 세상의 모든 의자가 사람이 한 번 앉으면 결코 놓아주지 않는 덫"과 같다 느끼고 있었다. 그런 그에게 고해실의 의자는 심지어 "건강한 모습으로 환생한 아내"로 보이기까지 한다. 화가가 데리고 다니는 강아지가 의자에 앉아 있는 모습을 보는 순간 화가는 아내가 사랑하는 대상을 따뜻하게 "품에 안고 있는 광경"을 떠올리기까지 한다. 그런 모습의 의자를 화폭에 옮기는 동안 화가는 "이 세상 모든 의자에 대해 특별한 감정"을 느끼게 된다. "강하게 이끌리기도 하고, 때로 거부감을 느끼기도 했지만, 하나하나 자세히 살펴보면 모두가 살아 있는 귀한 생명체처럼 보"이게 된 것이다.

여기서 우리는 '성자가 된 의자'라는 다소 상투적인 표현을 떠올릴 수도 있겠다. 문제는 이처럼 대상의 본질을 꿰뚫어 보는 사람으로 작가가 '화가'를 내세웠다는 데 있다. 이와 관련하여, 우리는 작가가 성찰 대상으로 삼고 있는 의자의 본질적인 의미에 대해 생각해보지 않을 수 없다. 거듭 말하지만, 의자란 앉아서 몸을 쉬기 위한 도구다. 따라서 우리에게 주어진 어느 한 의자에 대해 가치 판단을 할 때 얼마나 편한가가 무엇보다 중요한 판단 기준이 되게 마련이다. 그리고 관행적으로 그 외의 판단 기준은 부차적인 것으로 여겨질 수 있다. 그리고 이러한 관행에 길들여지는 경우 대상을 향한 우리의 감수성은 무디어질 수밖에 없다. 어찌 보면, 예술이란 이처럼 무디어진 감수성을 일깨우기 위한 것이리라. 그리고 다양한 예술 장르 가운데 특히 무디어진 우리의 감수성을 즉각적으로 예민하게 일깨우는 것이 다름 아닌 '시각'에 호소하는 미술이다. 화가의 시각적 관찰과 판단이 소중한 것은 바로 이런 맥락에서다.

아무튼, 애인의 곁을 떠난 남자의 삶은 어떠했나. "이제 초로의 나이가 된 여인은 계속된 묵상과 기도를 통해 점점 더 분명하게 애인의 모습을 볼 수" 있게 된다. 그녀에게 남자는 "아무도 앉지 않는 낡고 부실한 의자"를 떠오르게 하고, "몸이 의자처럼 뻣뻣하게 마비되어 있는 것처럼" 보이기도 한다. 실제로 그는 "암흑가의 사람들로부터 사채를 얻었다가 이자를 갚지 못하여 그들에게 끌려가 의자 하나 달랑 놓인 방에 사흘 동안 갇히기도" 하는 등 어려운 삶을 살아간다. 방에 갇히고 나서 풀려났을 때 남자는 "의자 위에 앉아 졸다가 바닥에 떨어"지는 꿈을 꾸기도 한다. 꿈속에서 깨어나 다시 의자를 찾았을 때 의자는 그에게서 "저만치 멀어져" 있었고, 가까이 다가가면 "다시 뒤쪽으로 저만치 물러"난다. 그처럼 물러나 있는 "의자를 향해 손을 내뻗던 그는 그 의자가 바로 고향에 두고 온 자신의 애인임을 깨"닫는다. 어찌 보면, 이제 남자는 "너무 푹신한 안락의자"라는 옛 애인에 대한 자신의 판단이 성급했던 것임을 깨닫게 된 것이리라. 그런 꿈을 꾼 다음 날 그는 다시 고향을 찾는다. 작가의 이야기는 이렇게 이어진다.

> 고향에 발을 들여놓자마자 가장 먼저 사그라다 파밀리아 성당을 찾았다. 고해실로 가서 문을 열었을 때, 그는 깜짝 놀랐다. 그의 애인이 고된 하루의 일과를 마치고 고해실에 앉아 잠들어 있었기 때문이었다. 한동안 망설이던 끝에 그는 신부님이 앉는 자리로 들어갔다. 그곳에서 칸막이 뚫린 구멍을 통해 오랫동안 그녀를 지켜보았다. 고해실 안은 후텁지근했지만, 그녀는 편안해 보였다. 그러나 그는 그녀 앞에 나설 수 없었다. 아직 마음의 준비가 되지 않은 탓이었다. 그는 그녀를 깨우지 않고 조용히 물러났다. (109)

작가가 이처럼 두 사람의 만남을 뒤로 미루는 이유는 무엇일까. 이는 물론 소설의 앞부분에서 언급한 화재 사건이 아직 이야기되지 않았을 뿐만 아니라 이야기의 클라이맥스에 해당하는 부분이 남아 있기 때문이다. 남자가 떠난 후 잠에서 깨어났을 때 여인은 "놀라운 계시"를 받는다. "의자를 불에 태우면, 그 속에 깃들어 있는 애인의 액운도 함께 타 없어져서 조만간 그가 돌아오리라는 것"이 계시의 내용이다. "의자를 불태운다는 생각만으로도 몸이 떨릴 정도로 두려웠다"는 작가의 말이 전하듯, 여인은 차마 그렇게 할 수 없다 생각한다. 그와 동시에, "어쩌면 그것이 의자를 위해서도 좋은 일일지도 모른다는 생각"에 젖기도 한다. "의자를 이제 그만 인간들 내면에 깃들어 있는 지옥으로부터 벗어나게 해"주는 일이 될 수 있으리라는 믿음에서다. 이런 믿음에 따라 여인은 "기도실에서 반쯤 탄 양초 두 개와 성냥을 챙긴 뒤 의자를 들고 이층의 한 구석방으로 올라"가, "오랜 기도를 마친 뒤 촛불 두 개를 켜서 의자 위에 올려놓고 밖으로 나"간다. 어떤 의미에서 보면, 의자를 불태운다는 것은 "지옥으로부터 벗어나게 해"주는 일이라는 여인의 믿음이 암시하듯 일종의 정화 의식에 해당하는 것으로, 여인의 이 의식을 거행하는 사제로서의 의미를 갖는다 할 수 있겠다. 어찌 보면, 이 의식은 의자와 '하나'가 된 자신을 스스로 정화하는 일일 수도 있다. 하지만 불에 의한 정화 의식은 그 자체가 존재를 부정하는 일이라는 점에서 여자가 후에 깨닫듯 "위험한 짓"일 수 있다.

작가는 이 지점에서 다시 화가를 등장시킨다. 저녁 식사를 하고 산책을 하던 화가는 "문득 붉게 물든 아름다운 석양을 배경으로 의자를 그리고 싶은 충동"에 이끌려 성당에 들어섰다가, "이층의 한 구석방 문틈으로 불빛이 새어나오는 것"을 본다. "문을 열자, 방 한가운데에서 시작된 불길이 벽에 걸린 장식융단에 막 옮겨 붙고 있"는 것을 목격하고 화가는 황급하게 불을 끈다. 그런 그의 눈에 "자기가 찾던 의자가 다리 두 개만 덩그러니 남긴 채 거의 타버린 것"이 들어온다. 그는 "강한 영감"에 이끌려 "그 자리에 주저앉아 불에 약간 그슬린 스테인드글라스를 배경으로 불에 탄 의자를 그리기 시작"한다.

다시 이야기는 여인에게 초점이 맞춰지는데, "자신이 위험한 짓을 저질렀다는 생각"에 "서둘러 겉옷을 챙겨 입고 성당으로 달려"간다. 성당을 찾은 여인은 "문득" 드는 "이상한 느낌"에 고해실을 찾는다. 그리고 거기서 "낡고 부실한 의자를 연상"시키는 "옛 애인"이 원래 있던 의자에 앉아 잠들어 있는 것을 확인한다. 그런 그를 깨워 여인은 문제의 "이층 구석방"으로 이끈다. 방에 들어선 여인과 그녀의 옛 애인의 눈에 "그림을 완성하고서 불에 타다 만 장식융단 자락 위에 누워 잠들어 있"는 화가와 "다리 두 개만 덩그러니 남은 불에 탄 의자"가, 그리고 무엇보다 "화가가 그린 그림"이 들어온다. 작가는 화가가 그린 그림에 대해 이렇게 말한다.

> 그림 속의 의자는 사그라지는 불길 속에서 굳건히 두 다리로 버티고 서 있었다. 그 모습은 마치 죽음의 순간에 체념과 수긍의 미소를 짓는 순교자를 연상시켰다. 그 장엄한 광경 앞에서 두 사람은 무릎을 꿇었다. 의자가 스스로 고통 받으며 고통 받는 사람들을 인도하고 있었다. 그녀는 의자가 그러했듯이 앞으로 자신도 영혼의 관광 안내원이 되기로 다짐했다. 그렇게 그녀는 고해실의 의자와 다시 하나가 되었다. (111)

"사그라지는 불길 속에서 굳건히 두 다리로 버티고 서" 있는 그림 속 의자의 모습을 바라보며 이야기 속의 두 사람은 "죽음의 순간에 체념과 수긍의 미소를 짓는 순교자"를 떠올리고 있는 것이다! 문제는 "스스로 고통 받으며 고통 받는 사람들을 인도하고 있"는 것은 다름 아닌 그림 속 의자의 모습이라는 데 있다. 두 사람은 시각 예술의 산물인 '그림'을 통해 비로소 의자의 참모습을 보는 것이다! 이와 관련된 논의는 잠깐 뒤로 미루기로 하자.

이야기의 끝부분에 가서 작가는 순교자와 같이 불에 타버린 의자가 "의자 스스로 불길을 끌어들여 제 몸을 태웠던 것"임을, "마음고생이 심했"던 의자에게는 "두 가지 위안"이 있었음을 밝힌다. 의자에게 위안이 되었던 하나는 "볼품없이 넉넉하게 살이 찐 중년 여인과의 만남"이었고, 다른 하나는 "노화가가 그리는 그림"이었음을 덧붙여 말한다. "노화가가 그리는 그림"이라니! 이는 이야기 속의 두 사람이 그림을 통해 의자의 참모습을 보는 것과 깊은 연관이 있어 보인다. 따라서 이와 관련된 논의 역시 잠깐 뒤로 미루기로 하자.

3. 「의자 이야기」, 또는 한 폭의 그림

어찌 보면, 최수철의 「의자 이야기」는 의자를 매개로 하여 시도된 인간 탐구라 할 수 있다. 그렇다면, 작가가 의자를 사유와 성찰의 매개물로 삼고 있는 이유는 무엇인가. 추측건대, 의자야말로 인간들에게 거쳐나갈 것이 요구되는 삶의 다양한 측면들과 인간의 존재 이유 또는 참모습을 생생하게 읽고 이와 관련하여 깊은 생각을 이끌어 나아가는 데 더할 수 없이 효과적인 소재라는 것이 작가의 믿음이었기 때문이리라. 어찌 보면, 최수철의 「의자 이야기」에 등장하는 의자는 화가 반 고흐가 인간의 삶을 탐구하는 데 되풀이하여 동원했던 소재 가운데 하나인 신발과 같은 것이라 할 수도 있다. 이와 관련하여, 반 고흐가 신발을 대상으로 하여 일련의 그림을 지속적으로 그렸듯, 의자를 대상으로 한 최수철의 문학적 탐구도 결코 일회적인 것이 아니라는 점을 주목해야 할 것이다. 이 같은 판단을 뒷받침하는 것이 그가 『현대문학』에 연재했던 장편소설 『사랑은 게으름을 경멸한다』(현대문학, 2014)일 것이다. 이 작품 역시 의자에 대한 깊은 성찰의 결과라는 점에서 그러하다.

신발에 대한 반 고흐의 관심이 화제로 올라온 이상, 우리는 이 자리에서 그의 신발 그림을 논제 가운데 하나로 삼아 전개했던 마르틴 하이데거의 예술론에 눈길을 주지 않을 수 없다. 일찍이 하이데거는 「예술 작품의 기원Der Ursprung des Kunstwerkes」이라는 글에서 인간의 창조물을 도구와 예술 작품으로 나눈 바 있다. 그에 의하면, 도구가 도구로서 충실하게 제 역할을 하면 사람들은 도구의 도구적 특성에 대해 따로 의식하지 않는다. 예컨대, 우리가 신고 있는 신발이 도구로서 편안하게 제 역할을 다 하면 우리는 신발의 의미에 대해 따로 신경을 쓰지 않는다. 오로지 우리가 신고 있는 신발이 불편할 때 신발의 의미에 대해 이러저러한 생각을 하게 된다. 하이데거에 의하면, 예술 작품이란 이처럼 불편할 때 비로소 우리에게 그 의미를 천착케 하는 도구가 지니는 도구의 도구적 특성을 드러내는 데 그 존재 이유가 놓인다. 좀더 일반화해서 말하자면, 예술 작품이란 사물이나 대상의 본질 또는 본질적 의미—하이데거의 표현을 따르자면, "존재자의 존재Das Sein des Seienden"—를 드러내는 데 그 존재 이유가 놓인다는 것이 하이데거의 논리다. 그처럼 대상의 본질을 드러낸 예 가운데 하나로 하이데거가 들고 있는 것이 반 고흐의 신발에 대한 그림으로, 이 그림으로 인해 우리는 신발이 지니는 본질적 의미와 마주하게 된다는 것이다. 하이데거는 이 같은 논리를 "예술 작품은 나름의 방법으로 존재자의 존재를 개진한다"라는 말로 요약하면서, 반 고흐의 신발 그림 가운데 하나—일반적으로 「낡은 구두」라는 제목으로 알려진 작품—를 대상으로 하여 그 그림에 등장하는 어느 한 농부 여인의 신발이 그녀가 살아가는 삶의 의미를 어떻게 생생하게 개진하고 있는가에 대해 깊이 있는 사유를 시도하기도 한다. 최수철의 「의자 이야기」에 등장하는 의자가 인간의 존재 의미를 개진하는 동시에 이에 대한 독자의 깊이 있는 사유를 유도하듯.

문제는 하이데거의 논의에 오류가 있다는 사실이다. 예술사가 마이어 샤피로Meyer Schapiro는 치밀한 탐구 끝에 하이데거가 논의 대상으로 삼았던 반 고흐의 신발 그림에 등장하는 신발은 농부 여인의 것이 아니라 반 고흐 자신의 것임을 밝힌 바 있다. 반 고흐 자신을 신발에 대한 그림을 놓고 농부 여인의 삶을 더할 수 없이 생생하게 일깨우고 있는 하이데거의 논의는 보는 관점에 따라 하이데거의 예술론 자체의 신뢰성에 문제 제기를 유도하는 중대한 오류일 수 있다. (그러한 문제에도 불구하고 여전히 하이데거의 논의는 나름의 깊은 의미를 지닌다는 데 동의하는 수많은 사람들 가운데 하나가 필자다.)

문제는 최수철의 「의자 이야기」에서도 오류가 짚인다는 데 있다. 무엇보다 천주교에서 신자들이 고해실에 들어가서 고해 성사를 할 때 의자에 앉지 않는다는 점을 지적할 수 있다. 천주교 성당의 고해실에는 장궤틀이라는 것이 설치되어 있어, 신자들은 여기에 무릎을 꿇고 고해를 한다. 물론 의자가 고해실에 설치되어 있는 경우도 있다. 하지만 이는 1965년 제2차 바티칸 공의회의 결정에 따라 고해실은 고해만을 위한 장소가 아니라 상담을 위한 장소로도 이용될 수 있게 된 이후의 일이다. 말하자면, 무릎을 꿇지 않고 의자에 앉아서 상담을 하는 것이 허락됨으로써 고해실 안에 의자를 들여 놓는 일이 가능하게 되었던 것이다. 최수철은 소설에서 "의자 이야기"가 "대략 사반세기 가량의 시간대"의 것임이 밝히고 있는데, 이 이야기에서 언급되는 스페인 내전이 1936년에서 1939년 사이에 일어난 사건임을 감안한다면 문제의 의자가 만들어진 것은 그 이전의 일로 추론할 수 있다. 그리고 문제의 의자가 불에 타 다리만 남게 된 것은 1965년 전의 일로 봐야 할 것이다. 이런 사실을 종합하면, 당시의 사그라다 파밀리아 성당의 고해실에 의자가 놓여 있다는 이야기는 근거 없는 것일 가능성이 높다. 설사 작가가 시간대와 관련하여 이를 정확히 짚지 않은 실수를 범했다 하더라도 문제는 여전히 남는다. 「의자 이야기」의 내용에는 사람들이 의자에 앉아 고해를 하는 것으로 되어 있는데, 의자는 상담을 위한 것이지 고해를 위한 것이 아니기 때문이다. 이와 관련하여, 다시 말하지만 천주교에서 고해 성사는 원칙적으로 무릎을 꿇은 상태에서 이루어진다는 점에 다시 한 번 유의하기 바란다. 물론 고해 성사를 주관하는 사제에게는 의자에 앉는 것이 허락되지만 말이다.

그렇다면, 하이데거의 예술론에 대해 문제 제기가 있을 수 있듯, 최수철의 「의자 이야기」가 전하는 "의자 이야기"의 신뢰성에 대해서도 문제 제기를 해야 할까. 바로 여기에서 우리는 이 글을 시작하면서 제기한 문제—'작가 최수철이 무슨 이유로 이처럼 메타픽션의 요소를 소설 속에 도입하는가'—로 되돌아가지 않을 수 없다. 작가는 자신이 전하는 "의자 이야기"가 "나"의 "머릿속"에 떠오른 이야기일 뿐임을 분명히 밝히고 있거니와, 여기에는 천주교의 고해 성사가 의자에 앉아 이루어지는 것이라는 가상의 전제도 포함된다고 봐야 할 것이다. 다시 말해, 작가는 "의자 이야기"가 '공공연한 허구'임을 밝히고 있거니와, 이로 인해 우리가 이 자리에서 문제 삼고 있는 고해실 안 의자의 존재 여부는 처음부터 논외의 것이 될 수도 있다. 작가 최수철이 메타픽션의 요소를 끌어들인 것은 바로 이 때문 아닐까. 사그라다 파밀리아 성당이나 그 외 성당의 실제 사정이 어떠하든 그와 관계없이 자신의 머릿속에 떠오른 공공연한 가상적 이야기를 한 편의 단편소설로 구성하여 전하겠다는 작가의 의도를 숨길 듯 드러내고 드러낼 듯 숨기고 있는 것이 최수철의 「의자 이야기」이리라.

이처럼 최수철의 「의자 이야기」가 사실성을 담보할 수 없는 공공연한 가상적 이야기로 이루어진 작품이라면, 이를 사실성이 빈약한 소설로 치부하고 말아야 할까. 결단코 그럴 수 없다. 앞서 검토한 바와 같이, 「의자 이야기」에서 작가는 의자라는 매개물을 통해 인간의 삶에 대해 더할 수 없이 심오하고 예민한 동시에 강렬한 성찰을 시도하고 있고, 이와 함께 독자를 그와 같은 성찰로 이끌고 있기 때문이다. 게다가, 사람들이 고해를 의자에 앉아 한다는 가상의 전제를 수용하는 경우, 어느 면에서도 나무랄 데가 없는 것이 최수철의 「의자 이야기」라는 단편소설의 '개연성'과 '핍진감'이다. 요컨대, 모든 면에서 이 작품은 실로 반 고흐의 신발 그림에 비견할 수 있을 만큼 탁월한 작품이라 하지 않을 수 없다.

이야기 속의 두 사람이 노화가의 그림에서 의자의 '참모습'을 보고 있다는 작가의 암시나 "노화가가 그리는 그림"이 의자에게 "두 가지 위안" 가운데 하나였다는 작가의 전언이 우리에게 심상치 않아 보이는 것은 바로 이 때문이다. 어떤 의미에서 보면, 반 고흐가 물감과 선(線)을 동원하여 신발을 화폭에 담듯, 작가 최수철은 언어를 동원하여 문제의 의자를 언어적 화폭에 담고 있는 것이라 할 수 있다. 언어를 통한 작가 최수철의 그림 그리기는 다음과 같은 구절로 마감된다.

> 의자는 그림 속 의자의 눈으로 방안에 있는 살아 있는 존재들을 물끄러미 바라보았다. 자기 앞에 무릎 꿇은 두 남녀, 죽은 듯이 잠들어 있는 노화가, 그리고 알토라는 이름의 개 한 마리, 의자는 그들에게서 사랑스럽고 성스러운 사그라다 파밀리아, 성 가족의 모습을 보았다. (112)

단언컨대, 이 자체가 언어를 동원하여 작가가 시도하는 또 한 폭의 그림 그리기 아닐까. 언어로 이루어진 한 폭의 그림 안에 담긴 또 한 폭의 작은 그림—즉, "무릎 꿇은 두 남녀, 죽은 듯이 잠들어 있는 노화가, 그리고 알토라는 이름의 개 한 마리, 의자"가 어우러져 하나가 되고 있는 "성 가족"의 그림—이 우리의 마음속에 그려지지 않는가.

한 인간의 내면 풍경, 그 안으로

—이승우의 「복숭아 향기」와 인간의 심리 탐구

1. 단편소설의 존재 이유, 그 가운데 하나

단편소설의 묘미 가운데 하나는 인간의 미묘한 내면 심리를 조명하되, 단출하지만 누구도 예상하지 못할 법한 극적 이야기를 통해 이를 드러낼 듯 감추고 감출 듯 드러내는 데서 찾을 수도 있다. 예컨대, 미국의 소설가 윌리엄 포크너William Faulkner의 「에밀리를 위한 장미A Rose for Emily」(1930)가 그러하듯. 아주 오래전 이 소설을 처음 읽었을 때 숨이 턱 막힐 만큼 놀라워했던 기억이 지금도 생생하다. 다소 길지만 이 소설의 내용을 요약해보기로 하자.

에밀리는 귀족적인 삶을 누리다 남북전쟁과 함께 몰락한 미국 남부 지역 그리어슨 가문의 여인으로, 신분에 상응하는 남자가 아니면 사윗감으로 받아들이지 않으려는 아버지와 뜻을 같이한 채 폐쇄된 삶을 산다. 그녀가 서른의 나이가 되었을 때 아버지는 숨을 거두지만, 놀랍게도 그녀는 사흘 동안 이를 현실로 받아들이지 않는다. 그러다가 법에 호소하려는 관계 당국에 굴복하여 마침내 아버지의 죽음을 인정하고 장례 절차를 거치지만, 에밀리는 여전히 폐쇄된 삶을 이어간다. 그러던 중 그녀는 북부에서 내려온 도로 공사장 감독 호머 배런과 가까워지는데, 마을 사람들은 이에 놀란다. 그는 결코 그녀의 신분에 상응하는 남자가 아니기 때문이다. 또한 그는 자신이 결혼할 타입의 남자가 아님을 마을 사람들에게 공언하지만, 그와 에밀리는 함께 있는 모습을 사람들에게 드러내는 등 둘 사이의 관계는 깊어만 가고 마침내 두 사람이 결혼할 것이라는 이야기가 나온다. 그런 와중에 에밀리는 이유를 밝히지 않은 채 들쥐 퇴치용 비소(砒素)를 구입하고, 며칠 동안 마을을 떠났다가 돌아와 에밀리의 집으로 들어가는 배런을 본 것을 마지막으로 하여 마을 사람들은 두 사람이 함께 다니는 모습을 다시 보지 못한다. 곧이어 전과 다름없이 폐쇄된 삶을 살아가는 그녀의 집에서 새어 나오는 엄청나게 역겨운 냄새가 사람들을 괴롭히지만, 누구도 도도한 태도의 그녀를 어찌하지 못한다. 누구도 간섭하지 못하는 폐쇄된 삶을 오랜 세월 이어간 끝에 에밀리는 늙어 숨을 거두게 되고, 이를 계기로 마을 사람들은 그녀의 집에 발을 들인다. 지난 40년 동안 누구에게도 접근이 허락되지 않던 어느 한 이 층 침실의 잠긴 문을 열자, 사람들은 그녀가 예전에 준비했던 결혼 예물이 곳곳에 놓여 있는 것을, 그리고 끔찍하게도 배런이 뼈만 남은 채 침대에 누워 있는 것을 목격한다. 또한 그의 머리맡 옆 베개에서 백발이 된 에밀리의 머리카락 한 올을 찾아낸다.

에밀리의 의식 세계를 지배하던 것은 무엇일까. 또는 그녀를 비현실적인 현실 판단과 사랑과 행동으로 이끌었던 동인(動因)은 무엇일까. 그것이 무엇이든, 에밀리가 이어가던 삶은 본인이 스스로 선택한 자의적인 것일까, 또는 현실의 강요에 따른 타의적인 것일까. 아울러, 포크너가 제시한 그녀의 이야기는 인간성의 예외적인 측면을 다루기 위한 것일까, 아니면 누구에게나 잠재되어 있지만 쉽게 드러나지 않은 무언가 보편적인 측면을 문제 삼기 위한 것일까. 의문은 이것으로 끝날 수 없는데, 에밀리를 바라보는 작가의 시각은 과연 어떤 것일까. 마지막 의문과 관련해서는 비교적 명확한 답변을 내놓을 수 있거니와, 이 작품의 제목과 관련하여 포크너는 이렇게 말한 적이 있다. "소설의 제목은 우의적인 것으로, 그 의미는 이렇습니다. 자, 여기에 하나의 비극을, 도저히 돌이킬 수 없는 비극을 감당해야 하는 여인이 있었고, 그녀의 비극에 대해 도저히 어찌할 도리가 없었다 합시다. 나는 그 여인에게 연민을 느꼈던 것이고, 제목은 그녀에게 예의를, 장미 한 송이를 건넬 법한 그런 여인에게 예의를 [……] 표하기 위한 것입니다"(Robert A. Jelliffe가 편집한 『나가노에서의 포크너*Faulkner at Nagano*』(Tokyo: Kenkyusha Ltd. 1956)에 수록된 「나가노 세미나에서의 대담」 참조).

이승우의 「복숭아 향기」(『문학동네』 2014년 봄호, 이하 페이지만 표기)를 검토하기 위한 자리에서 이처럼 포크너의 단편소설에 대해 장황한 논의를 이어간 이유는 무엇인가. 무엇보다 「복숭아 향기」에서 우리는 「에밀리를 위한 장미」를 통해 포크너가 시도했던 인간 심리에 대한 탐구에 비견할 만한 그 무언가를 감지했기 때문이다. 물론 작품을 통해 이승우가 전하는 이야기는 소재 면에서든, 구성 면에서든, 또는 전개 면에서든 포크너가 전하는 이야기와 종류가 전혀 다른 것이다. 그리고 무엇보다 탐구하고자 하는 인간의 심리와 상황 역시 다른 영역의 것이다. 그럼에도 불구하고, 인간 심리는 그 어떤 진지한 탐구의 손길에 의해서도 결코 다 파헤칠 수 없을 정도로 미묘한 것이라는 메시지를 전하고 있다는 점에서, 이승우의 인간 심리에 대한 탐구는 그만큼 주목할 만한 것이라 하지 않을 수 없다. 어찌 보면, 이승우는 「복숭아 향기」를 통해 단편소설의 존재 이유 가운데 하나를 포크너만큼 예리하게 구현하고 있다고도 할 수 있다. 이어지는 논의에서 우리는 포크너의 「에밀리를 위한 장미」를 마음속에 떠올리되 이를 뛰어넘어 이승우의 단편소설이 갖는 의미(意味)와 의의(意義)를 탐구해보고자 한다.

2. 이승우의 「복숭아 향기」가 의미하는 것

「복숭아 향기」는 "삼 개월의 인턴 기간이 끝나고 다음 주면 바뀐 신분으로 계속 출근하게 될지" 잘 모르는 시점에서 "근무지 선호도 조사"를 앞에 놓고 이러저러한 생각을 이어가는 '나'의 이야기로 시작된다. "근무지 선호도 조사"는 "어떤 과일을 좋아하느냐는 것과 같은 종류의 한가한 질문이 아닌 건 분명"하지만, '나'에게는 마찬가지로 "시시하고 사소하게 여겨지기까지" 한다. 따지고 보면, "어떤 과일을 좋아하느냐"와 같은 종류의 질문은 결코 시시하거나 사소한 것이 아니다. 여기서 우리는 폴란드의 인류학자 브로니슬라프 말리노프스키Bronislaw Malinowsky가 제시한 '교감을 위한 언어 교환phatic communion'이라는 개념을 소개할 수 있는데, 이는 무언가 진지한 이야기가 본격적으로 이루어지도록 분위기를 조성하는 데, 또는 서먹서먹한 사람과의 관계를 친밀한 것으로 만드는 데 필요한 잡담을 지시하는 개념이다. 즉, 잡담이 없다면 인간관계가 의미 있는 것으로 발전하기 어렵다는 뜻에서 제시된 개념이다. 이 개념에 비춰볼 때, "어떤 과일을 좋아하느냐"와 같은 종류의 질문은 '교감을 위한 언어 교환'을 시도하는 것, 따라서 인간관계에 필수적인 것일 수 있다.

아무튼, "근무지 선호도 조사"에 "어떤 표기를 하느냐"가 무언가 "역할"을 하리라는 것을, 따라서 "한가한 질문"이 아니라는 것을 '나'는 감지하고 있지만, 엉뚱하게도 "어떤 과일을 좋아하느냐"와 같은 질문을 받았던 때를 떠올린다. 거듭 말하지만, 그런 조사는 '나'에게 "시시하고 사소하게" 여겨진다. 혹시, '나'는 의식하지 못하고 있지만, "대기업"이 '나'를 향해 일종의 '교감을 위한 언어 교환'을 시도하고 있는 것은 아닐지? 차이가 있다면, 어떤 대답을 하는가에 따라 관계 지속이 어려워질 수도 있다는 점이다. 이런 연유로, '나'는 "어떤 과일을 좋아하느냐"와 같은 물음이 던져지던 때를 떠올리기도 하지만, 그때보다 더 심각하게 이러저러한 생각으로 머뭇거리고 있는 것이리라. 모두 여섯 개의 절(節)로 구성된 「복숭아 향기」의 제1절—소설 전체의 길이에 비해 결코 짧지 않은 제1절—은 그 자체가 '내'가 얼마나 심각하게 머뭇거리고 있는가를 보여준다. 결국 '나'는 "어떤 과일을 좋아하느냐"는 물음에 머뭇거리다가 으레 "복숭아"라 대답하곤 하듯, '내'가 "근무지 선호도 조사"에서도 망설임 끝에 "M시"를 고른다. 이어지는 '나'의 생각은 이렇다.

꽤 긴 망설임 끝에 골라 놓고는, 애초에 그 도시를 고르기로 되어 있었다는 생각을, 고른 다음에 했다. 아마도 복숭아 때문이었겠지만, 몇 번씩 조사를 하더라도 변함없이 M시에 표기했을 거라는 생각이 무슨 확신처럼 뒤따라왔고, 그 생각은 과거의 몇 번의 조사에서도 늘 같은 답을 한 것과 같은 기분과 뒤섞였다. (189)

도대체 '내'가 M시를 고른 이유는 무엇일까. 단순히 "어떤 과일을 좋아하느냐"는 물음에 "복숭아"라 대답한 것과 같은 종류의 반응을 보인 것일까. 이에 대한 답이 무엇이든, 애초에 '내'가 그 모든 과일 가운데 으레 "복숭아"를 고르는 이유는 무엇일까. 이처럼 독자의 호기심을 일깨우는 「복숭아 향기」의 제1절은 독자를 상대로 하여 작가가 건네는 일종의 '교감을 위한 언어'일 수 있다. 이에 대한 독자의 예상되는 반응은 어떤 것일까. 만일 독자가 작품 읽기를 계속 이어간다면, 이는 곧 교감이 시작되었음을 의미하는 것일 수 있다. 이어지는 이야기는 작가가 이 같은 교감이 시작되었음을 전제로 하여 제시하는 것으로, 이제 작가에게는 '나'의 입을 빌려 전하는 무언가 진지한 이야기로 독자의 호기심을 충족시킬 것이 기대된다.

독자의 호기심을 충족시키려는 듯, 제2절에서 작가는 '내'가 M시를 고른 이유가 무엇인지, 아니, "몇 번씩 조사를 하더라도 변함없이 M시에 표기했을 거라는 생각이 무슨 확신처럼 뒤따라"왔던 이유가 무엇인지를 밝힌다. 무엇보다 "M시는 내가 태어났다고 들은 곳"이기 때문이다. 하지만 '나'는 "여태 M시에 가본 적이 한 번도 없"다. 그런데 "어머니로부터 그 이야기를 들은 게 아주 오래전"이고 "내가 그 도시에서 태어났다는 그 말을 정말로 들었는지 명확하지 않다". 이런 의문이야 어머니에게 묻는 것으로 쉽게 해소될 수 있지 않을까. 문제는 M시에 관해서든, 또는 M시의 M신문사의 기자로 근무했다고 어머니가 말한 것으로 기억되는 아버지에 관해서든, 어머니가 그동안 별다른 이야기를 하고 싶어 하지 않았다는 데 있다. 이유가 무엇일까. "네 아버지를 잃고 그곳을 떠났으니까 그렇지 않겠냐? 돌아보고 싶지 않은 거겠지." 어머니의 오빠인 외삼촌의 이 같은 해명에 '나'는 이제까지 호기심을 자제해왔다. 하지만 그것이 전부일까. 의문은 계속 이어지지 않을 수 없다. 이렇듯 무언가 숨은 이유가 있음을 암시함으로써 작가는 독자의 호기심을 더욱 자극한다. 이야기의 제3절에 이르러 '나'는 "어머니에게 M시에서 일하게 되었다는 이야기"를 한다. "치하할 거라고 기대"했지만, "어머니가, 하필 그 먼 데로, 하는 반응을 보였을 때 나는 좀 당황"한다. 또한 "M시에 가면 M신문사부터 가볼 참이에요"라는 '나'의 말에도 어머니는 "거긴 왜? 하고 밋밋하게 반문"할 따름이다. 이에 "나는 머리 한쪽이 얼얼해지는 걸" 느끼기도 한다. 문제는 이뿐이 아닌데, 외삼촌의 반응 역시 '나'를 "어리둥절하게" 한다. "이제야 그런 걸 묻느냐고 읽을 수도 있고 이제 와서 새삼스럽게 그런 걸 묻느냐고 해석할 수도 있는 표정"을 지은 채, 외삼촌은 "신문사에 근무한 사람은 네 어머니"라 말하기 때문이다. 도대체 무슨 사연이 그 이면에 숨어 있는 것일까.

이처럼 독자의 호기심을 좀더 자극한 다음, 제4절에 이르러 작가는 '나'의 외삼촌의 입을 빌려 이야기의 진상을 밝히기 시작한다. 외삼촌에 의하면, '나'의 어머니가 다니던 신문사의 사장은 "입사한 지 이 년이 채 안 된 스물다섯 살짜리 젊은 여자"였던 어머니를 며느릿감으로 낙점한다. 따지고 보면, 이는 어디서나 들을 수 있는 흔한 이야기 아닌가. 심지어 "부모가 일찍 돌아가신 것과 집이 가난한 것을 포함해서 우리가 가진 만만한 조건들이 아마 마음에 들었던 모양"이라는 외삼촌의 "자조 섞인 어조"의 말에서 감지되는 세태조차도 낯선 것이 아니다. 재력이나 권력이 든든한 가문이 어딘가 모자라는 구석이 있는 자식의 혼사 문제와 관련하여 고려할 법한 "조건들"이라는 점에서 그러하다. 이어지는 외삼촌의 이야기에 따르면, "좋은 혼처다 싶어 넌지시 말을 건넨 적이 몇 번 있었는데 그때마다 관심 없다며 고개를 저었"는데, 사장의 초대로 "포도나무와 배나무와 복숭아나무가 심어진 과수원 한가운데 이층짜리 양옥집"에 가서 사장 아들과 만난 다음 뜻밖에도 '나'의 어머니가 "먼저 결혼 이야기를 꺼"냈다는 것이다. 왜 그랬을까. 그 이유가 무엇이든, "먼저 결혼 이야기를 꺼낸 것은 의외였지만 그만큼 반갑기도 했다"는 말과 함께 그때를 회상하면서 외삼촌은 "갑자기 침울해"진다. 이어서 "다른 게 죄가 아니다, 욕심도 죄고 미혹도 죄고 분별력 없는 것도 죄다, 하고 자조 섞인 어조로 말"한다. 그리고 "나는 그렇다 해도 그 애가, 네 엄마 말이다, 그 똑똑한 애가 왜 그랬는지, 하면서는 고개를" 젓는다. 도대체 무슨 일이 있었던 것일까.

어떤 의미에서 보면, 이어지는 제5절과 제6절은 소설 안쪽의 '나'뿐만 아니라 소설 바깥쪽의 독자에게도 궁금증을 풀어주는 자리다. 먼저 제5절에서 외삼촌은 사장 아들과 결혼한 자신의 누이동생—즉, '나'의 어머니—이 어떤 삶을 이어가야 했던가를 '나'에게 들려준다. 결혼하고 나서 얼마 후 다음과 같은 일이 일어난다.

> 문을 박차고 들어온 남자는 대뜸, 고백해, 하고 소리쳤다. 영문을 모르는 아내는 뭘요? 하며 남편의 얼굴을 쳐다보았다. 그때 그녀는 남편의 눈이 붉은 기운으로 불타고 있는 것을 보았다. 그것은 한 번도 본 적이 없는 눈이었다. 사람의 눈이라고 할 수 없는 눈이었다. 그녀가 주춤하는 사이에 남자가 눈앞의 백자 항아리를 집어 들었다. 아니, 집어 들지 못했다. 그는 항아리를 들고 그녀를 향해 던지려고 했다. 그러나 그가 두 손으로 잡자마자 그 백색의 둥근 항아리는 파사삭 소리를 내며 부서져버렸다. 그걸 보고 그녀는 남자의 눈에 일고 있는 붉은 기운이 살기라는 걸 알았다. 남자는 피 묻은 손을 흔들며 그녀에게 달려들었다. 그 손에 잡히면 백자 항아리처럼 파사삭 소리를 내며 부서져버릴 것 같아서 그녀는 재빨리 문을 열고 시어머니 방으로 달아났다. 시어머니 등 뒤에 숨어서 그녀는 저 사람이 이상해요, 이상해요, 다른 사람 같아요, 사람 같지 않아요, 하며 벌벌 떨었다. (198~99)

그러다가 "정신을 차린" 남자는 "내가 뭐에 씌었었나봐, 하고 말" 하지만, "그 이후로 뭐에 씌었다고 할 수밖에 없는 일"이 "처음에는 어쩌다가 한 번, 나중에는 거의 매일" 일어난다. 도대체 그가 그러는 이유는 무엇일까. 당시 외삼촌의 이 같은 물음에 사장 집안 사람들의 "대답"은 "아내를 너무 사랑해서 그런다는 것"이었다 한다. 외삼촌의 말은 이렇게 이어진다.

> 말이 되지 않았지만 아내에게만 집착하고 아내를 향해서만 폭력을 행사한 것은 사실이었다. 폭력이 사랑의 증거는 아니지만 사랑이 폭력의 구실 노릇을 하고 있는 것은 틀리지 않은 것처럼 보였다. 남자도 자신의 제어하지 못하는 폭력 충동 때문에 괴로워했다. 그런 일이 생길 때면 자기도 어쩌지 못한다고, 그러니까 그런 조짐이 보이거들랑 도망가라고, 자기 눈에 띄지 말라고 충고하기까지 했다. 그래놓고 눈에 보이지 않으면 쌍욕을 섞어 고래고래 소리 지르며 그녀를 찾아다녔다. (199~200)

여기서 우리는 앞서 말한 호머 배런에 대한 에밀리의 사랑을 떠올릴 수도 있으리라. 에밀리가 배런을 죽여서라도 자기 곁에 두려 했고 이를 실행에 옮긴 이유는 무엇일까. 좋게 말하는 경우, 신문사 사장 집안 사람들의 "대답"처럼 "너무나 사랑해서"일 수 있다. 문제가 있다면, '너무나 사랑하는 마음'을 '너무나 비정상적으로' 표현한다는 점일 것이다. 이는 사장 아들에게도 그대로 적용되는 말이다. 하지만 이는 결코 적절한 해명일 수 없는데, '사랑'이라 표현하는 것 자체가 언어도단이기 때문이다. 에밀리나 사장 아들의 이른바 '사랑'은 지극히 이기적이고 자의적인 소유욕이나 집착에 지나지 않는 것일 뿐이다. 이 같은 소유욕이나 집착이 특정 대상을 향해 고정되는 경우, 에밀리나 사장 아들의 예에서 보듯 어떤 사람들은 폭력도 불사한다. 차이가 있다면, 에밀리의 경우 폭력은 은밀한 것이었고 사장 아들의 경우 즉흥적이고 투박한 것이었다.

그렇다면 이제 이것으로 해명을 끝맺을 수 있는가. 여전히 문제가 되는 것이 있으니, 이 소유욕이나 집착의 근원이 무엇인가다.

"내가 뭐에 씌었었나봐"라는 사장 아들의 말이 암시하듯, 이 이면에 놓인 것은 자신조차 어찌하지 못하는 '광기'일 수 있다. 이는 에밀리의 경우에도 마찬가지다. 그렇다면, 사장 아들의 광기나 에밀리의 광기는 어디서 비롯된 것일까. 혹시 유전적인 것일까. 아니면 환경의 영향에 따른 후천적인 것일까. 포크너는 소설에서 에밀리의 대고모가 결국에는 완전히 미친 여자가 되었다는 사실을 마을 사람들이 기억하고 있음을 말하고 있는데, 이는 혹시 에밀리의 광기가 유전적인 것임을 암시하기 위한 것일까. 아니면, 소설의 분위기가 암시하듯, 남북전쟁으로 인해 절망적으로 바뀐 삶의 환경이 그녀를 광기로 몰아간 것일까. 동일한 의문이 사장 아들과 관련해서도 제기될 수 있다. "일제강점기 때 방직공장을 차려 부를 축적한 부친의 재정적 후원으로 국회의원 배지를 단 적이 있는" 사장은 "무식하고 권위적이고 여자를 몹시 밝히며 화가 나면 장소와 때를 가리지 않고 직원들의 정강이를 걷어"차는 인물이다. "사장과 닮지 않은 젊은 남자"인 그 아들의 광기는 유전적인 것일 수도 있고 환경의 영향에 따른 것일 수도 있으리라. 이에 대해 이승우도 포크너와 마찬가지로 그 어떤 명료한 의견도 제시하지 않는다.

이 자리에서 우리가 또 하나 제기해야 할 의문이 있다면, 에밀리나 사장 아들과 같은 사람들은 우리 사회에서 예외적인 존재일까, 아니면 쉽게 눈에 띄지 않을 뿐 어디에나 있을 수 있는 그런 존재일까. 만에 하나, 억제하고 있다는 차이가 있을 뿐 인간이라면 누구나 자신의 내부에 감추고 있는 것—또는 자신도 모르게 내부에 간직하고 있는 것—이 바로 이 같은 종류의 소유욕이나 집착 또는 광기는 아닐는지? 물론 포크너도 이승우도 이런 의문을 명시적으로 드러내고 있지는 않는다. 하지만 그들의 작품 저변에 음울하게 그 모습을 숨기고 있는 것이 이 같은 의문은 아닐까.

아무튼, 신문사 사장 집안은 "결혼을 하고 나서 그 몹쓸 병이 생겼다며" 원인을 여자에게 돌리려 한다. 이른바 "의처증"으로 남자의 광기를 축소하려는 것이다. 하지만 광기는 마침내 극점으로 치달아 사장 아들은 아내와 아버지가 보는 앞에서 자신의 목숨을 끊는다. 외삼촌의 이야기는 계속 이어진다.

> 해가 질 무렵 사장실 문을 벌컥 열고 남자가 들이닥친 것은 1989년 여름, 어느 무덥던 날 저녁이었다. [……] 사장실 안에는 사장과 그녀와 비서실장이 있었다. 남자는 다짜고짜 그녀를 끌고 옥상으로 올라갔다. 다른 때와 달리 손에 칼을 들고 있어서 쉽게 저지하기 어려웠다. 남자는 칼을 여자의 목에 대고 부르짖었다. "고백해, 더러운 화냥년. 저 늙은 놈이랑 붙어먹었지? 시아버지란 작자가 네 더러운 뱃속에 더러운 씨를 심었지? 이 추악한 것들." 사장이 씩씩거리며 이 미친 자식, 보자보자 하니까 이제 회사까지 와서, 하며 아들의 뺨을 후려쳤다. 언제나 아버지의 호통과 매질이 아들의 발작을 멈추게 했었다. 아버지 앞에서 아들은 언제나 꼼짝도 하지 못했다. 아버지는 평소처럼 했다. "죽어버려라, 죽어버려." 평소처럼 폭언을 하고 폭력을 썼다. 그날도 아버지의 위세 앞에 움츠러들어야 했다. 그럴 거라고 기대했다. 사장도 그랬고 그녀도 그랬다. 그러나 그날은 달랐다. 죽어버려라, 죽어버려. 그의 손이 위아래로 움직였다. 그의 손에 들린 칼도 위아래로 움직였다. 비명이 하늘로 치솟고 세 사람의 옷이 붉은 피로 뒤덮였다. (203)

원인이 어디에 있든, 여기서 우리가 감지하는 것은 명백히 광기다. 이제 남는 의문은 이것이다. '나'의 어머니는 "왜 그 모든 걸 그저 견디기만" 한 것일까. 외삼촌의 설명은 의문을 더욱 깊게 할 뿐이다. "네 엄마는 속아서 결혼한 것이 아니기 때문이다. 네 엄마가 그랬다. 나는 속지 않았어요. 모르고 결혼한 게 아니에요. 어처구니가 없었다. 그게 무슨 말이야? 내가 물었지. 알고 있었다고요. 다 알고 결혼한 거라고요. 내가 다시 물었다. 다 알다니 뭘 알았다는 거냐? 네 엄마가 대답했다. 다요. 다." 의문은 이어질 수밖에 없다. 도대체 무엇을 다 알았다는 것일까. "더 늦기 전에 빠져나오라"는 외삼촌의 설득에 '나'의 어머니는 이렇게 말했다 한다.

"그럴 수 없어, 오빠. 과수원집에서 처음 보았던 날, 음식 차려진 상에 얼굴을 대고, 그 사람, 울었어. 자기는 누군가의 남편이 될 수 없는 사람이라고 하면서, 아버지가 감추고 속여서 억지로 결혼시키려고 한다면서, 자기도 끌려나왔고 나도 끌려나온 거라고 하면서, 이런 일이 처음이 아니라고 하면서, 아버지가 어떤 사람인지 알고 자기가 어떤 사람인지 알면 결코 이 상황을 받아들일 수 없을 거라고 하면서, 이러면 안 되는 거라고 하면서, 제발 거부하라면서, 그러면서, 고개도 들지 않고, 내 얼굴은 단 한 번도 쳐다보지 않고 그냥 울먹였어. 그런데 왜 그랬을까. 나는 그 사람이, 받아들여졌어. 천지를 뒤덮은 복숭아 향기 때문이었을까, 그 사람이 어찌나 측은하던지 마음이 저절로 그쪽으로, 마치 넝쿨손이 그런 것처럼, 쭉 뻗어나가는 걸 어쩔 수가 없었어. 나도 모르게 그만, 상 위에 떨어져 있는 그 사람 얼굴을 손으로 받쳐서 내 무릎에 올려놓고 야윈 등을 가만가만 쓰다듬었어. 그런 채로 한 시간을 있었어. 천지에 복숭아 향기만 가득했지. 취하는 것 같았어. 복숭아 향기 탓인지 어딘가 다른 데서 온 것 같은 묘한 분위기와 그 사람 인상 때문이었는지 모르겠어. 살과 뼈와 감각과는 다른 느낌을 주는 사람이라고 느꼈는데, 그것도 복숭아 향기에 홀려서 그랬는지 몰라. 그런 느낌이 내 마음을 물처럼 흐르게 했는지 몰라. 그때 이런 생각을 했어. 아, 사람의 운명이란 게 이렇게 정해지는가보구나." (205)

만일 「복숭아 향기」가 「에밀리를 위한 장미」를 뛰어넘어 인간의 내면에 대한 탐구를 한 차원 끌어올린 작품이라면, 이 작품은 단순히 인간의 소유욕이나 집착 또는 내재된 광기에 관한 이야기만이 아니라는 데 있다. 이 작품은 '나'의 어머니처럼 정상적인 인간조차도 상식적으로 납득할 만한 합리적 판단에 근거하여 행동하지만은 않음을 드러내고 있거니와, 하기야 누군가를 사랑하는 일 자체가 합리적 판단에 의해 이루어지는 것만은 아니지 않은가. 그럼에도 불구하고, 우리는 이른바 정상적인 사람들이 비합리적인 판단에 이끌려 행동하거나 생각하더라도 그런 사람들의 마음과 의식의 저변에 숨어 있는 미묘한 심리에 대해 깊이 주목하지 않는다. 때에 따라서는 그러한 행동이나 생각이 상식적인 이해의 선을 넘어서는 것이 아니기 때문이고, 때에 따라서는 그 자체가 지극히 상식적인 것으로 여겨지기 때문이다. 하지만 상식이라는 이름 아래 사람들이 간과하는 인간의 미묘한 심리를 탐구하는 데 문학의 존재 이유가 놓이는 것 아니겠는가. 「복숭아 향기」가 갖는 또 한 차원의 의미는 여기서 찾을 수 있으리라.

여기, 자신이 남편으로서 부적격자임을 실토하는 남자가 있다. 그는 울먹이며 "이러면 안 되는 거라고 하면서, 제발 거부하라" 한다. 그런 남자의 모습을 보며 여자가 느낀 것은 무엇일까. "측은"함? 그것이 전부일까. 그것 때문에 남자가 여자에게 "받아들여"진 것일까. 물론 그것이 전부는 아니리라. 여자는 "어딘가 다른 데서 온 것 같은 묘한 분위기와 그 사람 인상"을 말하고, "살과 뼈와 감각과는 다른 느낌을 주는 사람"이라는 '느낌'을 말하고 있거니와, 이른바 측은지심이 전부는 아님을 우리는 여기서 감지할 수 있지 않을까. 그렇다면, 여자가 남자를 받아들인 이유는 무엇일까. 여자가 되풀이해 말하듯, "천지를 뒤덮은 복숭아 향기 때문"일까. "복숭아 향기에 홀려서" 그랬던 것일까. 설사 그렇다 하더라도 그런 이유가 갖는 의미는 무엇인가.

여기서 우리는 문득 '자기도 모르게 남자를 받아들인 여자의 심리'를 놓고 무엇이든 합리적인 이유를 찾고자 하는 우리 자신의 남루한 모습을 확인하지 않을 수 없다. 어찌 보면, 우리는 합리적 해명이 불가능한 인간의 내면 심리를 놓고 부질없는 짓을 하고 있는 것은 아닌지? 혹시 그 어떤 구구한 해명도 시도하지 않은 채 앞의 인용에 담긴 여자의 말을 '있는 그대로' 받아들일 수는 없을까. 어차피 합리적인 이유가 될 수 없는 그 무언가가 어찌되었든 이유가 되고 그처럼 이유가 될 수 없는 이유에 따라 움직이는 것이 인간의 마음 아닌가. "사람의 운명이란 게 이렇게 정해지는가 보구나"라는 여자의 말이 함의하는 바는 진실로 '나'의 어머니에게만 해당하는 말이 아니리라. 어쨌거나, 운명이 정해지는 순간에 직면하여 미묘하게 움직이는 인간의 심리를 감출 듯 드러내고 드러낼 듯 감추는 작가의 언어에 그냥 눈길을 주고, 이를 있는 그대로 마음으로 받아들여야 하지 않을까.

3. 논의를 마무리하며

소설의 제6절에 의하면, 외삼촌은 근무지로 떠나는 '나'를 자신의 차에 태우고 M시로 와서, 마침내 '나'의 아버지와 어머니 사이의 만남—좀처럼 합리적인 설명이 불가능한 "비극적" 만남—이 최초에 이루어졌던 장소인 "울타리가 둘러쳐진 이층집"에 도착한다. 그리고 외삼촌은 그 집 안의 복숭아나무 사이로 '나'를 이끈다. 나무들 사이에는 놀랍게도 무덤이 있다. 그 무덤 앞에서 외삼촌은 이렇게 말한다. "네 어머니가 이 과수원만을 원했다. 다른 것은 아무것도 원하지 않았다. 아무것도. 이 과수원 안에 네 아버지 묘를 만들고 저 집에서 너를 낳고 삼 년을 살았다." 이어서 외삼촌은 바로 위에서 우리가 길게 인용한 '나'의 어머니의 말을 '나'에게 들려준다. 외삼촌이 전하는 어머니의 말에 귀를 기울이고 있던 "어느 순간,"

> 나는 내 몸이 낮춰져 있는 것을 깨달았다. 무엇이 내 마음을 그쪽으로 뻗어가게 했을까. 나는 무릎을 꿇고 고개를 숙이고 있었는데, 내가 무릎을 꿇고 고개를 숙인 대상이 무덤 속의 아버지인지, 순간 속에 깃든 환각에 견인되어 일생을 바친 어머니의 운명인지, 아니면

그 운명에 흩뿌려진 복숭아 향기인지 알 수 없었다. (205)

어찌 보면, "내가 무릎을 꿇고 고개를 숙인 대상"은 양자 모두—즉, "무덤 속의 아버지"와 "순간 속에 깃든 환각에 견인되어 일생을 바친 어머니" 또는 "어머니의 운명"—일 수도 있다. 양자 모두는 포크너의 말처럼 "하나의 비극을, 도저히 돌이킬 수 없는 비극을 감당해야" 했던 사람, "도저히 어찌할 도리가 없"는 비극을 견뎌야만 했던 사람들 아닌가. 그들 두 사람에게 '나'는 "연민"—아니, 도저히 말로 형용할 수 없는 무언가 복잡한 감정—에 휩싸여 있는 것 아닐까. 그리하여 '나'는 무릎을 꿇고 고개를 숙"이고 있는 것 아닐까. 그런 '나'는 추측건대 그 옛날에 어머니가 그랬던 것처럼 "공기 중에 퍼져 있는 [복숭아] 과일 향"에 취해 있는 것이리라. 그리고 그 "복숭아 향기"에서 아버지의 마음을 느끼고 어머니의 마음을 느끼고 있는 것이리라. 그들의 마음과 "복숭아 향기"가 혼재되어 이처럼 하나가 되어 있을 때 '나'는 어찌 "복숭아 향기"에게도 "무릎을 꿇고 고개를 숙"이지 않을 수 있겠는가. 하지만 그 옛날에 자신을 거부하라 절규했던 아버지의 마음도, 그럼에도 그가 '받아들여졌던' 어머니의 마음도 외삼촌의 이야기 속에만 존재할 뿐, 이제 주변을 감싸고 있는 것은 다만 "복숭아 향기"뿐이다. 포크너가 에밀리에게 "예의를, 장미 한 송이를 건넬 법한 그런 여인에게 예의를" 표하듯, '나'는, 아니, 작가 이승우는 이야기 속의 한 여인에게, 어찌할 도리가 없는 비극을 감당하려 했던 소설 속 '나'의 어머니에게 "복숭아 향기"로 예의를 표하고 있는 것은 아닌지? 그리고 어쩌면 어쩔 수 없는 자신의 비극을 감당해야 했던 한 남자에게도.

이제 하나의 의문만이 남게 되었다. "어떤 과일을 좋아하느냐"는 물음에 '나'는 머뭇거리다가도 으레 "복숭아"라 대답하곤 했던 이유는 무엇일까. "삼 년"을 과수원 한가운데의 집, 어머니를 그토록 취하게 했던 "복숭아 향기"가 "공중에 퍼져 있는" 집에서 살았기 때문일까. 이리하여 그의 무의식을 지배하던 것이 "복숭아 향기"였기 때문일까. 하지만 이런 식으로 이유를 찾는 것은 지나치게 작위적이지 않은가. 따라서 이렇게 생각해볼 수도 있다. 그냥 아무런 이유 없이 습관에 이끌려 무심코 "복숭아"라 대답하곤 했던 것일 수도 있으리라. 아니, 무언가 다른 이유가 있었을 수도 있으리라. 아무튼, 이를 따져 밝히려는 것 자체가 인간의 미묘한 내면 심리에 대해 무언가 그럴듯한 이유를 억지로 찾아 여기에 의미를 붙이려는 투의 어리석은 시도는 아닐지? 또한 어떤 답변을 하더라도 상관없는 '교감을 위한 언어 교환'이 시도되는 상황이라는 점을 간과한 채 무언가 상관이 있는 의미를 찾으려는 헛된 시도는 아닐지? 이런 연유로, 작품에 대한 그 어떤 논의도 작품 자체를 대신할 수는 없다. 삶에 대한 그 어떤 문학도 삶 자체를 대신할 수 없듯.

정체성의 위기, 언어의 안과 밖에서

— 이창래의 『네이티브 스피커』와 이민의 삶

1. 이창래의 작품 세계와 사랑에 의한 인간의 구원 가능성

아직 젊던 시절 어느 해 겨울 『카라마조프가의 형제들』과 한때를 보낸 적이 있었다. 풍화 작용을 멈추지 않는 세월 탓에 모든 것이 희미하지만, 소설의 종결 부분은 지금도 기억에 생생하다. 아니, 착한 소년 일루샤의 죽음을 애도하는 장례식에 참석했던 일루샤의 친구 아이들과 알료샤가 따뜻한 마음을 함께 나누던 정경이, 그리고 그 부분을 읽다가 창밖을 내다보았을 때의 풍경이 기억 저편에 남아 있다. 비록 자신이 마을을 떠나더라도 일루샤와 너희들을 잊지 않을 것이라고, 또 자신을 잊지 말아달라고, 무엇보다 우리 모두 착한 일루샤를 마음에 간직한 채 살아가자고, 알료샤가 이렇게 말하는 부분을 읽다가 문득 창밖으로 눈길을 돌리니 어느새 함박눈이 내리고 있었지. 세상은 이미 함박눈에 덮여 그지없이 맑고 깨끗해 보인다. 마치 일루샤와 그의 친구들, 그리고 알료샤의 마음이 시각화되어 눈앞에 펼쳐져 있는 듯. 함박눈의 포근함에 따뜻해진 마음으로 다시 소설에 눈길을 주었던 그때의 기억이 이창래의 『제스처 라이프*A Gesture Life*』를 읽고 났을 때 새삼 환하게 떠올랐던 이유는 무엇일까. 죽음을 눈앞에 둔 어린 소년 패트릭에 대한 플랭클린 하타의 안타까움과 사랑 때문이었을까. 자신의 양녀인 서니와 그녀의 아들 토마스에 대한 하타의 조건 없는 사랑 때문이었을까. 아마 그럴 수도 있겠다. 하지만 그것이 전부는 아니었다.

『카라마조프가의 형제들』에서 이반이 말하듯 인간보다 더 야수적인 동물은 없을지 모른다. 그럼에도 불구하고, 도스토옙스키는 사랑을 통한 인간의 구원 가능성을 굳게 믿었던 것처럼 보인다. 그렇지 않다면, 『카라마조프가의 형제들』을 뒤덮고 있는 어둠을 햇살처럼 꿰뚫고 있는 알료샤나 일루샤와 같은 인물의 창조가 어찌 가능했겠는가. 『제스처 라이프』도 『카라마조프가의 형제들』과 마찬가지로 인간의 비인간성을 고발하는 작품이기도 하다. 제2차 대전 당시 일본군이 이른바 '종군 위안부'라는 이름 아래 저질렀던 만행은 가히 인간성의 타락이 어느 지경에 이를 수 있는가를 보여주는 예라고 할 수 있거니와, 『제스처 라이프』는 주인공 프랭클린 하타의 회상을 통해 그 만행을 고발한다. 하지만 이 소설은 단순히 일본군의 만행을 고발하는 것으로 끝나지 않는다. 한국인 부모한테서 태어나 일본인 가정에 입양되어 유년 시절을 보낸 다음 일본군 의무 장교가 되었던 하타, 자신과 사회 사이의 조화로운 관계에 으뜸의 가치를 부여하면서 지난 30여 년의 세월을 베들리런이라는 뉴욕 근교의 마을에서 삶을 살아온 끝에 이제 칠십대의 노인이 된 이 하타라는 인물은 항상 정중하고 격식을 갖춘 몸짓과 어투의 삶—

말하자면, 제스처에 모든 것이 가리어지는 삶—을 살고 있지만, 이 노인의 마음 저편에는 좌절감과 죄책감, 슬픔과 분노, 그리고 무언가 표현하기 어려운 감정의 급류가 숨어 있다. 그 감정의 급류를 타고 때로는 기억 저편의 세계로 고통스럽게 휩쓸려가며 속죄하듯 삶을 살아가는 그의 모습을 통해 이창래는 도스토옙스키와 마찬가지로 사랑에 의한 인간의 구원 가능성을 탐구한다. 그러한 하타의 모습에서 우리는 알료샤의 모습을 읽을 수 있고, 또 타인에 대한 선하고 따뜻한 마음이 특히 생생하게 읽히는 소설의 결말 부분에서 이창래가 지닌 삶과 문학의 깊이를 읽을 수 있다.

『제스처 라이프』에서 느낄 수 있었던 이창래의 삶과 문학에 대한 도스토옙스키적 깊이를 마음에 간직한 채 옛날에 읽었던 그의 첫 소설, 그가 30세의 나이로 1995년 봄에 발표했던 『네이티브 스피커*Native Speaker*』를 다시 손에 들었다. 한국인 이민 2세대의 헨리 박이 미국 문화와 이민 1세대의 한국 문화 사이에서 갈등하는 모습과 자신의 정체성을 찾아가는 과정을 생생하게, 하지만 결코 쉽게 이해되지 않는 이야기 구도 속에서 보여주는 이 소설을 한 구절 한 구절 음미해가며 다시 읽는 동안 인간의 삶에 대한 이창래 특유의 복잡 미묘한 시선을 다시 한 번 확인한다. 서른 살의 나이에 이처럼 깊이를 쉽게 가늠키 어려운 시선을, 심오하고 성숙한 시선을 인간의 삶에 던질 수 있다니! (어린 시절부터 자신의 삶을 객관화하여 바라보지 않을 수 없도록 했던 문화적 맥락이 이창래에게 그처럼 성숙한 눈길을 갖도록 한 것은 아닐까.) 『네이티브 스피커』를 다시 읽으면서 그가 4년 후인 1999년 발표했던 또 한 편의 뛰어난 소설 『제스처 라이프』가 어쩌다 나온 우연의 산물이 아님도 다시 한 번 확인한다. 아니, 그가 이제까지 발표한 두 편의 소설을 뛰어넘어 앞으로도 계속 의미 있는 작가로 남을 것임도, 어쩌다 한두 편의 소설을 남기고 기억의 저편으로 사라져버리는 작가로 끝나지 않을 것임도 확인한다.

다시 읽는 『네이티브 스피커』에서 특히 나의 마음을 사로잡았던 부분 역시 이야기의 결말 부분이었다. 문화적 갈등과 정체성 위기의 문제가 어떤 형태로든 해결되고 있음을 암시하고 있는 이 소설의 결말 부분에서 우리는 이야기의 주인공 헨리 박이 산업 스파이에서 일종의 교육 조교로 변신했음을 확인한다. 백인인 그의 아내 릴리아는 이민 2세들이나 언어 장애자들을 지도하는 발음 교정 교사인데, 그는 그녀의 수업 시간에 "고무로 된 푸른색 두건"을 쓰고 아이들 앞에서 "스피치 몬스터"의 역할을 한다. "스피치 몬스터"란 미국의 아동용 교육 프로그램인 "세사미 스트리트"에 등장하는 "쿠키 몬스터"와 같은 것이리라. 아이들 사이에서 시간을 보내는 헨리의 모습이 『카라마조프가의 형제들』의 알료샤와 겹쳐지는 이유는 무엇인가. 자신의 양녀와 혼혈아인 그녀의 아들에게 거처를 마련해주고 떠날 생각을 하면서 "내일, 집안에 생기가 돌고 삶으로 충만할 때, 나는 밖에서 그 안을 들여다보게 될 것이다"[1)]라고 독백을 하는 『제스처 라이프』의 주인공 하타의 모습에서와 마찬가지로, 한 주일 동안 언어 교정 수업을 받던 이민 2세인 아이들과 헤어지면서 그들을 하나하나 포옹하고는 너희들이 보고 싶을 거라고 말하는 『네이티브 스피커』의 주인공 헨리의 모습에서 나는 도스토옙스

1) Chang-rae Lee, *A Gesture Life* (New York: Riverhead Books, 1999), p. 356.

키적 사랑의 메시지를 다시 한 번 읽을 수 있었다.

탁월하고 미묘한 심리 묘사에도 불구하고 작품의 의미에 대한 전체적 조망이 비교적 용이한 『제스처 라이프』와 달리 『네이티브 스피커』는 이해하기에 수월한 작품이 아니다. 읽어나가는 순간에는 짚이는 의미가 확실한 것 같지만 조금만 앞으로 나가도 이제까지 읽은 바가 의미하는 것이 무엇인가를 되짚어 생각하도록 하기 때문이다. 마치 체험의 현장 한가운데 있을 때에는 모든 것이 너무도 자연스러워 보이나 막상 뒤돌아서면 그 의미가 모호해지는 우리의 삶과도 같이. 요컨대, 읽어나가는 과정에는 각 부분이 자연스럽게 이해되지만, 막상 읽기를 마쳤을 때 이해한 바를 설명하라고 하면 우리를 머뭇거리게 만드는 소설이 『네이티브 스피커』다. (어떤 의미에서 보면, 칠십대 노인인 하타의 이야기 『제스처 라이프』와 달리 이창래 또래의 젊은이인 헨리의 이야기 『네이티브 스피커』는 작가 자신의 체험을 생생하게 반영하고 있는 것이기에 이야기의 현장성이 두드러지고, 바로 이런 이유 때문에 전체적 조망이 더 어려운지도 모른다.) 그리하여 우리 주변을 범람하고 있는 일차원적 소설들—지나치게 단선적이고 소박한 이야기 구조 때문에 읽기도 전에 그 의미가 드러나는 소설들—에 익숙해 있는 우리에게 『네이티브 스피커』는 더할 수 없이 매혹적인 소설일 수도 있지만 더할 수 없는 부담을 주는 소설일 수 있다. 이 글을 우리는 바로 이 매혹적이면서 부담스러운 소설 『네이티브 스피커』를 어떻게 이해할 것인가에 바치기로 한다.

2. 『네이티브 스피커』, 또는 정체성의 위기에서 극복으로

"자고 나서 깨어보니 유명해져 있더라"라는 어느 영국 시인의 말대로 이창래는 『네이티브 스피커』로 인해 하루아침에 미국 문학계에서 가장 주목할 만한 작가 가운데 하나로 떠오르게 되었다. 이 작품 하나만으로도 이창래는 무수한 문학상을 받았는데, 몇 개만 들자면 '비포 콜럼버스 재단Before Columbus Foundation'이 수여하는 아메리칸 북 어워드, 반스 앤 노블 우수 신인 작가상, 오레곤 북 어워드, 그리고 무엇보다 한 해 동안 미국에서 발표된 신인 작가의 첫번째 소설 가운데 가장 우수하다고 판단되는 작품의 작가에게 수여하는 헤밍웨이 파운데션/펜 어워드 등등이 그것이다. 다양한 상을 수상하는 이외에 각종 지면을 통해 이 소설에 대한 찬사가 끊임없이 이어졌던 것도 사실이다. 무엇이 이 소설을 그처럼 많은 사람들의 찬사와 주목을 받게 한 것일까. 우선 작품의 뛰어난 문학성을 들 수 있겠다. 지난 1952년 발표되어 미국 문학계에서 폭발적 관심을 끌어 모은 흑인 작가 랠프 엘리슨Ralph Ellison의 『보이지 않는 인간*Invisible Man*』에 비견될 만큼 주제 의식의 깊이나 문학적 완성도의 면에서 뛰어난 작품이 『네이티브 스피커』이다. 게다가 미국인이라면 누구나 그 뿌리에 이른바 이민 체험이라는 것을 간직하고 있다. 비록 오랜 세월을 거치는 가운데 희미해졌을지 몰라도, 미국인들의 대부분은 이민 세대라고 해도 과언이 아니기 때문이다. 언어와 문화와 풍토가 다른 세계로 건너와 겪어야 했던 그들의 이민 체험을 이창래는 자신의 세련된 문체를 통해 보편화하고 있거니와, 이민 체험에 대한 이창래 특유의 문학적 형상화가 미국의 문학계, 나아가 많은 미국인들의 관심을 끌었던 것이리라.

이창래의 『네이티브 스피커』에 대한 논의에 앞서 우리가 우선 주목해야 할 것은 작품의 제목이다. '네이티브 스피커'란 모국어를 구사하는 사람을 말한다. 보다 정확하게 말해, 어린아이 시절 자연스럽게 주어진 환경에서 그곳의 언어를 습득한 사람을 말한다. 한편, 모국어는 영어로 '마더 텅mother tongue'으로 표현되기도 하는데, 이 말은 태어난 순간 어머니 품에 안겨 처음 접하고 배우게 되는 언어를 말한다. 소설의 주인공인 헨리 박은 한국인 어머니에게 태어났기 때문에 그의 '마더 텅'은 물론 한국어다. 하지만 그의 성장 환경은 한국어가 통용되는 한국 사회가 아니라 영어가 통용되는 미국 사회다. 따라서 그의 '마더 텅'은 한국어이지만, 소설 여기저기에 이야기되고 있듯 그의 한국어는 대단히 서투르다. 즉, 엄밀한 의미에서 그는 한국어의 '네이티브 스피커'가 아니다. 그가 능숙하게 구사하는 언어는 한국어가 아니라 영어다. 그렇다고 해서, 그가 영어의 '네이티브 스피커'인가. 피상적 관점에서 보면 그럴 수도 있다. 하지만 문제가 그렇게 간단하지 않은데, 이와 관련하여 우리는 헨리가 후에 그의 아내가 된 릴리아와 처음 만났을 때 그녀가 했던 말을 주목할 수 있을 것이다. 릴리아는 말한다. 전화를 통해 헨리가 말하는 것을 듣는다면 네이티브 스피커임을 의심하지 않을 정도로 그의 영어는 완벽하지만, 그럼에도 불구하고 "추측건대 당신은 네이티브 스피커가 아니군요"[2)]라고. 물론 이때 헨리의 외모 때문

---

2) Chang-rae Lee, *Native Speaker* (New York: Riverhead Books, 1995), p. 12. 이 작품에 대한 앞으로의 인용은 본문에서 페이지만을 밝히기로 함. 우리말 번역은 논자의 것임.

에 릴리아가 그렇게 말했던 것은 아니다. 오히려 "당신은 자기 목소리에 귀를 기울이는 사람 같아요"라든가 "당신은 대단히 조심스러워요"(12)라는 릴리아의 말이 암시하듯, 그녀는 그의 자의식적인 어투나 태도 때문에 그가 영어의 네이티브 스피커가 아님을 추측한다. 요컨대, 헨리는 완벽한 영어 구사에도 불구하고 영어의 네이티브 스피커가 아니다. 만일 그가 한국어의 네이티브 스피커도 아니고 영어의 네이티브 스피커도 아니라면, 그의 정체는 무엇인가. 언어란, 굳이 라캉의 이론을 들먹이지 않더라도, 한 인간이 타자와의 관계망 안에서 자아의 의미를 설정해나가는 데—말하자면, 자신의 정체성을 확립해나가는 데—에 핵심적 역할을 하는 것임을 우리 모두는 알고 있다.[3] 그 때문에 인간의 삶에서 언어는 무엇보다 핵심적인 문제일 수 있다.

『네이티브 스피커』는 이처럼 언어의 불확정성을 한 인간의 정체성과 연결시키면서, 정체성이 확실하지 않음에 갈등을 느끼는 한국인 이민 2세대의 이야기를 담은 소설이다. 어느 날 헨리의 아내 릴리아는 헨리의 정체를 기록한 리스트를 하나 그에게 전하고 곁을 떠난다. "당신은 비밀이 많은 사람이에요"로 시작하여 "이방인, 추적자, 배신자, 스파이"로 끝나는 이 리스트—"이해하기 어려운 진실을 담아놓은 즉석 사진들"(1)을 나열해놓은 것 같은 이 리스트—는 헨리에게 자신의 정체성을 되돌아보는 계기를 마련해준다. 사실, 다음 인용이 보여주듯, 헨리에게 '내가 누구인가'는 이미

3) Ramen Selden, *Practicing Theory and Reading Literature: An Introduction* (New York: Harvester Wheatsheaf, 1989), p. 77 참조.

어린 시절부터 그를 따라다니는 의문이었다.

> 그리고 나는 내 얼굴에서 잠 기운을 씻어내고 어린 시절을 기억에 떠올렸다. 내 어린 시절 한동안 나는 날이 밝기 전에 잠자리에서 일어나 문밖의 현관 쪽으로 나가곤 했었지. 주위는 항상 어둠에 싸여 더할 수 없이 고요했었다. 마치 이 세상에 사람이라고는 나밖에 없는 것처럼. 내 미국식 이름을 어떻게 발음해야 할지를 가르쳐줄 누구도, 말하자면 한국인 아버지나 어머니도, 나를 놀리던 남자아이들이나 여자아이들도, 선생님도 이 세상에 없는 것처럼 보였던 것이다. 밖을 내다본 다음 안으로 뛰어 들어와서는 거울을 보곤 했다. 바로 그 고독의 순간 내가 정말로 누구인지를 잠깐이라도 확인할 수 있기를 바라는 절박한 마음으로. 하지만 나에게 눈길을 주고 있는 것은 역시 언제나 같은 바로 그 소년, 전과 마찬가지로 누구인지 분명치 않은 소년, 그 이해하기 어려운 얼굴 안에 흔들림 없이 깃들어 있던 바로 그 소년이었다. (323)

이제 '내가 누구인가'가 릴리아의 리스트로 인해 "더할 수 없이 밝은 원색의 조명 아래"(1) 그 모습을 드러낸 것이다. 하지만 이는 단순히 정체성을 확인하는 데 도움을 주기 위한 것이라기보다는 일종의 자기 성찰을 유도하기 위한 리스트다. 회색 지대 안에 놓여 있는 그의 모호한 정체에 대한 비난을 담은 리스트이기도 하기 때문이다. 또한 릴리아가 헨리를 떠날 수밖에 없는 이유를 담은 것이 이 리스트이기 때문이기도 하다.

릴리아는 문화적 이방인 헨리와 결혼하고 나서 여러 가지 이유로 헨리와의 삶에 어려움을 느낀다. 이를 특히 집약해주는 사건이 그들의 어린 아들 미트의 갑작스러운 죽음으로, 매사에 솔직하고 적극적으로 반응하는 릴리아의 입장에서 보면 아들의 죽음에 대해서조차 변함없이 절제를 잃지 않고 과묵하게 대처하는 헨리의 태도는 도저히 이해하기 어려운 것이다. 릴리아가 헨리를 처음 만날 때 그녀에게 헨리의 이러한 점은 일종의 매력으로 느껴졌을 수도 있으나, 이제 참기 어려운 것이 되고 만다. 자신과 릴리아의 성격 차이와 관련하여 헨리는 이렇게 말한다.

> 정말 문제가 생기면 나는 내 안으로 들어가 문을 잠가버린다. 믿을 만한 계산도 할 수 없고, 말도 할 수가 없다. 나는 그냥 그 자리에 앉아 꼼짝하지 않는다. 악을 쓰고 비명을 질러대는 사람들 틈에서 커온 릴리아와 같은 사람에게 나와 같은 사람이 보이는 반응은 최악의 것이다. 나와 같은 사람은 손가락 하나 까딱하지 않는 것처럼 보일 것이기 때문이다. (158)

이처럼 감정을 속으로 감춘 채 드러내지 않는 헨리의 과묵한 성격은 그의 직업과도 관련되는데, 그는 정확하게 자신이 무슨 일을 하는지 릴리아게게 가급적 비밀로 한다. 이 같은 비밀스러움도 또한 릴리아에게는 견디기 어려운 것이었다.

사실 릴리아의 리스트에 암시된 바와 같이 헨리의 직업은 말 그대로 "스파이"다. 우리가 통념적으로 알고 있는 영화 속의 스파이가 아니라 일종의 산업 스파이다. 이창래는 왜 하고 많은 직업 가운데 헨리의 직업을 산업 스파이로 설정한 것일까. 이 물음에 대한 답을 위해 우리는 먼저 이민 2세대란 부모로부터 물려받은 문화 유산과 새로운 사회의 주류 문화 사이에 끼어 아직 정체성을 확립하지 못한 사람—이른바 '회색인'—과 같은 존재일 수 있음에 유의해야 할 것이다. 물론 이민 1세대든 2세대든 그들이 현재 살고 있는 곳의 주류 문화에 노출되어 있기는 마찬가지다. 하지만 이민 1세대는 자신들이 모국에서 가지고 온 또 하나의 주류 문화로 무장하고 있기 때문에 현지의 주류 문화에 별다른 영향을 받지 않으며, 경우에 따라서는 아예 현지의 주류 문화와 담을 쌓고 지내기도 한다. 이와는 달리 이민 2세대의 경우에는 그럴 수가 없다. 소설의 곳곳에서 확인되듯, 그들은 무의식적으로나마 현지 주류 문화의 영향을 받는다. 또한 그 문화의 영향으로 인해 이민 1세대의 문화에 대해 모호한 태도를 갖는데, 어떤 의미에서 보면 의식적 경멸과 무의식적 순응의 맥락 안에서 그러하다. 따라서 그들에게는 이민 1세대의 문화와 현지의 문화 사이에서 의식의 분열이 필연적 귀결이 된다. 이민 1세대의 문화와 현지의 문화가 부단히 그들 내부에서 갈등을 일으키고, 이로 인해 항상 두 문화의 차이를 의식하지 않을 수 없기 때문이다. 이런 관점에서 볼 때, 그들은 두 문화 어디에도 소속되어 있지 않은 채 두 문화의 울타리 바깥쪽을 서성이는 존재, 소속감의 부재로 인해 불안감과 갈등에 시달리는 존재라 할 수도 있고, 어쩌다 벌어진 틈을 통해 보이는 문화에 호기심 어린 시선 또는 예리한 시선을 던지는 존재라 할 수도 있다. 요컨대, 그 어느 쪽의 문화에도 편입되지 못한 채 바깥쪽에서 조심스럽게 안을 들여다보는 '국외자'와 같은 존재일 수 있으며, 현지의 주류 문화 쪽에 속한 사람들의 눈으로 보면 랠프 엘리슨식의 '보이지 않는 인간'과 같은 존재일 수 있다. 이런 의미에서 헨리가 직업적 스파이라는 점은 미국 사회에서 이민 2세대가 점유하고 있는 위치를 상징적으로 보여주는 것이라 할 수 있거니와, 헨리 자신이 바로 이 점을 의식하고 있는 것처럼 보인다.

> 데니스 호글랜드와 그의 개인 회사는 편리하게도 적절한 때 내 앞에 나타나, 나와 같은 사람—자신의 어느 한 자리를 지키고 있다가 원하기만 하면 아무 때나 반 걸음 바깥쪽으로 나갈 수 있는 나와 같은 사람—에게 완벽하게 어울리는 직업을 제시했다. 이 점에 관해 나는 그에게 평생 감사해야 할 것이라고 느낀다. 나에게는 우리 일로 인해 이 사회에 있어도 좋다는 인정을 받은 것처럼 느껴졌다. 왜냐하면 드디어 나는 이 미국 문화에서 내가 진정으로 차지해야 할 더할 수 없이 적절한 자리를 찾아냈다고 생각되었기 때문이었다. (127)

하지만 언제나 현지의 주류 문화에서 비켜난 채 '회색인' 또는 '보이지 않는 인간'으로 살아갈 수는 없는 노릇이다. 그 문화는 싫든 좋든 그들의 미래를 지배할 문화이기 때문이다. 어떤 의미에서 보면, 헨리의 백인 아내 릴리아는 현지의 주류 문화가 갖는 특성을 상징적으로 보여주는 인물일 수 있다. 헨리는 릴리아에 대해 이렇게 말한다.

> 릴리아는 세상에서 가장 형편없는 배우일 것이다.
>
> 그리고 아마도 바로 이 점이, 자신도 어쩌지 못해 쩔쩔매는 그녀의 모습이야말로 릴리아의 모든 것 가운데 내가 가장 사랑했던 것이

리라. 그녀는 어느 것 하나라도 숨길 줄을 모르는데, 이 점이 나에게는 여전히 사랑스럽게 느껴진다. 릴리아는 아프면 아픈 표정을, 기쁘면 기쁜 표정을 숨기지 않는다. 매 순간마다 그녀가 현재 서 있는 정확한 자리를 알 수 있도록 한다는 점, 바로 이 점이 그녀의 매력인 것이다. (158~59)

"매 순간마다 그녀가 현재 서 있는 정확한 자리를 알 수 있도록 한다"는 진술에 담긴 한 인간의 특성은 스파이처럼 모호하게 비켜서 있어야 하는 헨리와 같은 사람이 결여하고 있는 것, 또는 무엇보다 갈망하는 것일 수 있다. 바로 이런 맥락에서 보면, 백인 여자 릴리아와의 결혼은 헨리가 무의식적으로 지니고 있는 주류 문화 안으로의 편입 의지를 암시하는 것일 수 있다. 또한 릴리아의 떠남은 바로 주류 문화와의 관계 맺기가 파탄에 이르고 있음을 암시하는 것일 수도 있다. 따라서 헨리는 '회색인' 또는 '보이지 않은 인간'으로서의 자리를 청산하고, 어떤 형태로든 주류 문화와의 화해를 모색해야 한다. 요컨대, 그는 더 이상 정체성 위기의 문제를 연기할 수 없는 위치에 처하게 된 것이다.

물론 정체성 위기에 대한 자각은 릴리아의 떠남과 함께 시작된 것이 아니다. 앞서 살핀 것처럼 거울을 들여다보며 '나는 정말로 누구인가'를 묻던 그 시절부터 이미 이 문제는 구체화되기 시작했다고 할 수 있다. 그럼에도 불구하고, 현재의 위치에서 볼 때 보다 직접적인 계기를 마련해준 것은 아들이 죽고 아내가 떠나기 얼마 전 필리핀계 심리 치료사 루잔과의 만남이었다. 헨리는 한때 루잔과 관련하여 스파이 업무를 맡게 되는데, 루잔과 만나는 과정에 그는 스파이로서의 자신의 역할을 거의 잊을 지경까지 이른다. 그동안 모범적으로 스파이 역할을 해왔던 헨리가 왜 루잔과 만나는 과정에 마음의 흐트러짐을 겪게 되었던 것일까. 스파이로서의 자세가 흐트러지는 것—이는 어떤 의미에서 보면 이민 2세로서의 자기가 차지하고 있는 자리에 대한 근원적이자 본질적 회의가 시작되었음을 암시하는 것이라고 할 수 있다. 문제는 루잔의 어떤 면이 헨리에게 스파이로서의 자신의 역할을 거의 잊을 지경까지 이르게 한 것인가에 있다. 소설은 정황만을 제시할 뿐 이 점에 대해 구체적으로 밝히고 있지 않다. 한편, 릴리아가 떠나기 바로 전 헨리에게는 한국인 교포 존 광과 관련하여 새로운 임무가 주어지는데, 바로 이 존 광과 만나는 과정에 그는 스파이 업무를 그만둘 결심을 한다. 무엇이 헨리에게 그런 결심을 하도록 유도한 것일까. 헨리는 루잔에 이끌렸듯 존 광에게도 깊은 경외감과 매력을 느낀다. 물론 존 광에 대해 헨리는 그와 같은 마음만을 갖는 것이 아니다. 마치 자신의 아버지, 또는 아버지의 삶으로 상징되는 한국 문화에 대해서 그러하듯, 그는 애증의 감정을 함께 갖고 있다. 이 소설의 상당 부분은 헨리가 존 광을 만나고 그를 알아가는 과정에 바쳐지고 있는데, 이는 바로 그가 어린 시절 거울을 보고 "나는 진실로 누구인가"라고 묻는 과정의 반복이라고 볼 수도 있다. 그에게 존 광은 엄청난 거인이기도 하지만 자기뿐만 아니라 자기 아버지의 정체를 확인하는 거울과 같은 존재이기도 하고, 또 자신이 지니고 있는 한국적 문화 유산을 되짚어보는 거울과도 같은 역할을 한다. 바로 그 거울과 대면하는 과정에 헨리는 비로소 "나는 진실로 누구인가"에 대한 물음을 넘어서서 "나는 누구이어야 하는가"의 문제를 풀어나간다.

다시 루잔은 어떤 점이 헨리에게 정체성의 위기로 몰아간 것일까의 문제로 돌아가기로 하자. 여기서 우리는 무엇보다 인간이 자신의 태도나 자세를 바꿀 때 그 계기가 되는 것이 무엇인가에 대해 생각해볼 필요가 있다. 너무도 빤한 말 같지만, 스파이란 관찰 대상과 일정한 거리를 유지한 채 대상을 일방적으로 냉정하게 관찰하는 자다. 제대로 된 스파이라면 이 같은 정서적 거리가 무화되지 않도록 부단히 경계한다. 거리가 무화되는 경우를 우리는 다음과 같이 상정해볼 수 있는데, 관찰 대상이 나에게 무언가 쓰라린 추억 또는 즐거운 추억을 떠오르게 하거나 사랑이든 미움이든 어떤 감정을 갖도록 내 마음을 움직인다고 해보자. 어느 경우에도 대상에 대한 냉정한 관찰은 불가능할 것이다. 헨리가 스파이로서의 자기 역할을 이제까지 모범적으로 수행할 수 있었던 것은 그가 문화적으로 국외자의 위치에 있었기 때문이다. 미국 문화나 미국 문화의 구성원들은 '보이지 않는 인간'으로 존재하는 그에게 관심도 없으며 눈길도 주지 않는다. 바로 이 점이 그에게 관찰 대상과의 정서적 거리 유지를 가능케 했었는지도 모른다. 하지만 루잔은 헨리에게 단순한 심리 치료사가 아니었다. 그는 단순히 직업 의식에서가 아니라 진심을 갖고 헨리를 대했다고 할 수 있다. 물론 그것은 헨리의 착각이었을지 모르지만, "그에게 무언가 선물을 남겨야 한다고 느꼈다"(209)고 할 만큼 그에 대한 헨리의 마음은 각별한 것이었다. 헨리는 루잔 앞에서 비로소 자신이 누군가에게 '보이는 인간'이 되었음을 느꼈던 것이 아닐까. 그러한 루잔이 "나의 젊은 친구 헨리, 이제까지 살아오는 동안 자네는 누구였던가?"(205)라고 물었던 것으로 기억하는 헨리에게 이제 자기 되돌아보기와 이에 따른 변화는 필연적 귀결이 된다.

이런 맥락에서 헨리가 어린 시절 "내가 정말로 누구인지"를 확인하려는 희망과 함께 절박한 마음으로 들여다보았던 거울은 또 하나의 상징적 의미를 얻는데, 이는 또한 미국 문화에 대한 상징으로 읽을 수 있을 것이다. "누구인지 분명치 않은 소년"의 모습을 수동적으로 비춰줄 뿐인 무감각한 거울, "내가 정말로 누구인지"를 알려주지 않는 거울과 마찬가지로, 미국 문화는 헨리에게 그가 누구인지를 확인해주지 않는다. 기껏해야 아이들의 놀림감으로서의 헨리의 모습을 비춰주는 것이 전부다. 바로 이 때문에 헨리는 수많은 사람들에 둘러싸여 삶을 살아가면서도 "이 세상에 사람이라고는 나밖에 없는 것" 같다는 느낌에서 자유로울 수 없었던 것이리라. 요컨대, "고독의 순간"에 무감각한 거울 앞에 서 있는 듯한 느낌, 이것이 헨리가 루잔과 만나기 전에 미국 문화에 대해 가졌던 느낌이 아닐까. 눈길을 주어도 아무런 반응이 없는 대상, 무감각한 것처럼 보이는 대상에 익숙해 있는 헨리에게 루잔은 아마도 각별한 존재였으리라.

헨리의 백인 아내 릴리아는 그에게 어떤 존재였을까. 어떤 의미에서 보면, 그녀가 작성한 리스트가 보여주듯 그녀 역시 헨리의 낯선 모습만을 비춰주는 거울과 같은 존재였는지도 모른다. 물론 소설 곳곳에 암시되어 있듯 그녀는 또한 헨리에게 기다림의 대상이기도 하다. 비록 과묵한 성격 때문에 적극적으로 나서지는 못하지만 헨리는 여전히 그녀를 향한 마음의 끈을 놓지 않는다. 이 같은 헨리의 모습에서 미국 문화의 바깥쪽에서 서성이며 그 문화와 진정한 의미에서의 만남의 순간을 기다리는 '국외자'의 모습을 다시 한

번 확인할 수 있다면 이는 지나친 해석일까. 따지고 보면, 헨리만이 국외자의 위치에서 대상을 관찰하는 스파이 같은 존재는 아니다. 비록 헨리가 원인 제공자이긴 하지만, 릴리아 역시 헨리의 마음 바깥쪽에서 그를 관찰하는 스파이와 같은 존재이지 않았던가. 릴리아가 작성한 리스트는 대상에 대한 일종의 스파이식 관찰의 결과일 수도 있기 때문이다. 이런 의미에서 보면, 양자 사이에 존재하는 마음의 벽은 이 같은 스파이 역할을 포기할 때, 다시 말해 서로에게 자신의 모습을 드러내고 적극적으로 다가갈 때 비로소 허물어질 수 있는 것인지도 모른다. 물론 그 벽의 원인 제공자가 헨리인 만큼 헨리 쪽의 노력이 무엇보다 중요하지만.

소설이 3분의 2가량 진행되었을 때 헨리와 릴리아는 헨리의 아버지가 살던 집에서 만날 약속을 한다. 집 안을 정리하기 위해서였다. 그곳에서 두 사람은 우연한 계기에 마음의 문을 열고 서로의 사랑을 확인하고, 이를 계기로 하여 다시 함께 살기 시작한다. "우리는 다시 제인 스트리트에 있는 우리의 다락방에서 산다"(231)로 시작되는 문장에서 확인할 수 있듯, 둘이 다시 함께 살기 시작하는 순간부터 헨리의 이야기 서술은 과거형에서 현재형으로 바뀐다. 시제의 변화는 무엇보다 헨리와 릴리아의 재결합이 헨리의 마음과 삶에 생기를 불어넣었음을 암시하기 위한 것일 수도 있다. 나아가, 어딘가 뒤로 물러나 있는 것 같은 헨리의 태도에 변화가 일고 있음을 보여주기 위한 것일 수도 있다. 어쨌든, 양자의 재결합이 이전의 만남을 넘어서는 것이 되기 위해서는 문화의 차이로 인해 알게 모르게 두 사람 사이에 세워진 마음의 벽을 허물어야 한다. 헨리가 자신의 아내에게조차 드러내놓고 말하지 않는 상태에서 수행해온 직업적 스파이 역할을 청산하는 것은 바로 이 같은 벽 허물기가 구체적으로 실행되고 있음을 보여주는 사건이라 할 수 있을 것이다. 앞서 살펴본 바와 같이 존 광과의 만남 끝에 헨리는 스파이 생활을 청산하는데, 이제야 비로소 헨리와 릴리아의 만남—나아가 미국 문화 안으로 헨리의 편입—은 진정한 의미를 얻게 된다. 즉, 헨리는 문화적 갈등을 뛰어넘어 비로소 진정한 의미에서 삶의 현장 속으로 뛰어드는 셈이 된다. 소설은 바로 이 정황을 상징적으로 보여주는 것으로 끝맺고 있다.

> 우리가 담당한 일주일분 수업을 모두 마치고 나서 우리는 모든 아이들에게 일일이 작별인사를 한다. 수많은 비전임 선생님들이 일주일 단위로 수업을 맡아 하기 때문에 이번 여름에는 아마도 아이들과 다시 만나지 못하게 될 것이다. 나는 가면을 벗고 아내와 함께 아이들을 차례로 포옹하고 작별 키스를 전한다. 아이들을 안아 들어올리듯 하며 포옹을 하면서 나는 그 아이들이 내가 영원히 잊지 못할 바로 그 크기의 몸집을 갖고 있음을, 나에게 그렇게 경이롭고 두렵게 느껴졌던 바로 그 몸무게를 갖고 있음을 의식한다. 그들은 나의 포옹과 작별 키스에 어떻게 반응해야 할지 잘 몰라 어색해한다. 나는 아이들을 내려놓는다. 아이들 가운데 몇몇이 남보다 좀더 오랫동안 나에게 눈길을 주는 것이 느껴진다. 내 목소리가 내 입과 보조를 맞춰 움직이고 있는지를, 내 목소리가 정말로 저런 얼굴 모양을 한 사람한테서 나오는 것인지를 확인하는 그들의 표정에는 놀라움의 빛이 스친다.
>
> 릴리아가 아이들 모두에게 스티커를 하나씩 준다. 릴리아는 학급

명부를 사용하여 햇빛을 발하는 해 모양의 스티커 위에 아이들을 이름을 써넣는다. 모든 아이들이 훌륭한 시민이었다고 그녀가 말한다. 그녀는 아이들의 이름을 발음해보고는 그 이름을 스티커에 재빠르게 옮겨놓는다. 그리고는 나를 시켜 아이들이 교실을 나갈 때 그 스티커를 아이들 가슴에 붙여주도록 한다. 아이들은 조용한 표정을 한 채 한 줄로 서 있다. 나는 그 표정 하나하나를 내 머리 속에 담아놓는다. 이제 릴리아가 마지막 어조와 억양에 유의하면서 온갖 정성을 기울여 아이들의 이름 하나하나를 부른다. 그리고 나는 우리들이 누구인지를 알리는 그 이름들, 발음하기 어려운 그 이름들을 릴리아가 부르면서 열댓 개의 사랑스러운 모국어들을 발음하는 것을 듣는다. (349)

이창래의 『네이티브 스피커』에 대해 논하면서 미국의 팀 앵글스 Tim Engles와 같은 비평가는 헨리가 결국에 가서 이민 1세대인 한국인 부모로부터 물려받은 문화적 유산으로서의 사고와 행동 패턴을 "거부함"으로써 정체성의 위기 문제를 극복한다고 주장한다.[4] 하지만 이 같은 입장은 작품에 대한 불성실한 읽기의 결과라고 하지 않을 수 없는데, 암시적으로든 명시적으로든 이를 뒷받침하는 대목은 작품 어디에서도 찾을 수 없기 때문이다. 앵글스는 일종의 지배 문화의 이데올로기를 헨리의 경우에 대입하고 있는 것 아닐까. 말하자면, 겉으로는 다양한 문화의 동시 존재성과 다양성 속

---

4) Tim Engles, "'Visions of me in the whitest raw light': Assimilation and Doxic Whiteness in Chang-rae Lee's Native Speaker," *Hitting Critical Mass: A Journal of Asian American Cultural Criticism* 4.2 (Summer 1997) 참조.

의 조화를 말하면서도, 실제로는 기존의 문화유산을 거부하고 미국 문화에 흡수되는 것—아니, 좀 거친 표현을 사용하자면, 백기를 들고 투항하는 것—이 최선의 길이라는 투의 이데올로기를 작품 읽기에 투사하고 있는 것 아닐까. 헨리와 존 광의 만남에서 확인할 수 있듯, 헨리는 돌아가신 아버지나 그한테서 물려받은 한국적 문화유산에 대해서와 마찬가지로 존 광에 대해서도 복잡한 감정을 지니고 있는데, 그 감정은 물론 일방적인 혐오나 배척의 감정은 아니다. 어떤 관점에서 보면, 다음 대목이 상징적으로 보여주고 있듯, 이미 상처를 입고 망가진 것일지라도 감싸고 보호해야 하는 것이 이민 1세대가 모국에서 가져온 문화유산인지도 모른다. 그는 자신의 일부이기도 한 바로 그 문화유산을 훼손하거나 거부하는 대열에 끼어들 수 없지 않은가.

사람들은 그[존 광]의 어깨를, 머리채를 잡아채고 있다. 그의 머리를 감싸고 있던 붕대가 떨어져 나간다. 모든 사람들이 아우성을 치고 있다. 그를 향해 소리치는 백여 개의 입들.

이윽고 그가 있는 곳에 이르자 나는 그들을 주먹으로 친다. 아우성 치고 소리 지르는 모든 자들의 얼굴을 나는 주먹으로 친다. 그의 얼굴만을 빼고 모든 자들의 얼굴을. 하지만 내가 주먹질을 할 때마다 그에 상당하는 또 다른 주먹질이 내 자신의 귀를, 목을, 뒤통수를 울리고 있음을 느낀다. 나는 어느 정도 기꺼운 마음으로 그 주먹질을 받아들인다. 그리고 내가 벌렁 자빠질 때마다 매 순간 그는 내가 누구인지를 흘끔 확인한다. 그리고 나는 본다. 그가 마치 몸이 망가진 어린아이처럼 몸을 웅크리는 것을. 그가 지닌 널찍한 이민자의

얼굴을 내가 보지 못하도록 가리면서. (343)

앞서 인용한 바 있는 소설의 마지막 부분에서 확인할 수 있듯, 헨리는 자신의 죽은 아들 미트를 불현듯 생각나게 하는 이민 2세대의 아이들, 필경 자신의 어린 시절 모습과 다르지 않을 그 아이들에게 영어를 가르치는 가운데 새로운 삶을 시작한다. 말하자면, 과거와의 단절이 아니라 과거를 끌어안는 가운데 진정한 의미에서의 영어의 '네이티브 스피커'—아이들이 놀라운 표정으로 바라볼 만큼 능숙하게 영어를 구사하되, 자신의 목소리에 귀를 기울이지 않는 '네이티브 스피커'—로 변모해가는 것이다. 이민 1세대로부터 물려받은 이민 2세대 아이들의 모국어가 "사랑스러운" 것임을 자각하는 헨리는 곧 소설가 이창래일 수 있거니와, 이창래가 영어식 이름 대신 한국어식 이름으로 미국에서 작가 활동을 하는 것은 이런 의미에서 시사하는 바가 적지 않다. 말하자면, 이민 1세대로부터 물려받은 문화유산이 비록 장애물 역할을 할지라도 이를 거부하지 않은 채 또는 이를 껴안은 채 미국 문화 속으로 편입하고자 하는 것이 헨리가 아닐까. 한편, 소설의 마지막 장 앞부분에서 헨리가 삶을 살아가는 뉴욕은 수많은 언어의 다성적(多聲的)인 울림이 넘치는 도시로 묘사되고 있거니와, 불협화음을 연상시킬 정도의 혼란스러움에도 불구하고 모든 문화적 요소를 끌어안은 뉴욕은 헨리—나아가 이창래—가 그의 마음속에 그리는 미국 문화의 현재이자 미래의 모습이리라.

이곳은 말의 도시다.

우리는 이곳 말의 도시에서 산다. 거리에는 우리가 좀처럼 알아들을 수 없는 언어로 외쳐대는 사람들의 말소리가 있다. 더할 수 없이 기묘한 말의 합창. 우리는 조심스럽게 고개를 끄덕이거나 표지판에 주의를 기울이며, 무리를 지어 있는 장사꾼들의 곁을 지나간다. 모든 사람들의 말소리가 마치 화가 난 듯한 사람들의 말소리처럼, 연극 배우들의 말소리처럼 들린다. 완벽하게 엉클어져 있는 세계. 그들은 당신이 무언가 사주기를, 아니면 당신이 가지고 있는 것을 낚아채기를, 그도 저도 아니면 당신이 눈앞에서 사라져주기를 원한다. 끊임없는 외침은 당신이 이곳에 속해 있음을, 또는 당신 스스로 당신 자신을 이곳에 속해 있는 사람으로 만들거나 아니면 떠나야 함을 알리기 위한 것이다. (344)

헨리가 릴리아와 화해를 한다든가 산업 스파이 생활을 청산한다는 것은 그가 진정한 미국 사회의 일원이 된다는 것을 보여주는 상징적 의미를 갖는다. 이는 또한 한 사회가 그 사회의 구성원들에게 요구하는 적극적 역할을 능동적으로 받아들이게 되었다는 점에서 이창래의 『네이티브 스피커』는 하나의 성장소설로 읽힐 수도 있다. 원론적 입장에서 보면, 성장소설은 간단하게 정의될 수 있다. 에이브럼스가 『문학 용어집』에서 밝히고 있듯, 성장 소설이란 "다양한 체험을 통해, 일반적으로 일종의 정신적 위기를 통해 한 인간이 어린 아이에서 성숙한 어른으로 변모하고, 그러는 가운데 세계 내에서 자신의 정체와 역할을 인식해가는" 과정을 다룬 소설로서, "주제 면에서 주인공의 정신과 성격의 발전"이 문제된다.[5] 요컨대, 작중 인물이 겪는 정신의 위기와 이에 따른 자아의 각성, 나아가서 자아와 세계 사이의 관계 정립이 성장 소설의 요체를 이루거니와, 바로 이런 의미에서 『네이티브 스피커』는 성장소설로 분류될 수 있을 것이다.

『네이티브 스피커』에 대한 이해의 과정에서 우리가 또 하나 짚고 넘어가야 할 점이 있다면, 이는 한 인간의 언어적 정체성과 관련된 문제일 것이다. 물론 헨리는 영어 구사 면에서 볼 때 현재도 그렇지만 과거에도 언어적으로 완벽한 사람이었다. 그럼에도 불구하고 그는 적극적 의미에서 미국 사회의 일원이 될 수 없었던 것이다. 여기에서 우리는 언어란 "길을 잘못 들어서는 바람에 그 모습을 드러낸 신"이라는 폴 발레리의 시 구절을 화두로 삼아[6] 식민지의 언어 상황을 날카롭게 파헤쳤던 프란츠 파농Franz Fanon의 논의를 떠올릴 수 있다. 파농은 『검은 피부, 하얀 가면』을 통해 유럽의 백인 식민지 지배자들은 아프리카의 흑인 피지배자들에게 일종의 환상을 갖도록 유도함을 설파한 바 있거니와, 지배자들은 자신들의 언어를 얼마만큼 능숙하게 구사하는가에 따라 피지배자들조차 지배자와 동일한 지위를 확보할 수 있으리라는 환상을 갖도록 한다는 것이다. 바로 이 환상에 젖어 피지배자들은 적극적으로 지배자의 언어를 받아들이게 된다는 것이다. 하지만 지배자의 언어

5) M. H. Abrams, *A Glossary of Literary Terms*, 4th ed. (New York: Holt, Rinehart and Winston, 1981), p. 121.

6) Franz Fanon, *Black Skin, White Mask*, tr. Charles Lam Markmann (New York: Grove Press, 1966), p. 18.

에 능통하더라도, 다시 말해 "하얀 가면"을 쓰더라도, 피지배자의 "검은 피부"의 색깔 자체가 바뀌는 것은 아니다. 이로 인해 피지배자의 정체성 위기는 심각할 수밖에 없다는 것이 파농의 진단이다. 『네이티브 스피커』의 헨리는 바로 이 같은 의미에서의 정체성 위기를 상징하는 인물일 수 있다. 한편, 파농은 이 위기를 해소하기 위해 피지배자들이 자신들의 문화도 존재한다는 점을 증명해 보이려고 필사적 노력을 하는 것에 비판의 눈길을 보내기도 하는데, "신비로운 과거를 들먹이며 현재와 미래를 부정하는 태도"[7]는 바람직한 것이 아니기 때문이다. 결국 파농은 사르트르의 영향 아래 폭력에서 위기 해결책을 찾는다. "검둥이들에게는 다만 하나의 해결책이 있으니, 이는 싸우는 일이다."[8] 문제는 폭력은 다만 새로운 폭력을 낳을 뿐이며, 폭력 자체가 정체성 회복으로 이르는 길이 될 수 없다는 데 있다. 또한 비록 인종적, 문화적 갈등이 있을 수밖에 없더라도 헨리가 처한 사회적 상황은 결코 식민지의 피지배자가 처한 상황과 같은 것이 아니다. 어떤 의미에서 보면, 이민 세대의 정체성 위기와 갈등은 타율이 아닌 자율에 의해 새로운 문화적 상황에 편입하려는 데 따른 것이기도 하다. 따라서 어떤 형태로든 다른 종류의 해결책이 모색되어야 한다. 릴리아—즉, 미국 사회의 주류 문화 또는 백인 문화—에 대한 헨리의 사랑과 이민 2세대의 아이들—즉, 이민 1세대가 그들의 모국에서 가지고 온 문화유산—에 대한 헨리의 관심과 애정에서 확인할 수 있듯, 위기와 갈등의 상황

7) Fanon, p. 14.
8) Fanon, p. 224.

을 헤쳐나가기 위해 이창래가 제시하는 해결책은 다름 아닌 모든 사람들과 모든 문화들에 대한 사랑과 애정이다. 바로 그 해결책은 도스토옙스키가 『카라마조프가의 형제들』에서 제시한 것과 크게 다를 바가 없는 것이기도 하다.

3. 남은 문제, 또는 풀어야 할 과제

대상을 관찰하는 데에는 대상과의 거리 유지가 필수적 요건이다. 하지만 때에 따라서는 거리를 유지하기에 대상이 너무 멀리 떨어져 있는 경우도 있다. 바로 이 때문에, 너무 가까이 있는 대상에 대한 객관적 관찰이 불가능한 것처럼, 너무 멀리 떨어져 있기에 객관적 관찰이 불가능한 경우도 있다. 너무 멀리 떨어져 있는 경우에도 너무 가까이 있는 경우에서와 마찬가지로 이른바 '선입관'이 개입할 수 있기 때문이다. 이창래의 『네이티브 스피커』에 대한 논의를 마감하는 자리에서 우리가 새삼 대상과의 거리를 문제 삼는 이유는 무엇인가. 이는 헨리의 정체성 위기 극복이 이민 1세대인 한국인 부모로부터 물려받은 문화적 유산으로서의 사고와 행동 패턴을 "거부함"으로써 가능했다는 견해를 다시 한 번 문제 삼지 않을 수 없기 때문이다. 이 같은 견해는, 다시 한 번 말하지만, 부모로부터 물려받은 문화유산을 거부한 채 백기를 들고 미국 문화에 투항하는 것이 최선의 길이라는 투의 이데올로기를 작품 읽기에 투사하는 것일 수도 있다. 이처럼 본래의 문화유산을 부정함으로써 진정한 미국 문화의 일원이 될 수 있다는 입장을 은연중에 내세우는 경우,

변증법적 합일을 암시하는 '멜팅 팟melting pot'이든 다양한 문화의 '공존co-existence'을 암시하는 '샐러드 볼salad bowl'이든 미국을 지칭할 때 우리가 사용하는 그 어떤 이미지도 말뿐인 허구임을 자인하는 셈이 된다. 이런 식의 작품 읽기는 주류가 비주류를 무력화해서 흡수해야 한다는 투의 '흡수주의자assimilationist'의 논리를 은연중에 드러내는 것일 뿐이다. 그럼에도 불구하고 이런 식의 『네이티브 스피커』에 대한 작품 읽기가 이루어지고 있는 이유는 무엇일까. 미국 사회에 새롭게 편입되는 사람들에 대한 최소한의 이해를 결여한 상태에서 작품 읽기에 자신의 선입관을 투사하기 때문일 수 있지 않을까.

새롭게 미국 사회에 편입되는 사람들에 대한 이해의 결여를 결정적으로 보여주는 또 하나의 실례는 헨리의 '정서적으로 과묵함 emotional reticence'을 한국 문화의 전형적 특질로 이해하려 한다든가, 릴리아에 대한 헨리의 사랑을 백인 문화에 대한 무의식적인 동경으로 이해하려 하는 데에서도 확인된다.[9] 사실 과묵함이란 한국의 선비들에게 특히 요구되었던 덕목이기도 하다. (유교 전통의 한국 문화가 선비의 덕목으로 과묵함을 강조함은, 어떤 의미에서 보면, 그와 같은 덕목이 강조될 만큼 과묵함을 유지하기가 한국 문화권의 구성원들—선비든 선비가 아니든—에게 어렵다는 현실을 암시하는 것일 수도 있다.) 하지만 과묵함이란 한국인이든 아니든 교양을

---

9) 이 같은 입장 역시 팀 앵글스의 논의에서 확인된다. 특히 팀 앵글스는 릴리아를 "the most significant white other"로 이해하고 있거니와, 헨리와 릴리아 사이의 관계를 한국 문화와 백인 문화 사이의 만남으로 전형화해서 이해하려 한다는 점에서 문제를 안고 있다. 물론 헨리와 릴리아는 두 문화의 전형일 수도 있지만 이와 동시에 문화의 차원을 뛰어넘어 특유의 개성을 지닌 인간으로 이해해야 할 필요도 있다.

갖춘 사람들을 접할 때 누구에게서든 우리가 느끼는 특성이기도 하다. 물론 헨리의 과묵함에는 교양이라는 잣대로만 설명되기 어려운 부분도 있다. 또한, 어떤 관점에서 보면, 일반론만으로는 설명되기 어려운 헨리의 과묵함은 한국적인 것이라기보다 서양적인 것으로 느껴지기도 한다. 아니, 한국적인 것이라든가 서양적인 것이라는 논란에 앞서, 헨리의 과묵함은 있는 그대로 헨리라는 한 인간의 고유한 성격적 면모일 수 있다. 릴리아의 솔직함과 성급함을 백인 문화의 특질로 보는 논리가 지나친 단순화일 수 있듯, 헨리의 성격적 특징을 모두 한국 문화와 관련지어 일반화하는 것 역시 지나친 단순화일 수 있다.

물론 어디까지를 헨리라는 인간의 개성으로 보고 또 어디까지를 한국인 또는 한국 문화의 특성으로 보아야 할 것인가의 문제에 대한 답이 쉬운 것은 아니다. 헨리의 인격 형성에 결정적 영향을 미친 것은 바로 그의 환경일 것이고, 그 환경의 주요 구성원은 그의 부모일 것이다. 바로 이런 점에서 부모의 인격 형성 과정에 중대한 영향을 미쳤을 것임에 틀림없는 한국 문화유산이 헨리의 인격 형성에도 중요한 영향을 미쳤을 것임은 충분히 미루어 짐작할 수 있을 것이고, 따라서 헨리의 어떤 측면은 분명히 '한국적'인 것으로 이해될 수 있다. 하지만 헨리의 인격 형성에 영향을 미친 것은 그것이 전부가 아니다. 즉, 문밖을 나서면 그는 즉시 미국 사회와 그 사회를 지배하는 또 하나의 문화와 씨름해야 했고, 바로 이 과정이 그의 인격 형성에 미친 영향도 무시할 수는 없다. 그런 관점에서 볼 때, 그의 어떤 측면은 '미국적'인 것일 수 있다. 바로 이 때문에 헨리의 과묵함이든 무엇이든 그것을 '한국적'인 것으로 단정할 수 없는 것이다. 또한 그의 성격에는 '한국적'이라든가 '미국적'이라는 수식어를 뛰어넘어 존재하는 그 무엇, 그에게 고유한 그 무엇이 있을 수도 있다. 이처럼 모든 것이 명료하지 않은 상태로 뒤섞여 있는 것, 바로 그것이 인간의 모습이고 또한 인간의 삶이 아니겠는가. 그리고 또한 그러한 인간의 모습과 삶을 예민하고 섬세하게 문자화한 것이 문학 작품이 아니겠는가. 이런 이유 때문에 어떤 문학 작품에 대한 이해에서든 섣부른 단순화와 일반화는 항상 경계해야 한다. 그럼에도 불구하고, 한국계 미국 작가들의 작품을 읽을 때 대부분의 문학 연구자나 평론가는 그들의 작품에서 '한국적'인 것과 '미국적'인 것을 가려내고 대비하려는 유혹을 쉽게 뿌리치지 못한다. 바로 이런 유혹이 단순화와 일반화를 무릅쓰게 하는 것 아닐까. 물론 이창래의 『네이티브 스피커』에 대한 우리의 이해도 이 같은 비판에서 자유로울 수 없다. 이 때문에 손쉬운 읽기 자체를 불허하는 이 소설, 더할 수 없이 매혹적으로 독자를 이끌면서도 더할 수 없는 부담을 느끼게 하는 이 소설에 대한 우리의 논의는 여기서 끝날 수 없다.

환유와 은유의 경계에서

—한강의 『그대의 차가운 손』에 내재된 긴장 구조

1. "삶의 껍데기" 이면에 대한 작가의 탐구

일종의 액자소설인 『그대의 차가운 손』(문학과지성사, 2002)에서는 조각가 장운형과 그가 만나는 L과 E라는 여자의 이야기가 액자의 안쪽을 이룬다. 액자 안쪽을 형성하는 이야기의 중심 모티프는 물론 장운형의 눈에 비친 사람들의 "손"이긴 하지만, 손 이외에 얼굴과 눈에 대한 그의 관찰도 못지않게 중요한 의미를 갖는다. 장운형의 어린 시절 체험에 대한 기록에서 확인되듯, 그에게 얼굴이란 미소 뒤에 자신을 가리고 감추고 숨기는 일종의 가면이요 탈이며, 눈 역시 "보는 대상만을 고스란히 상대에게 되비쳐 보"이기만 할 뿐 "거울 뒤에 있는 것이 무엇인지"를 알려주지 않는(『그대의 차가운 손』, p. 30. 이하 페이지만 표시) 또 하나의 가면이요 탈이다. 심지어 이 소설에서는 안경조차 자신을 숨기는 도구라는 점이 부각되고 있다. 하지만 앞서 말했듯 무엇보다 중요한 이야기의 모티프는

'손'인데, "손"은 특히 "어찌 보면 얼굴보다 교묘한 탈"(89)이기 때문이다. 즉, "혀와 눈이 달린 얼굴과는 달리 손은 정확한 말을 하지 않"으며 "말하려 하지만 말할 수 없"고 "마찬가지로, 가리려 하지만 역시 다 가리지 못"하기 때문(89)이다. 따라서 장운형은 "얼굴보다 교묘한 탈"이면서 "가리려 하지만 역시 다 가리지 못"하는 손에 시선을 집중한다. "오래전부터 [장운형은] 처음 누군가를 만날 때 얼굴을 본 뒤 바로 손을 살피는 버릇을 가지"게 되었던 것(77)이다.

장운형이 손이든, 얼굴이든, 눈이든, 신체의 특정 부위를 탈이나 가면으로 인식하고, 나아가 이에 시선을 집중하는 이유는 무엇인가. 이 물음에 대한 답을 우리는 다음 인용에서 찾을 수 있다.

> 내가 남과 다르게 보고 생각한다는 것은 스스로 잘 알고 있었다. 남들이 모두 진짜라고 생각하는 것을 집요하게 의심했고, 남들이 모두 만족하는 것들에 만족하지 못했으며, 남들이 전혀 아름답지 않다고 생각하는 것에서 아름다움을 발견했다. 보이고 들리고 냄새를 풍기고 만져지는 모든 것들의 안쪽을 꿰뚫어 보기 위해 나는 안간힘을 썼다. (83)

요컨대, "모든 것들의 안쪽을 꿰뚫어 보"는 가운데 가짜가 가짜임을, 진짜가 진짜임을 확인하려는 욕구, 또는 가면 뒤에 숨은 진실을 확인하려는 욕구, 바로 이런 욕구가 장운형에게 사람들의 신체 부위에 집요하게 시선을 집중하도록 한다. 이와 관련하여 우리는 장운형이 어린 시절 외삼촌의 시신 앞에서 확인하는 진실에 주목할 수 있는데, 그는 "손가락이 잘린 자리를 뚫어지게 내려다보"면서 진실이란 "불쌍한" 동시에 "저렇게 누추한 것"(74)임을 확인한다. 말하자면, 진실이란 "대대로 고이 물려받아온 보물이 실은 10원 한 장의 가치도 없는 가짜였다는 것을 알게" 될 때처럼 "허전"함만을 주는 것(74)일 수도 있다. 그럼에도 불구하고, 진실을 향한 장운형의 욕구는 병적일 정도로 완강하다. "미지의 은폐물들"을 "감싼 아슬아슬한 껍질을 벗기고 싶"어 하는 마음, "내 눈으로 직접 꿰뚫어 보고 싶"어 하는 마음(35)은 그가 어린아이였을 때부터 이미 그의 의식에 자리하고 있었기 때문일 것이다.

장운형의 마음을 그런 쪽으로 몰아간 근원적이면서도 직접적인 원인 제공자는 누구일까. 물론 앞서 말한 외삼촌이 원인 제공자일 수 있다. 하지만 원인 제공자에는 아버지나 고모를 포함한 모든 주위 사람들, 심지어 어머니까지도 포함된다. 그들의 얼굴에서조차 가면과 탈을 확인할 수밖에 없었기 때문이다. 예민하고도 섬세한 눈을 지닌 어린아이 장운형은 어머니의 미소—주의 사람들에게 보이는 어머니의 의례적인 미소—에서조차 가면을 확인할 수 있었던 것이다. 이 놀라운 확인은 그의 정신에 상흔이 되어 이후 어린 시절부터 그의 삶에 능동적인 영향을 미친다. 즉, 어른이 되어서도 그는 사람들의 "손의 생김새와 동작을 관찰"함으로써 "그 사람이 얼굴 뒤로 감춘 것들의 일부를 느"끼려는 욕구에 몰리게 된다(77). 앞서 말한 바와 같이 손은 "가리려 하지만 다 가리지 못"하기 때문이다. 어느 날 우연히 장운형은 주체할 수 없을 정도의 폭식증과 비만증에 시달리고 있는 여자인 L의 희고, 섬세하고, 순수한 손에 시선을 집중할 기회를 갖게 된다. 바로 이 L의 손에 장운형은 "변태"로 보일 정도로 집착한다. 이어서 그는 E와 만나게 되는데, 스스로 예쁜 구석이 없다고 생각하는 L과 반대로 E는 "평균보다 아름다운 외모를 가진 여자"(191)다. 하지만 E는 L과 달리 "그녀의 얼굴과는 전혀 어울리지 않"는 손, "차갑"고 "예쁘지 않"은 손(294)을 가지고 있거니와, E의 손 역시 "거친 말씨"와 "증오에 단련된 눈빛"을 지닌 외삼촌(34)의 손과 마찬가지로 "솜씨 있게" 비밀을 숨기고 있다. 그 비밀은 그녀가 한때 "육손"이었다는 사실이다. E의 손이 감추고 있던 이 같은 비밀이 드러나는 자리에서 장운형은 "삶의 껍데기 위에서, 심연의 껍데기 위에서 우리들은 곡예하듯 탈을 쓰고 살아"감(313)을 새삼스럽게 깨닫거니와, 바로 이 같은 깨달음으로 독자를 이끌어 가는 소설이 『그대의 차가운 손』이다.

2. '은유의 환유화'와 '환유의 은유화'가 의미하는 것

껍데기와 탈 또는 가면 뒤에 감추어진 인간의 의식 저편을 꿰뚫고 들어가 이를 뒤집어 보이려는 작가의 예리한 시선을 의식하면서 『그대의 차가운 손』을 읽어나가는 도중, 나는 돌연 마르셀 프루스트Marcel Proust의 『잃어버린 시간을 찾아서*À la recherche du temps perdu*』에 나오는 다음 대목을 떠올리게 되었다. 그리고 이 대목은 소설 읽기를 마칠 때까지 내 마음을 떠나지 않았다.

> 그림자가 광선을 연상시키듯 내 방의 이 그늘진 서늘함은 거리를 가득 메운 환한 햇빛을 연상케 했다. 말하자면, 거리를 가득 메운 햇

빛만큼이나 환한 빛으로 내 방을 감쌌으며, 나의 상상력에 총체적인 여름날의 정경을 남김없이 선사해주었던 것이다. 내가 만일 산책을 하고 있었더라면 내 감각은 여름날의 정경을 단편적으로만 맛보고 즐길 수밖에 없었으리라. 이처럼 내 방의 그늘진 서늘함은 내 평온한 마음과 아주 잘 어울리는 것이었다. 내 마음은 (내 책이 전해주는 모험 이야기, 평온한 마음을 일깨우는 그 모험 이야기 덕분에) 격류의 충격과 활기를 견디어내고 있었거니와, 마치 흐르는 시냇물에 가만히 담가놓은 손과도 같았던 것이다. (마르셀 프루스트, 『잃어버린 시간을 찾아서』 제1권, 플레이아드, 1987년판, p. 82, 번역은 논자의 것)

왜 이 대목이 그리도 집요하게 나의 마음을 사로잡았던 것일까. "흐르는 시냇물에 가만히 담가놓은 손"이 등장하기 때문에? 어쩌면 그럴지도 모르겠다. 『그대의 차가운 손』은 결국 "손"에 관한 이야기 아닌가. 앞서 살펴보았듯, "오발된 탄환에 오른쪽 엄지손가락과 검지손가락의 윗마디들을 잃"어 불구가 된 외삼촌(33)의 손에서 시작하여 L의 "성스러운 손"에 이르기까지, 나아가 E의 "차갑"고 "예쁘지 않"은 손에 이르기까지, 이 소설의 주인공 장운형은 시종일관 신체의 일부분인 손에 집요하게 시선을 모으고 있지 않은가. 그렇다면, 단순히 주인공이 손에 집요하게 시선을 모으는 이야기이고 또 이야기 자체가 손에 관한 것이기 때문에 『그대의 차가운 손』이 나에게 "흐르는 시냇물에 가만히 담가놓은 손"의 이미지가 등장하는 위의 대목을 계속 떠올리게 했던 것일까. 물론 그것이 이유의 전부일 수는 없다. 아니, 그것이 이유의 전부라면 이 짤막한 글을 쓰는 자리에서 『잃어버린 시간을 찾아서』에 나오는 위의 대목을 이처럼 장황하게 인용하지도 않았을 것이다. 그렇다면 무슨 이유로 장황한 인용까지 하면서 프루스트와 『잃어버린 시간을 찾아서』를 들먹이는 것일까.

이 물음에 대한 답을 위해 우리는 먼저 앞의 인용이 자기 방에 틀어박힌 채 책을 읽는 마르셀의 모습을 담고 있다는 점을 주목해야 할 것이다. 우선 방의 분위기가 묘사되고 있는데, 방은 환한 햇살에 흠뻑 젖어 있는 바깥세상과 달리 "그늘진 서늘함"이 지배하고 있다. 하지만 마르셀은 바깥세상에 있을 때보다 방 안에 갇혀 있을 때 더욱더 생생하게 환한 햇살의 여름을 느낄 수 있으며, 여름의 현장에서 여름은 다만 "단편적으로만" 체험될 뿐이라 말한다. 이 역설을 어떻게 이해해야 할까. 여기에서 우리는 수사법의 핵심을 읽어낼 수도 있거니와, "그늘진 서늘함"이 "거리를 가득 메운 환한 햇빛" 또는 "총체적인 여름날의 정경"을 '대체'한다는 점에서 전자를 은유metaphor와, "총체적인 여름날의 정경"이 다만 여름의 "단편"만을 제공한다는 점에서 후자를 환유metonymy와 연결할 수 있다. 이와 관련하여 우리는 로만 야콥슨Roman Jakobson이 문제의 대상을 뛰어넘어 전혀 별개의 대상에 주목하려는 경향을 은유와, 전체를 놓친 채 부분에만 집착하려는 경향을 환유와 관련지었던 것에 유의할 수 있을 것이다. 이런 맥락에서 보면, 프루스트는 여기에서 환유보다는 은유가 우월한 것인 양 말하는 것처럼 보인다. 하지만 이를 뒤집어 보면, "내 방"의 "그늘진 서늘함"은 "빛"과 "그림자"가 어우러져 만드는 "총체적인 여름날의 정경"의 한 부분이라는 점에서, 전자는 부분을 통해 전체를 더할 수 없이 생생하게 드러내는 수사적 전략과 연결될 수도 있다. 이렇게 보면, 프루스트가 앞의 인용을 통해 보여주는 것은 기본적으로 은유와 환유의 대비가 아니라, 은유적 이미지의 환유화일 수도 있다. 이와 관련하여 우리는 다시 한 번 야콥손의 논의에 주목할 수 있는데, 그는 특정 대상의 일부를 환기함으로써 전체의 이미지를 환기하는 수사적 기법을 환유로 규정하면서 이를 사실적 묘사에 치중하는 글쓰기와 관련지었기 때문이다.

여기서 우리는 또 하나의 문제를 제기할 수 있는데, 마르셀이 방에서 책을 읽고 있는 자신의 이미지를 묘사할 때 신체의 일부인 "손"에 비유하고 있기 때문이다. 손이 감지하는 바는 한 인간이 감지하는 복잡다단한 느낌의 일부라는 점에서, 이는 명백히 환유적 이미지다. 바로 이 환유적 이미지를 통해 외면적으로 고요하나 내면적으로 들끓고 있는 마르셀의 모습이 더할 수 없이 생생하게, 또한 사실적으로 드러나고 있지 않은가. 여기서도 마르셀은 환유적 이미지의 우월성을 암시하고 있는 것처럼 보이기도 한다. 하지만 그렇게 단순화할 수 없는 것처럼 보이기도 하는데, 손은 환유적 이미지이기도 하지만 손의 느낌을 마음의 느낌으로 대체하고 있다는 점에서 은유적 이미지일 수도 있기 때문이다. 아울러 '책 읽기의 행위'가 "흐르는 시냇물에 가만히" 손을 담그고 있는 행위에 대체되고 있다는 점에서도 이는 은유적 이미지일 수도 있다. 아니, 어찌 보면, 환유적 이미지의 은유화일 수 있다.

요컨대, '은유적 이미지의 환유화'와 '환유적 이미지의 은유화'가 팽팽한 긴장 속에서 제시되고 있는 것이 앞의 인용이거니와, 어떤 의미에서 보면 양자의 긴장 관계 위에 구축되는 수사적 세계가 바로 문학일 수 있다. 만일 『그대의 차가운 손』이 우리에게 결코 범상하지 않은 문학 작품임을 느끼게 한다면, 그 이유 가운데 하나는 바로 이처럼 은유와 환유 사이의 경계선 뛰어넘기 또는 양자 사이의 수사적 변용이 절묘하게 이루어지고 있기 때문이다. 또는 '환유적 이미지의/환유화'와 '환유적 이미지의 은유화'가 이루어지고 있기 때문이다. 명백히 손뿐만 아니라 눈이나 얼굴과 같이 신체의 일부분에 시선을 던지는 장운형의 모습에서 확인할 수 있듯, 『그대의 차가운 손』에서는 환유적 이미지들이 이야기의 바탕을 이룬다. 하지만 이 소설에서도 환유적 이미지들은 단순히 환유의 차원에 머물지 않는다. 이 소설에서는 특히 손의 이미지가 그러한데, "손이 또 다른 얼굴, 또 하나의 독립된 몸이라는 것을 그때쯤 나는 알고 있었다"(88)는 장운형의 고백이 암시하듯, 손은 곧 몸을 대신하는 것으로 이해되고 있다. 아울러, "중지의 끝마디에 얼굴이 그려져 있고 손바닥에는 장기들의 부위가 표시돼 있"다고 보며 "손등은 등허리, 손톱 부위는 항문과 회음"으로 보는 "수지침의 교재"가 가르치듯, 작가는 장운형을 빌려 독자에게 손은 곧 "인체의 축소판"(88~89)임을 환기시키고 있다. 손이 신체의 일부인 한 그것은 물론 환유적 이미지의 영역에 속하는 것이지만, "인체의 축소판"이고 따라서 '인체'를 '대체'한다는 점에서는 은유적 이미지의 영역에 속하는 것이기도 하다. 이처럼 환유적 이미지를 부각시키면서 이를 동시에 은유적 이미지로 읽도록 하는 작품이 『그대의 차가운 손』이라고 할 수 있거니와, 환유가 은유로 바뀌는 극적인 순간을 우리는 손이 "없다면 이미 나는 없는 것이나 같"음을 말하는 다음 인용에서 확인할 수 있다.

그녀가 내 오른손을 잡고 하나하나의 손가락을 떼어내는 동안 나는 질끈 눈을 감은 채 입술을 떨고 있었다. 처음으로, 내가 얼마나 내 손을 사랑하고 있었는지를 깨달았다. 나를 이 세상과 이어주는 유일한 것. 내 얼굴보다 더 나에 가까운 것. 그것이 없다면 이미 나는 없는 것이나 같은 것. (310)

수사학적 측면에서 보면, 환유와 은유의 경계를 무너뜨리는 가운데, 또는 환유의 은유화와 은유의 환유화를 팽팽하게 마주 세우는 가운데, 이 소설은 사실성 또는 리얼리티와 시적 환상성을 동시에 획득하고 있다 할 수 있다. 소설 속에서 실제로 이 같은 작업을 수행하는 인물은 물론 장운형인데, 장운형이 석고로 떠놓은 손이 "H라는 작가"(29)에게 "등골을 훑어내리는 섬뜩함"에 "발을 멈"추도록 하고, 또 "마치 보이지 않는 유령의 선득한 기운이 오른쪽 뺨을 스쳐간 것 같"은 느낌을, "좁쌀 같은 소름이 목덜미를 타고 발끝까지 쫙 끼"치는 느낌을 주었다면(10), 이는 바로 장운형이 석고로 떠놓은 손 조각 작품이 떠받치고 있는 작품의 환유성와 은유성 사이의 긴장 때문이 아니었을까.

이런 맥락에서 볼 때, 장운형이 떠놓은 손은 『그대의 차가운 손』이라는 소설을 '대체'할 수 있는 그 무엇이라는 점에서, 이 자체가 은유적인 것으로 이해될 수 있다. 동시에 장운형이 기록한 자신의 이야기는 H가 우리에게 전하는 이야기의 일부를 이루고 있다는 점에서 환유적인 것으로 이해될 수도 있다. 말하자면, 환유와 은유—또는 환유의 은유화와 은유의 환유화—를 팽팽하게 마주 세우는 가운데 이 작품이 또한 우리의 독서 행위를 긴장 속으로 몰아가고 있는 것이다. 실로 『그대의 차가운 손』 자체가 겉으로는 잔잔하나 "격류의 충격과 활기"를 숨기고 있는 "시냇물"과도 같은 작품일 수 있다. 또 이 작품에 대한 독서 행위는 그 자체가 "흐르는 시냇물"에 "가만히 담가놓은" 우리의 손을 따라 전해오는 격류의 느낌을 체험하는 것과도 같은 것일 수 있다.

3. 몇 가지의 부가적 문제 제기

하지만 이상의 논의에도 불구하고 『그대의 차가운 손』은 모든 면에서 만족스러운 작품이라 하기는 어려울 것처럼 보인다. 무엇보다 액자소설의 형식을 취해야 할 필연성이 짚이지 않는다. 액자의 틀에 해당하는 소설가 H의 이야기는 어떤 측면에서 볼 때 작위적으로 보이기도 하는데, 장운형의 기록을 입수하는 경위뿐만 아니라 장운형의 동생이 자기 오빠의 글을 작가 H에게 전하는 이유가 설득력이 없어 보이기 때문이기도 하다. "오빠"와는 별 관계가 없는 "나"이지만 "글을 쓰는 사람"이라는 이유로 "나"에게 오빠의 기록을 우편으로 전하다니? 그것도 "내 인생에 오직 한 번만이라도 오빠를 이해하고 싶"다(24)는 이유 때문에? 작위적이기는 "문득 나는 한 쌍의 키 큰 남녀를 발견했다"(326)라는 작가 H의 진술 뒤로 이어지는 소설의 마지막 부분도 마찬가지다. 물론 무언가 미묘한 여운을 남기려는 작가의 의도를 이해하지 못하는 것은 아니다. 하지만 이런 투의 손쉬운 마무리는 작가의 산문 정신이 끝까지 긴장을 유지하지 못하고 있다는 투의 비판을 이끌 수도 있지 않을까.

물론 『그대의 차가운 손』은 이야기를 엮어가는 작가의 능력뿐만 아니라 유려하고 명징한 문장 구사 능력이 돋보이는 작품이다. 또한 요즈음 발표된 작품들 가운데 유례를 찾기 어려울 만큼 성실하고 진지한 작품이기도 하다. 그럼에도 불구하고, 이 작품에서 드러나는 작가의 성실함과 진지함이 관념이나 직관의 차원에서 벗어나지 못하고 있다는 느낌이 드는 때가 있는 것도 사실이다. 말하자면, 아직 인간과 세상에 대한 깊이 있는 이해가 작품 바깥쪽에 머물고 있는 듯한 느낌을 떨칠 수 없다. 현실에 대한 이해가 우의적인 것이 되든 상징적인 것이 되든, 또는 시적인 것이 되든 사실적인 것이 되든, 확고한 모습을 갖추도록 이 소설의 작가는 좀더 노력해야 하지 않을까. 사실 이런 주문을 하는 것 자체가 이 작가의 역량에 깊은 신뢰를 갖기 때문이다. 하기야 깊고 치열한 현실 인식을 조건 없이 요구하기에는 이 소설의 작가는 아직 젊다. 아직 젊기에 '경험'보다 '직관'이 앞서는 소설 세계, '현실'보다는 '관념'이 앞서는 소설 세계를 펼쳐 보이고 있는지도 모른다. 하지만 이 작가의 역량에 비추어볼 때 경험과 현실 인식에 확고하게 뿌리내린 작품 세계를 펼쳐 보이는 일은 다만 시간문제일 것이다.

이 작품과 관련하여 또 하나의 문제를 제기할 것이 허락된다면, 이는 글을 쓰는 주체의 문제일 것이다. 이 소설의 액자 안에 담긴 이야기를 전하는 주체—또는 이 소설의 액자 안을 차지하는 이야기를 써나가는 주체—는 장운형이라는 남성이다. 하지만 우리는 이 소설의 작가가 여성임을 알고 있다. 그래서 문제가 될 것이 있는가. 사실 아무런 문제도 되지 않는 것을 우리가 문제 삼고 있다는 비판도 있을 수 있다. 하지만 남성 작가가 여성의 입장에서 여성의 시각 또는 심리를 드러낼 때 그것이 남성 중심적 이데올로기가 만들어낸 작위적인 여성의 모습일 수 있듯, 여성이 남성의 입장에서 전하는 남성의 시각 또는 심리도 논란의 여지가 있는 작위적인 것일 수도 있다. 비록 『그대의 차가운 손』이 액자 형식을 취했음에도 불구하고, 여성이 '남성의 입장'에 서서 관찰하고 제시하는 남성의 심리 또는 내면 세계를 형상화한 소설이라는 점에서 볼 때, 이상과 같은 문제 제기에서 완전히 자유로울 수는 없다. 하지만 우리는 여전히 남성이나 여성이 자신의 성에 대해 객관적인 거리를 유지한 채 자신의 성을 냉정하게 관찰할 수 있는가를 물을 수도 있다. 다시 말해, 오히려 여성이 읽는 남성의 심리 또는 남성이 있는 여성의 심리가 더 설득력이 있다는 논리도 있을 수 있다. 또는 여성이 남성을, 남성이 여성을 관찰의 대상으로 삼을 때 비로소 객관적 거리의 확립이 가능하기 때문에 냉정한 관찰이 가능하다는 입장도 있을 수 있다. 이 같은 입장과 관련하여 어떤 논의가 가능할까. 아무튼, 이 같은 문제 제기를 유도할 만큼 『그대의 차가운 손』의 인간에 대한 관찰은 진지하고 예민한 동시에 내밀하고도 성실하다. 바로 이 진지함과 예민함 또는 내밀함과 성실함으로 인해, 페미니즘의 시대에 소설 쓰기와 소설 읽기의 행위가 성차(性差)와 어떤 연관 관계를 지닌다면 그것은 과연 어떤 것일까를 다시 한 번 생각하게 하는 작품이 다름 아닌 『그대의 차가운 손』이다.

제4부
우리 시대의 문학 정신,
그 깊이를 헤아리며

시의 의미와 비평의 두 유형

—송욱과 이브 본느푸아의 논의가 갖는 의미

1. 시에서 비평으로

시인이자 영문학자였던 송욱(宋稶, 1926~1980)은 그의 대표적인 저서 『시학평전』의 제6장에서 "영·미의 비평과 불란서의 비평"에 관한 이해를 시도한 바 있다.[1] 여기서 주된 논의 대상이 되고 있는 것은 영국의 문예지 『엔카운터*Encounter*』에 수록된 프랑스의 시인이자 비평가인 이브 본느푸아(Yves Bonnefoy, 1923~)의 「영미와 프랑스 비평가들, 그리고 그들 사이의 거리」로,[2] 송욱은 "외

---

1) 송욱, 『시학평전』(일조각, 1963), pp. 146~77. 이하 이 글에 대한 인용은 본문에서 밝히기로 함.

2) Yves Bonnefoy, "Critics—English and French, and the Distance Between Them", *Encounter* 11.1(1950. 7), pp. 39~45. 이하 이 글에 대한 인용은 본문에서 밝히기로 함. 논자는 이 글이 '영미의 비평 관행'에 대해 시사(示唆)하는 바가 적지 않다는 판단 아래 『현대시학』 2014년 5월호에서 이에 대한 논의를 시도한 바 있다. 이번 글에서 논자는 당시의 논의를 발전시켜 좀더 심층적 차원에서 본느푸아의 글이 일깨우는 바의 '시와 비평 사이의 관계'를 검토하고자 한다. 현재 논의의 일부는 이전의 글에서 가져

국의 문예 비평을 어떻게 소화시키느냐 하는 문제는 우리 비평이 마주치고 있는 과제의 핵심을 이루고 있는 여러 문제의 하나"(송욱, 146)라는 전제 아래 이 글에 대한 자신의 논의를 전개한다. 송욱의 『시학평전』이 출간된 것은 지금으로부터 대략 53년 전인 1963년의 일이고, 본느푸아의 글이 발표된 것은 58년 전인 1958년의 일이다. 이처럼 오랜 과거의 논의를 오늘에 되살리는 이유는 무엇인가. 그들이 논의하는 쟁점은 오늘날의 시 비평이 나아갈 길과 관련하여 여전히 의미 있는 화두를 던지고 있기 때문이다. 무엇보다 시에서 의미란 무엇이고 시의 의미와 비평 사이의 관계 정립은 어떻게 이루어져야 할 것인가와 같은 근본 문제를 원론적인 관점에서 다루고 있다는 점에서, 이들의 논의는 결코 일과성의 것일 수 없다. 다시 말해, 끊임없이 되물어야 할 문제를 그들은 제기하고 있다. 본 논의는 이들이 제기한 문제를 되짚어보되 앞으로 이어질 논의에 선행하는 과정(過程)으로서의 의미를 갖고자 한다.

본느푸아가 「영미와 프랑스 비평가들, 그리고 그들 사이의 거리」에서 우선 문제 삼는 주제는 영시와 프랑스 시 사이의 차이다. 말하자면, 그는 영시와 프랑스 시가 각각 '의미 지향의 시'와 '의미가 특별히 문제되지 않는 시'라는 입장에서 논의를 시작한다. 하지만 이 같은 논의는 궁극적으로 의미 분석 중심의 영미 비평을 정당화할 수 있는가라는 문제 제기를 위한 것이다. 다시 말해, '의미 지향의 시'로 규정될 수 있는 것이 영시라 해도, 이에 맞춰 지나치게 의미 분석에 경도해 있는 영미 비평계의 비평—한마디로 말해, 논

왔음을 밝힌다.

리·실증주의적 분석 비평—은 비판 대상이 되지 않을 수 없다는 것이 본느푸아의 입장이다. 그는 실제로 무엇이 문제인가를 설득력 있는 어조로 조목조목 따진 다음, 이에 대비되는 프랑스 비평계의 비평—즉, 비논리적이며 주관적인 가치를 중시하는 반(反)분석적 비평—으로 우리의 시선을 유도한다. 하지만 본느푸아는 프랑스 비평계의 비평 태도가 전적으로 바람직한 것이라는 투의 논리를 내세우지는 않는다. 그는 서로 대비되는 두 언어권의 비평 경향이 시라는 창조적 행위를 규명하는 데 "서로를 뒷받침할" 수 있는 상호 보완적인 것이라는 논조와 함께 "두 비평 사이의 대화"를 촉구한다 (Bonnefoy, 45).

송욱은 『시학평전』에서 무엇보다 본느푸아가 말하는 영시와 프랑스 시의 차이에 주목한다. 물론 그가 유념하는 것은 프랑스 시와 달리 영시는 '의미 지향의 시'라는 본느푸아의 주장이다. 여기서 한 걸음 더 나아가, 송욱은 폴 발레리의 견해에 기대어 "불란서의 시와 평론의 중심에는 '이야기'가 아니라 '노래'의 개념이 있다"는 점에 주목하는 동시에, 프랑스 시와 영시를 각각 "'노래하는 시'와 '말하는' 시"로 규정한다(송욱, 148~49).[3] 이어서, 프랑스 시의 음악성에 대해 간결하게 논의한 다음, 다시 본느푸아의 논의에 기

---

3) "노래하는 시"와 "말하는 시" 사이의 구분은 '음성 지향의 시'와 '의미 지향의 시' 사이의 구분으로 정리할 수도 있으리라. 물론 본느푸아는 시의 특성과 관련하여 '음악'이나 '음성'이라는 표현을 드러내고 사용하지는 않았다. 하지만 시란 언어 예술이고, 언어는 '음성sound'과 '의미(meaning 또는 sense)'의 상호 작용으로 이해될 수 있거니와, '의미가 특별히 문제되지 않는 시'라는 점에서 프랑스 시는 '의미 지향의 시 semantic-oriented poetry'에 대응되는 '음성 지향의 시phonetic-oriented poetry'로 규정할 수도 있을 것이다.

대어 영미 비평계의 의미 해석 및 분석 경향에 대한 비판을 시도한다. 이와 관련하여 송욱이 주목하는 것은 리처즈I. A. Richards의 논리가 갖는 한계다. 그는 리처즈의 논리와 관련하여 "의미와 개념과 논리는 실재 혹은 실존이 지닌 깊이의 바로 앞에서 그 능력을 탕진하고 마는 것인지도 모른다"(송욱, 156~57)는 진단과 함께 이에 대한 논의를 접고, 프랑스 비평의 특성에 논의의 초점을 맞춘다. 송욱은 자신이 "실존적 비평"으로 명명한 프랑스 비평—구체적으로는 본느푸아 자신이 프랑스 비평의 한 예로 소개했던 장-피에르 리샤르Jean-Pierre Richard의 샤를 보들레르Charles Baudelaire의 시 「불운Le Guignon」에 대한 비평과 작품 자체에 대한 이해—에 대한 논의에 제6장 지면의 3분의 2를 할애하고 있거니와, 이는 그가 생각하는 비평의 정도(正道)가 무엇인지를 간접적으로 보여주는 증거일 수도 있으리라.

하지만 송욱의 논의를 이상과 같이 단순화할 수만은 없다. 그가 영미의 비평을 여전히 선택 항목 가운데 하나로 여기고 있음을 우리는 다음 진술에서 확인할 수 있기 때문이다.

> 영국인 리챠아즈와 불란서의 시인이며 비평가인 본누후아의 견해는 이처럼 각각 '강조하는' 점이 다르다. 이러한 차이의 원인은, 되풀이하거니와 아마, 주장과 의미가 중요한 영·미시와 의미는 그리 본질을 이루고 있지 않으며 반향(反響)과 마력(魔力)을 지닌 '노래'가 핵심인 불란서의 시 전통이 빚어낸 것인지도 모른다. 우리는 이처럼 다른 두 가지 비평 경향 중에서 반드시 하나를 선택할 필요는 없다. 한국시에서는 의미와 주장이 중요한가, 혹은 그 반향과 마력이 본질

> 인가, 우선 이런 점을 살펴보아야 할 것이다. 만일 우리 시가 현재 의미와 마력이 모두 싹트기 시작하는 요람기에 있다고 치면, 우리에게는 두 가지 비평 경향이 모두 도움이 되리라. (송욱, 155~56)

글의 결론 부분에 이르러서도 송욱은 여전히 "영·미시와 불란서시의 장점은 우리에게는 모두 필요한 것"임을, "이자택일(二者擇一)이란 어리석은 생각"임을, "[영·미시의 장점과 불란서시의 장점 가운데] 어느 것도 아직 뚜렷이 마련하지 못한 문학사의 고비에서 싸우고 있는 것"이 우리의 처지임을 거듭 말한다(송욱, 177).

이상과 같은 송욱의 논의와 관련하여 우리는 몇 가지의 문제를 제기하지 않을 수 없다. 첫째, "우리 시가 현재 의미와 마력이 모두 싹트기 시작하는 요람기에 있다고 치"자는 그의 입장에 대해 문제를 제기할 수 있다. 물론 송욱이 문제 삼고자 하는 것은 한국의 현대시일 것이다. 하지만 한국의 현대시가 우리 문학의 "시 전통"과 관계없이 불현듯 싹튼 것일까. 어떤 형태의 것이든 한국 문화의 전통 자체를 외면하고자 하는 태도가 알게 모르게 숨어 있는 것은 아닌지? 둘째, 우리 시가 그의 말대로 "요람기"나 "고비"에 있다는 판단을 있는 그대로 받아들이더라도 문제는 여전히 남는다. 이 경우 "요람기"나 "고비"를 넘기고 우리 시가 "의미와 마력" 가운데 어느 쪽으로든 전통을 확립하게 되었다 하자. 그 경우에는 "두 가지 비평 경향 중"에서 "하나를 선택"해야 할까. 영미 비평과 프랑스 비평 사이의 "차이"가 "시 전통이 빚어낸 것"일 수도 있다면, 우리 시가 마침내 전통을 확립했을 때는 역시 이에 상응하는 비평이 대두되어야만 하는가. 혹시 우리 시에서는 서로 다른 두 전통이

"모두 싹트기 시작"했기 때문에 어느 쪽 비평이든 다 받아들여야 한다는 것이 송욱의 입장인가. 셋째, 앞서 제기한 문제와 깊은 관련이 있는 또 하나의 문제에 유념하지 않을 수 없다. 즉, 비평이란 시가 "의미와 마력" 가운데 어느 쪽을 택하든 그렇게 해서 확립된 "시 전통"을 따라갈 수밖에 없는 종속적인 것일까. 이 같은 문제 제기는 비평 경향에서 확인되는 "차이"는 "시 전통이 빚어낸 것"이라는 송욱의 판단에 따른 것이다.

과연 송욱의 말대로 그가 이 논문을 집필할 당시의 우리 시는 "요람기"나 "고비"에 머물러 있었던 것일까. 이에 대한 판단이 어떤 것이든, 비평은 시 전통에 따라 그 경향이 결정되는 종속적인 것일 수밖에 없는 것일까. 아니면, 시의 전통이 무엇이든 비평은 나름의 운명을 결정할 수 있는 것일까. 만일 그렇지 않다면, 어떻게 해서 서로 다른 시 전통이 낳은 비평 경향이 "서로를 뒷받침할" 수 있겠는가. 우리의 문제 제기는 여기서 끝날 수 없는데, 본느푸아의 논의에서 확인되는 탁월한 안목과 분석력에도 불구하고, 그 역시 자신의 논리 전개를 위해 현상과 문제를 단순화하고 있지 않은가라는 의혹을 지울 수 없기 때문이다. 이러한 의문들로 인해, 우리는 본느푸아의 논의를 재검토하지 않을 수 없다.

2. '의미' 읽기 비평의 한계와 이에 대한 대안 모색

「영미와 프랑스 비평가들, 그리고 그들 사이의 거리」에서 본느푸아는 무엇보다 영시와 프랑스 시 사이에는 깊은 간극이 존재한다는 사실에 유의하는 동시에, 양자 사이의 간극을 메우는 역할을 해야 하는 것이 비평임에도 불구하고 두 언어권의 비평 사이에 존재하는 간극은 한층 더 심각한 것임을 지적한다. 그에 의하면, 두 언어권의 구성원들이 상대 언어권의 시에 대해 얼마나 무지한가에도 놀라지 않을 수 없지만, 이런 사정은 상대 언어권의 비평에 대한 무지에 비할 바가 아니라는 것이다. 이 같은 "서로에 대한 무지 상태"를 극복하기 위한 방법으로 본느푸아는 번역의 효용성을 주장하면서도, 상대의 핵심 비평 용어에 대한 번역과 이해가 쉽지 않을 정도로 양측의 "비평 관례critical habits"가 서로에게 생소하다는 점과 양측이 서로에 대해 무관심하다는 점을 지적한다. 하지만 그런 상황을 개탄하기보다 양자 사이에 존재하는 극단적 차이에 대한 비교 및 성찰을 함으로써 당연한 것처럼 보이는 현상을 새롭게 바라보는 참신한 시각을 확보할 수 있으리라는 것이 본느푸아의 주장이다.

이상과 같은 논의에 이어, 본느푸아는 "의미"의 문제에 논의의 초점을 맞춘다. 그에 의하면, 영시는 "암시implication로, 인유(引喩, allusions)와 애매성ambiguities으로 가득 차 있는 시"인 동시에 "항상 무언가를 주장하려 시도하는 그런 종류의 시"(Bonnefoy, 40)다. 이와는 달리, 프랑스 시의 경우, "라신에서 랭보에 이르기까지 위대한 프랑스 시"를 살펴보는 경우 시에서 "의미란 종종 아주 단순하고 논리적 분석이 불가능한 것"일 뿐만 아니라 "시 작품 고유의 독특한 가치를 설명하는 데 그다지 만족스러운 요건이 되지 않는다"(Bonnefoy, 40~41). 그는 양쪽의 시 경향을 대표하는 예로 셰익스피어의 소네트에 나오는 구절과 랭보의 시에 나오는 구절을 비교 검토한 다음, "영시는 의미를 중요한 것으로 여기는 시"임을 힘주어 말한다. 이어서 그는 의미를 중시하는 시적 경향이 "의미 해명 작업을 시적 현실에 대한 근본적인 접근 방법으로 여기는데 충분한 이유가 되는 것인가"를 묻는데, 이는 I. A. 리처즈와 윌리엄 엠프슨William Empson과 같이 "엄격한 독해hard reading"라는 방법론을 따르는 영미 쪽의 비평가들을 비판하기 위한 것이다. 그에 의하면, 이들은 "시의 의미에 집착하고" 있지만, 이에 따른 의미 분석의 비평이 "예민한 동시에 온기가 감도는 시적 현실을 향한 감수성"과 어떻게 양립할 수 있겠는가의 문제를 제기한다. 이런 부류의 비평은 "프랑스 독자에게는 놀라운 일"이 아닐 수 없거니와, "시에 대한 '의미 해명'과 '분석'의 과정에 문학이 일깨울 수 있는 비논리적이고 혼란스러운 것을 몽땅 정화(淨化)하고 말기" 때문이다. 결국 "의미 분석에 바탕을 둔 시 비평은 비평 자체의 목적을 상실할 것처럼 보인다는 것"이 본느푸아의 견해다.[4]

의미 분석의 비평이 갖는 한계와 관련하여 본느푸아가 무엇보다 문제 삼는 것은 리처즈가 제시한 언어의 두 가지 용법이다. 리처즈는 언어란 두 가지 용법으로 사용될 수 있다는 전제 아래, 언어 사용을 진술의 진위(眞僞)—또는 언어와 지시 대상 사이의 관계—가 문제되는 '과학적 언어 사용scientific use of language'과 진술의 진위와 관계없이 다만 정서와 자세의 면에서 효과를 일깨우는 '정서적 언어 사용emotive use of language'으로 나눈 바 있다.[5] 리처즈가 상정한 이 같은 이분법이 비평에 미칠 영향에 대해 본느

---

4) 이상의 논의는 Bonnefoy, p. 41 참조.

5) I. A. Richards, *Principles of Literary Criticism*, 2nd ed. (London: Routledge & Kegan Paul, 1924), p. 268.

푸아는 다음과 같이 논의한다.

> 무엇보다 이 같은 이분법은 진실을 과학의 특권으로 만든다. 문학 작품은 과학적 방법을 동원하지 않기 때문에 애초에 "진실한" 담론에서 배제된다. 하지만 그런 상황에서 어떻게 비평가가 문학 작품에 대해 논의할 때 과학적 진실이라는 범주를 포기하지 않은 채 논의를 이어갈 수 있겠는가. 그렇다고 해서 개념적 사유의 이점(利點)을 거부할 수 있을까. 만일 누군가가 객관적 진실에 대해 신경을 쓰지 않은 채 "정서적" 언어로 이런 작업을 수행한다면, 비평 고유의 기능을 부인하는 가운데 시 고유의 전개 과정을 이어갈 수 있을 것이다. 그리고 만일 이와는 반대로 논리적 진술과 입증 가능한 진실의 언어를 동원한다면, 어떤 일이 일어나겠는가. 시에 대한 그와 같은 논리적 분석은 시의 논리적 측면만을 명백하게 밝힐 수 있을 뿐이고, 시란 정의상 논리의 영역 바깥에 위치해 있는 것이기 때문에 이런 작업은 비평가의 작업을 하찮은 것으로 전락시킬 것이다. 시의 특정 주제로부터 어떤 종류의 정제된 의미가 개념적 언어에 의해 추출되든, 일반적으로 얻어지는 총체적 결과는 과학적 진실 개념에 의거해서 이루어지는 시의 품격 저하일 뿐이다. (Bonnefoy, 41~42)

요컨대, 리처즈의 이분법을 받아들이는 경우, 시와 비평 양자 모두가 훼손을 감수할 수밖에 없다는 것이 본느푸아의 주장이다. 리처즈가 언어 사용법을 이분화하면서 정서적 언어 사용의 대표적 예로 간주한 것은 문학으로, 그의 논리를 따르면 문학의 언어는 언어 외적 현실과 직접적인 관련이 없다는 것이다. 즉, 지시 대상과 문학의 언어 사이의 관계는 과학의 경우에서와 달리 진위 여부에 묶일 필요는 없다는 것이다. 이 같은 논리는 문학과 현실 사이의 불일치 또는 문학의 허구성을 정당화하는 근거가 될 수 있다. 하지만, 문학이란 인간의 삶을 언어로 형상화한 것이라는 관점에서 보면, 문학에서도 언어의 지시 기능 자체를 부정할 수는 없다. 비록 지시 대상이 객관적으로 검증 가능한 자연 현상 또는 과학적 현실이 아니라 인간의 삶이라는 점에서 차원이 다른 것이긴 하지만, 인간의 삶에 담긴 진실과 관계 있는 것이 문학인 이상 어떤 형태의 것이든 지시 기능 자체를 부정할 수는 없다. 한편, 리처즈가 문학의 언어를 정서적 언어로 보아 지시 기능을 부정하면서도 그의 비평이 의미 분석에 경도되어 있다는 점도 문제되지 않을 수 없거니와, 만일 문학이 '의미'를 전달하기 위한 수단이라면 여전히 의미의 진위 여부를 무시할 수는 없기 때문이다. 모든 것을 종합해볼 때, 리처즈의 이분법은 과학의 언어와 다른 것이 문학의 언어라는 지극히 상식적인 논리를 재확인하는 것 이외에 별다른 의미를 갖지 못한다. 하지만 상식적인 논리조차 흔들릴 수 있는 것 아닌가. 이와 관련하여, 일찍이 미국의 시인 메리앤 무어Marianne Moore가 「시 Poetry」에서 밝히고 있듯 "사업상의 서류와 교과서"도 시가 될 수 있음을, 따라서 이를 "차별하는 것은 옳지 않다"고 드러내놓고 말했음을 기억할 필요가 있을 것이다.

하지만 본느푸아의 논의 자체는 문제가 없는 지당(至當)한 것일까. 무엇보다 리처즈식의 의미 분석 비평을 문제적인 것으로 지적한 본느푸아의 글이 발표될 당시인 1950년대 말은 영미의 비평계에서도 이미 비판과 극복의 대상이 된 지 오래되는 때였음을 지적하지 않을 수 없다. 심지어 리처즈의 영향권 아래 비평 활동을 시작한 비평가들에게도 리처즈의 비평 논리는 적극적인 비판과 극복의 대상이 되기도 했었다. 예컨대, 미국의 비평가 클리언스 브룩스Cleanth Brooks는 자신의 기념비적 논문인 「의미 풀이라는 이단The Heresy of Paraphrase」에서 시의 의미란 결코 풀어쓰기를 통해 다른 무언가로 환원할 수 있는 것이 아님을 말한다. 그에 의하면, 시란 "현실의 체험에 대한 단순한 진술이나 체험에 대한 단순한 추상화라기보다 하나의 체험"이기에, 이는 결코 단순한 "산문적 의미 풀이"의 대상이 아니라는 것이다.[6] 넓은 의미에서 보면, 본느푸아의 논의는 브룩스의 논의와 크게 다른 것이 아니다. 어찌 보면, 리처즈의 논의를 되살려 이를 비판하는 본느푸아의 시도는 '죽은 말에 채찍질을 하는 것'과 다름없는 것일 수도 있으리라. 본느푸아의 논의가 결코 새로운 것이 없는 것임을 보여주는 또 하나의 단서는 시에 대한 그의 다음과 같은 논리에서도 확인된다.

> 시 창작은 단순히 주장만을 위한 것이 아니라 창조를 위한 것이다. 기호와 기호화된 대상 사이의 조화로운 결합에 근거하여 이루어지는 작업이 아니라, 시적 사유가 일깨우는 특정한 극(劇)의 시작을 이끄는 기호와 대상 사이의 분리에 근거한 작업이다. (Bonnefoy, 42)

이 같은 논리는 "시 작품에 접근하는 데 가장 덜 혼란스러운 방법

---

6) Cleanth Brooks, *The Well-Wrought Urn* (New York: A Harvest Book, 1947), p. 213, 218.

은 이를 한 편의 극으로 간주하는 것"이라는 브룩스의 입장에서 크게 벗어난 것이 아니거니와, 브룩스는 극의 본질을 "언어 사용"을 통해 "'연기된' 그 무엇" 또는 "자신의 존재 안에 갈등을 구축하는 그 무엇"에서 찾는다는 점에서 그러하다.[7] "'연기된' 그 무엇"이라는 말은 "기호와 대상 사이의 분리"—또는 언어와 현실 사이의 분리—를 암시하는 말일 수도 있으리라.

하지만 무엇보다 문제가 되는 것은 본느푸아가 리처즈에 대한 비판의 과정에 시와 비평—좁게는 영미 비평, 넓게는 비평 일반—의 경계를 지나치게 단순화하고 있다는 점이다. 또는 시와 비평에 대한 정의를 지나치게 경직되고 소박한 것으로 만들고 있다는 점이다. 이와 관련하여, 리처즈의 논리에 근거하여 본느푸아가 내린 정의에 따르면, 시가 정서적 언어 사용의 예이라면 비평은 과학적 언어 사용—만일 이 표현이 지나치다면, "논리적" 언어 사용—의 예임에 유의하기 바란다. 과연 리처즈가 시와 비평을 구분하기 위해 언어 사용법을 이분화한 것일까. 명백히 이 같은 방식으로 시와 비평을 이분화하고자 한 것이 리처즈의 의도는 아니다. 아무튼, 이 문제와 관련하여, 송욱은 "정서적 언어를 사용하여 시를 비평하면 비평이 작품의 효과를 계속해서 모방하게 될 뿐이고, 그렇다고 과학적 방법이나 논리적 분석을 사용하기 위하여 개념적 사고나 언어를 빌리면, 논리와 과학과 개념을 뛰어넘는 시의 본질을 붙잡지 못[한다]"(송욱, 153)는 딜레마를 제시한 바 있는데, 그의 논리 역시 본느푸아의 논리와 마찬가지로 시와 비평을 리처즈식의 논리에 기

7) Brooks, p. 204.

대어 이분법적인 것으로 경직화하고 있다는 점에서 여전히 문제적인 것이 아닐 수 없다. 과연 시와 비평은 이처럼 리처즈식의 이분법적 논리에 구속되는 것 또는 구속되어야 하는 것일까. 그런 논리에 구속되면, 본느푸아 자신의 말대로 비평은 "비평 고유의 기능을 부인"할 수밖에 없으며, 결국 시는 비평과 결별하고 이와 관계없이 존재할 수밖에 없다. 다시 말해, 비평의 존재 이유는 소멸할 운명에 처하게 된다. 그리고 이러한 논리를 극단화하는 경우 프랑스의 비평 역시 '비평'이기에 존재 이유를 상실할 수밖에 없다. 왜냐하면 영미의 비평과 달리 논리적 분석을 거부하는 반(反)분석적 비평이 있어 그러한 비평과 시 사이의 구별이 굳이 필요하지 않다면 그러한 비평은 시로 귀속되어야 하지 비평으로 존재할 이유를 따로 찾기 어려울 수도 있기 때문이다. 하지만 비평의 존재 이유와 관련하여 다음과 같이 생각해볼 수도 있지 않을까. 무엇보다 '삶에 대한 비평'이 시 아닌가. 바로 이 '삶에 대한 비평'으로서의 시의 존재 이유를 누가 부정할 수 있겠는가. 마찬가지 논리로, '시에 대한 비평'으로서 비평이 존재한다면 그런 맥락에서 존재하는 비평의 존재 이유를 누가 부정할 수 있겠는가. 아무튼, 의도했든 의도하지 않았든, 본느푸아의 논의는 지나치게 경직된 상태에서 비평—좁게는 영미 비평, 넓게는 비평 일반—의 특성을 논의한다는 비판에서 벗어나기 어렵다.

어쩌면, 이 같은 경직된 이분화의 구속에서 벗어나 있는 것이 프랑스의 비평이라는 것이 본느푸아의 주장일 수도 있다. 또한 송욱이 프랑스 비평에 특히 깊은 관심을 보였던 것은 바로 이 같은 주장에 암묵적으로 동의하기 때문일 수도 있다. 과연 프랑스의 비평은 '의미 분석'을 초월하여 존재하는 또 다른 차원의 비평일까.

이 같은 우리의 의문에 대한 답을 모색하기에 앞서 우리에게는 영미 비평계의 경향에 대한 본느푸아의 논의와 관련하여 검토해야 할 사항이 하나 더 있다. 이는 바로 미국의 시인 아치볼드 매클리시의 '의미'를 부정하는 시 「시 작법Ars Poetica」에 대한 그의 비판이다. 이 시에는 "시란 의미해서는 안 되는 법/다만 존재해야 할 뿐 A poem should not mean/But be"이라는 시적 진술이 나오는데, 이 같은 진술에도 불구하고 "매클리시에게 '의미'는 여전히 시의 실체"라는 것이 본느푸아의 판단이다(Bonnefoy, 42). 그의 지적에 따르면, "이 시에서 말하는 시의 '존재'는 여전히 의미의 복합체로 이해되며, 차이가 있다면 의미가 외적 세계와 관련된 것이 아니라 내적 세계와 관련된 것일 뿐"(Bonnefoy, 42)이다.

따지고 보면, 본느푸아의 지적을 떠나 단순 논리의 차원에서 보더라도 매클리시의 시적 진술은 논란거리가 되지 않을 수 없다. 만일 "시란 의미해서는 안 되는 법"이라면, 매클리시의 시도 의미해서는 안 된다. 매클리시의 시도 의미해서는 안 된다면, "시란 의미해서는 안 되는 법"이라는 시적 진술의 의미 역시 부정될 수밖에 없다. 만일 이 진술의 의미가 부정될 수밖에 없다면, "시란 의미해서는 안 되는 법"이라는 진술 자체는 무의미한 것이 되고, 따라서 수용 불가능한 것이 된다. 만일 이 진술이 수용 불가능한 것이라면, 이를 문제 삼는 것 자체가 무의미한 것이 될 수밖에 없다. 이 같은 논리적 자기 모순에서 한 걸음 비켜서서 매클리시의 진술을 받아들이는 경우, 무의미한 진술을 의미 있는 것인 양 내세우는 것이 다름 아닌 시라는 관점을 받아들일 수밖에 없다. 결국 시란 하찮은 것이고 시를 읽는 일 역시 하찮은 것이라는, 누구도 원치 않는 논리에 빠져들지 않을 수 없게 된다.

그렇다고 해서 우리는 본느푸아의 논의에 쉽게 동의할 수 없거니와, '의미'를 중시하는 영미의 비평계에 대한 본느푸아의 비판에도 불구하고 방금 전에 우리가 제기했던 질문—프랑스의 비평은 '의미'에 대한 분석을 초월하여 존재하는 또 다른 차원의 비평일까라는 물음—에서 본느푸아 자신이 자유로울 수 있는가의 의문을 제기하지 않을 수 없기 때문이다.

아무튼, 이상과 같은 영미 비평계의 한계를 극복하고자 할 때 그 대안으로 본느푸아가 검토하고 있는 것이 프랑스 비평계의 비평 관행이다. 그는 롤랑 바르트Roland Barthes, 마르셀 레몽Marcel Raymond, 알베르 베갱Albert Béguin, 가스통 바슐라르Gaston Bachelard, 조르주 풀레Georges Poulet, 장-피에르 리샤르Jean-Pierre Richard, 모리스 블랑쇼Maurice Blanchot의 비평 작업에 초점을 맞추어 논의를 이끌어간다. 그에 따르면, 프랑스의 비평가들은 "의미 분석에 반대"하며, "의미가 기호를 지배하는 것에 저항"하는 동시에 "시의 가치는 비논리적이고 주관적인 것임을 강조"한다(Bonnefoy, 43). 이어서 본느푸아는 프랑스 비평계의 비평 관행을 대표하는 구체적 예로 샤를 보들레르의 시 「불운」에 대한 리샤르의 분석을 제시한다. 본느푸아가 말하는 프랑스 비평계의 비평 관행에 대한 정확한 이해를 위해, 우선 그가 리샤르의 분석과 관련하여 인용하고 있는 보들레르의 시 구절—모두 4연으로 이루어진 시 「불운」의 제3~4연—을 함께 읽기로 하자.

Maint joyau dort enseveli
Dans les ténèbres et l'oubli,
Bien loin des pioches et des sondes.

Mainte fleur épanche à regret
Son parfum doux comme un secret
Dans les solitudes profondes.[8)]

우선 본느푸아는 위의 시 구절에는 "그 어떤 미묘한 의미도, 애매성도, 역설도 존재하지 않음"(Bonnefoy, 44)을 주목한다. 이어지는 그의 논의는 다음과 같다.

장-피에르 리샤르는 이들 행에서 보들레르 자신—그가 누구인가—에 대한 상징을, 문맥에서 벗어난 비논리적 상징을 찾고 있을 뿐, 보들레르가 우리에게 말하고자 의도한 바가 무엇인지에 대한 상징을 찾고 있지 않다. 그는 이렇게 말한다. "보들레르는 사실상 그 자신이 어딘가에 묻혀 잠들어 있는 이 보석, 존재로부터 분리되어 있는 이 같은 존재이며, 자신 및 자신의 대상과 항상 거리를 두고 있는 동시에 헤아릴 수 없는 심연에 파묻혀 있는 의식체(意識體)다." (우리가 상상 속에서 그려볼 수 있듯) 이처럼 어딘가에 묻혀 있는 보

8) 본느푸아의 인용에는 "pioches"가 "pierres"로 되어 있는데, 이는 오식(誤植)으로 판단된다. 한편, 위의 인용은 대체로 다음과 같이 우리말로 번역될 수 있을 것이다. "수많은 보석이 어둠과 망각 속에 묻힌 채 누워 있나니, 곡괭이와 천공기와 거리를 둔 채. 수많은 꽃이 안타깝게도 비밀과도 같은 부드러운 한숨을 내쉬나니, 심오한 고독에 젖어."

석이라는 생각 자체 안에는 거리감과 근접감이, 또한 어둡다는 느낌과 환하다는 느낌이 동시에 혼재된 상태로 존재한다. 인용된 부분의 첫 3행에 표현되어 있는 느낌—즉, 어딘가 떨어진 곳에 잠겨 있다는 느낌—은 "근접해 있다는 느낌을 아우르는 동시에 내면성을 암시한다." 사실상 잠들어 있는 것은 깨어나 몸을 펴고 꽃을 피우는 동시에 향기—즉, 매시지를 전하는 동시에 그런 자신을 억제하는 역할을 하는 향기—를, 시적 표현의 본질을 깨닫게 하되 상징적 언어를 통해 이를 가능케 하는 "존재의 개진"에 해당하는 향기를 발산할 수 있다. 리샤르가 인용하고 있는 마지막 3행의 초기 판본에서 보들레르는 다음과 같이 쓰고 있다.

Mainte fleur épanche en secret
Son parfum doux comme un regret
Dans les solitudes profondes.

이처럼 나중의 것에 비하면 추상적인 표현이라 할 수 있는 것에서 최종 판본으로의 변화는 진실로 존재론적인 종류의 직관이, 개개의 사물에서 얼핏 모습을 드러내는 동시에 떠나는 하나의 비밀을, 억제된 충동을, 우리를 향해 다가오는 발걸음을 인식하는 직관이 발휘되고 있음을 명백히 보여주는 것이다. (Bonnefoy, 44)

어떤가. 우리가 본느푸아의 진술을 이처럼 길게 인용하는 것은 그가 말하는 프랑스 비평계의 비평 관례의 구체적 예를 살펴보기 위해서다. 본느푸아 자신의 말대로, 이 같은 시 읽기는 명백히 "일차적인 의미와 이차적인 의미의 총체를 시에서 확인"하고자 하는 영미 비평의 시 읽기와는 다른 것이다. 본느푸아의 말대로 리샤르의 시 읽기에서는 "시의 의미meaning가 무엇이든 이를 뛰어넘어, 말과 생각 사이의 '친연성(親緣性)'—즉, 보들레르의 보석처럼 근접해 있는 동시에 떨어져 있는 말과 사유의 상관 관계, 논리적으로는 거리가 있지만 유추적으로는 가까운 사이인 말과 사유의 상관 관계—에 비춰, 깊은 내면의 의의significance에 대한 탐구 작업이 이뤄지고 있다"(Bonnefoy, 44). 리샤르의 분석을 참조하여 우리가 프랑스 비평계의 비평 관례를 한마디로 요약하고자 할 때, "그들 비평가가 시도하는 바는 분석 불가능한 시인의 체험을 되살리는 일이 아니라, 언어가 결코 표출하지 않을 것으로 간주되는 체험—즉, 이들 체험이 언어가 명시적으로 표출하는 것이 아닌 한, 그럼에도 감지될 수 있는 것—을 되살리는 일"(Bonnefoy, 45)이라는 본느푸아의 발언이 이를 대신할 수 있을 것이다.

하지만 관점을 달리해서 보면 리샤르의 시 읽기와 이에 대한 본느푸아의 논의 역시 넓게 보아 '의미 읽기'가 아닐까. "언어가 명시적으로 표출하는 것"은 아니지만 "그럼에도 감지될 수 있는 것" 자체가 언어 고유의 의미는 아닐까. 그리고 이를 "되살리는 일" 자체가 의미 읽기는 아닐까. 어찌 보면, 본느푸아는 의미의 개념을 지나치게 경직되게 사용하고 있는지도 모른다. 뿐만 아니라, 본느푸아가 자신의 논의 과정에 예시하는 시 작품이나 비평의 예가 지극히 한정된 것이고 자의적(恣意的)인 선택에 따른 것이라는 점도 지적하지 않을 수 없는데, 명백히 '의미가 별로 중시되지 않는 텍스트'가 영미의 시 세계에도 존재하듯, '의미로 충만한 텍스트'도 프랑스의 시 세계에 존재하리라는 점을 부정할 수 없기 때문이다. 또한 비평의 경우에도 이 같은 논리가 마찬가지로 적용될 수 있다.

결국 모든 의문을 종합하는 경우, '의미로 충만한 텍스트'에서 '의미'를 읽는 일이나 '의미가 별로 중시되지 않는 텍스트'에서 '감지되는 그 무언가'를 읽는 것이나 모두 의미 읽기가 아닐까. 종류가 다른 것일 뿐 넓게 보아 여전히 양자는 모두 의미 읽기가 아닐까. 본느푸아가 영미의 비평과 프랑스의 비평은 "서로를 뒷받침할" 수 있는 상호보완적인 것이라는 논조와 함께 "양자 사이의 대화"를 촉구한 이유는 여기에 있는 것 아닐까. 즉, 서로 다른 종류의 의미 읽기이지만 여전히 의미 읽기라는 점에서 양자는 상호보완적인 것이고, 하나의 마당에서 '대화'가 가능한 것 아닐까. 혹시 본느푸아는 다만 '논의의 편의를 위해' 두 비평 세계의 차이를 문제 삼고자 했음에도 불구하고 결국에는 좁은 뜻으로든 넓은 뜻으로든 '의미 읽기'라는 점을 자각하지 않을 수 없었기에 양자가 상호보완적이라는 결론에 이른 것 아닐까. 송욱이 시뿐만 아니라 비평까지도 영미의 경우와 프랑스의 경우 양자가 서로 다른 '시 전통'에서 비롯된 것이라 말하면서도 "이자택일이란 어리석은 생각"을 말했던 것도 그가 의식했든 의식하지 않았든 양자 사이의 상호보완적 관계를 의식했기 때문 아닐까. 이 물음에 대해 어떤 답이 가능하든 우리는 여전히 우리 시가 "요람기"나 "고비"에 있어 어느 쪽을 택할지 모른다는 송욱의 논리를 받아들일 수는 없다. 설사 우리 시가 "요람기"나 "고비"에 있다는 점을 부정하지 않더라도 우리 시에는 '의미가 별로 중시되지 않는 텍스트'와 '의미로 충만한 텍스트'가 함께 존재함을 부정할 수 없는 한에는 양자는 의식적인 "이자택일"의 대상이 될 수 없기 때문이다.

3. 하나의 잠정적인 결론

본느푸아의 논의를 긍정적인 관점에서 보면, 명백히 그는 시에 대한 비평이 지향해야 하는 바가 무엇인지의 문제를 선명하게 드러내고 있다. 그가 주목한 바 있듯, 비평가가 비평 작업을 할 때 그는 자신이 비평 대상으로 삼는 작품이 암시하는 시의 본질이나 존재 이유를 도외시할 수 없을 것이며, 의식적으로든 무의식적으로든 이에 기초하여 자신의 비평 작업을 펴나갈 수밖에 없을 것이다. 그런 관점에서 볼 때, 본느푸아가 영미 문화권과 프랑스 문화권의 비평 관행에서 확인하는 차이는 나름의 의미를 갖는 것이라 할 수도 있다. 바로 이 때문에 송욱도 그의 논리를 각별히 주목했던 것이리라. 그럼에도 불구하고, 비평이란 단순히 대상에 대해 예민하게 반응하고 이를 반영하는 작업만이 아니다. 비평은 현상적으로 확인되는 문제점들을 지적하고 이를 극복할 길을 제시하되, 비평 대상을 뛰어넘어 대상을 바라보고 대상이 지시하는 길 바깥쪽의 길에 눈길을 주거나 이를 새롭게 제시하는 작업이기도 하다. 그런 점에서 볼 때, 본느푸아의 문제 제기와 '상호보완'을 호소하는 방향 제시는 나름의 중요한 의미를 갖는 것이라 하지 않을 수 없다.

여기서 우리는 다음과 같은 물음을 던질 수도 있으리라. 한국의 시에 내재된 본질적 특성은 무엇일까. 이 같은 물음이 지나치게 추상적이라면, 다음과 같이 물음을 바꿀 수도 있다. 즉, 서양 문화권의 시, 중국이나 일본과 같은 동양 문화권의 시와 비교할 때, 한국 시의 본질적 특성은 과연 무엇일까. 본느푸아처럼 몇 개의 시사적(示唆的)인 예에 기대어, 또는 그보다는 한층 더 넓은 지평에서, 이 같은 문제를 추구하는 것이 우리에게 가능할까. 가능하다면 어떤 방향의 질문과 답이 우리에게 가능할까. 물론 본느푸아의 글을 주목했던 송욱 자신도 한국의 본원적 시 정신에 대한 탐구의 문제를 놓고 적잖이 고민했을 것이다. 하지만, "지금 창조되고 있는 예술품의 가치를 밝혀주는 참된 고전으로서 우리에게 '좋은' 영향을 미칠 수 있"는 작품을 찾기란 어렵기 때문에, "오히려 우리나라의 고전은 작품으로서 가치가 있다기보다 우리말의 수사와 용법과 낱말이라는 귀중한 '재료'를 간직하고 있는 광으로서 중요하다고 보는 것"이 "더욱 효과가 있는 태도일 것"이라는 그의 견해(송욱, 29)가 암시하듯, 그는 한국 시의 특성을 찾는 일이 쉽지 않다고 생각했던 것처럼 보인다. 그럼에도 불구하고, 한용운의 『님의 침묵『에 수록된 "『찬송』과 같은 시가 있는 나라에서 시인이 된 것을 행복하게 생각한다"(송욱, 322)는 그의 발언이 뒷받침하듯, 또한 그의 『한용운의 시집 님의 침묵 전편 해설』(과학사, 1974)이 증명하듯, 한용운의 시 세계에 대한 송욱의 진지한 관심은 여전히 한국적 시 정신에 대한 탐구의 한 시도로 볼 수도 있다.

아무튼, 우리는 또한 다음과 같은 질문을 던질 수도 있으리라. 한국의 시인과 비평가가 일반적으로 생각하는 시의 본질과 존재 이유는 무엇이며, 그들이 지향하는 비평 관행은 과연 어떤 것일까. 이와 관련하여, 본느푸아가 영시와 불시 및 영미의 비평 관행과 프랑스의 비평 관행을 비교하면서 제시했던 것에 견줄 수 있을 정도의 의미 있는 논의가 한국의 시 및 비평과 관련해서도 이어질 수 있을까. 모르긴 해도, 이 같은 물음에 대한 답변과 논의는 결코 쉬운 것이 아니리라.

하지만 우리는 다음과 같은 잠정적 결론을 앞세울 수도 있으리라. 즉, 우리 문학의 비평 현장에 들어가 살펴보면 명백히 본느푸아가 예로 든 영미의 비평 관행을 떠올리는 비평문이 존재하는 동시에 프랑스의 비평 관행을 떠올리는 비평문 역시 존재한다. 특히 영미 문학 쪽이나 프랑스 문학 쪽을 공부한 사람들의 비평문에 존재하는 미묘한 차이는 본느푸아의 논의를 새삼 떠올리게 하기도 한다. 하지만 이 같은 차이가 어느 쪽 문학을 공부했는가에 따라 확연하게 드러난다고 단정할 수 없는 것도 사실이다. 프랑스 문학을 전공한 사람들의 비평문에서도 '의미'에 무게중심을 두고 있는 예를 찾아볼 수도 있고, 영미 문학을 전공한 사람들의 비평문에서도 의미 분석을 넘어서 심연의 '의의'에 무게중심을 두고 있는 예를 찾아볼 수도 있기 때문이다. 문제는 이뿐만이 아닌데, 이 같은 논의를 이어가는 과정에 영미 문학이나 프랑스 문학 이외의 분야에서 문학 훈련을 받은 사람들의 비평 행위 역시 도외시할 수 없기 때문이다. 이처럼 상황이 복잡해질 수밖에 없는 것이 비평의 현실이다. 이처럼 복잡한 상황에서도 우리가 잊지 말아야 할 것이 있다면, "그 자체가 하나의 창조적 행위인 이 심오한 투쟁"인 시 창작 작업에 대한 균형 잡힌 이해와 비평을 위해서는 앞서 확인한 바 있듯 서로 보완적인 두 경향의 비평 관행 양자 모두가 소중하다는 점, 따라서 "두 비평 사이의 대화"는 선택 사항이 아니라 필수적인 것이라는 점이다.

사실 언어 예술 작품으로서의 시에 대한 '비평'이 지향해야 하는 바가 무엇일까라는 물음은 '비평'의 마당이란 '분석'과 '판단'이 서로 주도권을 내세우며 싸우는 자리라는 점에서 새롭게 조명될 수도 있다. 말할 것도 없이, 시의 '의미'를 추구하는 입장에서 보면, 객관적 의미 분석이 비평의 궁극적 목표가 될 것이다. 따라서 주관적 가치가 개입되는 시의 '의의'에 대한 판단은 마땅히 비평에서 배제하려 할 것이다. 하지만 본느푸아의 말대로 "시란 '본연의 고독' 속에, 영원히 격리되어 있는 상태로 존재"하는 것이라면, 외적 현실을 지시하는 의미에 대한 분석 자체는 시의 본질에서 벗어나는 것일 수 있다. 하지만 시란 의미를 무화하려 하지만 여전히 의미의 구속 안에 존재하는 언어적 실체 아닌가. 이런 관점에서 보면, 시의 '의미'에 대한 추구 작업은 여전히 부정될 수 없다.

결국 시를 비평하는 일과 관련하여 우리가 자신 있게 말할 수 있는 것은 비평의 객관성을 위해 가치 판단을 배제하고 분석으로서의 시 비평을 확립하려는 입장과 비평가 자신의 비평적 안목을 존중하여 가치 판단으로서의 시 비평을 옹호하는 입장이 모두 가능하다는 점이다. 아울러, 비평이 사적이고 자의적인 것이 되지 않기 위해서는 객관적인 분석으로서의 비평을 옹호해야 한다는 논리가 타당한 것일 수 있지만, 그럼에도 불구하고 무언가 특정한 작품을 문제 삼고 특정한 의미에 집중하고자 하는 행위 자체가 가치 판단이 아닌가. 모든 점을 고려할 때, 모두가 만족할 만한 궁극적이고 이상적인 비평 방법이란 따로 존재하지 않는다는 결론을 피할 수 없을지도 모른다. 또한 바로 이 때문에 우리는 본느푸아의 논의로 되돌아가지 않을 수 없다. 그가 암시하듯 비평이란 궁극적으로 객관적 분석과 주관적 가치 판단 사이의 상호 보완을 모색하는 작업이 되어야 할 것이라는 대안적 결론도 가능하기 때문이다. 다시 말해, 분석과 판단 사이의 "대화"가 필수적이라는 식의 평범한 논리에서 비평의 궁극적 규범이 모색될 수도 있기 때문이다. 따지고 보면, 이 같은 평범함 때문에 본느푸아의 글과 그의 안목은 58년의 세월이 지난 후에 보아도 여전히 논의 대상이 될 수 있을 만큼 새롭고 가치 있는 것이리라.

슬픔, 괴로움, 고독, 사랑, 그리고 삶과 문학
—작가 박경리가 말하는 언어, 문학, 인간

매일 그 무수한 파지 속에 묻혀서 사는 내게는
정말 어떤 것이든 쓴다는 게 여간 지겹지가 않아요.
쓴다는 것은 희열보다 언제나 고통이 많은 일이었으니까.
—「산다는 것」[1)]

1. 작가론, 무엇을 문제 삼을 것인가

작가론이란 무엇인가. 한 작가의 작품 세계에 대한 총체적인 논의를 의미하는 것일까. 만일 그런 종류의 작업이 작가론이라면, 작품 경향의 변화를 연대기적으로 추적한다든가 작품을 소재나 주제에 따라 분류하고 이에 관해 논의하는 작업이 작가론을 대신할 수 있을 것이다. 사실 이런 유형의 작가론은 대개의 경우 어렵지 않게

1) 박경리, 『Q씨에게: 박경리 문학전집 16』(지식산업사, 1981), p. 37. 이하 인용은 본문에서 글의 제목과 페이지만을 밝히기로 함.

작성될 수 있다. 하지만 대상이 박경리(朴景利, 1926~2008)의 작품 세계라면 문제는 달라진다. 수십여 편에 달하는 단편소설, 숫자상이에 못지않을 만큼 단행본으로 발간된 장편소설, 이에 더하여 한 권의 시집이 박경리 작품 세계의 전부라 하더라도, 이에 대한 논의는 우리에게 벅찬 작업이기 때문이다. 하지만 문제는 여기서 끝나지 않는다. 이런 유형의 작가론이 박경리라는 작가를 대상으로 작성될 때 별개의 논의를 요구하는 문학 작품이 있기 때문이다. 이는 다름 아닌 열여섯 권이라는 방대한 분량의 대작 『토지』(1969~94)다. 어찌 이 모든 작품들에 대한 논의를 한 편의 짤막한 작가론에 담을 수 있겠는가. 설사 그렇게 한다 하더라도, 이는 말 그대로 피상적인 논의 수준을 벗어나지 못할 것이다. 사실 그 모든 작품에 대한 논의를 단 한 편의 짤막한 작가론에 담겠다는 것은 박경리의 문학 세계에 대한 모독일 수 있다.

결국 하나의 편법을 모색하지 않을 수 없는데, 박경리의 대표작으로 생각되는 몇몇 작품들을 골라 선별적으로 논의해볼 수 있다. 그리하여 우리는 무엇보다 먼저 『김 약국의 딸들』(을유문화사, 1962), 『파시』(『동아일보』 연재, 1964), 『시장과 전장』(현암사, 1964) 등의 작품에 관심을 집중시킬 수도 있다. 하지만 이런 종류의 선별적 논의는 기껏해야 '작가론'이라는 이름 아래 쓰는 '작품론'에 지나지 않을 것이다. 게다가 작가 자신의 다음과 같은 발언을 주목하지 않을 수 없다.

> 나는 언제나 벅찬 것은 후일로 미루어왔다. 미루어온 것 중에는 또 다른 두 개가 있다. 그런 뜻에서 나는 지금 습작을 해온 셈이다. 이

것도 습작이 될 것이다. 마지막의 작품 하나를 위하여 나는 끊임없이 습작을 할 것이다. 그 마지막 작품이 완성되는 날 나는 문학과 인연을 끊는 것이다. (「마지막 습작을 위해」, 404)

우리는 "마지막의 작품 하나"가 『토지』임을 쉽게 짐작할 수 있는데, 이 점에 관해서는 누구도 이의를 제기하지 않을 것이다. 결국 박경리의 작품 세계에 대한 논의는 『토지』에 대한 논의로 귀결될 수밖에 없는데, 그런 논의를 하고자 하는 경우 우리는 또 하나의 딜레마에 빠지게 된다. 『토지』에 대한 논의는 말 그대로 『토지』에 대한 작품론일 뿐 작가론이 될 수 없기 때문이다. 따라서 이런저런 이유로 박경리의 작품 세계에 대한 총체적 논의가 작가론을 대신할 수는 없다.

여기서 우리는 전혀 새로운 형태의 작가론을 시도할 수도 있는데, 무엇보다 인간론으로서의 작가론을 생각해볼 수 있을 것이다. 말하자면, 한 작가의 글을 통해 확인할 수 있는 그의 인간적 깊이, 그를 직간접적으로 만나는 가운데 얻은 인상, 또는 그가 걸어온 삶의 궤적 등을 종합하여 한 작가의 모습을 재구성할 수도 있다. 이런 종류의 작가론으로 얼핏 떠오르는 것이 있다면 『현대시학』에 연재되는 「시인의 초상」일 것이다. 시인에 대한 인상과 그의 시에 대한 이해를 적절히 배합하여 한 시인의 모습을 경쾌한 문체로 재구성하고 있는 「시인의 초상」은 호흡이 짧다는 점에서 본격적인 작가론이라 할 수는 없지만 인간론의 형태로 쓴 작가론의 좋은 예라 하지 않을 수 없다. 하지만 나는 작가 박경리를 대상으로 한 '작가의 초상'을 쓸 위치에 있지도 않을 뿐만 아니라, 그런 작업은 나의 역량에 비춰 볼 때 가당치도 않은 일이다. 무엇보다 먼발치에서나마 작가를 만나본 적도 없기 때문이다. 이 때문에 박경리에 대한 나의 관찰은 주로 그의 글을 통해 이루어질 수밖에 없다.

아무튼, 박경리의 글 가운데 특히 수필을 읽어가노라면 한 가지 깊은 인상을 받게 되는데, 작가가 "말이 없는 사람"이라는 점이다.

> 체질까지도 알아 버린 사람을 이따금 다방 같은 곳에서 소개를 받게 되는 수가 있다. 그러면은 나는 고작 한다는 것이 고개를 한번 숙일 뿐 한마디 말도 못해 버리기 일쑤다. 두 번, 세 번, 네댓 번, 그렇게 만나야 겨우 한두 마디 입이 풀어지는 내 천성을 나는 얼마나 원망했는지 모른다. 그런 내 성격이다. (「소녀 예찬」, 269~70)

> 그러나 종내 나는 얼어붙은 것처럼 입을 열지 못하는 것이다.
>
> 여기까지 이르면 벌써 무슨 무식을 엄폐하려는 그런 불순한 생각은 없어지고 다만 하나의 관습상 말을 못하게 되는 것이다. 이런 결과로서 나와 자리를 같이하고 앉았던 사람은 한 사람 두 사람 자리에서 떠버리는 것이었다. (「말이 없는 사람」, 281)

그토록 방대한 양의 작품을 창작한 작가가 "한마디 말도 못"하는 성격의 인물이라니? 상식적으로 보면 이해가 어려울 수도 있겠다. 하지만 "한마디 말도 못"하는 성격이란 그만큼 "말"을 마음속에 담고 있다는 말도 되며, 그것이 말이 아닌 글로 표출된 것이 곧 그의 작품 세계라는 설명도 가능하다. 작가는 「Q씨에게」라는 수필에서 "몸무게를 잃을 지경"으로 "너무 할 말이 많"다 고백한 적도 있는

데, 이는 바로 이런 맥락에서 이해할 수 있을 것이다. "그처럼 많은 소설을 썼으면서도 아직 군소리가 남아 있느냐"는 가상적 질문에 대해 작가는 다음과 같이 답한다.

> 천만의 말씀입니다. 나는 오늘 이 순간이 오기까지 할 말을 한마디도 못했다는 괴로움을 안고 있습니다. (「Q씨에게」, 8)

우리는 여기서 하나의 가설을 세울 수 있다. 만일 박경리가 하고 싶은 말을 모두 할 수 있었더라면 그에게 "그처럼 많은 소설"을 쓰기란 불가능했을 것이라고. 작가 자신의 표현을 빌리자면, "폐쇄된 자기의 소리를 내어 보고 싶은 충동"이 없었더라면 "문학을 하고자 하는" 동기도 애초 있을 수 없었을 것(「자기의 목소리」, 109)이라고.

그렇다면 마음속의 "말"을 "소설"로 형상화할 수 있도록 한 힘은 무엇인가. 「자기의 목소리」라는 수필에서 작가는 말한다. "슬프고 괴로웠기 때문에 문학을 했으며 훌륭한 작가가 되느니보다 차라리 인간으로서 행복하고 싶다"라고. 문제는 슬프고 괴로웠던 이유가 무엇인가에 있다. 여기서 우리는 작가가 걸어온 삶의 궤적을 더듬어보려는 유혹을 느낄 수도 있다. 하지만 이는 또 하나의 피상적 관찰에 지나지 않을 것이다. 더욱이, 세상에 슬프고 괴롭지 않은 사람이 어디 있겠는가라는 반문에 적절히 대응하기 어렵다는 문제도 있다. 따라서 작가만이 지닌 고유한 심성을 더듬어보지 않을 수 없는데, 이때 우리가 주목하지 않을 수 없는 것이 다음과 같은 진술이다.

> 그래도 나는 밤낮 머리를 뭉쳐 들고 일어나서 붕어에게 머큐러크롬을 발라주는 것을 잊지 않았다. 행여 새살이 나고 회복될는지도 모른다는 희망하에서. 그러나 문병 온 내 동무들은 사람으로 치면 문둥병이니 냉큼 버리지 못하느냐고 성화를 했다. 그러던 것이, 그 가엾은 것이 오늘에사 죽어 개울가에 동당동당 떠내려갔다니. (「0년 0일」, 267)

요컨대, 문제가 되는 것은 지극히 내성적인 마음 깊은 곳에 숨기고 있는 살아 있는 모든 것에 대한 섬세하고 따뜻한 사랑의 마음이다. 병이 든 채 죽어가는 붕어에게 머큐로크롬을 발라주는 사랑의 마음이란 누구나가 지닐 수 있는 것이 아니다. 바로 그와 같은 마음이 작가에게 "훌륭한 작가가 되느니보다 차라리 인간으로서 행복하고 싶다"는 소박한 희망을 갖도록 한 것이고, 또한 문학을 하도록 한 것 아닐까.

하지만 따뜻한 마음과 섬세한 사랑이 "문학" 자체를 가능케 하는 것은 아니다. 우리가 작가의 다음과 같은 작가의 발언을 주목하는 이유는 여기에 있다.

> 요즘도 신문의 삼면 기사에 난 여러 가지 인간 비극을 보면 내 마음은 이내 격해 버린다. 누구에게 풀어보고 탓해 볼 수도 없는 슬픔! 그저 세상이 이런 것이라고 해버리기에는 너무나 울분이 크다. (「신경 쇠약」, 222~23)

그와 같은 "슬픔"과 "울분"이 작가에게 문학을 하도록 한 직접적

동기가 되었다 한다면, 우리는 앞서 인용한 바 있는 작가 박경리의 고백으로 되돌아가는 셈이 된다. 사실 작가라는 칭호에 값할 수 있는 사람이라면 그가 세상사에 대해 예민한 반응을 보이는 것은 너무 당연한 것이 아니겠는가. 그와 같은 반응을 보이는 이들이 곧 작가들 아니겠는가. 결국 박경리가 남긴 글을 통해 그를 관찰하고자 할 때 우리의 작업은 피상적 수준을 벗어나기 어렵다. 다시 한번 말하지만, 나는 박경리를 대상으로 한 "작가의 초상"을 쓸 수 있는 위치에 있지도 않고 또한 그런 작업은 나의 역량으로 보아 가당치도 않은 일이다.

이제 내가 할 수 있는 작업이란 무엇인가. 작품론도, 인간론도 불가능하다면, 어떤 종류의 작가론이 과연 나에게 가능할 것인가. 이 지점에 이르러 우리는 문학에 대한 한 작가의 입장과 견해를 정리하는 작업을 상정해볼 수 있다. 이 같은 작업 역시 작가론으로서 나름의 의의를 지닐 수 있지 않을까. 문제는 어떻게 할 것인가에 있다. 아마도 가장 손쉬운 방법이 작가의 평문 또는 수필 등의 글을 읽고 검토하는 쪽을 택하는 것이리라. 물론 박경리의 경우에는 이 같은 작업을 수행하기란 다른 형태의 작업에 비해 크게 어렵지 않다. 박경리에게는 무엇보다 『Q씨에게』라는 소중한 수상집이 있기 때문이다.[2] 이 수상집을 수놓고 있는 글 하나하나는 『Q씨에게』의 1993년판 서문에서 작가 자신이 밝히고 있듯 "[작가의] 삶의 흔

---

2) 이 글에서 전거로 사용한 지식산업사본 텍스트의 제목은 『Q씨에게』이다. 이 텍스트에는 이전에 출간된 세 권의 수상집 『기다리는 불안』(현암사, 1966), 『Q씨에게』(현암사, 1966), 『거리의 악사』(민음사, 1977)의 내용이 담겨 있을 뿐만 아니라, 여기에 몇 편의 글이 추가되어 있다. 이 글에서의 논의는 세 권의 수상집 가운데 『Q씨에게』에 초점을 맞추되, 필요에 따라 다른 수상집의 글들을 참조하기로 한다.

적이며 생각의 항로"[3]이기에, 이와의 만남은 나에게 크나큰 행운이 아닐 수 없다.

2. 글쓰기와 언어의 마성

먼저 박경리의 『Q씨에게』는 제목이 암시하듯 누군가에게 이야기하는 형식으로 집필된 글의 모음이라는 점에 유의할 수 있다. 물론 작가가 「Q씨에게」에서 밝히고 있듯 "Q씨는 사람이 아닐는지도 모"르며, "저 창밖의 하늘인지도 모르겠고 나를 둘러싸고 있는 사면의 벽인지도 모르겠고 또는 내가 대상으로 하는 모든 것인지도 모"른다. 요컨대, 작가는 가상의 수신인을 설정한 다음 "기나긴 편지"를 쓰고 있는 것이다. 비록 막연하긴 하나 누군가 대상을 마음에 두고 있다는 점에서, 그러니까 간접적 대화 대상인 불특정 다수인 독자가 아닌 직접적인 대화 대상을 마음에 두고 그를 향해 편지를 쓰듯 글을 쓰고 있다는 점에서, 『Q씨에게』는 작가의 다른 글쓰기 작업과 명백히 구분된다 할 수 있다. 문제는 작가가 이처럼 색다른 글쓰기 전략에 호소하는 이유가 무엇인가에 있다.

여기서 우리는 "절대 고독은 내 작가 정신"(「화원을 꿈꾸며」, 164)이라는 작가의 발언을 주목할 수 있다. 소설이든 수필이든 평문이든 무릇 모든 종류의 글쓰기 작업은 근본적으로 고독한 작업이다. 마치 어둠에 휩싸여 보이지 않는 청중 앞에서 강렬한 빛을 받으며

---

3) 박경리, 『Q씨에게: 박경리 산문집』(솔출판사, 1993), p. 7.32

배우가 행하는 무대 위의 연기와 같은 것이 글쓰기인 것이다. 이 같은 중인환시(衆人環視)의 상황을 견딜 수 있는 힘이 작가에게 요구되며, 바로 이런 의미에서 "절대 고독은 내 작가 정신"이 아니겠는가. 문제는 "절대 고독" 그 자체에 대해 이야기하는 자리만큼은 절대로 고독한 자리이어서는 안 된다는 점이다. 이는 마치 배우가 연기를 마치고 무대 뒤에서 동료 배우든 누구에게든 자신의 연기에 관해 이야기하는 자리와 같은 것이어야 하지 않을까. 작가가 자신의 "삶의 흔적이며 생각의 항로"를 이야기할 때 편지 형식을 취한 이유는 여기에 있는 것 아닐까.

문제는 "기나긴 편지"조차도 책의 형태로 발간되어 연극의 관객에 해당하는 독자의 몫으로 주어진다는 데 있다. 이는 마치 무대의 뒷면조차 관객에게 공개하는 것이나 다름없다. 결국 작가가 자신의 고독에 '대한' 이야기를 독자에게 엿듣게 하고 있다는 점에서 『Q씨에게』는 고독을 감추면서 드러내는 작업이라 할 수 있다. 고독을 감추면서 동시에 드러내는 작업이란 이를 감당하면서 동시에 벗어나려는 몸짓과 다를 바 없는 것이고, 또한 "가까와지려고" 애쓰면서 어쩔 수 없이 "혼자인 것을 자각"하는 의식과도 통하는 것이다. 요컨대, 글쓰기란 이율배반이며, 이를 유도하는 것이 다름 아닌 언어다.

벗을 얻고자 말이라는 전파를 보내는 사람, 가까워지려고 글이라는 교량을 건너는 작가, 오히려 이들은 언어로 말미암아 혼자인 것을 자각하고 멀리서 맴돌고 있다는 것을 깨닫는다면 그것은 이율배반이며, 수수께끼 같은 것입니다. 그러나 사실이 그렇고, 그러면서도 그 행위를, 그 길을 멈추지 못하는 것은 언어가 지닌 마성 때문이겠

죠. (「왜 쓰는가」, 94)

연결과 차단을 동시에 가능케 하는 것, 또는 가까워진다는 환상에도 불구하고 거리를 절감케 하는 것이 언어다. 언어란 말하자면 반투명성의 거울과 같아서, 저편 세계를 보여줄 듯 우리를 착각에 빠져들게 하지만 실제로는 이쪽 세계를 비춰줄 따름이다. 고전적 언어관을 따르는 경우 언어는 의사소통을 가능케 하는 수단으로 보이지만, 실제로는 의사소통 자체를 끊임없이 방해하는 장애물인 것이다. 다시 말해, 언어를 통해 "타인의 존재"에 다가갈 수 있다는 생각은 일종의 환상일 뿐이며, 그 환상에서 깨어날 때 우리는 언뜻 "언어 행위의 주체인 우리 자신"만을 희미하게 볼 수 있을 뿐이다. 하지만 그 모든 이율배반에도 불구하고 마치 불을 향해 덤벼드는 불나비처럼 언어를 향한 몸짓을 포기하지 못하는 존재가 다름 아닌 인간—즉, 언어라는 감옥에 갇혀 있는 우리 모든 인간—이고, 이러한 몸짓을 특히 격렬하게 하는 이들이 작가다.

작가 박경리의 절망은 여기서 끝나지 않는다. 비록 언어는 언어 행위의 주체인 우리 자신의 한계를 인식하도록 유도하는 장치이지만, 자기 자신의 선명한 모습을 보고자 할 때에도 우리는 다시금 언어에 호소하지 않을 수 없기 때문이다. 즉, 언어를 통해 의식된 우리 자신과 "가까워지려고" 할 때에도 역시 언어를 통해야 한다. 하지만 언어는 타인과의 만남을 환상 속에서 가능케 하듯 자기 자신과의 만남도 환상 속에서만 가능케 할 뿐이다. 요컨대, 자신의 모습조차 객체화하여 파악하고자 하는 순간 언어는 이를 여전히 또 하나의 허상으로 바꾸고 만다. 그리하여 작가 박경리는 말한다. "나는 언어 위에 투영된 나 자신까지도 본 일이 없는 것 같습니다"라고, 또는 "언어의 모호함" 때문에 "보다 깊어지는 고독의 바닥에 도전하는 사람들을 작가라 하고 시인이라 하는 것일까"라고(「왜 쓰는가」, 95). 이 같은 이중의 고통을 박경리는 다음과 같이 표현한다.

> 샘 앞에 쭈그리고 앉아서 두 손을 모아 물을 길어 입으로 가져가노라면 입으로 가져가는 동안 손가락 사이에서 물은 다 새어버리고 겨우 타는 듯한 목구멍을 축여줄 뿐인 그런 아쉬움, 안타까움, 노여움, 더 심하게는 미칠 것 같은 발작적인 충동일 것입니다. 안개를 뚫고 남(독자)이 내게 와주지 않았다는 것보다 작가는 또 하나의 자기를 만날 수 없었다는 것을 문자와 대면하면 깨달을 것입니다. (「왜 쓰는가」, 95)

하지만 "안개 같은 언어의 장막 앞에 앉아 있고, 그 장막을 뚫지 못하는 절망 속에 있"으면서도 "물러나지 못하는" 이유는 무엇인가. 이 물음으로 인해 "언어의 마성"이, 또는 언어의 "이율배반적" 성격이 다시 문제되지 않을 수 없다.

> 언어로 말미암아 더욱 깊어지는 인간과 인간 사이의 강을, 그리고 나와 나 사이의 넓어지는 강을 들여다보면서도 이 언어에 의하지 않고는 강의 폭이 좁아질 수 없다는 이율배반적인 가능성 때문일까? (「왜 쓰는가」, 96)

바로 이 가능성 때문에 작가는 "이 절망의 길을 빠득빠득 걸어 갈 수밖에 없"(「왜 쓰는가」, 96)는 것이다. '왜 쓰는가'라는 물음에 대한 작가 박경리의 답변을 우리는 여기서 찾을 수 있다.

3. 감정의 문학, 주지의 문학, 의지의 문학

'왜 쓰는가'와 마찬가지로 대답하기 어려운 질문이 '문학이란 무엇인가'일 것이다. 이와 관련하여 우리는 박경리가 "감정의 문학"과 "주지의 문학"을 구분하고 있음에 유의할 수 있다.

> 감정의 문학이 주관적 개성주의나 개방적인 서정주의의 성격이라면 주지의 문학은 객관적 사실주의, 혹은 과학적인 형식주의의 요소를 지니고 있을 것입니다. 객관성을 띰으로써 내재적인 개성으로부터 연대적인 사회로 대상이 옮겨지고 따라서 시야가 넓어지는 것도 사실이겠으나 창조적인 리얼리티에서 즉 공상의 무한한 자유의 비상에서 물론 황당무계한 곳으로 떨어지질 말아야죠. 묘사적인 리얼리티로, 혹은 실증적인 논리로 이동해서 오는 예술성이 감소될 위험도 고려해볼 만한 일이겠습니다. (「자기의 목소리」, 111)

박경리는 "감정의 베일을 쓰고 비극을 미화하는 것이나 지성이 백주대로에서 조사관처럼 흉부를 파헤쳐 끄집어내는 것이나 모두"(「자기의 목소리」, 112)를 경계하고 있음도 사실이다. 하지만 "수도자와 같은 희구가 없"다는 이유에서, 또한 "실증주의가 갖는 사무적인 자료서의 비정은 법조 해석에만 골몰하는 검사와 같이 메카닉한 것 이외 아무것도 아니"라는 이유에서, 작가 박경리는 "주지의 문학"보다 "감정의 문학"을 선호하고 있는 것처럼 보인다(「자기의 목소리」, 112). 사실 작가의 선택은 『Q씨에게』와 별도로 쓴 「문학과 나」라는 수필에서 보다 명료하게 드러난다. "나는 아직도 하소연하는 형식을 빈 감정 문학의 경지를 헤매고 있다"는 진술과 함께 다음 발언을 주목하기 바란다.

> 감정적 세계 다음에 지성적 세계가 있다. 감정 문학이 주관적 개인주의나 개방적 서정주의라면 지성 문학은 객관적 사실주의나 과학적 형식주의라 할 수 있다. 객관적이라는 데서 내재적인 개성을 떠나 연대성을 띤 사회인이 대상이 된다. 그러나 여기에 나타나는 사회인이나 사회 또는 객관화된 개인을 과학적으로 분석하고 있는 그대로의 사실 묘사로써 시종한다면 여기에 한 인간 상실을 보지 않을 수 없게 된다. 인간은 결코 기계나 사물은 아니다. 결코 있는 그대로가 인간의 전부는 아닐 것이다. (「문학과 나」, 364)

요컨대, 박경리는 인간성 상실을 "주지의 문학" 또는 "지성 문학"의 결정적인 결함으로 여기면서, 이에 대한 대안으로 "감정의 문학"을 제시하고 있다 할 수 있다. 한편, 그는 "감정의 문학" 가운데 "좀 격이 떨어지는 것[을] 감상적 경향"으로, "좀 격이 높은 것[을] 낭만적 경향"으로 규정한다(「문학과 나」, 363). 결국 "낭만적 경향"이 작가 박경리의 주된 관심사임을 어렵지 않게 짐작할 수 있다. 그렇다면, 작가가 말하는 "낭만적 경향"이란 구체적으로 무엇을 뜻하는가. 이미 앞선 인용에서 암시되고 있듯, 박경리가 말하는

"낭만적 경향"이란 주관적인 감정의 세련화 또는 서정성의 고도화와 밀접한 관련이 있다. 무엇보다 "감수성이 맑게 세련되어 인생과 적절한 애정이 교류되었을 때, 그것이 낭만이 아닌가"(「자기의 목소리」, 109)라는 작가의 "생각"이 이를 뒷받침한다. 이런 관점에서 보면, 박경리는 주지적 비판 정신에 선행하여 감성적 자기 표현을 문학의 이상으로 여기고 있다 할 수 있다.

문제 삼아야 할 것은 "창조적인 리얼리티에서 즉 공상의 무한한 자유의 비상에서 물론 황당무계한 곳으로 떨어지질 말아야죠"라는 박경리의 경계다. 사실 이런 종류의 경계는 "주지의 문학" 쪽보다는 "감정의 문학" 쪽에 더 어울리는 것이 아닐까. 물론 그렇게 볼 수도 있겠으나, 박경리는 객관화라는 미명 아래 자행되는 무책임한 추상화나 일반화, 공상과학화를 경계하고 있다는 판단도 가능하다. 하지만 "감정의 문학"과 "주지의 문학"의 특성은 단순히 이러한 논리만으로 확연하게 드러나지 않는다. 따라서 박경리가 감성적 자기 표현을 낭만주의와, 주지적 비판 정신을 객관적 사실주의나 과학적 형식주의와 연계시켰던 점에 착안하여 개념 확장을 시도해볼 수도 있다. 즉, 낭만주의는 본래 시 정신의 영역에 속하는 것이라면, 객관적 사실주의나 과학적 형식주의는 산문 정신의 영역에 속하는 것이라 할 수 있다. 만일 산문 정신에 앞서 시 정신을 옹호했다는 관점에서 보면, 박경리의 다음 진술이 의미하는 바는 쉽게 이해될 수 있을 것이다.

> 아무도 사실대로 기억하고 사실대로 쓰지 못한다. 만든다는 것은 언제나 새로운 일이기 때문이다. 만드는 순간, 음향과 색채와 모양은

결정되고 시간은 그 위에 멎는다. (『시장과 전장』, 자서)[4]

창작이란 "사실"이 아닌 "새로[움]"과 관계된 것이라는 생각이나 창조의 순간 모든 것이 초시간적 공간 속에 정지된다는 인식은 대체로 시 정신에서 비롯된 것이라 할 수 있다. 낭만주의적 관점에서 볼 때, 시 정신이란 시간 개념을 초월하여 존재하는 새로운 영원 세계를 현상 또는 사실 세계에서 파악하는 능력을 뜻하며, 따라서 직관적 인식이 시간적 체험에 앞선다. 반면, 산문 정신이란 시간의 흐름 속에서 일어나는 현상 세계의 변화를 파악하는 능력과 관계된 것이며, 이로 인해 역동적 시간의 흐름과 시간적 인과 관계가 중시된다. 이런 관점에서 보면, 박경리의 일부 작품과 관련하여 제기되는 비판적 시각을 근거 없는 것이라 할 수는 없다. 예컨대, 위의 인용과 관계되는 작품인 『시장과 전장』과 관련하여 "리얼리티가 훼손되어 있다"든가 "사실 묘사가 피상적"이라는 비판이 제기되기도 하는데, 이러한 비판은 작가의 이러한 선택과 결코 무관하지 않을 수도 있다.

하지만 박경리의 낭만주의는 넓게 보아 명칭을 달리한 휴머니즘이라는 판단도 가능하다. 이와 관련하여, 작가가 "문학의 바탕은 휴머니즘"이라고 주장하면서 "애정과 아픔 없이 인간과 운명에 접근하기는 어려울 것 같다"라고 말한 적이 있음을 주목해야 할 것이다(「잡지 표지에 도둑맞은 내 얼굴」, 358). 이 때문인지는 몰라도, 낭만주의적 시 정신의 관점에서 박경리의 작품을 이해하고자 할 때

4) 박경리, 『시장과 전장』(현암사, 1964), p. 6.

무리가 따르는 것도 사실이다. 따지고 보면, "사랑이 없는 순간은 죽은 시간입니다"(「예의」, 205)라는 발언이 암시하듯, 인간을 인간답게 하는 사랑에 대한 박경리의 끊임없는 관심, 그리고 인간이 인간다울 수 있는 조건과 인간의 비극에 대한 그의 탐구는 이러한 주장을 뒷받침해주는 자료가 될 수 있을 것이다.

박경리의 작품 세계를 낭만주의적 시 정신의 관점에서 파악하고자 할 때 무리가 따른다는 증거는 또 하나 있다. 즉, 낭만적 시를 지배하는 것이 의지의 차원을 넘어선 초월적 직관이라면, 그의 작품을 지배하는 것은 초월적 직관이 아니라 인간적 의지인 것이다. 말하자면, 박경리는 외적 "리얼리티"에 선행하여 작가의 내적 의지를 선행시키고 있는데, 작가가 내세우는 것은 일종의 내적 진실, 또는 작가의 "의지"에 따라 "소설을 위해 윤색"(「창작의 주변」, 143)된 "리얼리티"인 것이다.

> 작품의 리얼리티가 사회의 현실과는 별개의 것인 것과 마찬가지로 말입니다. 극단적인 말일는지 모르지만 작가의 내부적인 자유란 종교적인 입장에서의 선도 악도 아닌, 사회에서 기준된 가치 평가에 의한 것도 아닌, 훨씬 피안의 우뚝 서 있는 한 개의 성일는지도 모르겠습니다. 그 상태의 표현에 있어서 가열하고 준엄한 매질을 하며 영원의 궁성을 향해 걸음을 옮긴다는 것은, 작가 아닌 자기 속의 다른 하나의 분신이 인간적인 욕망으로 하여 끊임없이 방해하고 학대하는 것을 작가인 처지의 사람이면 누구나가 경험할 수 있었던 일일 것입니다. (「자유 3」, 47)

결국 박경리에게 "작가의 진실이란 고백이 아"니라(「자유 3」, 44), "피안의 우뚝 서 있는 한 개의 성"과 같은 것이다. 이는 결코 외적인 가치 기준의 영향을 받지 않으며, 오로지 작가의 의지에 따라 결정될 따름이다. 그리하여 박경리는 "경험한 것, 기억한 것, 목격한 것, 영혼의 깊은 곳에 있는 그 모든 것을 구애함이 없는 재료로 사용할 수 있는 자유가 작가의 진실"(「자유 3」, 47)임을 주장한다.

이런 의미에서 보면, 박경리가 궁극적으로 지향하는 문학은 낭만적 자기 표현의 세계에서 한 걸음 더 옮겨 간 세계라 할 수 있다. 이와 관련하여, 우리는 「문학과 나」에서 작가 박경리가 말하는 "의지의 세계"라는 표현을 주목해야 할 것이다. 작가는 "의지의 세계"에서는 "감성과 지성이 가장 적절하게 배합되어 하나의 균형을 형성할 것"이며, 궁극적으로 "보다 나은 곳에의 양기(揚棄)를 꾀"할 수 있어야 할 것이라 말한다(「문학과 나」, 365). 이러한 지향점을 갖는 문학을 우리는 편의상 "의지의 문학"으로 규정할 수 있는데, "의지의 문학"을 향한 작가의 집념을 "나의 인생은 문학과 더불어 의지의 세계로 명확한 목적 의식 아래 개척이 있어야 할 것"(「문학과 나」)이라는 말에서 쉽게 읽을 수 있다. 김치수가 그의 평론집 『박경리와 이청준』에서 지적한 대로 박경리의 문학이 개인의 차원(초기 단편들)에서 가족의 차원(『김약국의 딸들』)으로, 사회의 차원(『파시』)으로, 민족의 차원(『전장과 시장』)으로 이행하다가 결국 『토지』에 이르러 "모든 종합이 이루어지고 있"다면,[5] 바로 이 이행 과정 자체가 "보다 나은 곳에의 양기를 꾀"하는 작가의 의지를 반

5) 김치수, 「비극의 미학과 개인의 한」, 『박경리와 이청준』(민음사, 1982), p. 31.

영하는 것이리라.

4. 외부의 비판과 내부의 제재

작가의 "의지"에 대한 강렬한 의식이 종종 타인의 간섭이나 비평에 대해 작가들 자신의 반발을 유도하는 것도 사실이다. 아마도 박경리 역시 예외는 아니리라. 다음의 인용은 비평에 대해 작가가 느끼는 저항감을 잘 보여준다.

> 문학에 있어서 분석을 한다든지 연결을 지어본다는 것은 사실 무의미한 짓이며 또한 뚜렷하게 무더기무더기로 갈라놓을 성질의 것도 아닐 것입니다. 이렇게 되면 비평 무용론이 됨직도 한데, 그러나 그 일에 대하여 나로서는 나대로의 생각을 하나 가지고 있긴 합니다.
> (「자기의 목소리」, 108)

사실 위의 인용 마지막 부분이 암시하듯 박경리가 모든 비평 행위를 전면으로 부정하고 있는 것은 아니다. 그의 "비평 무용론"은 다만 분석 비평과 재단 비평을 비판하면서 하나의 대안을 제시하기 위한 절차일 따름이다. 이어지는 논의에서 확인할 수 있듯, 박경리가 제시하는 이상적인 비평이란 "비상한 감수성과 창조 능력"의 도움을 받아 이루어지는 "작품과의 교감"이다(「자기의 목소리」, 108). 즉, 비평도 "예술"이어야 한다는 것이다.

따지고 보면, 비평가에 대한 작가들의 회의적 시각은 결코 새삼스러운 것이 아니다. 또한 작가들이 비평가를 향해 펼치는 '공격적인 자기 방어'도 새삼스러운 것이 아니다. 하지만 분석, 연결, 분류 작업이 모두 무의미한 것으로 부정된 상태에서 제시되는 "작품과의 교감"이라는 애매한 기준은 자칫하면 인상 비평만을 용납하는 결과를 초래할 수도 있다. 물론 인상 비평이 비평의 한 방법으로서의 존재 가치를 전혀 갖지 않는 것은 아니지만, 적지 않은 경우 문학 작품에 대한 인상을 중언부언 되풀이하는 가운데 비평을 문학의 시녀로 전락시키는 것도 사실이다. 사실 문학 쪽에서 본다면 문제될 것이 없을지도 모른다. 하지만 문학의 고유한 역할이 존중되어야 하듯 비평 나름의 고유한 역할 역시 존중되어야 하지 않을까. 이와 관련하여, 문학이 인간의 삶에 대한 분석과 비판 작업이듯, 비평도 문학에 대한 분석과 비판 작업이라는 점에 유의해야 할 것이다. 박경리의 표현을 빌리자면, 문학이 "오늘의 존재를 인식하고자 하는 노력"(「회귀선에서」, 113)의 반영이듯 비평은 문학의 존재를 인식하고자 하는 노력의 반영이다.

그렇다고 해서, 비평에 대한 박경리의 회의적 태도를 단지 회의적 시선으로 바라보아야 한다는 뜻은 아니다. 다음 인용에서 확인할 수 있듯, 박경리는 "창작 행위"에 대한 간섭이나 문학을 정치나 이념의 "슬로건"으로 만들려는 시도에 거세게 반발하는데, 이러한 반발은 지극히 정당한 것이기 때문이다.

> 나는 우리가 현실에 뿌리를 박고 있는 이상 현실은 외면할 수 없고, 작가도 붐비는 현실 속의 한 성원인 이상 자기 나름대로 현실에 작용하고 있는 것만은 틀림이 없겠지만, 개성대로 창작 행위를 하는

데 있어서 소재의 선택이나 표현 방법은 원칙적으로 작가 자신의 가치 판단에 의해 이루어지는 것이지 일률적인 요구는 부당한 것이며, 설혹 모든 사람이 요구하는 작품을 만들었다손 치더라도 그것이 요구에 의해 된 것이 아닌 작가의 내부 소리에 의해 씌어진 것이라야 한다는 얘기를 했습니다. 그리고 문학이 어떤 슬로건의 역할을 한다면 그것은 문학이 아닌 정치 연설이거나 사회 운동의 방편으로밖에 생각할 수 없고…… (「문학의 자리」, 54~55)

박경리의 말대로 "우리가 현실에 뿌리를 박고 있는 이상 현실을 외면할 수 없고, 작가도 붐비는 현실 속의 한 성원인 이상 자기 나름대로 현실에 작용하고 있는 것만은 틀림이 없"다. 또한 우리가 앞서 지적한 바와 같이 작가는 이 현실을 분석하고 비판하는 역할을 외면해서도 안 된다. 하지만 작가가 이 같은 역할을 수행하고자 할 때 그에게는 나름의 자유가 보장되어야 한다. "창작 행위"란 "개성"적인 것이고, "소재의 선택이나 표현 방법은 원칙적으로 작가 자신의 가치 판단에 의해 이루어"져야 하기 때문이다. 이런 의미에서 볼 때, 누군가가 비평이라는 미명 아래 "작가 자신의 가치 판단"에 간섭하려 들거나 "작가의 내부 소리"를 어떤 형태로든 부정하려 한다면, 그는 비판을 받아 마땅할 것이다.

박경리가 말하는 창작의 자유는 단순히 외부 세계의 압력을 향한 것만이 아니다. 그는 또한 "자연인 혹은 사회의 한 구성원"인 자아가 작가인 자아에게 가할 수 있는 압력도 경계한다.

작가의 창작 행위에 있어서 내적인 자유란 외부에서 가해지는 법적 혹은 관습적인 제재를 받지 않는 것과 마찬가지로 자신의 진실된 내부의 소리를 표현하는 데 작가의 분신인 자연인 혹은 사회의 한 구성인의 제재를 받지 않는 것을 말하는 것입니다. 이와 같은 자유를 쟁취하는 데 있어서의 저항은 경우에 따라서 외부의 그것보다 훨씬 강인하게, 집요하게 되지 않으면 안 될 때도 있는 것인데…… 내부의 그것은 어디까지나 한 개인의 근원적인 것, 존재의 이유에서 소멸의 필연성까지 파고 들어가고 보면 가장 본질적인 것, 그리고 직접적인 것이기 때문에…… 문제가 심화되는 것만은 확실한 이야기겠습니다. (「자유 3」, 46)

요컨대, 작가는 외부의 제재뿐만 아니라 내부의 제재까지 극복해야 하나 내부의 제재는 극복하기가 훨씬 더 힘들다는 것이다. 하지만, 박경리에 의하면, "자연인 혹은 사회의 한 구성원"인 자아를 "떠밀고 일어"(「자유 3」, 46)설 때 비로소 문학다운 문학에 도달할 수 있다. 다시 말해, "한 인간의 희생 위에 쌓여지는 것이 작품"(「자유 3」, 46)이라는 것이다. 결국 박경리에게 문학 행위란 일종의 자기 부정 작업이다. "내가 내 고통을 자근자근 밟아 문드릴 수 있는 잔인성"을 갖고 "또 하나의 나를 구경하"는 것이 문학 행위이며(「사소설 이의」, 117), 결과적으로 이는 "부정적, 근원적으로 부정적"(「신기루 같은 것일까」, 172)인 것이다.

하지만 박경리는 문학 행위만이 부정적인 것이어야 한다고 믿지 않는다. 인생 그 자체가 부정의 몸짓이어야 한다는 것이다.

궁극적으로 부정이며 내던져지고 거두어지는 우리의 삶이, 그렇더

> 라도 혼신의 힘으로 긍정을 향해 제자리 걸음이라도 해야 하는 것은 그 과정이 희열이며 고통이며 삶 자체이기 때문에, 고뇌가 크면 클수록 우리는 비인간이 아닌 인간을 실감하게 되는 것이 아니겠습니까. (「신기루 같은 것일까」, 172~73)

앞서 살펴본 바와 같이, 작가 박경리는 자신의 문학이 슬픔과 괴로움 때문에 가능했다고 말한 적이 있다. 이와 마찬가지로, 인간 박경리에게 삶을 가능케 하는 것도 슬픔과 괴로움 또는 고통과 고뇌인 것이다. 말하자면, 삶은 슬프고 괴롭기 때문에 살아볼 만한 가치가 있는 것이다. "배불리 먹고 눈물이 없고 죽음도 없고 사랑도 없고 존재뿐인 삶은 비인간 로보트"(「신기루 같은 것일까」, 172)일 수밖에 없기 때문이다. 이런 맥락에서 보면, 작가 박경리의 문학을 가능케 하는 것이 인간 박경리의 삶이며, 결국 궁극적으로 문제되는 것은 인간 박경리의 삶이라는 논리가 가능하다. 그의 다음과 같은 발언은 이런 관점에서 볼 때 중요한 의미를 지닌다.

> 나 역시 문학을 인생보다 귀중히 여기지 않는 것은 옛날이나 지금이나 다를 것이 없습니다. 그러나 문학은 내 인생과 더불어 있는 것, 그것에 의의가 있는 것입니다. (「회귀선에서」, 115)

결국 외부의 비평에 대한 박경리의 저항은 자신의 문학뿐만이 아닌 삶 자체를 위한 것이라고 할 수 있으며, "근원적"이고 "본질적"인 동시에 "직접적"인 내부의 제재에 대한 저항은 삶뿐만이 아닌 문학을 위한 것이라 할 수 있다.

5. 인간, 그 불완전한 존재에 대한 사랑

박경리에게 문학의 가능케 하는 것이 삶의 고통이라면 그 고통의 근원이 되는 것은 무엇인가. 앞서 살펴본 바와 같이, 이는 살아 있는 모든 것에 대한 섬세하고도 따뜻한 사랑의 마음이다. 그리고 사랑이 곧 아픔인 것이다.

> 가슴 저리게 하는 내 사랑하는 것들…… 내 힘은 왜 이렇게 부족할까요. 바위로 태산을 깰 수 있는 힘, 불가사의한 사랑의 힘은 어디 있는 것이기에 내 가엾은 것들을 안식하게 못하는 것일까요. 이렇게 사랑은 끊임없이 아파야 하는 것일까요. (「화원을 꿈꾸며」, 162)

박경리가 말하는 사랑은 위의 인용이 암시하듯 가족 및 자기 주변의 사람들과 모든 생명에 대한 사랑이기도 하다. 또한 작가에게 사랑이란 타인에 대한 이해를 뜻하기도 한다. "내 자신의 존엄과 남의 마음을 동시에 존중하는 그것은 눈에 보이지 않는 인간에 대한 사랑"(「예의」, 202~03)이라는 말은 바로 이런 맥락에서 이해할 수 있을 것이다. 사랑과 아픔, 또는 사랑과 이해, 바로 이 말과 함께 우리는 다시 인간 박경리에게 돌아가지 않을 수 없다. 우리의 이해가 비록 피상적인 선에서 멈출지라도, 인간의 비극과 한(恨), 그리고 살아 있는 모든 것의 아픔에 이해의 눈길을 주고 함께 아파하는 인간 박경리에게 돌아가지 않을 수 없는 것이다.

하지만 사랑에 아파하는 인간 박경리는 성자(聖者)도 아니며 "완성된 인격"의 소유자도 아니다. 아니, 박경리 자신이 자신에 대해 그렇게 말하고 있다. 무엇보다 자신에 대해 "인간적인 약점이 많은 사람, 어딘지 모자라는 면이 있고, 그런 것으로 하여 끊임없이 고통 받고 모순에 사로잡히고 어떤 규율에서 벗어나오고자 몸부림치는" 사람이라 말하고 있다.

> 나는 작품이 한 작가의 정신적인 소산이라는 것에는 반대하지 않습니다만 완성된 인격의 소산이라고는 결코 생각해본 일조차 없읍니다. 오히려 가장 인간적인 약점이 많은 사람, 어딘지 모자라는 면이 있고, 그런 것으로 하여 끊임없이 고통받고 모순에 사로잡히고 어떤 규율에서 벗어나오고자 몸부림치는 불완전 상태 속에서 피나는 작품이 이룩되는 것으로 생각하고 있읍니다. (「내 손과 내 말」, 51)

말하자면, 박경리의 문학은 "고행하는 영혼"(「병적(病的)」, 70)이 남긴 아픔의 기록이다. 그리고 『토지』 제3부의 자서에 나오는 박경리의 말을 빌리자면 "고통스럽다는 것, 힘겨운 일을 하고 있다는 것, 그런 의식의 자만"을 "부끄러"워할 줄 아는 인간이 남긴 기록[6]인 것이다. "인간에게 존재하는 근원적인 恨"[7]을 이해하고 한을 지닌 모든 인간들과 함께 아파하는 인간의 기록인 것이다. 특히 『토지』가 유종호의 말대로 "한번은 누구나가 접해 보아야 할 관심의

---

6) 박경리, 『토지』 제7권(솔출판사, 1993), p. 7.

7) 김치수, 「박경리와의 대화」, 『박경리와 이청준』, p. 166. 이는 김치수와의 대화에서 박경리가 한 발언 가운데 나온 표현.

폭을 가"진 작품[8]이라면 이런 이유에서다.

마지막으로 『Q씨에게』의 끝부분을 장식하는 "사랑이 없는 순간은 죽은 시간입니다"라는 말을 되뇌며 이 글을 끝맺기로 하자.

---

8) 유종호, 「여류다움의 거절—박경리의 소설」, 『동시대의 시와 진실』(민음사, 1982), p. 349.

부정과 생성의 논리와 변증법적 구도

— 정명환의 「부정과 생성」에 담긴 담론 분석의 틀

1. "부정과 생성"의 논리와 이상의 경우

『한국인과 문학 사상』(일조각, 1964)을 통해 발표한 정명환의 논문 「부정과 생성」[1]은 1930년대에 활동한 작가 이상의 경우 "절망이라는 극한적인 감정이 과연 무엇에 의해서 싹텄으며 그것이 사고(思考)를 어떤 방향으로 발전시켰느냐"[2]에 대한 치밀한 분석을 담

---

1) 이 논문은 1978년 문학과지성사에서 발간된 정명환의 비평집 『한국 작가와 지성』에 "이상—부정과 생성"이라는 제목으로 다시 수록되었다. 『한국 작가와 지성』에는 이 논문과 함께, 이광수, 염상섭, 이효석과 같은 해방 이전에 활동한 작가들에 관한 작가론 및 "현역 작가"들의 작품에 대한 7편의 작품론이 수록되어 있다. 정명환의 모든 글이 한국 문학의 발자취를 이해하는 데 더할 수 없이 중요한 자료들이지만, 이 가운데 이상에 관한 논문은 한국의 문학에 대한 우리의 이해를 넓히는 데뿐만 아니라 정명환의 문학관을 이해하는 데에도 특히 중요한 것으로 판단된다.

2) 정명환, 「부정과 생성—한국 문학이 제기하는 문제와 이상(李箱)의 경우를 중심으로」, 『한국인과 문학 사상』(일조각, 1964), p. 327. 이 논문에 대한 앞으로의 인용은 본문에서 직접 페이지만을 밝힐 것이며, 원문의 한자는 가급적 한글로 바꾸되 필요한 경우 괄호 속에 한자를 넣기로 한다. 한편, 띄어쓰기의 경우, 요즈음의 어법에 따라 필요한

고 있다. 정명환에 의하면, 이상은 "우리나라 대부분의 작가나 시인이 지니지 않은 두 가지 특성"인 "지적 태도"와 "근대적 자아의 의식"을 "부정(否定)의 작업으로부터 획득"한 "희유(稀有)한 작가의 한 사람"이자 "부정이 되풀이되어 온 듯이 보이면서도 진실한 의미의 부정이 이루어지지 않은 우리나라 신문학사에 있어 작품 생산의 근원을 부정 그 자체에서 찾아낸 작가"다. 아울러, "당시의 상황 속에서 어떤 기성의 강령을 따르지 않고 자아 성찰의 노력을 기울여 본 작가"이기도 하다. 이상은 "다시 평가되어야" 할 작가라는 정명환의 판단은 이에 근거한 것이다.

이 같은 판단 아래 정명환이 펼쳐 보인 이상의 정신 세계에 대한 분석은 이상에 관한 여타의 학문적·비평적 논의 가운데 비견할 만한 것을 찾기 어려울 만큼 정치(精緻)하고 설득력이 있다. 사실 이상과 그의 문학 세계는 1950년대부터 오늘날에 이르기까지 한국의 문단과 학계에서 가장 활발하게 논의되어온 관심 주제 가운데 하나로, 더할 수 없이 다양한 논제와 시각에서 헤아릴 수 없는 논의가 진행되어 왔고 또 진행 중이다. 이를 증명하듯, 근래에 발간된 『이상 문학 연구 60년』(권영민 편저, 문학사상사, 1998), 『이상 문학 연구의 새로운 지평』(신범순 외, 역락, 2006), 『이상 텍스트 연구』(권영민, 뿔, 2009) 등을 비롯하여 수많은 단행본과 논문이 이상의 문학 연구에 바쳐져왔다. 하지만 과문한 탓인지는 몰라도 이상이 느낄 수밖에 없었던 절망의 근원과 그 절망이 이상의 정신 세계에 미친 영향에 대해 정명환의 논문이 보여주는 것만큼 치밀하고 깊이

경우 조정하기로 한다.

있게 파헤친 글을 찾아보기란 쉽지 않다. 정명환에게 그와 같은 치밀하고 깊이 있는 분석을 가능케 한 것은 무엇일까. 여러 가지 요인이 있겠지만, 무엇보다 우리가 주목하고자 하는 것은 그가 동원한 분석의 틀이다.

정명환이 동원하고 있는 분석의 틀에 접근하기에 앞서 이상과 관련하여 그가 펼쳐 보이고 있는 논의를 개략적으로나마 더듬어보기로 하자. 그에 따르면, 이상의 절망은 "신구 사상의 대립과 속악한 삶의 환경과 이룩될 수 없는 대타 관계"(328)에서 비롯된 것으로, 이 같은 절망에서 벗어나려는 노력에도 불구하고 "커다란 공허(空虛)를 지닌 인간의 답답함과 몸부림"(332)만이 그의 의식을 지배하고 있었다. 말하자면, "의식하는 인간이 겪는 [공허 속의 삶이라는] 이 불행 앞에서 그것을 지양하거나 적어도 변질시키기 위한 변증법적 노력을 추구하지 못하고 그 불행을 하나의 숙명처럼 겪는 피동적 상태에 머무른" 존재, "현실의 부정이 남긴 무(無)의 지대, 가장 괴로운 실존적 체험의 지대 한가운데서 대자적 투기(對自的 投企)로 나서지 않고 존재의 세계에서 이탈하려는 유혹"에 빠진 존재가 바로 이상이었다는 것이다. 이 상황에서 이상은 "의식의 절멸을 위한 가지가지의 수단"(335)에 이끌릴 수밖에 없었다는 진단 아래, 정명환은 이상이 어떻게 "의식의 절멸을 위한 가지가지의 수단"에 이끌렸는가를 여러 각도에서 분석하고 있다. 분석 과정에서 그가 확인하는 것은 "해답 없는 자기 성찰의 괴로움에서 잠깐 동안 일망정 풀려나"(337)오려는 몸짓, "근대인으로서의 자아로부터 도피하기 위한"(339) 시도, "의식 절멸이 열어 주는 탈출구"(341)에 대해 느끼는 유혹, "과거에 대한 다분히 감상적인 향수"(347) 등이다.

"좌절의 일생"이었기에 "부정이 생성과 결부되지 못하고 자기 파괴로 귀착되어 버린"(350) 이상의 일생과 관련하여, 정명환은 "좌절의 과정"이 "이상하게도 [이]상의 존재를 이 세상에서 유지시켜 줄 수 있는 최후의 거점"(352)이 됨에 주목하기도 한다. 말하자면, 이상은 "남의 눈에 비친 자기의 좌절의 모습을 통해서 존재를 확정"(352)하려 했다는 것이다. 이 문제는 기본적으로 "대타 관계"(352)와 관련된 것으로, 그는 이상이 "허약하고도 상처투성이의 그의 자아를 그대로 유지하면서, 하지만 그 모습을 솔직히 보이지도 않으면서 어떻게 남에게 작용을 가하는 것일까"(357)를 묻는다. 이 물음에 대한 답은 "남의 시선 앞에서 춤을 추는 것"으로 요약될 수 있으며, 이는 "고립으로 얻을 수 없었던 존재 의의"를 획득하기 위한 것이었다는 것이 그의 진단이다. 다시 말해, 이상은 "훌륭한 연기"를 함으로써 "감탄하는 관객으로부터 그 관객에게 비친 자기의 모습을 다시 빼앗아 옴으로써 자기의 가치를 스스로 확인하려고"(358) 하는 배우와 같은 존재였다는 것이다. 하지만 이는 결코 성공적인 것일 수 없었으니, "거짓말은 상대방에게 정말로서 인식되는 오해의 관계하에서만 효과를 거둘 수 있는 것"(360)이기 때문이다. 또는 "타인이 그가 바라는 대로 관객의 역할을 만족스럽게 해"(363)줄 때만 이는 효과를 갖는 것이기 때문이다. 이 같은 조건이 충족되지 않는 가운데 이상은 "희극 배우로서 자기가 성립할 수 없다는 좌절"(363)을 인식하지 않을 수 없었고, 결과적으로 "자기 기만과 카타르시스의 단계로부터 적극적 가치 창조로의 급격한 전환이 그 누구의 경우에 있어서와 마찬가지로 이루어질 수 없었던" 것이 이상이 겪어야 했던 "좌절의 생애"(363~64)라는 말로 정명환의 분석은 정리될 수 있을 것이다.

말할 것도 없이, 이상의 정신 세계에 대한 정명환의 논의에서 핵심을 이루는 것은 논문의 제목을 구성하기도 하는 '부정'과 '생성'이라는 개념이다. 이 두 개념은 이상의 문학을 평가하는 준거의 역할을 하기도 하는데, 정명환이 여러 번 지적했듯, 이상의 문학을 '부정의 문학'으로 규정할 수 있음은 다른 어떤 작가의 작품 세계에서도 확인이 되지 않는 특유의 "현실"에 대한 "부정"이 그의 작품 세계에서 확인되기 때문이다. 하지만, 그의 분석이 보여주듯, 이상의 경우 부정은 '생성'을 향한 적극적인 것이 아니라 "의식의 절멸"로 이끄는 소극적인 것이었다. 이런 관점에서 볼 때, 부정은 이상의 문학에 '희유'한 가치를 부여하는 특성이기도 하지만, 생성을 이끌 만큼 적극적인 것은 아니었다는 점에서 이상의 문학이 지닌 한계를 드러내는 특성이라고 할 수도 있다. 이상의 문학은 "병적이며 허무적이기까지" 하고 "부정과 긍정 사이의 긴장 관계가 유지되지 못했다는 매우 커다란 약점을 지니고" 있다는 점—또는 "생성을 위한 프롤레고메나가 되지 못했다"는 점—에서 "한계를 인식"하지 않을 수 없다(325~26)는 정명환의 판단은 이에 근거한 것이다.

그렇다면, 이상과 같은 이상의 정신 세계에 대한 정명환의 논의에서 확인되는 지배적인 분석의 틀은 무엇인가. 그것은 무엇보다 '변증법적 구도'일 것이다. 그가 말하는 '부정'은 정과 반의 대립을 전제로 하는 것이고 '생성'은 지양 또는 지양의 과정을 통해 도달하는 합이라는 점에서 그러하다. 또한 "부정이란 주체가 대상과 갈라지는 최초의 양상이며 생성은 주체에 의해서 대상에 가해지는 적극적인 작용"(374)이라는 그의 설명에서도 그가 유념하고 있는 것이 변증법적 구도임을 확인할 수 있다. 이런 구도에서 볼 때, 이상의 문학은 지양 또는 생성을 위한 모멘텀momentum을 얻지 못한 채 중도에서 좌절된 변증법적 시도로 설명될 수도 있을 것이다. 변증법적 구도는 정명환의 분석 곳곳에서 확인되며, 심지어 "대타 관계"에 대한 그의 논의도 크게 보아 이 구도를 암시하는 것으로 읽을 수 있다. 이상의 "연기"가 좌절에 빠져들 수밖에 없었던 이유를 배우와 관객 사이에 있어야 할 변증법적 긴장 관계가 제대로 정립될 수 없었기 때문이라고 볼 수도 있기 때문이다. "대타 관계"를 변증법적 구도에서 이해하고자 하는 경우, 우리는 다음 인용에 주목하지 않을 수 없다.

> 모든 문학 작품, 특히 소설은 2중의 의미에서 타인을 불가피한 요건으로 삼는다. 소설은 그것이 어떤 종류이건 간에 인간 관계의 연구이며 가장 고독하게 보이는 인물에 있어서조차 타인이 스며드는 것이다. 타인은 우리의 내부와 외부에서 우리와 동시적으로 존재할뿐더러 우리의 존재 양식 그 자체를 규정하는 것이기 때문이다. 이와 아울러 작품을 써서 발표한다는 행위는 작가의 어떤 면모를 그가 원하건 원치 않건 간에 남에게 보이는 행위이다. (352)

작품 속의 인물과 작가, 작품 속의 인물과 인물, 나아가 작가와 독자 등등의 관계에서 문학 작품을 파악함은 기본적으로 이원론적 양립 구도를 전제로 한 것이다. 창작 행위, 작품 속의 사건, 독서 행위 등등은 바로 이 이원론적 양립 구도의 긴장 관계에서 싹트는 것인 동시에 이 긴장 관계 속에서 이루어지는 변증법적 지양의 결과물이라 할 수 있을 것이다.

2. 변증법적 구도와 "부정적 지성"의 논리

말할 것도 없이, 정명환이 작가 이상에 대한 논의 과정에 동원한 분석 틀로서의 변증법적 구도는 이상 한 개인의 문학 세계에 대한 이해에만 적용될 수 있는 것이 아니다. 실제로 한 개인의 문학 세계를 넘어서 문학사적 사건이나 징후에 대한 이해에도 효과적으로 동원될 수 있는 분석의 틀임을 그는 논문의 서론 부분에서 보여주고 있다. 이 부분에서 그는 한국의 신문학에서 확인되는 몇 가지 문예 사조에 대한 분석적 평가를 시도하는데, 이 자리에서 우리는 한국의 신문학을 바라보는 하나의 새로운 시각을 확인할 수 있다.

한국의 신문학이란 물론 신소설 또는 신체시 등 양식 면에서 새로운 형태의 문학 작품들이 처음 선보인 이후에 발표된 문학 작품들의 총체를 가리키는 말이다. 한국의 신문학은 이른바 '전통 문학'으로 일컬어지는 문학과 비교할 때 언어와 문체와 형식 면에서 확연한 차이를 보이며, 문학적 관심의 대상이나 소재 면에서도 새로움을 확인케 한다. 하지만 신문학이라는 말은 단순히 '새롭다'거나 과거의 것과 '다르다'는 점만을 지칭하는 표현은 아닐 것이다.[3] 만

3) 이와 관련하여, 정명환이 "만일 이상을 시어(詩語)의 개혁자라고만 본다면, 그가 한국 문학에서 차지할 역할은 제한될 것이다. 그는 기껏해야 현대시를 한국에 도입한 하나의 교량에 지나지 않으리라"(365)라고 말하고 있음을 주목할 수 있을 것이다.

일 새롭다거나 다르다는 점이 신문학을 '신문학'으로 존재하도록 하는 충분 조건이 아니라면, 신문학이 '신문학'인 것은 과연 무엇 때문이겠는가. 신문학에 대한 정명환의 논의에서 우리는 이 쉽고도 어려운 물음에 대한 답 가운데 하나를 찾을 수 있는데, 이를 위해 그가 동원하고 있는 것이 앞서 언급한 변증법적 구도다. 그의 다음과 같은 진술을 주목하기 바란다.

> 우리의 문학이 지난날에 걸어 온 길을 살펴서 내일의 보다 훌륭한 문학을 건설하는 데 이바지하자는 움직임이 강좌나 논문이나 혹은 좌담회를 통해서 근래 두드러지게 나타나고 있다. 그리고 신문학 50년사란 결국 우리의 재래적인 것과 이질적인 서양 문학과의 타협이나 충돌 또는 그 일자(一者)에 의한 타자의 지양의 노력을 통해서 성립되어 온 것이기 때문에, 이러한 반성이 늘 서양 문학과의 관련하에 이루어지는 것은 당연한 일이다. 서양 문학에 대해서 취해 온 우리의 태도와 그것을 수용한 과정 및 방식을 검토하는 것은 곧 우리의 빈약한 유산을 설명하는 길이 되고, 이와 동시에 서양 문학이 우리에게 대해서 지녀야 할 의미를 탐구하는 것은 우리 문학의 장래와 직접적으로 결부되는 중요한 뜻을 가지게 될 것이다. (307)

요컨대, 정명환의 논리에 의하면, "우리의 재래적인 것과 이질적인 서양 문학과의 타협이나 충돌 또는 그 일자에 의한 타자의 지양의 노력을 통해서 성립되어 온 것"이 한국의 "신문학"이다. 즉, "우리의 재래적인 것"과 "서양 문학"을 각각 정과 반으로 하는 "지양의 노력"이 한국의 신문학을 가능케 했다는 논리로 이해할 수 있다.

물론 이 같은 "지양의 노력"이 성공적이었는가 또는 그렇지 않은가의 여부는 별개의 논의가 필요한 사항일 것이다.

따지고 보면, 한국의 신문학이 서양 문학의 수용과 이해 과정을 통해 정립되었다는 논리는 정명환이 「부정과 생성」을 집필할 당시에도 새로운 것은 아니었을 것이다. 아울러, 그는 앞의 인용에 이어지는 논의에서 서양 문학을 "받아들이는 데 시간적으로 무리가 있었"(307)음을 지적하고 있는데, 그가 김기림의 글을 예로 들어 설명한 것처럼 이 같은 지적 역시 새로운 것은 아니었을 것이다. 심지어, "최신의 문학 이론이 소개되면서도 설화조(說話調)를 벗어나지 못한 소설이 쓰여지고 있는 1960년대의 현상"(308)에 대한 정명환의 지적도 당시의 논자들이 공감하는 부분이었을 것이다. "필연성 없이 받아들여지는 새로운 주의·주장의 번거로운 교체가 낡은 사상의 생명을 연장시키고 한국 문학의 근대화에 있어서 도리어 암적 요소가 된다"(308)는 그의 논리가 지니는 합당성을 누구도 부인할 수 없을 터였기 때문이리라. 문제는 이 같은 상황을 어떻게 극복할 수 있는가에 있다. 사실 상황 지적과 상황에 대한 개탄의 차원을 뛰어넘지 못했던 여타의 논자들과 달리 정명환은 구체적인 극복의 준거를 제시하고 있거니와, 이에 해당하는 것이 바로 문학에서의 변증법적 구도를 가능케 하는 "간단없는 신화 파괴의 정신 즉 부정적 지성"(310)이다.

"간단없는 신화 파괴의 정신" 또는 "부정적 지성"이란 구체적으로 무엇을 의미하는 것일까. 정명환은 "부정적 지성이라는 말이 지닐 수 있는 일차적인 제1의 의미는 '현실에 동의치 않는 정신'"으로, "서양의 근대 문학은 신으로부터 언어에 이르기까지, 그리고 사회 관습에서 자아에 이르기까지, 주어진 것에 대한 비판과 거부로서 이루어져"왔음(310~11)에 주목한다. 한편, 이 같은 비판과 거부는 "미래"에 "투영"된 "긍정의 광명 하"에 이루어진다는 점에서 "이상주의의 요소"를 지닌다는 것이 그의 지적이다. 아울러, 그는 지성이란 "'모든 물질적·정신적인 변모를 가져오는' 어떤 힘"(313)이라는 점에서 "지성이라는 말속에는 이미 부정의 개념이 그 속성으로서 내포되어 있"음을 역설한다. 결국 정명환이 말하는 "부정적 지성"이란 "주어진 것"—또는 그가 사르트르의 용어를 빌려 말하는 "존재"—과 '나' 사이에 정립된 변증법적 구도 안에 위치해 있으면서 도달해야 할 "미래"—또는 "비존재"—를 향하여 "지양의 노력"을 기울이는 "어떤 힘"으로 이해할 수 있을 것이다. 도달해야 할 이 같은 "미래" 또는 정립된 "비존재"가 "일단 실현된 현실로 나타나는 행운이 이루어지는 일이 있더라도 그것은 또 다른 비존재에 의해서 부정되고 말 것"(318)이라는 논리에서 확인할 수 있듯, 그가 말하는 "부정적 지성"은 변증법적 구도 안에서 '간단없이' 진행되는 동적(動的)인 것이다. 요컨대, "비존재=존재"의 경지에 이르기 위해 "죽음에 이르기까지" 자신의 작업을 이어나가는 존재가 바로 "부정적 지성"의 주체인 것이다.

해방 이전 한국의 신문학과 관련하여 정명환은 대부분의 경우 이 같은 "부정적 지성이 발휘되지 않았"(320)음을 지적한다. 그에 의하면, "선행하는 것에 대한 부정이 어지럽도록 자주 이루어지면서도 우리의 신문학은 부정적 지성의 고행을 모르고" "체념"·"인간 조건을 등진 환상"이나 "현실을 떠난 구호"·"자기 부정"과 같은 "세 가지 함정에 결정적으로 빠져 버리거나 혹은 새로운 것이 곧 기성의 절대적 가치로 응결되어 버리는 모습을 되풀이해"왔다(313, 314, 316, 320)는 것이다. 다시 말해, 기존의 세계에 대한 부정은 있으되 그 부정이 의미 있는 부정적 지성의 수준에 이르지 못함으로써, "변모를 위한 줄기찬 정신적인 힘과 결부되지 않고 부정을 스스로 부정해 버리는 감정의 본능을 자극"(313)하는 상태에 빠져들거나, 정과 반 사이의 변증법적 긴장 관계를 유지하기도 전에 반이 곧 정으로 바뀌는 "응결"의 상태에 빠져들기도 했던 것이 바로 해방 이전 한국의 신문학이었다는 것이다. 정명환은 그 예를 "프로 문학"에서, "모더니즘"에서, 나아가 "국민 문학"에서 찾고 있는데, 이들 문학 운동에서 그가 공통적으로 확인하는 문제점은 다름 아닌 "부정적 지성의 결여"(325)다.

정명환이 말하는 "부정적 지성의 결여"는 물론 "준비 없던 터전에 밀려 닥쳐 온 서구의 가지가지의 문예 사조를 소화할 겨를이 없었다는 여건"(371)에만 기인한 것은 아니다. 논문의 뒷부분에서 그는 "우리들 속에 깃들어 온 사고 방식의 전통이 근대 문학을 탄생시킨 서구의 그것과 대단히 먼 거리에 있다는 보다 본질적인 사실"(371)을 주목하기도 하는데, 뒤에 가서 논의하겠지만 "부정적 지성의 결여"는 동서양의 사고 방식의 차이에서 기인하는 것일 수도 있다. 하지만 단순히 사고 방식의 차이로 넘길 수 없음은 한국의 문학이 변증법적 구도 안에서 서양의 문학과 충돌과 타협을 시도하고 있다는 현실을 무시할 수 없기 때문이다.

아무튼, 정명환이 말하는 "부정적 지성"이란 주체와 객체 사이의 변증법적 긴장 관계를 가능케 하고 이를 통해 새로운 것을 향한 변모를 유도하는 힘이다. 바로 이 "부정적 지성"이라는 개념을 한국의 신문학에 대한 이해의 과정에 도입함으로써 그는 한국의 신문학사에 확인되는 몇몇 중요한 문예 운동들이 어떻게 해서 실패의 여정을 걷게 되었는가를 명증하게 보여준다.

당연한 말일지 모르지만, 정명환의 분석 틀로 인해 한국의 신문학 자체가 새로운 그 무엇으로 바뀌는 것도, 한국의 신문학을 형성하는 작품들 하나하나에 대한 우리의 이해에 즉각적이고도 구체적인 변화가 생기는 것도 아니다. 마치 코페르니쿠스의 지동설로 인해 태양과 지구가 새로운 그 무엇으로 바뀐 것도, 이들을 이해하고 받아들이는 우리의 자세에 즉각적이고도 구체적인 변화가 생긴 것도 아니듯. 하지만 코페르니쿠스의 지동설이 있었기에 세계를 조망하는 우리의 시각에는 총체적이고도 근본적인 변화가 뒤따를 수밖에 없었다. 이제 우리는 세계를 새롭고 합리적인 시각에서 조망할 수 있게 된 것이다. 정명환의 분석 틀이 갖는 의미는 여기에 있다. 그의 분석 틀은 한국의 신문학을 새롭고 합리적인 시각에서의 조망하고자 할 때 어떤 시각에서 그것이 가능한지를 선명하게 보여주고 있다. "부정적 지성이 발휘되지 않았"던 예에 대한 그의 구체적인 분석에서 확인할 수 있듯, 새롭고 합리적인 시각이 전제되어야 우리는 비로소 한국의 신문학에 대한 논의 내부에 존재하는 적지 않은 추측과 억측에서, 근거 없는 단정과 추정에서, 막연한 신비화와 합리화에서 벗어날 수 있을 것이다. 이런 의미에서 볼 때, 정명환의 「부정과 생성」이라는 논문은 한국의 신문학에 대한 우리의 논의에 새로운 출발점 가운데 하나를 마련해주었다 해도 지나친 말은 아니다.

3. "근대적 자아"의 개념과 동서양의 차이

앞서 살펴보았듯, 정명환은 이상이 "부정의 작업"을 통해 "지적 태도"와 "근대적 자아의 의식"을 획득한 작가라는 점에서 "우리나라 대부분의 작가나 시인"과 구분된다고 말한 바 있다. 물론 이 말은 이상이 비록 "한계"를 보이는 것이긴 하나 "부정적 지성"의 소유자였음을 확인하는 단서로 읽을 수도 있다. 하지만 문제는 "지적 태도"라는 개념과 달리 "근대적 자아의 의식"이라는 개념은 무언가 구체적인 지시 내용을 담보하는 것일 수 있다는 데 있다. 다시 말해, "지적 태도"는 "부정적 지성"에 필요 조건이라는 점에서 더 이상 문제 삼을 여지가 없을 수 있지만, "근대적 자아의 의식"과 "부정적 지성" 사이의 관계를 이해하기 위해서는 이에 대한 추가 논의가 있어야 할 것으로 판단된다. 무엇보다 "근대적 자아의 의식"에서 '근대' 및 '근대적 자아'가 지시하는 바는 무엇일까.

정명환은 "근대 서양의 가지가지의 문학적 시도와 경험을 관통하는 공통의 저류"가 바로 "부정적 지성"(310)임을, 또한 "서양 근대 문학의 근본 정신"은 "불가능에의 도전을 통한 현실의 끊임없는 변모를 위해서 바치는 동적 의욕에 있"(319)음을 말한 바 있는데, 이를 통해 우리는 그가 말하는 '근대'의 성격을 규정하는 데 필요한 개념 역시 '부정'이라는 추론을 할 수 있다. 결국 이미 앞서 논의한 "부정적 지성"이 바로 근대의 속성이라고 해도 무리는 없을 것이다. 근대란 당연히 "현실," "선행하는 것," "기성의 강령"에 대한 "자아"의 부정이 이루어지는 시대적 공간, 그것도 "진실한 의미의 부정"이 이루어지는 시대적 공간으로 이해할 수 있다. 달리 말하자면, "진실한 의미의 부정"이 이루어지지 않는 경우, 이는 '근대'의 범위를 벗어나는 것으로 볼 수 있다.

이 논의를 바탕으로 하여 우리는 정명환이 말하는 '근대적 자아'란 객체와의 변증법적 대립 구도 안에서 부정의 작업을 통해 새로운 세계를 지양하는 존재로 정의할 수 있을 것이다. 그는 이상의 정신 세계에 대한 논의를 본격적으로 시작하는 자리에서 다음과 같이 말한 바 있는데, 이를 통해 우리는 근대적 자아의 개념에 대한 그의 입장을 좀더 선명하게 이해할 수 있을 것이다.

> 모든 문학이 표명하는 것은 주체와 대상이 충돌하는 어떤 방식이다. 그리고 한 작품이나 작가의 외향성과 내향성은 대상에 대한 주체의 반응의 양식에 의해서 결정되는데, 주체가 대상에 작용을 가하느냐 혹은 반대로 대상의 작용을 겪느냐에 따라 대체로 이런 차이가 생길 것이다. 그러나 이와 같은 대상에 대한 능동성과 수동성은 기계적으로 구별될 수 있는 성질의 것이 아니라, 그 양자 사이에 부단한 교류가 이루어지고 또 일자(一者)가 타자(他者)에 의존하는 듯이 보인다. 적어도 그런 경우에 위대한 문학이 태어날 것이다. 자기 성찰은 외적 대상에 대한 기도(企圖)의 지반(地盤)을 형성하고, 반대로 대상에 작용한 자아는 다시 반성과 정관(靜觀)을 통해 스스로의 비밀과 조건을 더욱 깊이 파악하게 될 것이다. (326)

여기서 정명환은 문학의 존재 방식을 대상에 대한 주체의 능동적 또는 수동적 충돌로 요약하면서, "위대한 문학"의 탄생 조건으로

"양자 사이의 부단한 교류"를 제시한다. 아울러, "자기 성찰" 또는 "반성과 정관"이 "위대한 문학"의 탄생에 필수 조건임을 말하기도 한다. 위의 인용에서는 명확하게 밝히고 있지 않지만, 그가 말하는 "위대한 문학"이란 '근대'라는 이름에 값할 수 있는 문학이라는 유추가 가능한데, "주체와 대상" 사이의 "부단한 교류"란 다름 아닌 "진실한 의미의 부정"을 뜻하는 것일 수 있기 때문이다. 이를 종합하는 경우, 근대적 자아란 부정의 과정—또는 변증법적 긴장의 상태—에서 "자기 성찰" 또는 "반성과 정관"을 지속하는 존재로 설명될 수 있을 것이다. 이런 의미에서 볼 때, 이상은 변증법적 긴장의 상태를 생성으로 이끌지 못했다는 한계에도 불구하고 대상을 부정하는 가운데 유도된 변증법적 긴장의 상태에서 최소한의 "자기 성찰"에 임함으로써 "근대적 자아의 의식"을 획득했던 작가로 규정할 수 있을 것이다.

여기서 우리는 정명환이 암시하는 바—아니, 그의 글을 통해 우리가 유추한 바—의 "근대적 자아"의 개념이 어떤 역사적인 논의 근거를 갖는 것인가의 문제를 제기할 수도 있다. 자칫 엉뚱한 것을 "근대적 자아"로 규정하고 있다는 비판에서 완전히 자유로울 수 없을 것이기 때문이다. 이 문제와 관련하여, 우리는 아마도 미국의 작가이자 철학자인 로버트 피어시그Robert Pirsig가 소설의 형식을 빌려 자신의 지적 편력을 기록해놓은 『선과 모터사이클 관리술*Zen and the Art of Motorcycle Maintenance*』(1974)의 다음 구절에 주목할 수 있을 것이다.

소크라테스의 순교와 이어지는 플라톤의 뛰어난 문장력이 결과적으로 우리가 현재 알고 있는 바의 서양인의 세계를 가능케 한 요인이다. 만일 진리의 개념이 르네상스 시대의 학자들의 손에 재발견되지 않은 채 사멸할 것이 허락되었다면, 아마도 오늘날 우리는 선사 시대의 인간이 누리던 문명의 차원에서 크게 벗어나지 못했을 것이다. 과학과 기술 공학과 그 밖의 체계적으로 조직화된 인간의 학문적 노력이라는 개념들의 절대적인 중심부를 이루고 있는 것은 바로 이 진리라는 개념이다. 이것이 바로 모든 것의 핵심을 이루는 개념이다.[4)]

서양의 근대를 특징짓는 "과학과 기술 공학과 그 밖의 체계적으로 조직화된 인간의 학문적 노력"을 가능케 한 것이 "진리라는 개념"이라는 위의 진술과 관련하여, 우리는 진리의 개념이 근대 이전의 중세에도 존재했음을 지적할 수도 있다. 하지만 중세의 진리는 종교적 의미에서의 진리로, 소크라테스와 플라톤이 추구했던 진리와는 범주를 달리하는 것이었다. 그들이 추구했던 진리는 종교가 아닌 이성의 지배를 받는 철학적, 논리적 진리였다는 점에서 그러하다. 이처럼 새로운 진리의 개념을 통해 "르네상스 시대의 학자들"은 서양인들에게 전혀 다른 시각에서 세상을 바라보는 것을 가능케 했던 것이다. 즉, '새로운 눈'을 제공함으로써 중세에서 벗어나 근대에 이르게 했던 것이다. 하지만 '새로운 눈'이란 구체적으로 어떤 것일까. 이 물음에 대한 답을 위해 우리는 다시 한 번 피어시그의 기록에 눈길을 주지 않을 수 없다.

---

4) 로버트 M.피어시그, 『선과 모터사이클 관리술—가치에 대한 탐구』, 장경렬 옮김(문학과지성사, 2010), p. 667.

> 고대 희랍을 그 근원 가운데 하나로 삼고 있는 여러 문화들을 보면, 우리는 예외 없이 주체와 객체를 나누어놓는 강력한 이분화 경향을 확인할 수 있다. 그 이유는 고대 희랍의 뮈토스가 담겨 있는 문법이 주어와 술어 사이의 선명하고도 자연스러운 이분화를 상정하고 있기 때문이다. 주어와 술어 사이의 관계가 문법에 의해 엄격하게 구분되어 있지 않은 중국 문화와 같은 문화를 보면, 주체와 객체를 엄격하게 나누어놓은 경향이 문법에서와 마찬가지로 철학에도 존재하지 않음을 확인할 수 있다.[5)]

위의 인용에서 우리는 두 종류의 전혀 다른 세계관을 확인할 수 있다. 주체와 객체 사이의 분화를 상정하는 이원론적 세계관과 양자 사이의 간극을 인정하지 않는 일원론적 세계관이 그것이다. 어떤 의미에서 보면, 소크라테스와 플라톤의 철학은 이원론적 세계관에 그 뿌리를 두고 있는 것이라고 할 수 있다. 사실 소크라테스와 플라톤의 철학은 현상과 본질(이데아), 물질과 정신(영혼), 형식과 내용 등등 세계에 대한 이분법적 사유를 바탕으로 정립된 것으로, 이 같은 이분법적 사유가 '세계'와 '나'를 분리한 다음 세계와의 형이상학적 거리를 유지한 채 이를 객관적으로 관찰하는 존재로서의 '나'를 상정하는 사유 체계를 가능케 했던 것이다. 다시 말해, 타자로서의 '세계'에 대한 인식 및 자의식에 바탕을 둔 개별적 자아로서의 '나'에 대한 인식을 가능케 하고 대상에 대한 객관적 관찰을 가능케 한 '새로운 눈'을 르네상스 이후의 서양인들에게 제공한 것이

---

5) 피어시그, pp. 621~22.

희랍 철학 특유의 이원론적 세계관인지도 모른다. 그리고 이 이원론적 세계관을 동적인 것으로 만든 것이 바로 소크라테스와 플라톤의 변증법일 것이다. 정명환이 말하는 "부정적 지성"의 근원을 캐어가다 보면 결국에 가서 만나는 것이 이처럼 소크라테스와 플라톤의 변증법일 수 있다.

이 같은 변증법적 세계 이해가 문학에 유입되었을 때 무엇보다 창작 주체로서의 자신을 강하게 의식하는 작가의 탄생이 가능했던 것이리라. 중세 문학의 맥락에서 본다면, 작가란 창작 주체라기보다는 이야기를 전달하는 중개인mediator으로서의 의미가 더 강하다. 이는 중세가 세계 또는 문학 작품이라는 객체와 구별되는 주체로서의 작가에 따로 의미를 두지 않는 시대였기 때문이리라. 하지만 근대와 그 이후의 작가는 끊임없이 자신을 의식하고 또 세계에 맞서 자신의 의지를 드러내기 위해 부단히 애를 쓰는 존재가 되었다. 이제 세계는 작가에게 비판적 응시와 관찰의 대상인 동시에 뛰어넘어야 할 일종의 아포리아로 존재하게 된 것이다. 우리가 여기서 잊지 말아야 할 것이 있다면, 세계와 맞서는 일은 작가의 경우 고도의 '지적 긴장감'이 요구되는 작업일 수 있다는 점이다. 그 이유는 일정한 형이상학적 거리를 유지하지 않고서는 그 어떤 노력도 주체와 객체 사이의 동적인 변증법적 지양이 불가능할 수 있기 때문이다. 정명환의 표현을 빌리자면, "생성을 위한 프롤레고메나가 되지 못"하거나 "새로운 것이 곧 기성의 절대적 가치로 응결되어버"릴 수도 있기 때문이다. 이런 의미에서 보면, 근대의 작가에게 세계란 창작의 과정에 극복해야 할 반(反)명제antithesis—말하자면, 변증법적 구도 안에 존재하는 반명제—로서의 의미를 갖는 것일 수 있다.

세계와 맞서 힘겨운 싸움을 하는 가운데 자신을 주체로서 드러내는 작가에게 무엇보다 요구되는 것이 정명환이 말한 바 있는 "간단없는 신화 파괴의 정신" 또는 "부정적 지성"임은 이런 맥락에서일 것이다. (이때 "신화"라 함은 세계가 작가에게 근거 없이 강요하는 모든 기존의 논리와 질서를 뜻하는 것이리라.) 문제는 서양의 근대적 자아라는 객체와 만나 힘겨운 싸움을 하는 동시에 자아를 새롭게 정립해나아가야 하는 반성 주체로서의 우리가 우리 자신에게 던지지 않을 수 없는 "근본적인 반성"의 질문이 있다는 데 있다. 그것은 바로 정명환이 던진 "우리들의 문학은 우리에게 밀려닥치는 서구의 문학 앞에서 영원한 절름발이의 숙명을 지닐 것인가" 또는 "부정과 생성의 서구적 사고의 궤적은 우리에게는 전혀 이질적인 것인가"와 같은 질문(365)이다.

이 물음과 관련하여 정명환은 "절대"에 대한 탐구와 관련하여 동서양의 차이에 주목한다. "서양"의 경우, "주체와 대상은 그대로 분리된 채로 남"아 있는 것이기 때문에, "절대"는 "인식의 대상으로서 분리"되어 있으며 "이 인식 중의 최고의 것은 절대자와 자아와의 대화"가 된다. 반면, "우리"의 경우, "절대의 개념은 객관과 분리·대립된 주체의 존재를 전제 조건으로 인정치 않고 자아=절대가 되기 위한 주체의 소멸을 전제로 하"기 때문에, 또는 "절대란 인식의 대상으로서 분리될 것이 아니며, 보는 자와 보여지는 것의 완전한 융합, 즉 주객 합일의 단계를 가리"(367)키는 것이기 때문에, "우리의 문학에는 절대를 탐구한다는 발상법이 결여되어 있는 듯이 보인다"(365). 이 같은 차이에 대한 인식은 앞서 인용한 피어시그의 발언에 등장하는 희랍의 이원론적 세계관과 중국의 일원론 세계관 사이의 대비와 맥을 같이하는 것이라 하겠다. 정명환의 지적처럼, 이 같은 대비는 논리와 언어의 측면에서도 확인된다.

> 우리의 절대란 논증에 의해서 파악될 성질의 것이 아니며 '말할 수 없는 것'의 직접적 체험을 의미한다. 그러니까 언어를 초월하고 따라서 문학을 넘어서서 오직 실천 도덕의 영역에 속하는 것이 된다. 언어를 넘어서만 가능한 인식과 실천의 완전한 조화를 지향해 온 동양과, 언어에 의한 분리 작업으로 시작되어 인식과 실천의 두 범주의 분화, 심지어는 그 대립 위에 문명을 쌓아 온 서양을 비교하면, [동서양의] 태도의 차이가 문명의 일 현상으로서의 문학에 반영되어 있는 것을 쉽사리 짐작할 수 있으리라. (367~68)

동서양의 차이는 결국 "미분화의 실체를 직관으로 파악하려는 동양의 방식과 분화된 대상을 합리적으로 인식하려는 서양 사상의 전통"으로 요약될 수 있는데, 이 같은 지적이 "우열을 논"하기 위한 것이 아님(369)을 정명환은 힘주어 말한다. 그럼에도 불구하고, "부정적 지성의 결여"에 대한 비판을 서양 사상의 우월성을 간접적으로 인정하는 것으로 보는 사람도 있을 수 있다. 또는 이와 반대로 "서양이 동양 사상에 대하여 대단한 관심을 보이고 있다는 사실"(372)에 힘입어 서양 사상을 단념하고 "동양을 다시 포옹하려는 태도"(373)를 취하는 사람도 있을 수 있다. 이에 대한 정명환의 충고는 "우리 자신의 동양을 진실로 재획득할 수 있는 것은 논리적 사고의 패배와 극단의 유혹을 스스로 겪고 난 후의 일"(373)로 요약된다. 다시 말해, 적어도 "논리적 사고의 패배와 극단의 유혹"을 "스스로" 겪을 때까지 서양 사상에 대한 관심은 지속되어야 한다는 것이 그의 입장이다. 그가 한국의 신문학에 대한 논의 과정에서 "부정적 지성의 결여"에 대해 그처럼 비판적이었던 것이나 변증법적 구도에 호소했던 것은 바로 이런 입장 때문일 것이다. 또한 그가 수많은 서양 근대문학 작품이나 문학의 논리를 논의의 전거(典據)로 삼지 않을 수 없다고 판단했던 것도 바로 이런 입장 때문일 것이다. 이러한 그의 입장에서 우리가 확인하는 것은 바로 지적 균형 감각이다. 정명환의 서양 문학에 대한 탐구는 이 지적 균형 감각에서 비롯된 것이리라.

지난 2008년 '현대 문학 100주년'이라는 기치 아래 각종 문학 행사들이 활발하게 이루어졌다. 그러니까 '신문학 50년사'에 대한 언급이 담긴 정명환의 「부정과 생성」이 발표되고 나서 대략 50여 년의 세월이 흐른 뒤였다. 그리고 몇 년의 세월이 더 흐른 지금, 한국의 신문학 또는 현대 문학에 그가 제시한 분석의 틀을 다시 적용하면 우리는 어떤 답을 얻을 수 있을까. 과연 지금 우리는 "논리적 사고의 패배와 극단의 유혹을 스스로 겪고 난 후"의 시점에 와 있다고 할 수 있을까. 아울러, 포스트모더니즘의 논리가 '중심의 부재'를 외치고 있는 이 시대에 진정으로 우리가 고뇌해야 할 과제는 무엇일까. 아니, 우리가 가야 할 길은 어디에 있고 그 길이 인도하는 곳은 어디일까. 이 모든 물음에 대한 답을 구해야 할 입장에 처해 있는 우리에게 무엇보다 요구되는 것은 「부정과 생성」을 관통하고 있는 정명환의 지적 균형 감각일 것이다.

비평적 균형 감각과 비평의 역할

— 김주연의 『근대 논의 이후의 문학』과 '사랑'의 비평

1. 비평의 원칙과 현실 사이에서

"대상에 대한 애정이 없다면, 찬사도 비판도 삼가라." 이는 비평의 원칙으로 여겨도 좋을 '지혜의 말씀'이리라. 하지만 누구나 지켜야 한다고 믿지만 누구도 지키지 않는 것이 원칙 아닌가. 마치 누구나 읽어야 한다고 믿지만 누구도 읽지 않는 것이 이른바 고전(古典)이듯. 그렇지 않고서야, 애정이 감지되지 않는 공허한 찬사가 문단에서 사라지지 않는 이유는 무엇인가. 또한 형식적이고 의례적인 수준의 이른바 '주례사 비평'이 문단을 떠도는 이유는 무엇인가. 어디 그뿐이랴. 몇몇 문학 논쟁의 현장에서 목격되듯, 근거가 확실치 않은 비난이나 무책임한 폄훼가 문단을 어지럽힐 때도 있다. 그리고 잊을 만하면 공연한 트집 잡기나 비판을 위한 비판이 다시 고개를 들기도 한다.

아마도 현재 이 글을 쓰고 있는 사람조차 이처럼 심란한 상황을 심화하는 데 일조했다는 혐의에서 자유롭지 못할 것이다. 따라서 누구보다 먼저 비판받아 마땅하지만, 비판을 무릅쓰고 이 문제를 들추는 것은 반성의 기회를 일깨우는 한 권의 비평집과 만났기 때문이다. 어찌 보면, 그 비평집에서 "문학"은 "사랑 때문"에 "비판적일 수밖에 없[다]"는 언명(言明)—소박하지만 그럼에도 여전히 깊은 내공(內功)을 감지케 하는 언명—을 마주하자, 문제를 새삼 의식하게 되었다 말하는 것이 옳을 것이다. 이처럼 새삼스러운 반성의 기회를 일깨운 것은 김주연의 『근대 논의 이후의 문학』(문학과지성사, 2005)으로, 감히 "시 삼백 편에는 한마디로 말해 생각의 사특함이 없다(詩三百 一言以蔽之 曰思無邪)"는 공자의 말에 빗대어 말하자면 이 비평집에 담긴 글에는 한마디로 말해 시각의 편향됨이 없다. 우리가 "시각의 편향됨이 없다" 말하는 것은 찬사뿐만 아니라 비판에서도 대상을 향한 애정과 함께 비평적 균형 감각이 여일(如一)하게 짚인다는 뜻에서다.

김주연의 『근대 논의 이후의 문학』은 크게 3부로 나뉘어 있거니와, 제1부에는 총론적 또는 일반론적 성격의 글이 수록되어 있으며, 제2부와 제3부에는 각각 소설론과 시론에 해당하는 글이 수록되어 있다. 먼저 제1부에서 김주연은 오늘날의 한국 문학이 처한 상황 및 문단의 경향에 대한 분석과 비판적 성찰을 시도한다. 여기서 그는 주로 1990년대에 들어서서 문단의 큰 흐름을 형성하게 된 이른바 '젊은' 문인들의 글에 대한 분석과 평가를 시도하되, 그들의 글이 노정하는 문제점에 대한 지적과 비판에도 소홀함이 없다. 다시 말해, 젊은 문인들의 다양한 글을 대상으로 하여 오늘날의 한국 문단을 진단하되, 원로 비평가라면 당연히 그래야 하듯 문제점을 지적하고 비판하는 일에 빈틈이 없다. 하지만 그의 지적과 비판은 단순히 잘못을 꼬집고 탓하기 위한 것으로 읽히지 않는다. 오히려 원로 비평가가 젊은 문인들에게 주는 일종의 방향 제시로 읽힌다. 그렇기에, 누구라도 그의 비판에 귀 기울이지 않을 수 없을 것이다. 정녕코, "대상에 대해 애정이 없다면, 찬사는 물론이려니와 비판도 삼가라"는 조언을 새삼 떠오르게 하는 것이 젊은 문인들에 대한 김주연의 비평이다.

이어서, 김주연은 제2부에서 김주영, 김원일, 김용만, 이승우 등 소설 문단의 원로와 중진의 작품 세계에 대한 분석과 평가를, 제3부에서 제1~3회 미당문학상 수상작과 후보작 및 황동규, 마종기, 고은, 김형영 등 시단의 원로에서 김길나, 진동규 등 신인에 이르기까지 여러 시인들의 작품 세계에 대한 분석과 평가를 시도한다. 이처럼 폭넓은 이해 및 분석과 평가의 글 가운데 어느 것을 펼쳐 읽더라도, 비평문다운 비평문이라면 당연히 그래야 하듯 비평 대상에 대한 깊고 따뜻한 이해의 마음뿐만 아니라 문단의 동향에 대한 원로 비평가의 적극적인 관심과 폭넓은 시각까지 짚인다.

『근대 논의 이후의 문학』의 제1부에서 제3부에 이르기까지 김주연의 글 어디서나 감지되는 특유의 온기와 균형 감각을 가능케 한 동인(動因)은 무엇일까. 원로 비평가의 문학과 문단에 대한 깊은 이해와 적극적인 관심일까. 당연히 그렇겠지만, 그것이 전부일까. 이렇게 되묻는 이유는, 이해와 관심은 비평에 온기를 불어넣는 소중한 덕목일 수 있어도 그 자체가 균형 잡힌 시각을 보장하는 것은 아니기 때문이다. 상투적인 말일 수 있으나, 비평이란 '따뜻한 가슴'뿐만 아니라 '차가운 머리'까지 요구되는 '지적 기획(知的 企劃,

intellectual enterprise)'이다. 김주연의 비평문에서 이 같은 지적 기획으로서의 문학 비평을 균형 잡힌 것이 되도록 하는 데 실질적인 역할을 하는 것이 있다면 이는 과연 무엇일까. 이 물음에 대한 답을 위해 우리는 그의 비평집에서 일종의 비평적 화두 역할을 하는 논점을 점검하고, 나아가 그의 비평 세계에서 확인되는 특유의 '비평적 심의 경향(批評的 心意 傾向, critical turn of mind)'을 검토하고자 한다.

2. 문학의 현실에 대한 이해를 위하여

김주연의 『근대 논의 이후의 문학』에서 화두 역할을 하는 논점에 접근하고자 하는 경우, 우리는 무엇보다 이 비평집에 제목을 제공한 제1부의 첫 글 「근대 논의 이후의 문학」에 논의의 초점을 맞춰야 할 것이다.[1] 이 글에서 김주연은 "문학과 인문학의 위기에 대한 논의의 맞은편에 이를 비웃기라도 하듯이 엄청난 양의 문학 관계 책들이 쏟아져 나오고 있"는 "역설적 상황"에 대한 나름의 진단을 시도하는데, 그가 특히 주목하는 것은 "1990년대 이후 우리 비평계의 화두가 되었던 '근대' 혹은 '근대문학'의 문제"다. 또한 이 문제와 관련하여 그는 "근대문학을 형성한 소설이라는 형식은 역사적인 것이며 이미 그 역할을 다했다"는 일본 평론가 가라타니 고

1) 이하의 논의는 김주연, 『근대 논의 이후의 문학』(문학과지성사, 2005), pp. 11~22 참조. 이 책에 대한 앞으로 인용은 필요한 경우 페이지만 밝히기로 함.

진(柄谷行人)의 주장을 논제로 올린다. 김주연이 가라타니 고진의 주장을 논제로 올리는 이유는 간단하다. 만일 그의 주장이 옳다면, "주로 소설 분야에서 이루어지는 문학 책들의 범람 현상"을 어찌 설명할 것인가. 이 물음에 답할 수 없기에, 가라타니 고진의 "근대 문학 종언론"은 설득력이 떨어진다는 것이 김주연의 진단이다.

이에 따라 김주연은 근대와 근대문학에 대한 새로운 개념 이해를 시도한다. 그에 따르면, "근대문학 일반"은 "18세기 초 유럽의 계몽주의로부터 비롯된 것"이다. 한편, 계몽주의를 논할 때 자연스럽게 문제가 되는 것은 "욕망"으로, "쉬지 않는 욕망의 자리에 '계몽'이 놓여 있다"는 것이 그의 이해이기도 하다. 어디에 초점을 맞추느냐 또는 무엇을 문제 삼느냐에 따라 개념 이해는 얼마든지 달라질 수 있겠지만, '근대'와 '계몽'과 '욕망'을 하나의 차원에서 조망하는 김주연의 시각은 의미 있는 현상 해석을 감당할 만큼 유연한 것이기에 그만큼 논쟁력을 갖춘 것으로 판단된다. 아무튼, "계몽은 끊임없는 욕망의 재생산"이라는 가치론에 비춰볼 때, "오늘의 세상 모습이 바로 이 근대의 현장"이라는 것이 그의 판단이다. 이러한 관점에서 보면, 그의 말대로 "'근대' 문학은 사라지기는커녕 더욱더 기승을 부리고 있다고 보는 편이 옳다." 이어지는 그의 논의가 오늘날의 문학 현상을 설명하는 데 설득력을 갖는 것은 바로 이 같은 현실 이해에 기초하고 있기 때문이리라.

근대 및 근대문학과 관련된 김주연의 총체적인 논의는 대체로 세 관점에서 정리할 수 있을 것이다. 첫째, 가라타니 고진이 앞세운 "근대문학 종언론"의 근거는 무엇인가. 이에 대한 그의 해명은 다음과 같다.

고진의 생각은, 근대문학이 소설이라는 형식에 의해 형성되어 왔는데 그 형식 자체가 역사적인 것으로서 역할을 다했다는 것이다. 말하자면 근대문학=소설로 이어지는 인식으로서, '근대'를 시민사회의 형성이라는 관점에서 주로 바라보는, 다소 제한적인 견해다. 그러므로 포스트모더니즘을 전후한 해체의 시대는 더 이상 소설을 유효한 장르로 보지 않는다는 것이다. 이것은 문학을 철저히 사회사적인 맥락에서 파악하고 이해하는 태도로서 문학을 좁은 시야로 축소해버린다. (13)

요컨대, 제한적이고 좁은 시각이 문제된다는 것이다. 당연히 시각의 넓힘이 요구되는데, 김주연에 의하면 "문학은 그 내발적인 힘이 종교를 포함한 인간 관념 전체를 내장하고 있는 범정신적인 양식"이기에, 또한 "사회 운동의 유용성으로 대체될 수 있는 '작은 일부'가 아니"기에, 그런 식의 협소한 시각의 논리로는 결코 해명이 불가한 것이 문학이다. 근대 혹은 근대문학에 대한 김주연 자신의 이해는 이에 기초한 것이다.

둘째, "'근대의 종언'을 말하고 '근대문학'의 소멸을 점"치는 사람들이 내세우는 "근대문학 종언론"이 나름의 의미를 지닌다면 그것은 무엇인가. 이에 대해, "문제 제기로서의 의미는 충분"하다는 것이 그의 입장이다. 하지만 "'근대'가 더 이상 의미 있는 가치인가, 반성되고 수정되어야 할 가치인가 하는 문제로 돌아"오는 차원에 이르지 못했다는 것이다. 이 같은 판단에 따라, 그는 "더 이상 형식이나 장르 면에서의 논의가 무의미하다"는 입장과 함께, "근대의 메시지에 관한 논의로 관심이 바뀌어야" 함을 역설한다. 하지만 "그 같은 징조는 어느 문학 분야에서도 본격적으로 보이지는 않는다"는 것이 그의 판단이기도 하다.

셋째, "더욱더 기승을 부리고 있"는 이른바 "근대문학"에 대해 김주연은 어떤 평가를 내리고 있는가. 앞선 논의에서 언급했듯, "근대의 메시지에 관한 논의"가 제대로 이루어지지 않은 것이 현실이다. 따라서 "근대로부터의 탈피"는 요원한 문제가 아닐 수 없다. 김주연에 의하면, 기껏해야 "페미니즘, 엽기, 어린이의 성인화 같은 전통적 차별의 철폐로 나타날 뿐, 근대 자체의 극복으로 나타나지 않는다." 요컨대, "계몽과 욕망의 반성과 극복이라는 차원에서는 덜 시도되고 있다"는 것이 그의 판단이다. "풍성한 양과 천박한 질의 행진이 계속되고 있는 모습이 오늘 우리 문학의 자화상이 아닐까"라는 그의 우려는 이처럼 반성과 극복을 위한 노력이 미흡한 사정과 무관하지 않을 것이다.

이상에서 검토한 김주연의 입장을 한마디로 요약하자면, "근대의 근본 문제와 더불어 우리 문학은 진지하게 앓아야 한다"일 것이다. 바로 이 입장에 서서 "근대의 근본 문제"를 검토하고 "우리 문학"을 놓고 '진지하게 앓고 있는' 문인 가운데 한 사람이 다름 아닌 김주연일 것이다.

3. 비평의 좌표 설정을 위하여

어찌 보면, 『근대 논의 이후의 문학』의 제1부에 담긴 글들 대부분은 "근대의 근본 문제"에 대한 개념 정립이 미완의 상태이지만 그럼에도 여전히 이 문제를 놓고 명시적으로든 암시적으로든 또한 의식적으로든 무의식적으로든 '진지하게 앓고 있는' 젊은 문인들의 문학 세계에 대한 검토 및 평가 작업이라 할 수 있다. 이 같은 김주연의 작업에서 무엇보다 우리의 눈길을 끄는 것은 "1990년대 이후 젊은 평단 지형 읽기"라는 부제(副題)를 공유한 「탈근대 명제 속의 근대」와 「메타 비평의 유혹과 에고들의 매개」라는 두 편의 글이다. 여기서 김주연은 '근대'의 개념 및 이에 대한 논의 과정에 뒤따르게 마련인 '탈근대' 또는 '포스트모더니즘' 등의 개념에 대한 젊은 비평가들의 '이해'와 '오해'를 깊이 있게 파헤친다. 이 두 편의 글에 담긴 젊은 비평가들의 작업에 대한 다양한 논의 가운데 근대의 개념과 관련하여 특히 주목을 요하는 몇몇 예를 살펴보기로 하자.[2)]

먼저 이광호의 작업에 대한 논의를 주목할 수 있다. 김주연에 의하면, "이광호는 전복과 위반을 스스로 욕망"한다. 그가 욕망하는 "전복과 위반"은 "탈정치 시대"에 합당한 "담론의 축소화·세밀화"와 아예 관계없는 "전통적인 모든 명제에 대한 거부와 회의라는 기반의 동요"에 해당하는 것이다. 그럼에도 불구하고, 이광호의 비평 작업 또는 "비평을 통한 그의 문학적 소망"은 "모든 비평이 그렇듯이, [……] 무의식 가운데 전통과 연락되고 있는 실제 작품들 사이에서 맛보아야 하는 미달(未達)의 쓴잔"이며, 그의 "예민한 의식의

2) 이하의 논의는 『근대 논의 이후의 문학』, pp. 23~59 참조. "1990년대 이후 젊은 평단 지형 읽기"라는 부제를 공유한 글은 모두 세 편으로, 여기서 언급되지 않은 또 한 편의 글은 "한국 문학사상 처음으로 나타난 여성 비평가들"(60)의 비평에 대한 점검 작업을 시도하고 있는 「페넬로페는 천사인가」다.

촉수"는 "페미니즘이 그렇듯이, [……] 그에 걸맞는 먹이의 포획에 상당한 위험을 안아야 한다"는 것이 김주연의 판단이다. 결국, "욕망론을 비판하면서도 그 그물로부터 자유롭지 못하다는 또 다른 비판에서 자유로울 수 없"다든가 "'근대'에 비판적인 그가 '미적 근대성'에는 가까울 수밖에 없"다는 진단이 이광호에게 내려진다. 요컨대, 근대에 비판적이면서도 근대적인 것이 이광호의 비평 작업이라는 것이다. 이는 일종의 자기모순으로 정리될 수 있다.

서영채의 작업에 대한 논의도 주목의 대상이 될 수 있는데, 김주연은 무엇보다 근대에 대한 그의 인식을 문제 삼는다. 서영채가 "근대 이후의 역사적 상황이 위기의 연속이었다고 해서 위기의 담론이 근대성 그 자체의 산물"로 보고 있다는 판단과 함께, 김주연은 그의 발언이 "역사 인식에 대한 중대한 공언으로서 많은 논란을 유발할 소지가 있는" 것임을 지적한다. 그의 지적은 다음과 같이 이어진다.

> 이 같은 견해에 동의할 경우 사실 근대는 18세기 이전으로 소급될 수 있으며, 그 뿌리를 종교 개혁과 더불어 진행된 르네상스 및 휴머니즘 운동에서 찾아야 할 것이다. 말하자면 신본주의에 대항해서 이른바 인간성 회복을 외친 인본주의 전반이 근대의 모태가 되는 것이다. 나로서는 서영채의 이러한 진술을 새로운 문제 제기의 장으로서 매우 의미 있는 것으로 보고 싶으나, 이견도 만만찮을 것으로 보인다. (43)

한마디로 정리하자면, 근대에 대한 개념 이해가 지나치게 포괄적이라는 것이다.

또 하나 주목을 요하는 것은 문흥술의 작업에 대한 논의로, 김주연은 문흥술이 보는 "근대"가 "훨씬 좁아지고 작아진 개념"임을 지적한다. 그에 의하면, 문흥술은 "모더니즘이 근대성에 대한 비판 운동"으로 보는 동시에, "거기서 근대 이성적 주체와 그 담론에 대한 비판이 이루어졌다"고 본다. 이 같은 이해를 따르는 경우, "모더니즘이 생성·전개된 20세기 문학의 대부분은 근대 아닌 탈근대가 되는 셈이며, 벌써부터 우리는 탈근대의 공간을 살고 있는 것이 된다"고 김주연은 지적한다. 만일 그의 지적대로 "모더니즘이 탈근대성의 지식 형태로 상대적인 지식을 그 인식론과 기반으로 삼고 있다고 봄으로써 '모더니즘=탈근대'임을 확언한다"면, 이는 명백히 근대와 탈근대에 대한 개념 이해 양쪽 모두에 문제가 있음을 드러내는 것이 아닐 수 없다.

이상과 같이 근대를 뛰어넘고자 하면서도 여전히 근대에 머물러 있는 예나 근대에 대한 개념 이해의 폭이 지나치게 넓거나 지나치게 좁은 예들이 보여주듯, 비평의 좌표가 확실치 않은 것이 젊은 비평가들—나아가 우리 비평계—의 현실인지 모른다. 마치 폭풍우가 몰아치는 밤에 북극성이 보이지 않아 방향을 잡지 못하는 작은 쪽배의 어부와도 같은 존재가 그들일 수 있으리라. 하지만 난관에도 불구하고 넋을 놓지 않은 채 배의 방향을 잡기 위해 고군분투하는 어부와도 같은 존재가 그들일 수도 있거니와, 날카로운 지적에도 불구하고 김주연은 젊은 비평가들의 비평 세계가 얼마나 깊은 고뇌와 열정의 산물인지, 그리하여 얼마나 값지고 의미 있는 것인가에 대해 깊이 이해하고 평가의 면에서도 인색하지 않다. 그래서 그런지는 몰라도, 문제점에 대한 그의 지적은 긍정의 평가에 대한 부차적인 언급 같아 보이기도 한다.

그렇다면 그가 굳이 그처럼 문제점을 지적하는 이유는 무엇일까. 물론 논쟁의 마당 한가운데로 들어서기 위한 것도 아니고 논쟁에 새롭게 불을 지피기 위한 것도 아니다. 그렇다면, 무엇 때문일까. 말할 것도 없이, 가라타니 고진의 "근대문학 종언론"에 대한 비판에서 살펴보았듯, 이 역시 오늘날의 문학 현실에 대한 이해의 열쇠를 찾기 위한 것이다. 아니, 비유의 일관성을 유지하자면, 북극성에 준하는 '길 안내자'를 찾기 위한 것이다. 즉, 오늘날의 비평가 또는 시인과 작가가 마주하는 현실—말하자면, 쉬지 않고 욕망이 재생산되고 있는 현실 세계—에 대한 올바른 이해의 길로 우리를 이끌어갈 안내자 찾기일 수 있다. 김주연의 판단에 의하면, 바로 그 안내자에 해당하는 것이 다름 아닌 '올바르게 이해된 근대의 개념'이다. 이것 없이는 '오늘날의 문학 현실'에 대한 의미 있는 이해가 쉽지 않다는 것이 김주연의 입장으로 판단된다.

젊은 평론가들의 개념 이해에 대한 김주연의 평가와 지적은 이런 맥락에서 이해해야 할 것이다. 비록 근대의 개념이 오늘날의 문학 현실을 이해하는 데 중요한 화두임을 꿰뚫어 보았다 해도, 이 개념에 대한 이해가 올바르지 않을 경우, 비평의 분야—나아가, 시와 소설 및 아동문학 등을 포함한 문학의 전 분야—에서 현실에 대한 이해와 평가도 설득력이 있는 것이 될 수 없음을 역설하기 위해 김주연은 근대에 대한 논의에 집중했던 것으로 판단된다. 김주연의 우려는 탈근대에 대한 개념 이해에서도 확인되는데, 다음 진술이 적절하게 지적하고 있듯, '탈근대'는 결코 근대의 극복이 아니라 근대의 '극단화'로 보아야 한다.

포스트모더니즘 혹은 탈근대란 기본적으로 근대의 극복이 아닌 근대의 극단화, 즉 일종의 하이퍼모더니즘이라고 할 수 있다. 그것은 근대가 니체로부터 분명해지기 시작한 것처럼 탈근대가 니체의 후예들—푸코에서 데리다에 이르기까지—에 의해 분명해졌다는 사실에서 무엇보다 확실히 입증된다. 거시적인 정신사의 맥락에서 볼 때 양자는 모두 자연에 대한 예술의 우월, 신성에 대한 인간성의 우위를 이론적으로 의식하고 있다는 점에서 동일하며, 탈근대가 근대보다 발전적이라 할 수 있다. 여기서 '발전적'이라는 표현은, 그 양상이 더욱 심하다는 뜻이다. (41)

사실 '탈근대'에 대한 일반의 오해는 이 용어(영, postmodernism; 독, die Postmoderne)의 잘못된 번역에 따른 것일 수 있다. 물론 '포스트모더니즘' 또는 '포스트모데르네'의 어근을 '근대'로 번역할 것인가 '현대'로 번역할 것인가도 문제가 되지만, 이보다 더 심각한 문제는 '포스트-'라는 접두사를 어떻게 번역할 것인가에 있다.[3] 이와 관련하여 무엇보다 우리가 주목해야 할 것이 있다면, '포스트-'가 어원적으로 '다음' 또는 '뒤' 또는 '후'의 뜻을 지니고 있다는 점이다. 이를 감안한다면, '포스트-'를 '탈-'로 번역하는 것은 타당치 않다. '탈-'로 번역하는 경우, 원래 이 접두사가 지시하는 의미와 관계없이 '뛰어넘다' 또는 '극복하다'의 의미가 덧붙여지기 때

3) '포스트모더니즘'이라는 용어의 번역 및 수용과 관련된 좀더 자세한 논의는 장경렬, 「환유적 단순화와 은유적 신비화—포스트모더니즘의 한국적 이해와 수용에 따른 문제」, 『외국문학』 제31호(1992년 여름), pp. 201~02 각주 참조.

문이다. 따지고 보면, 이 용어에 대한 번역이 어떠하든, 이른바 '포스트모던 시대'로 불리는 오늘날도 여전히 김주연이 말하는 '계몽'과 '욕망'의 시대임을 부정할 수 없다. 따라서 근대와 탈근대의 관계를 단순히 '극복'이나 '단절'의 관계로 이해하는 것은 옳지 않다. 아울러, 이처럼 극복이나 단절의 관점에서 오늘날의 문학 현실을 이해하고자 하는 경우, 문학 내외적인 현실에 대한 이해 자체가 그릇되거나 엉뚱한 것이 될 수도 있다. 도수(度數)가 맞지 않거나 표면에 굴곡이 진 안경을 통해 바라보는 세상이 흐릿하거나 일그러진 모습으로 보이듯.

근대 및 탈근대에 대한 김주연의 개념 이해가 우리 문학의 흐름과 현상을 설명하는 데 적절한 좌표 역할을 수행할 수 있었던 것은 바로 이런 맥락에서다. 어찌 보면, 이 같은 좌표를 설정함으로써 김주연은 설득력뿐만 아니라 비평적 균형 감각을 확보할 수 있었던 것으로 판단된다. 아니, 비평적 균형 감각은 대상을 공정한 시각에서 바라볼 것을 보장하는 비평적 감식안에서 비롯되는 것이라 할 수 있다. 문제는 이 같은 감식안이 문학 내외적인 현실에 대한 이해와 적극적인 관심만으로 확보되는 것은 아니라는 데 있다. 그렇다고 해서, 해박한 문학적 지식이나 깊은 학문 연구가 이를 보장하는 것은 더더욱 아니다. 이 모두를 '하나'로 아우르는 경륜과 판단력이 균형 있게 조화를 이룰 때 비로소 가능한 것이 공정한 비평적 감식안이다. 아울러, 거듭 말하거니와, 공정한 비평적 감식안이 비평가에게 균형 감각을 보장한다. 정녕코, 이 같은 감식안과 이에 따른 균형 감각을 담지하고 있기에, 김주연은 우리 문학의 현실을 꿰뚫어 보고 이해하는 데 적절한 좌표를 설정할 수 있었고, 나아가

신뢰할 수 있는 해석의 '열쇠' 또는 '길 안내자'를 제시할 수 있었던 것이리라.

4. 중용의 비평을 향하여

'비평적 균형 감각'은 비평가의 판단과 평가를 설명하기 위해 동원한 표현이지만, 이는 또한 대상을 향한 비평가의 자세를 가늠할 때 사용할 수 있는 표현일 수도 있다. 김주연의 비평 자세와 관련하여 이 표현을 사용하고자 하는 경우, 우리가 여기에 담고자 하는 의미는 중용이다. 이렇게 말하면, 김주연의 비평적 자세는 어딘가 온건하고 이완된 것임을 암시하려는 의도에서 이 같은 표현을 사용한다고 생각하는 사람도 있을 것이다. 하지만 우리가 중용을 말함은 그의 비평이 온건하고 이완된 것임을 에둘러 드러내기 위한 것이 아니다. 오히려 기성세대와 신세대의 차이를 이해하고 또 양자 사이의 조화롭고 균형 잡힌 소통을 꾀하려는 적극적인 자세를 말하기 위한 것이다. 따지고 보면, 김주연만큼 기성세대의 입장에서 신세대의 문학 및 문제의식에 적극적으로 다가가는 비평가는 없을 것이다. 아마도 제1부의 대부분 지면을 차지하고 있는 1990년대 이후의 젊은 비평가와 시인이나 작가에 대한 논의가 이를 증명하는 살아 있는 예들일 것이다. 어찌 보면, 1970년대와 1980년대라는 "거대 담론"의 시대와 대비되는 1990년대와 2000년대라는 "담론의 축소화·세밀화"의 시대(25)의 문학에 대한 김주연의 논의는 "세기말, 세기 초의 새로운 비평 기류"에 대한, 나아가 시단과 소설 문단의 새로운 창작 기류에 대한 일종의 "탐험기"(58)라고 할 수 있거니와, 이로 인해 그는 이른바 원로의 자리에 편하게 안주하기를 거부하고 새롭게 변하는 세계를 적극적으로 탐험하는 열정의 비평가라 하지 않을 수 없다.

그의 탐험은 물론 단순한 탐험에 머물지 않는다. 무림의 원로 고수가 천하를 떠돌면서 젊은 검객들에게 한 수 가르쳐주듯, 그는 탐험의 여정에서 만난 젊은 문인들에게 비판과 조언을 아끼지 않는다. 아니, 그 자신이 무림의 원로 고수가 되어, 젊은 검객들에게 난세에 대한 관념적 이해가 필요하긴 하나 억지에 빠져들지 말도록 경계하기도 하고, 서양 고수들의 검법 한두 가지에 접근하고는 마치 그들의 검법에 정통한 듯 행세해서는 안 될 것이라고 타이르기도 한다. 그리고 때로는 타인의 검법에 대한 폄하보다는 잘 알려지지 않은 검객이 구사했던 검법이 무엇인가를 밝히는 쪽을 택하라는 충고를 보태기도 한다. 이 같은 그의 조언이 설득력을 발휘하는 이유는 그가 너무도 유명한 천하의 고수이기 때문만이 아니다. 어찌 보면, 산전수전 다 겪은 원로 고수가 앞길이 창창한 젊은 검객들에 대해 품고 있는 따뜻한 애정 때문이기도 하다. 그런 애정이 없다면 그의 조언은 필살의 격검(擊劍)이 되었을 것이다. 물론 무림의 원로 고수로서의 그의 애정과 조언은 젊은 비평가들뿐만 젊은 작가들에게도 마찬가지로 아낌이 없다.

과문한 탓인지 모르겠으나, 김주연과 동년배인 비평가들은 물론이려니와 작가들 가운데 그만큼이나 적극적으로 또한 구체적으로 우리 시대의 새로운 문화적 양상—디지털 문화, 페미니즘, 인터넷 문화 등등—과 관련하여 문학적 '탐험'을 하고 있는 문인은 없어 보인다. 그의 동년배 비평가나 시인 또는 작가가 그런 문제에 대한 논의야 젊은 문인들의 몫으로 돌리면서 외면하는 경향이 있다는 점을 감안한다면, 김주연의 적극적이고 능동적인 '탐험'은 실로 예외적인 것이 아닐 수 없다.

그럼에도 그는 결코 젊은이들의 논의에 휩쓸려 자신의 탐험을 희화화하지 않는다. 어디에서나 그 특유의 중용의 자세가 확인되는데, 그 예를 우리는 특히 페미니즘에 대한 논의에서 찾아볼 수 있다. 그는 여성 작가들의 작품에 대한 논의의 자리에서 "페미니즘의 참다운 목적과 가치가 남성이 제거되거나 무력하게 된 상황에서 여성만이 개가를 누리는 것이 아니라면, 페미니즘에 대한 이해는 이제 새로워져야 할 때"(86)라는 전제와 함께, "그 이해의 단초"를 잉게보르크 바하만의 『삼십 세』와 귄터 그라스의 『넙치』에서 찾는다. 그는 특히 "나는 정말 여성해방 운동가들 편"임을 공언하는 『넙치』의 주인공이 "이 운동에 찬성하면서도 극단적인 것은 반대"함에 주목하면서, 자신의 입장을 다음과 같이 정리한다.

> 미래는 여성이 주도해야 한다고 역설하는 그라스를 생각할 때, 여성의 사랑과 이성을 기대하는 것은 곧 인류 미래에 대한 희망이기에 그 소망에 귀 기울이지 않을 수 없다. 나 역시 여성해방에 열렬한 박수를 보내지만, 그라스처럼 그 래디컬한 운동성에는 찬성을 유보하지 않을 수 없다. (87)

요컨대, 김주연은 페미니즘을 열렬히 옹호하면서도 극단화에 대한 우려와 경계의 시선을 늦추지 않는다. 다시 말하지만, 이 같은 중용의 자세가 그의 비평 세계 전반을 지배하고 있다 해도 지나친 말은 아닐 것이다.

5. '사랑'의 비평을 향하여

이처럼 중용의 자세를 여일하게 유지하고 있는 비평가이지만, 김주연은 때로 목소리를 높여 우리 사회와 문화의 "경박화"를 질타하기도 한다. 이와 관련하여 우리가 특히 주목해야 할 글이 「글로벌과 문학의 동요」인데, 이 글에서 그는 무엇보다 "한국인 특유의 무한 평등의식"을 문제 삼는다.[4] "가능하지도 않고, 옳지도 않다고 말할 수밖에 없"는 이 "무한 평등주의"는 어디서 비롯된 것인가. 김주연은 "'모든 사람들은 동등하게 창조되었을' 뿐이며, 모든 기회가 동등하게 제공될 뿐이라는 인식"이 올바른 의미에서 평등주의의 근간임을 주목하며 다음과 같이 논의를 이어간다.

> 각자는 그 상황에서 주어진 탤런트를 최대한으로 발휘하여 가장 높은 가치를 구현해야 한다. 그러나 오늘 우리 사회는 이러한 이념 추구를 향한 사회 통합 대신, 사회적 동등이라는 불가능한 허상을 향한 욕망의 발현에 온 힘을 쏟고 있다. 놀랍게도 우리 사회는 그것을 오랫동안 제도적으로 확보해오고 있을 뿐 아니라, 명색 지도자들이라는 자들이 앞장서서 이 그릇된, 불가능한 희망의 허상을 선전한

---

4) 이하의 논의는 『근대 논의 이후의 문학』, pp. 104~08 참조.

다. 위선을 넘어, 거대한 기만의 비극이라고 하지 않을 수 없다. 그 가장 대표적인 사례가 바로 '교육 평준화'다.

도무지 우리나라에는 '좋은 학교'가 없다. 설령 '좋은 학교'가 있다고 하더라도 그 학교는 곧 좋지 않은 많은 다른 학교들과 반드시 같아져야 한다. 좋은 학교의 자리에서 내려와야 하는 것이다. 학교란 교육 기관이자 문화 기관인데, 좋은 학교를 거부한다는 것은 곧 좋은 문화를 거부한다는 것과 통한다. 이와 같은 의식은, 사실 우리네 사고 방식 깊숙이 숨어 있는 오기의 정서가 간단없이 노출되고 있는 결과다. 공부를 잘하는 사람도, 돈이 많은 사람도, 품성이 좋은 사람도 '그러면 다냐―'는 식의 끌어내리기에 의해 제자리에 있을 수 없는 것이다. 남을 인정치 않고 자기주장에만 집착하는 이 같은 무한 평등의식의 오기에 덧붙여 지금 우리 사회는 세계화니 글로벌이니 하는 후기 자본주의의 독아(毒牙)에 의해 큰 침해를 당하고 있다. (105~06)

인용이 다소 길지만 이처럼 빠른 호흡의 통쾌한 글을 어찌 한마디라도 놓칠 수 있으랴! 우리 사회와 문화의 "경박화"에 대한 김주연의 질타는 "자칫 잘못하면, 지난날 남성－기업인－노장년 중심의 지배 구조가 그 반대의 구조로만 바뀔 뿐 억압과 지배의 성격 자체에는 아무런 변화가 없는 전도(顚倒) 현상만 초래할 수도 있"음을 경계하는 선에 이른다.

문제는 이 같은 "경박화"에 직면하여 문학이 할 수 있는 역할이 무엇인가다. 김주연은 무엇보다 문학의 잠재적 역할을 주목한다.

> 문학은 이 세계가 모순에 가득 찬, 타락한 세상이라는 것을, 그 세상은 어떤 인간적인 노력에 의해서도 유토피아로 바뀌는 것이 불가능한 곳임을 처음부터 알고 있다. 그렇기 때문에 문학은 남성 편도 아니고 여성 편도 아니다. 기업가 편도 아니고 노동자 편도 아니다. 마찬가지로 노장년층과 청소년층 그 어느 쪽으로 기울지 않는다. 문학은 그들 모두를 껴안으면서도 그들이 인간이기 때문에 가질 수밖에 없는 한계에 안타까워한다. 그런 의미에서 문학은 '그들 사이'에 있다. 그들 중 어느 한쪽에 있거나, 나아가 그들 중 어느 한쪽만을 위해 싸우려고 한다면 이미 그것은 문학이 아니다. 문학이 누구에게나 비판적일 수밖에 없는 것은 바로 이 까닭인데, 그것은 불완전한, 미완의 그들을 향한 사랑 때문이다. (107)

김주연의 진단에 의하면, 이 같은 문학의 잠재적 역할에도 불구하고 오늘날의 "문학의 현실"은 어둡기만 하다. 그는 예전과는 다른 형태의 "문학적 주장"이 상대를 파괴하는 데 주저치 않고 있음을 개탄하면서, 이런 식의 파괴가 결국에는 문학 자체의 파괴를 가져올 수 있음을 경계한다. 바로 여기서 그의 조언과 충고는 단순히 젊은 문인들을 향한 것일 뿐만 아니라 이 시대를 살아가며 이 시대의 문화를 향유하는 우리 모두를 향한 것이기도 하다.

위의 인용문에서 우리가 다시 한 번 주목해야 할 것은 "문학이 누구에게나 비판적일 수밖에 없는 것"은 "불완전한, 미완의 그들을 향한 사랑 때문"이라는 언명이다. "문학이 누구에게나 비판적일 수밖에 없"다면 그것은 바로 "불완전한, 미완의 [인간]들을 향한 사랑 때문"이라니! 어찌 이보다 더 가슴을 울리는 문학—나아가, 비평—에 대한 정의가 있을 수 있겠는가. 이 글을 시작하면서 잠깐 언급했듯, 이는 찬사와 마찬가지로 비판 역시 애정에서 비롯되어야 한다는 '지혜의 말씀'을 새삼 일깨우는 소중한 조언이 아닐 수 없다.

김주연은 이처럼 "불완전한, 미완의 [인간]들을 향한 [문학의] 사랑"을 확인케 하는 소설과 시에 대한 논의에, 앞서 밝혔듯, 『근대논의 이후의 문학』의 제2부와 제3부를 할애하고 있다. 말할 것도 없이, 그의 논의에 바탕을 이루는 것은 '문학을 향한' 그의 사랑이다. 사랑에서 우러나온 김주연의 따뜻한 비평문들을 읽어나가다가 우리는 때로 문학을 향한 그의 사랑이 지나치지 않은가라는 생각을 떨치기 어려운 순간과 만나기도 한다. 예컨대, 김주영의 『객주』가 지니는 "경제사적 성격"을 논의한 부분을 보라. 김주연은 김주영의 소설에서 "그 어떤 역사적 기록을 통해서도 우리 앞에 친근하게 펼쳐진 일이 없는 전 시대의 시장 경제 모습이 거의 실물대의 크기로 생생하게 전개"(151)되고 있음에 유의하면서, 이것이 "이 소설이 지닌 경제사적 의미를 보장"(153)할 것이라 말한다. 하지만 이 소설은 작가의 상상력을 통해 재구성된 문학 작품이지, 이 소설의 시대적 배경인 19세기 말이나 그 근처 시대의 시장과 시장 경제에 대한 학문적 연구서는 아니다. 아마도 상상력에 의해 옛 시대의 시장과 시장 경제를 생생하게 복원했다는 점에서 더할 수 없이 소중한 '문학적 의미'와 '문학사적 의미'를 지닐지는 몰라도, 또한 당대의 시장과 시장 경제를 공부하는 이들에게 참고 자료가 될 수 있을지는 몰라도, 이 점이 '경제사적 의미'를 보장하지는 않을 것이다.

하지만 사랑이 지나치다니! 이 같은 우리의 표현이야말로 지나친 것이 아닐까. 사랑이란 모자랄 수 있어도 지나칠 수는 없는 것이니까. 따라서 우리의 지적은 말 그대로 사소한 트집 잡기일 수 있다. 공연한 트집을 앞세웠다는 반성의 마음과 함께 김주연의 글을 되짚어 읽어본다. 그가 문학을 향해 간직하고 있는 사랑의 마음을 거듭 가늠해보면서.